寄父家书

邹恒甫 著

商务印书馆

2018年·北京

图书在版编目（CIP）数据

寄父家书 / 邢福义著. —北京：商务印书馆，2018
（2018.12 重印）
ISBN 978–7–100–15736–0

Ⅰ.①寄⋯　Ⅱ.①邢⋯　Ⅲ.①书信集－中国－当代　Ⅳ.①I267.5

中国版本图书馆 CIP 数据核字（2018）第 012157 号

权利保留，侵权必究。

寄父家书

邢福义　著

商 务 印 书 馆 出 版
（北京王府井大街36号　邮政编码100710）
商 务 印 书 馆 发 行
北京通州皇家印刷厂印刷
ISBN 978 – 7 – 100 – 15736 – 0

2018年4月第1版　　　开本 850×1168　1/32
2018年12月北京第2次印刷　印张 17 3/4　插页 4
定价：68.00元

从左到右：孔英、月桂、述礼、父亲、福义、三叔、三叔母、洪云、述评和小孔根，拍于黄流中学，1995年4月

从左到右：哥哥、父亲、福义，1984 年 1 月 31 日

父亲在翻看邢福义主编的《现代汉语》,1991 年 11 月

1968年国庆与妻子儿女，
背景为当时唯一的长江大桥

华中师范学院

55.7.28

院：

你七月二十四日的来信，今天上午收到了。关于孩子兄弟俩来信都……忽到特别激愤。

信仅中说，当在六日间给孩兄寄去一信，但是孩兄还没有收到。大丑遗失了！

。。。。。。。。。孩兄。已把信内的事转告三叔父和仁哥，希望他们该信给你寄一些用费。

三叔父有这一段时间（约一个月）没有在任何工作，但最近他从家中来信说，任何方面来信给他叫他去工作了。读以您要信他等信，说等。任何年振兴未工厂吧！

哥哥很少寄信来，就来，也很简单，很少告诉孩兄家中的详细情况。但从他的信中可以看出，他的生活很困难。最近接到他来信，说他已专门参加"打石事的工作"。他的通讯也比是：河南省第三军港县校清理委三大队……打石事工厂敬

二阿哥，当你到家中寄来的我和阿忠合照的全身相片一张，他俩都很欢。

三叔父和义哥的信，都说家中大小都安好，望勿念。

七月十二日，考试完毕，考的是心理学，文学概论。另到上个星期了似的文选等四科。考试和复习功告果的时间一共有四个星期。在这一段时间中，由于能积极地"复习"，就心地使会赞通了一些东西，基本上把专门科学比较系统地学起来多了。考试的结果，孩兄考的还算满意。现在两科成绩已公佈，心理学孩兄的"5"分，文学概论的"4"分（"5"分是满分，4分良好，3分合格，2分以下不合格，班中也有人考的2分的），其馀两科，大概也是在4分以上的。

父亲：

收到三月十三日来信。

弟妇患病，所需之药，购买不到。由于某些人闹无政府主义，影响生产，连昔通药品也缺货，所需之药更是没有了。爱莫能助，实感不安，容待来日，留心购买。最近去汉市坚决贯彻中央有

1975年4月9日的信

文学：

早该给你写信了！

这些时，一天要作两天用，是在紧张中度过的。八月下旬，到《汉语大字典》编写组，写上和参加试编。我对文字学术不熟悉。试编中，交一个小组讨论定稿，我不任意变动它，但得给别人。试编后，又是写试编稿，又是写试编经验，又是给上海和江浙一带《五省一市》《汉语大词典》试编稿提意见，再加上《辞源》的审稿，《语文函授》的审稿，要是忙得不亦。

湖北、四川两省参加《汉语大字典》和江苏、浙江、安徽、江西、山东、上海五省一市参加的《汉语大词典》是姊妹篇，都是大型的提高性工具书，要求是"古今兼收，源流并重"，各要搜进三十万字，目前初步估计，每条三元。我们编的《汉语大字典》，因为要讲"源流"，所以要求注音近乎朝降，对许多字，要讲它的形体演变（甲骨文—金文—籀文—小篆等；如：金文原→籀文<s>厡</s>→小篆原→原）。这样，工作量就作要变大。好几年，没有决心和毅力，

77.10.22.

1977年10月22日的信

父亲整理的家书

写在前面

这本《寄父家书》，收录了 1955 年至 1991 年我寄给父亲的信件，时间跨度 37 年。开头的一封，写于 1955 年 7 月 28 日，之前肯定写过，只是丢失了，我也没印象了；结尾的一封，写于 1991 年 12 月 6 日，之后肯定接着写到他去世那年，只是从 1992 年起，他已没有精力一封封地整理信件了！

1997 年，85 岁的父亲把我给他的信件打包成捆，邮寄到华中师大。收到时，因为太厚，我事情又多，没时间看，所以一直没有打开。10 多年之后，2014 年 1 月，时任《华中师范大学学报》（人文社会科学版）主编的王泽龙教授打来电话，说他们华中师大中文系 77 级的同学们合写了一本《我的 1977》，要我也写点什么，收入这本书。我没有日记。少年时代写过两三年，但从青年、中年时代起就不写了。怎么办？要写回忆文字，光凭脑子之所记，无法写得准确。正在感到为难，忽然想起父亲邮寄过来的那捆信也许有用。果不其然，我从中查找到了有关记载，写成了散文《1977 漫忆》，收入了王泽龙、汪国胜主编《我的 1977》一书（华中师范大学出版社 2015 年出版）。

寄父家书

我是 2014 年 1 月 5 日上午 8 点半打开这捆信件的。第一反应，是大吃一惊。包裹里一叠一叠的信，分别装订，分别写了摘要，最上面放着父亲 1997 年 10 月 3 日写的一些话。全录如下。

义儿：

漱谷病现如何？（福义插说：漱谷指我的妻子谭漱谷）

9 月份钱已收。

仁哥事已落实，但未知第一个月薪收到否，收多少。（福义插说：仁哥指我的哥哥邢福仁）

这里是你给我的信（1955 年至 1991 年），编号是 1—16 号，是当时一份份订上，为了放置时的方便，顺手写上摘要，没有什么意义的。

我很好，耳聋得快，尤其是左耳，但右耳还能听广播，电视还能视，其他部分还好。家中一切如常，请勿念。

祝健康进步！

又，漱谷理解能力怎样？比如你对她说我写信来问她的病情，她能理解么？

父亲　1997.10.3

翻看这捆纸质很差、字迹模糊的信，我无限感慨，觉得也许可以留给子孙们、学生们、学生的学生们看看，于是决定梳理成为一本小书。作为背景材料，我先说几点情况。

第一，这本小书，主要收入我给父亲的信。也穿插了我的妻子谭漱谷、我的儿子邢孔亮和女儿邢孔昭写给他的几封，并且穿插了几封我请父亲代转的、写给叔父与哥哥等人的。凡是父亲写给我的信，一律未收。一来，是因为搬过几次家，他的信丢失得所剩甚少，剩下的又残缺不全，将其收入，反而不相照应；二来，是因为几十年来，我几乎天天都在极为紧张地"赶路"，追求专业钻研上的进展，没有余力整理信件并将其敲打到电脑上面。总之一句话，如果说我这一生有这样那样的压力，那么，"赶路"便是主流压力。我给父亲的信，主要述说的便是在这一主流压力下我之所思所写所为。

第二，我1935年出生于海南岛南部偏西的黄流乡，乳名金耀。三四岁就在祖父的引导下阅读旧小说。尽管海南南部总体上相对落后，但较为繁荣的黄流不乏读书人。日军1939年占领黄流，不久后设立小学。祖父不让我上日本人的学校，要我在家自己看书，并且到处借书来读。1945年，由于我总是害病，祖父病重自知将要离世之时，特别留下遗嘱："不要让阿耀再看书。"直到父亲回来，才给我开禁。1952年，我17岁，以崖县初级中学毕业的学历，考取设立在海口的广东琼台师范学校2年制专师班（当时海南属广东省），10月初到琼师报到。其时，交通不便，从黄流到海口十分艰难。我到琼师之后，因无路费，没有回过黄流。1954年秋季，我琼师毕业。本以为会分配当小学教师，不想学校给了我考师范大学的机会。我犹豫了。母亲去世，父亲被逮捕，没有经济来源，再读大学支撑得下去吗？矛盾的结果，决定报考为时最短的班级。于是，报考华中师院中文系2年制专修科，录取了。1954年9月,从海口到武汉,进入华中师院。我从小就懂得"少壮不努力,老大徒伤悲"的道理,懂得"立志"之重要。很自然地,到琼台师范读图音体专师班时,"立志"要成为画家;到华中师院中文系读中文专修科时,"立志"要成为作家。直到留校担任现代汉语专业助教,确定了自己将终生跟这一专业打交道,便"立志"成为汉语语法学家。我的妻子谭漱谷,比我大三岁,湖南一师毕业,是我读中文专修科时的同学。她业务基础比我好,为人温柔真诚。我把她当姐姐,什么话都跟她掏心掏肺地说。跟她在一起,我感到温暖,感到安全。我们于1957年结婚。50多年,我们没有吵过架。1997年,妻子中风瘫痪,卧床16年,于2012年离世,享年80岁。我们有一儿一女,都各有自己的事业。儿子孔亮在美国获得博士学位,目前在美国花旗银行负责数据统计工作;女儿孔昭在北京获得理学硕士学位,又在美国获得MBA工商管理硕士学位,现在上海。

第三,父亲邢诒河,1912年出生,2001年去世,享年90岁。1936年,24岁的他,在我哥3岁、我1岁的时候,离开黄流去广州,考进黄埔军校,成为第十四期学员。不久,抗日战争全面爆发,断了音信。1945年,家里接到他的一封信,知道他在南京汤恩伯的部下当少校参谋(后提升中校)。收到他1945年第一封信的时候,日夜盼信的祖父邢谷超去世才十多天!1948年,父亲回了黄流,跟家人相聚。我的母亲周炳爱,1912年生;跟父亲见面不久,于1949年因难产去世,年仅37岁。同年,父亲应聘进入设立在黄流的崖县初级中学当教师(当时黄流属崖县，后来才划归乐东县），后担任教导主任。同年，他续弦，继母为骆日江，1919年生（2005年去世）。这是一个极好的人，我叫她"阿娘"。1950年，她生了我同父异母的弟弟邢述礼。1951年，"镇反"运动期间，父亲被逮捕。判刑10年，送到黑龙江的黑河去劳改，主要搞测量制图之类的事情。1961年，刑满释放，留场服务，搞同样的事。1971年春季，年到花甲的他，返回家乡黄流。他乘火车南下，经过武昌时，停留一天，住到车站旁边的旅店里。不巧，我到湖北省英山县搞开门办学去了。我妻子在武汉市九中教书，带了儿女到旅店去看了他。他回黄流之后，表现不错。1979年年初，被摘掉了"反革命"的帽子。后来，黄流镇成立了海南诗社黄流分社，他当选社长兼社刊《流韵》报主编。县里开政协会议，他还作为特邀代表参加。这本小书中我给他的信件，应该分为两个时段，以1971年春季为分界线。前一时段，信是寄往黑河的；后一时段，信是寄往黄流的。由于我事情多而杂，后一时段我往家乡写信，一般都寄给父亲，请他把我的情况转告三叔父、大哥等亲人。

第四，我家乡的亲人，在我父亲回乡之后，主要可分三支。①父亲、阿娘和弟弟邢述礼。述礼生于1950年，其妻陈月桂，生于1953年。他们有子女4个：孔英（女）、孔雄、孔光、孔潇。②哥哥邢福仁，生于1933年，去世于2013年，享年80岁；大嫂蔡小姑，生于1933年，去世于1983年，享年50岁。他们有子女5个：阿忠、阿勇、阿辉、阿凤（女）、阿銮（女）。③叔父邢治江，生于1918年，去世于2002年；三叔母陈引舅，生于

1929年，去世于2005年。他们有子女6个：月桂（女）、关桃（女）、四珠（女）、述评、铁完（女）、五珠（女）。述评在广东省读过美专，任教于海口实验中学，现已成为相当活跃的画家。述评的妻子为洪云，儿子孔根在西安读过美专，也有可能走绘画的路。让我长期遗憾的是，在我当助教以后的相当多年头中，家乡亲人都有经济困难，需要我的帮助。但是，我的收入有限。60年代中后期，稿费完全没有了，每月25日前后，都要向高庆赐老师借15元钱，下月一拿到工资便立即还他。在给父家的信中，我没提借钱这件事。但我总是写出我的收入情况，以及给家乡哪个亲人寄了多少钱。这是为了表明，我在尽力，但距亲人的盼望很远，实在惭愧！

第五，关于"赶路"，这里要特别点明，从我的信上看，父亲和所有亲人大概都会以为，我是领导信任，得到重用，顺风顺水，一马平川。其实，这只是情况的一个方面。另一个方面，我受到了巨大的舆论压力。在我当助教的20余年时间中，教师里头，"政治挂帅"有突出表现者，被赞为"红专"；专心于读书写作者，被判为"白专"。1957年"反右"之后，我被认定为"白专"典型，成了"异类"，不管做了多少事，讲了多少课，学生如何反映，学界有何评价，都得按规定时间接受批判。批判会上，教研室全体成员人人发言，轮流训教。有的人，言辞特别厉害。有一次，其中一位声色俱厉地说："都像你这样，国家要变色，党要变修。你要成反革命，你要坐牢！"每到开批判会的日子，我便心惊胆战，特别紧张。这"白专"帽子，直到1978年由助教破格提升副教授之后,才摘了下来。在那20余年里,写文章,不敢坐在外人容易看到的地方;我觉得自己属于下等货色,有很大的自卑感,出门散步,远远看到熟人,便绕道行走。在家书中,我绝口不提这方面的压力。因为,我害怕万一不慎被人看到,又加上一条:"对现实不满!"我在这里点明这一点,是想让读者也知道,"赶路"五味俱全,不仅仅是个"甜"字。

第六,讲讲我的老师高庆赐教授(1910—1978年)。高先生是河北遵化人,师从罗常培先生,学问渊博,古今贯通,讲课特别具有吸引力。1955年,他给我们班级讲了将近一年的现代汉语语法,对我来说是接受了启蒙。1956年9月,我留校当助教,领导规定他做我和几个青年教师的指导教师,但没有机会接触,因为他当时是学校副教务长,事情很多,特别是,他在1957年的"反右"斗争中成了"右派",被劳动改造去了。跟他接触较多,面对面地谈话,应从60年代中期算起。1972年,我和他合写了《现代汉语语法知识》一书,由湖北人民出版社出版,署名"华中师范学院中文系现代汉语教研组编";此书1976年由加贺美加富翻译成日文在东京出版。再后来,由于我和他都住在华中村,来往就多了起来。"文革"期间,我经济状况不佳,常常向他借钱。1976年,我写成了论文《论定名结构充当分句》,他大加赞赏。他说:"福义啊,看了你的文章,我觉得我都不会写文章了!"我知道,先生这是在鼓励我,但是,同时也反映了一个令人感慨的事实,这就是,若不是40多岁就开始了坎坷的人生,他会怎么样呢?1978年,他到北京治病,在病房里还时时念叨,答应给湖北人民出版社写作的《古代汉语知识六讲》还有两讲未写。病重之时,提出遗愿,希望让我代为续完。中文系总支杨书记,带着我赶到北京,先生说话已经十分困难了。这本书于1979年7月出版,末尾出版社有个"出版后记":"《古代汉语知识六讲》是高庆赐教授的遗著。其中'第五讲虚词用法''第六讲特殊结构',高先生因病重委托邢福义副教授协助整理。"我感到荣幸。做学生的时候,我没有机会听到古代汉语课(本科班才有这门课)。我把高先生的手写讲稿认真读了一遍,摘录并整理成了第五、第六讲。我后来提出"普方古"三角研究,并且写点靠近国学的文章,跟整理过高先生的讲稿不无关系。

  这本《寄父家书》,主要记录一个学子从青年到中年的步履留痕。中华水土,养育了中华文化、中华科技、中华风骨。当今的中国人,重视外国理论的引进,但也懂得,再好的理论,都必须适应中华水土,才能在中国开花结果。中国人有充分的冲劲和自信。"山,快马加鞭未下鞍。"毛泽东的诗句,果敢刚毅,气势磅礴,代表中国人的心声!

目 录

写在前面

一九五五年（20岁）··· *1*

一九五六年（21岁）··· *6*

一九五七年（22岁）··· *26*

一九五八年（23岁）··· *44*

一九五九年（24岁）··· *53*

一九六〇年（25岁）··· *61*

一九六一年（26岁）··· *69*

一九六二年（27岁）··· *96*

一九六三年（28岁）··· *114*

一九六四年（29岁）··· *130*

一九六五年（30岁）··· *136*

一九六六年（31岁）··· *143*

一九六七年（32岁）··· *149*

一九六八年（33岁）··· *154*

一九六九年（34岁）··· *160*

一九七〇年（35岁）··· *166*

一九七一年（36岁）··· *169*

一九七二年（37岁）······ 176
一九七三年（38岁）······ 188
一九七四年（39岁）······ 201
一九七五年（40岁）······ 216
一九七六年（41岁）······ 225
一九七七年（42岁）······ 241
一九七八年（43岁）······ 260
一九七九年（44岁）······ 305
一九八〇年（45岁）······ 328
一九八一年（46岁）······ 344
一九八二年（47岁）······ 354
一九八三年（48岁）······ 367
一九八四年（49岁）······ 384
一九八五年（50岁）······ 406
一九八六年（51岁）······ 428
一九八七年（52岁）······ 448
一九八八年（53岁）······ 468
一九八九年（54岁）······ 486
一九九〇年（55岁）······ 505
一九九一年（56岁）······ 520
一九九二—二〇一七年记事（57—82岁）······ 536

后记······ 553

一九五五年（20岁）

父亲的摘要

【1】七月二十八日（到华中师院读书后给我的现存第一信）：①七月十二日期考完毕。考的是：心理学、文学概论、马列主义、历代韵文选。②七月十三日起参加"肃清胡风反革命集团"的活动。③下学期的课程是：苏联文学、现代文学、现代文选及习作、语法、现代汉语实习、中国文学史、教育学、中国革命史等。

【2】十二月二十二日：①参加学院美工队，在黑板报编委会漫画组。②参加武汉市万人宣传队，到农村宣传合作化运动。③老师对我的习作的评语：优点是文字简练明确，富有表现力；缺点是不会把事件放在典型环境中去描写。④每月学院有两元生活学习补助费。

信 件

【1】七月二十八日

父亲：

　　您七月二十日的来信，今天上午收到了。久不接您的来信，所以感到特别欣慰。

　　您信中说，曾在六月间给孩儿寄来一信，但是孩儿没有收到，真是遗失了！

　　孩儿已把您的信的内容转告给三叔父和仁哥，希望他们设法给您寄一些费用。

　　三叔父有过一段时间（约一个月）没有在红沙做工，但最近他从家中来信说，红沙方面又写信给他叫他去做工了。所以您要给他写信，就寄"红沙市振兴木工厂"吧。

　　哥哥很少寄信来，就是来，也很简单。没有告诉孩儿家中的详细情况。但从他的信中可以看出，他的生活很困难。最近接到他的来信，说他已出门参加"打砖"工作。他的通讯地址是：海南岛崖县三亚港荔枝沟独立三大队打砖工厂。

　　二月间，曾收到家中寄来的阿弟和阿忠合照的全身相片一张，他俩都很乖。

　　三叔父和哥哥的信，都说家中大小都安好，请勿念。

　　七月十二日，考试完毕，考的是心理学、文学概论、马列主义、历代韵文选四科。考试和复习功课的时间一共有四个星期。在这一段时间中，由于能积极地"钻"，所以也能钻通了一些东西，基本上把各门课程的内容比较系统地掌握起来了。考试的结果，孩儿考得还算满意。现在两科成绩已公布，心理学孩儿得5分，文学概论得4分（5分是满分，4分良好，3分及格，2分以下不及格，班中也有人考得2分的），其余两科，大概也是4分以上。

虽然考试已经完毕，但还没有放假。原因是，由十三日起，又接着来一个"肃清胡风反革命集团及一切暗藏的反革命分子运动"，一直到现在还没有结束。什么时候结束呢？说不定。在运动期间，孩儿很少有时间来做别的方面的工作。因为休息时间，大都是用在画漫画（创作）上面。因此，不但课外书没有时间看，就是写给三叔父和哥哥的信，也拖到最近两天才草草写了一些。孩儿画的漫画贴出以后，颇受人家的欢迎。

关于孩儿的经济问题，这一学期大体上是不依赖家中；再也不需要依赖家中，就可以过得去。原因是，过去在琼台师院专师班时，有一个同学（琼山人），跟我感情很好，现在他已经当了教师，所以差不多每一个月都给孩儿寄一点零用钱。

孩儿的"习作"每次都比以前进步一些，这表现在老师的评语上面。最近两次的评语中，都有"文字洗练，明确，富有表现力"等字样，但缺点是有的，并且很严重，希望在以后不断提高的基础上，逐步消灭它。至于错别字和标点符号，很少用错。

本学期孩儿曾写了一些诗、报道文章等，还写了一篇短篇小说，也曾寄到报馆、杂志社去，但因不成熟，没有刊登。

这一学期来也读了相当数量的小说、诗歌等,最近是以短篇小说为阅读中心。契科夫短篇小说集共二十本,孩儿已读完七本,以后想继续把它读完。

二年级(下学期开始)的课程有苏联文学、现代文学、现代文选及习作、语法、现代汉语实习、中国文学史、教育学、中国革命史和体育等九科。

因时间限制,所以写得又短又潦草,以后一有时间,再把一些情况详细地告诉您。

您的情况可不可以告诉孩儿一下?

祝您健康!

儿　义禀　1955.7.28

【2】十二月二十二日

父亲:

是四个星期前吧,孩子曾写一封信给您,信上的地址是您过去告诉孩子的,也许就因为这,而又没有人转寄给您,以致让它搁在那儿了。

现在是第十五周了,考试可能在第二十周举行。考试有现代汉语、苏联文学、中国文学史等科。其余的科目全部考查。顺便再说一下(可能您没有收到的那封信上提过了),第一学年孩子的考查全部及格(考查只有及格和不及格之分,合格的就能参加考试,反之则相反),考试成绩优良,其中优占大部分。从现在

一九五五年（20岁）

起，孩子已开始转入系统复习阶段，也就是转入本学期以来的学习最繁忙的阶段。

不过，即使不是系统复习，本学期也是够忙的。原因是工作很多，孩子现在担任的工作是，参加学院美工队，在系里由原来的黑板报编委会调到漫画组，在班里也担任宣传工作。这些工作都是比较经常的，要用休息的时间来搞。特别是收到您的来信的那段时间，孩子参加了武汉市宣传队到农村进行合作化运动的宣传工作，因此更忙了。然而，"工作"——孩子在一篇感慨的短文中这样写过——"它可以给你学习上的煤气和电力呢！"的确这样。

正因为没有时间，所以孩子的"习作计划"没有完成。孩子原来是打算在这一学期中，习作四至五篇短篇小说的。在过去也写了一二篇的，因为写得不成熟，未被刊登。虽然在技巧上还有缺点，但主要还是内容概念化，没有生活经验，要想写出超人的作品是不可能的。孩子深深体会到这一点。近来，老师对孩子的习作评语颇好，在优点方面，"文字简练，明确，富有表现力……，已有很好的修养"；在缺点方面，是不会把事件放在典型的环境中来描写。

关于生活费用，孩子每月在学院中有两元的学习补助费，此外，有朋友的接济，所以基本上可以不依赖家中。

再把您的健康情况告诉孩子一下。

祝您健康！

男　义禀　1955.12.22

一九五六年（21岁）

父亲的摘要

【1】二月十二日：①期考在十一日结束。②毕业后一定服从国家分配。

【2】三月二十四日：①科研重点起初为搞"契科夫研究"，后改为"儿童文学"，已写成《小公鸡和小麻雀》《鞋子的命运》。②已告诉家里：解除婚约。

【3】五月十七日：①要到实习学校去了，这几天更紧张。②政府判处您"劳改"的原因是什么？③又给哥哥一信，叫他再考虑一下能否升学的问题。

【4】七月四日：①毕业考试，开始于6月28日，考过的两门，考得不算太差，而将要考的两门，相信也会考得不太差的。②收到哥哥一封信，他已决定考学了。

【5】八月十八日：①暑假期中收获最大的是自学了一门新课程——"逻辑学"。② 13日以后，开始搞文件学习和毕业鉴定工作。③被批准加入中国新民主主义青年团。④毕业考试的成绩，

三个优，一个良。

【6】八月三十日：①买了两瓶鱼肝油丸，并且用木盒把它们装订好，准备寄给您。②还没有分配工作，因为分配方案还没有下来。大概还要等几天吧。③哥哥被录取与否还不知道。

【7】九月十六日：①孩子已被留下来在本院本系当"语法学（及修辞学）"助教了。②前天下午，已搬到教师宿舍来了。学习和生活的环境和条件都非常之好。③已报名参加教师俄语训练班。大概过几天就开始学习。④打算深入研究这一小专题：《动词中的两动动词》。⑤薪金，每个月43元，交了伙食费十多元，还给同学几元，再做一套衣服，只有8元寄给您。

【8】九月二十二日：①您已被调到基建队搞测量工作，说明了几年来您是在不断地进步着。②被留下来当助教，在兴奋和激动的同时，感到担子的沉重。语法是一门非常复杂的学科，一直到现在，语法学界的分歧意见还很多。③您所需要的图书目录，星期天就上街到新华书店去找，必要时，把书也买寄给您。

【9】十一月二十七日：①您的这次来信，使儿在"自鸣得意"的时候，细细地检查了自己的缺点。②儿已有女朋友，她叫谭漱谷，湖南人，现家在衡阳市，她爸爸就是搞测量工作的。她是湖南一师——毛主席的母校——毕业的，毕业后，被转送来师院学习，和儿同年级不同班，这一次她也毕业了。现在她在"武汉艺术师范学院"教书。

信 件

【1】二月十二日

父亲：

　　收到您的来信已相当久了。恰好碰到最紧张的备课阶段，所以拖到今天才给您写回信。

　　考试就是在昨天结束的。一共考了三科——苏联文学、现代文选、中文教学法。苏联文学和语文教学法是采取口试方式进行的。从一月三十一日起就开始苏联文学考试，直到昨天上午，以考教学法结束。孩子的考试成绩很好，口试的两门学科都取得"优"等成绩。笔试的卷子老师还没有评定，但可以预料得到成绩不会差的。

　　寒假的活动已经开始了。假期大概是两个星期。假期中，可能有工作和其他集体活动，所以孩子没有打算系统地订一个学习计划，只是粗粗准备看一两本长篇小说并写一些什么。

　　孩子很久没有收到家信了，家中近来的情况不大了解。

　　您来信提到，您专心在劳动中改造您自己，很对，很好，希望您把决心和实际结合起来，并且不断学习，从思想上清除旧的，建立起新的人生观和世界观来。

　　再把您的健康情况告诉孩子一下，想念着呢。有时间孩子就写封信回家，叫他们设法给您寄一些费用。不知道您近来收到家信否？

　　孩子很健康。一年多来，思想上也是成熟得比较快的。毕业后一定服从国家分配，在工作岗位上一定能一心一意地为人民教育事业而积极工作，创造条件，不断学习，提高自己。

　　近来由于春节放假，书店不开，所以过两天才能买得到杂志寄给您。

　　祝您健康！

　　　　　　　　　　　　男　义禀　1956.2.12—13

【2】三月二十四日

父亲：

　　您的来信在十三日收到了。这以前不久，曾收到哥哥从家里寄来的一封信。娘还是在做挑鱼的生意，哥哥他干一些小手工业，如做袋子、钉纽扣之类。大概所干的活，也只能勉强维持生活而已。孩子在给他的回信上，曾叫他考虑一下，能否今年秋季报考一个技术学校或普通师范学校；因为在孩子想来，升学对他来说是再也没有更合适的了。但是说回来，那也有困难，就拿学习来说吧，他已荒废很久了，目前怕又抽不出时间来补习。不过，孩子还是很希望他能升学，现在正等待着他的来信。

　　三叔父在红沙已没有工做了。因为原来那个私营木工厂现已改为合作社，而他又没有参加工会的缘故。这，对他的生活影响很大！

近来学习很忙。因为本学期是毕业学期，作业很多，课堂讨论提纲呀，写教案呀，每个星期都有。加以开了一门新课程"中国新文学史"（由作家协会一个同志讲授），学院又组织了语音训练班（所有毕业班同学都必须参加，上课时间是星期天下午），因此更感时间不够了。

同时，在国家号召向科学进军之际，孩子也已订出了向科学进军的规划。暂以六年为期。目前的指导原则是在争取优异的成绩的基础上，重点深入。深入的重点和办法是，边读、边看、边写。"读"是读文艺理论，"看"是看文艺作品，"写"是自己习作。这三项的内容是统一的，比如写的内容是"这些"，那么"看"要环绕写的来看，"读"要环绕着写的来读。原先还在准备这学期以搞契科夫研究为重点，但后一考虑时间和条件，便改为以习作为重点。习作中，以习作儿童文学为重点。前几天孩子写成了将近千字的童话《小公鸡和小麻雀》；现正在构思一篇三千字的童话《鞋子的命运》（暂名），大约在春假中完成。——由于要在课外时间来搞这些工作，所以更忙了。

我们大约在五月中旬实习，时间是四个月，地点是武汉某中学。最后告诉您一下，前个月孩子写信回去把以前家中给订卜的婚约解除了。原因很简单，一来离家这么远，二来大家互不了解。孩子没有预先和您商量，请原谅！

目前孩子手头没有零钱，不能买杂志寄给您，一两个星期后

一九五六年（21岁）

一定买寄给您。

孩子很健康，勿念。

祝您健康！

男　义禀　1956.3.24

【3】五月十七日

父亲：

不久前曾写给您一信，想已收到了。近来好否？

大后天我们就要到实习学校去了，所以这几天来更紧张。

其他情况，如常。

现在孩子有这么个问题，请您抽时间回答一下。—— 那就是政府判处您"劳改"的原因是什么？问您这个问题的原因是，孩子正在积极地争取加入新民主主义青年团，组织上和介绍人都说无论在学习上或是在工作上，我的条件已够，本来打算在本学期初就开支部会来讨论鉴定的，但因上面问您的那个问题还搞不清楚，所以延到现在。这问题，家中人也不了解，所以直接写信问您。

最近孩子又给哥哥一信，叫他再考虑一下能否升学的问题。孩子很希望他能升学。

祝您健康！

男　义禀　1956.5.17

【4】七月四日

父亲：

　　在二十女中实习期间就收到了您的一封来信，当时因为太忙，没有马上给您写回信。实习回来后，写报告啦，开会啦，等等，花了两三天的时间。紧接着孩子患了流行性感冒，在医院里住了六天，到六月二十八日才回来，回来后又马上参加毕业考试。总是找不到空来给您回信，一直拖到现在。

　　我们的毕业考试，开始于六月二十八日，现在已经考过了两门学科：教育学和中国革命史。还有苏联文学和中国文学史没有考。最后一门是在本月十六日考完。那就是说，我们的毕业考试到十六日才能完结。病，在一定程度上影响了孩子的功课复习工作，但已考过的两门，考得不算太差，而将要考的两门，相信也会考得不太差的。

　　我们是在六月十八日从实习学校回来的。这次实习工作，很紧张，但很愉快。愉快正是用紧张的劳动换来的。这次实习工作的主要收获是：能把书本上学到的知识运用于实践，并且在实践中学到书本上没有学到的东西，这是一；第二，特别热爱人民教育事业；第三，大大地增强了信心。

　　不久前收到哥哥一封信，附他的相片和他的女儿的相片各一张，特别叫人高兴的是他已决定考学了。很希望他能考取。考取后孩子一定全力支持他。

　　近来身体好否？

一九五六年（21岁）

祝健康！

　　　　　　　　　　　男　义上　1956.7.4

　　您六月十六日的来信，五日那天收到了。

　　前天，第三门学科——苏联文学又考过了。

　　您说得对。希望您按照所说的去做，在劳动中好好改造自己，把您的能力贡献给人民的事业。

　　这个假期我们放 25 天假，孩子打算复习语法、中国新文学史、逻辑学等门功课，以及写两篇小说。

　　　　　　　　　　　　　　　义又上　1956.7.8

【5】八月十八日

父亲：

　　七月初曾寄一信给您，想已收到了。

　　孩子现在还没有离校。看来可能到本月底至九月初或九月中旬才能走。原因是这样的：今年高等学校毕业生的数量不能满足各部门的需要。全国毕业生只有 6 万多人，需要的数量是 20 多万之多。针对这种情况，国务院采取了统一分配、集中使用的方针，现在正和各部门磋商，制定毕业生分配方案。分配方案是分配工作的唯一的依据，没有它是不行的。它还没有制定好、发下来，那么只好安心等待了。

　　我们的暑假期是在 13 日结束的。暑假期中收获最大的是自学了一门新课程——"逻辑学"，此外复习复习功课，看看书，画画图画，20多天的假期就溜走了。原来计划的写作，没有如计划完成，原因是没有创作欲，往往起了一个头，写了一千几百字就不想写下去了。总之，这一假期中成绩是不大的，简直是虚度时光。当然，一个月的实习工作，一个月的毕业考试，使得精力消耗不少，学习起来没有精神，也是一个现实的原因。

十三日以后，我们开始搞文件学习和毕业鉴定工作。时间是两个星期。一个星期过去了，还有一个星期这工作就完结。

告诉您一个十分好的消息：孩子已获得了政治生命——从七月份起，已被批准加入中国新民主主义青年团，成为一个光荣的青年团员了。老实说，以前连想也不敢想过自己能加入这先进的青年组织，以为自己的家庭成分和社会关系不好；但事实打破了一切不对头的想法。一年多来，孩子在党的教育下，思想不断提高，懂得了只有把能力毫无保留地贡献给人民，生命才有意义，——这样地，在合格了的时候，组织便把孩子吸收了。正像您一样，只要认真悔过，决心为人民服务，那么人民是一定需要您，欢迎您的。

毕业考试的成绩，孩子没有考得"全优"，其中有一个"良"（即三个优， 个良），惭愧之极。本来那一门得良的学科是满可以得优的，就是因为题目多，时间少，在写到最后一个题目的时候，时间已到，只好草草写完交卷，以致影响到了成绩。这门学科就是"中国革命史"，这门学科是班中同学两年来考得最不好的一门，不及格的同学就有三四个之多。虽然孩子有一门"良"，但成绩还算较好的。全班同学中考得全"优"的同学只有两个，而考得三个优的同学，除孩子之外，也只有两个；其余都是在两个优以下至没有优没有良的。

在快要走向生活之际，心里是很激荡的，但充满信心。

孩子打算在工作一个时期后，回来插系三年级，继续把"本科"的课程学完，以后参加副博士研究生考试；或者是自己在工作岗位上抓紧自学，把自己提高到"本科"水平！（这没有什么困难）然后在四五年之后直接参加副博士研究生考试。

哥哥已参加中等专业学校招生考试。他来信说他考得不太好；语文和政治考得很平常，而数学只考对两条。虽然这样，孩子还是非常欢喜。首先，他的学业已荒废了几年，考得不好是没有什么奇怪的，只有考得好，那才是怪事！第二，他这一次参加考试，就说明他还有勇气，今年考不取，明年可以再来。第三，今年录取的人很多，拿武汉市来说，就录取了90%左右，所以他还是有几分希望的。孩子正给他去信，叫他假如被录取的话，一定要筹措经费赴校入学，孩子一定全力支持他。至于孩子将来要继续读书和支持哥哥读书是否矛盾呢？那是不会有的。人是活的，计划不是死板的，计划可以随不同的条件而转移。

昨天收到三叔父的一封来信，谈到他的生活情形时，他说：我的生活情形很简单，有生产的时候就去，没有时，就闲着。这几天是闲着，大约几天后要忙一些，因要割中早稻。他还说到福荣哥的儿子孔星已去考空军（他在初中毕业后到现在一直没有升学），已到广州去检查，录取与否，还不明确，但据说录取很难。

您好吗？孩子很好。

男　义禀　1956.8.18下午4时许

【6】八月三十日

父亲：

您的来信二十七日收到了。

收到您的来信后，孩子就跟同学借了一些钱买了两瓶鱼肝油丸，并且用木盒把它们装订好，准备寄给您。可是拿到邮局去寄时，邮局负责同志说，上面已经规定，不能寄食品给正在劳改的人。孩子问了两次，都得到同样的回答。既然是上面已经规定，那么当然是不能寄了。这两瓶鱼肝油丸暂且留在这儿吧。问题是在于孩子目前手头没有钱，不能寄三多二少（福义插说：海南黄流话，这里的意思是少量的钱）给您，再说，即使能有钱寄给您，又不知道您那儿有没有买。且不管您那儿有没有买吧，孩子一到工作岗位以后就给您寄一些钱，最好您能托人在当地买一买。

我们还没有分配工作，因为分配方案还没有下来。大概还要等几天吧。

哥哥被录取与否的消息还不知道。

一个星期前寄给您的那封信收到了否？孩子的情况在那封信

上写得相当详细，这里不再啰唆了。

祝您早日恢复健康！

男　义上　1956.8.30

不必给孩子寄回信了，因为恐怕回信来时，孩子已经离开学校到工作岗位去了。孩子到工作岗位以后再告诉您新的通讯地址吧。

【福义插说】以上信件，写于学生时代，即进入华中师院读中文专修科的那两年。

【7】九月十六日

父亲：

孩子已被留下来在本院本系——华中师院中文系当"语法学（及修辞学）"助教了。这是多么出人意料的事啊！

前天下午，孩子已搬到教师宿舍来了。学习和生活的环境和条件都非常之好。

孩子在名义上虽然是助教，但实际上，今后两三年内，并不是"教"，而是"学"，系统地细致地"学"，在"学"到取得一定的成就之后，才能开始"教"。这是每一位助教都要走的道路。

语法学是孩子最喜欢的一门学科，现在取得这样好的学习条件，今后一定能进步得快一些的。尽管语法这门学科非常深奥、复杂，孩子的基础又差，所以感到担子有些沉重，但是，我知道，

"在科学的道路上是没有什么平坦的大道可走的","伟大的精力是为了伟大的目的而产生的",困难只能吓倒懦夫。今后孩子作为一个充满前进信心的人,在困难面前所产生的将不是胆怯和后退,而是足以克服困难的勇气和力量。

孩子已报名参加了教师俄语训练班,大概过几天就开始学习。

这一年中,除了普遍地阅读名家的学说之外,我打算深入研究下面这一小专题:《动词中的两动动词》。

由于孩子现在是"学"而不是"教",所以薪金少了一些。每个月仅仅有四十三元,交了伙食费十多元,还给同学几元,再做一套衣服,已差不多了,因此只有八元寄给您。

到现在还没有得到哥哥考取与否的消息。假如他考取的话,孩子这四十三元的薪金,也足够支持他读书的。

祝您迅速恢复健康!

男　义上　1956.9.16 晨

【8】九月二十二日

父亲:

读完了您九月十一日的来信,也跟您读完了我八月十八日的信一样,高兴欢快。

您已被调到基建队搞测量工作,这是人民需要您的开始,也是您为人民服务的开始。这,有力地说明了几年来您是在不断地

一九五六年（21岁）

进步着。但是，这仅仅是开始，一切还等待着您继续努力呢！您的年龄还不算大，在测量工作方面，又有很大的潜力，只要加紧学习，进步一定很快，而工作也一定会搞好的。由于在改造中您思想有了转变和提高，人民开始相信您，让您搞工作；而在工作中既能检验您的思想是否真正地提高，又能再度提高您的思想，所以您一定要搞好工作，创造性地搞好工作；搞好了工作，人民又会更相信您，让您搞更多更对社会主义建设事业有利的工作。

前几天曾寄给您一封挂号信，内有八元钱，不知道您收到钱后，是否可以买到鱼肝油丸。

孩子这次被留下来当助教，当然非常兴奋和激动，但与此同时，却感到担子的沉重。语法是一门非常复杂的学科，一直到现在，语法学界的分歧意见还很多，你有你的意见，我有我的看法，各家都有自己的体系，这就规定了学习和研究语法的困难性。中国过去的语法理论是在英文的基础上建立起来的，要想鉴别这些理论中哪些是正确的，哪些是错误的，必须精通英文，但孩子却很差；现在最先进的语法理论，产生于苏联，要学习它，必须精通俄文，但孩子还不懂。这一切，增加了学习语法的困难。但是主要问题在于主观上是否努力。若不努力，困难就会变得更大更多，成功就永远得不到；若努力，困难就会被各个击破，逐渐克服，成功就要来临。现在，孩子面临的困难虽然大，但却存在着成功的可能性。首先，在主观方面：（1）孩子对语法学科有强烈的兴趣。（2）孩子天资比较好，理解力较强，接受新的东西比较快。（3）肯钻，肯找窍门。（4）有决心，有信心。其次，在客观方面：(1) 有良好的学习环境。这，包括有藏书丰富的图书馆（我们可以自由出入图书馆书库，借书的数量和时间没有限制）。(2) 有党的关怀，有良好的生活环境。可是，这一切正如前面所说，只有努力，努力，再努力，可能性才能变为现实性，否则一切都是乌有的。

您所需要的图书目录，星期天就上街到新华书店去找，必要时，把书也买寄给您。

很久没有收到家信了。原因是这样的：孩子过去寄信回家说在八月二十日左右就要离校前往工作岗位，叫他们不要再寄信来；而最近在分配工作妥当后寄信回家可能现在才收到，复信还不能来到这里。所以，家中的近况孩子不了解。

孩子初步确定这一年中研究的专题是《动词中的两动动词》，但这方面的材料在这一星期来的学习中掌握很少，所以有些泄气，但接着气又鼓起来了，"天下无难事，只怕有心人！"

有一个问题，孩子想了解一下，那就是您的劳改期限问题。您这一次调搞测量工作，是不是已经劳改期满？抑是这工作还是带着劳改性质的？望告知。

祝您迅速恢复健康！

男　义上　1956.9.22

来信寄：武汉华中师院中文系办公室转

【福义插说】信中的"两动动词"，指自动词和他动词。二者的分界和纠结很难讲清，相关的问题后来一直未能做令人信服的描写，文章一直写不出来。类似的情况，后边还有，不再一一说明。六十年之后的今天，我感悟到了两点：第一，做不出的文章，不要硬做，但一定要记住，做有心人；第二，发表文章，尽量争取在权威刊物刊出，但不要硬争，级别低的刊物、未公开发行的刊物上也可以发，这样，可以训练自己的实力和文笔。

【9】十一月二十七日

父亲：

　　您的这次来信，像一盆冷水泼到一个醉酒的人身上，让他清醒过来一样，使儿在"自鸣得意"的时候，细细地检查了自己的缺点。

　　先说"自鸣得意"吧。的确，像您所指出来的一样，在取得一些微小的成绩的时候，儿"自鸣得意"起来了。记得在毕业鉴定会上，同志们就很诚恳而且尖锐地指出，儿"孤高自赏""清高""有严重的自满情绪"等。虽然，说有"严重的自满情绪"未免言过其实，因为儿从来没有认为自己已"满"了。但是严重的不虚心的情况却往往表露出来。例如在学习上不依靠群众，甚至在考试前夕由各班同学组织并且有老师亲临指导的"问题讨论会"也不参加，认为讨论来讨论去还是逃不出自己的理解范围，浪费时间。由此一斑可以窥见全豹了。加以儿往往想，中师读了两年，而且又不是学"专师"，但是进了大学学起语文来却也不很差，在大学学了两年，毕业后又被学校留下来了。前后不过是四年的时间！这样一想，真的是"无亦乐乎！"当然"自鸣得意"起来了。对"自鸣得意""不虚心"等坏作风，儿也进行过斗争，记得在"毕业生学习文选"那本小册子上，儿曾经写下了这些话："你要自尊，但不能自满；你要相信自己，但不能迷信自己；你要有远大的理想，但不能眼高手低，志大才疏，脱离实际。"但是一直到现在，还没有切实地依照这些话去做。比方说，"不虚心"还是"不虚心"，认为自己有一套还是认为自己有一套，并没有改变过来多少。

再说"头大尾小"这一毛病吧。这一点几年来儿克服得比较有成绩一些。记得不久以前，儿曾写一封信批评过一位现在大同工作的朋友，说他有这一毛病，并且表示和他一起克服呢。您提及的"六年科学进军计划"、创作"儿童文学计划"等，好似认为儿这次改搞"语法学"是"头大尾小"的毛病。这一点倒可以解释一下。也许您还记得，在儿初进大学不久的时候，就曾写信告诉您，儿对"现代汉语"这门学科发生了极大的兴趣（"现代汉语"包括"语音""文字""词汇""语法""修辞"等学科）。但是当时并没有把它作为向科学进军的目标，因为除此之外，还有其他学科使儿发生浓郁的兴趣。党向全国青年发出的向科学进军的号召时，"现代汉语"已经教到"语法学"这一阶段，这门科学更使儿发生兴趣。与这同时，使儿发生同样兴趣的还有两项：一是搞儿童文学创作，一是搞契科夫研究。当时考虑了很久，觉得自己快要到中学去教书了，一方面在中学里面，没有参考资料，没有（或少有）搞研究的工作条件，要搞"语法学"或

"契科夫研究"是比较困难的；另方面，有天真活泼的中学生，给创作儿童文学提供了有利的条件。这样一考虑，便选中"儿童文学"了。但是在分配工作时，领导决定把儿留下来了。当然，领导的意思是让儿搞"语法学及修辞学"的，但也有"任意选择"的机会。就在这个时候，儿考虑到，条件不同了，在大学里面，关在"书房"里面搞儿童文学是不可能的，反之，研究"语法学"却有了良好的条件，于是，儿毫不犹豫地、愉快地接受了这搞"语法、修辞学"的任务。（"语法修辞"属于"现代汉语"，是二年级才有的，其中"语法学"的分量占90%，"修辞"仅仅是10%）。不过，话说回来，"头大尾小"这一毛病，毕竟还是严重地存在着的，这表现在"没有韧性"这一点上。但是，儿相信，"伟大的精力是为了伟大的目的而产生的"，当一个人懂得了活着是应当为谁而工作的时候，他将不会在困难的面前低垂下头来的。

儿已有女朋友，她叫谭漱谷，湖南人，现家在衡阳市，她爸爸就是搞测量工作的。她是湖南一师——毛主席的母校——毕业的，毕业后，被转送来师院学习，和儿同年级不同班，这一次她也毕业了。现在她在"武汉艺术师范学院"教书，教的是等于高中程度的学生（艺术学院有七年制和五年制，都是招收初中毕业生；一、二年级学生的程度等于高中程度）。职位上也叫助教。

我们是一年级上学期就认识的。互相帮助，使我们渐渐地互相了解。下面是她的诗：

> ……
> 不远的幸福的星辰
> 会给你以无比的温暖,
> 我也会放出我的一分热,
> 投射到你的心窝里,
> ……
> 亲爱的同志,
> 等待着我们的是生活和荣誉,
> 生活在激流里,
> 就要经得起浪头的冲击,
> 我相信你,
> 正如相信我自己。

然而,事情往往不是完美无缺的。她年纪比儿大三岁,人又不美,身体也不太好。从很小很小的时候起,儿就开始看旧小说,什么英雄美女呀,佳人才子呀,塞满一脑袋。孩子非常害怕将来会做出对不起良心的事来,所以坦白地把存在的问题告诉她。她是好人,她愿儿得到更大的幸福,于是,在三个月前的一个傍晚,我们决定分开了。儿有过这样一个体验:在妈妈活着的时候,休会不到她的爱,等到她已故以后,儿越来越感到失掉她的痛苦。这一次,也有了同样的体验,体验到又失掉了一个亲人的痛苦。加以良心苛责自己:由于自己和她的关系,她拒绝过好几个人的追求。儿把问题想通了，便告诉她。于是我们的感情又恢复并且更巩固了。儿和她的情况，曾告诉过三叔父，他赞成儿的做法。当然，儿想知道您的意见。

儿近来没有照相，不久后照了寄给您，并且把她的也一同寄给您。

本来想买鱼肝油丸寄给您（还不知道是否可寄），但因一方面寄了十多块钱回家（里面有几块是寄给娘的，儿要她做一件衣服给弟弟穿），另方面，为了便于进修，买了一些书，"语法"专业的书很贵，书买的不多，但已花了十多块，所以把钱给花光了。等两个星期后，薪金一发下来，就买给您。至于《世界知识》也因为同样的原因，还没有替您订呢。

写得太草了。

祝您健康！

儿　义上　1956.11.27 晚

又：

您十一月十四日的信昨天收到了。您需要的书，十五号发薪后就买了寄给您。

前几天收到三叔的一信，得悉他已回家，在家乡组织的俱乐部中工作，并悉哥哥已到羊栏附近农业合作社当会计去了。

1956.12.4

一九五七年（22岁）

父亲的摘要

【1】一月十六日：①解释"不亦乐乎"和"无亦乐乎"。②写成《动词作定语要带"的"字》《动词作状语试探》《关于"一样""似的"的词性问题》《把"词类"和"字类"区分开是必要的》。

【2】三月二十三日：①寄来漱谷相片一张。②"助教"工作范围是：在二年级的一个班，每周两节实习课和一次答疑。

【3】五月二十一日：①四月四日晚上和漱谷行结婚典礼，只请同学吃些糖果。②写成《谈词和词素的类名问题》《动词作状语试探》。"助教"工作较顺利。

【4】六月二十六日：寄来《试论复指主语的"自己"和充当小主语的"自己"》和《谈词和词素的类名问题》两篇文章的底稿。

【5】八月二十四日：①暑假开始就到院本部搞函授工作，对象是不到大学专科水平的初中教师，管的是"语法"，工作人员两个，一个主讲教师，一个助教。②留在中文系做助教的一共有

14人，有12人调走，留下我及一个曾到北京学习过的同志。

【6】十月十五日：①《中国语文》1957年8期登载了处女作《动词作定语要带"的"字》。②准备明年暑假前，写成《主谓结构作谓语的一般规律和特殊规律》。③写成《"我喜欢他诚实"和"我认为他诚实"不同在哪里？》。④失眠。

【7】十一月十八日：①每周用两天时间来写"反右"和"鸣放"文章。②把《试论复指主语的"自己"和充当小主语的"自己"的区别》一文修改后，寄给《中国语文》。

【8】十二月三十一日：全院下放二百多人到村里参加劳动。

信 件

【1】一月十六日

父亲：

仁哥还没有寄信来，不知道什么原因。要想给他写信，又不知他的通信地址。孩子有时想到哥哥是否对自己有什么误会，心中异常难过。

前天又收到三叔父一封短信，这封信是他收到寄给他十元钱后寄来的。和哥哥一样，他目前的生活有些困难，但是孩子心有余而力不足，只能以后慢慢帮助他们了。

工作，孩子虽然名义上参加了工作，但实际上过着研究生的日子——整天看书，发现问题时请教老师。不过忙却是有些忙的。原因大约有二：第一是自己的思想过分地紧张，学习上有急躁情绪，希望一下把所有的书看完，初步掌握好基础知识。这是因，"忙"（正确的说法是"忙乱"）是果。第二是计划性不够强，不会适当地安排学习和休息时间（现在的学习完全由自己掌握，学也好不学也好，都没人过问）。由于"忙"得有些不正常，开始影响了孩子的身体，例如晚上睡不好觉，等等。但是您也不要因而挂心。在一个人开始新的生活的时候，产生一些副作用是必然的，等到新生活过习惯了，就好了。

上面这些是前几天写的，因为有事，所以写到这里就搁下来了。在正要继续写的时候,收到您元旦的来信。

儿搞的是"语法学",不是"修辞学"。其实,"语法学""修辞学"都是中文系二年级学生应讲授的课程,总名叫现代汉语(二),儿将来讲课时也不只讲"语法学",还要讲"修辞学"。但因为"语法"这门科学很深奥,讲课的时间是占"现代汉语"的讲课时间百分之九十几,而"修辞学"只占百分之几,所以凡搞"现代汉语"(二)的,全部精力都放在钻研"语法学"上,"修辞学"只是附带搞一搞。因此,儿说儿是搞"语法学"的。当然,若说是搞"语法修辞"的也对。但若说是搞"修辞学"的那便不是了。

儿在写给您的信上写了"无亦乐乎"一句,本是"不亦乐乎"之误。因为"不亦乐乎"见《论语·学而》篇,引用时,不应随便更改哪一个字。"无""不"等字的运用,不是属于"修辞学"范畴的问题,它们是虚词,虚词的运用是属于"语法学"范围的。"不"和"无"的用法很多地方不相同,但用作否定副词的时候,它们还是通用的。例子很多,而且都有出处。如:《书·洪范》:"无偏无党。"《墨子·兼爱》篇《汉书·谷永传》注,引作"不偏不党"。《论语·学而》篇"食无求饱,居无求安",《汉书·谷永传》引作"居不求安,食不求饱"。《礼记·月令》:"五谷无实",《吕氏春秋·孟秋纪》作"五谷不实……"至于孩儿所说的"无亦乐乎?"这是自己生造出来的。您这次把这问题提出,使儿的"粗心"受到一次"打击",好极。

此学期转眼就要过去了。在儿的生活史上,这学期是最有意义的一页——因为新的开始，是从此起步的。正好像一颗种子刚刚冒出嫩芽的时刻，又好像远航的船儿刚刚离开海岸的时刻。当然，嫩芽是否能变成华茂的大树，船儿是否能驶到遥远的目的地，得靠嫩芽和船儿的不断努力。

到现在为止，儿一共写成了《动词作定语一定要带"的"字》《动词作状语试探》《关于"一样""似的"的词性问题》《把"词类"和"字类"区分开是必要的》等文章。虽然这些小文章是"读书札记"，但儿还是很高兴（但不是冲昏头脑），把它们看作在"嫩芽"上第一次冒出的几片幼稚的绿叶。

本来领导上决定在今年暑假以后才让孩儿参加工作的，但最近据说下个学期（即寒假后）就要孩儿担任辅导工作了。这使儿有些胆怯。胆怯的原因有二。一是自己的"本钱"不够，怕给同学们答疑时不能很好地解决问题；一是要辅导的是二年级的同学，他们和儿同过一年学（儿若读本科的话，现在还仅是三年级），只比他们早读一年书，现在就去当他们的辅导老师，工作之难以进行是可以想象的。现在系领导还没有通知，也可能不搞，但儿已做好思想准备，加紧钻，希望能经得起考验。

儿和漱谷现在越来越好。朋友们都很羡慕我们在私生活上所得到的幸福。至于同居的问题，原来我们打算在今年暑假，但现在看来恐怕不行，因为漱谷下学期可能到北京学习，到中国科学院办的语言研究班学习。（虽然领导还没最后决定，但去的可能性比较大）

写得不短了。祝您健康!

儿　义上　1957.1.16

再：

1. 到现在才把钢笔管子买到，所以信延到现在才发，又发迟了。

2. 相片还没有照，现把漱谷的先寄给您，她的这个相片是去年照的。

3. 沈镜祥的《测量学》还没买到寄给您。上一次寄一本爱维诺夫的《普通测量学》给您，不知收到否。《世界知识》还没替您订，这是因为儿近来买东买西，又要寄些钱回家，所以手头有些拮据。这个星期天上街一定替您订。

儿　义又上　1957.1.25

还有，纪念邮票儿收集到几十张，下封信再邮寄给您。

【2】三月二十三日

父亲：

春节前给您寄沈镜祥的《测量学》一书，前几天忽然退了回来，不知什么原因。今天收到您三月一日的来信，才知您的住址还不变，所以又重新将它寄出，请查收。

上一次是儿粗心，在寄信时忘了把漱谷的相片插入。现在连同邮票寄给您。

因为工作的需要，这个学期漱谷还不能到北京去学习，下个学期——即暑假后——才去。但还是不一定的。我们做这样的打算：如果她下学期到北京学习去，那我们的婚事就在寒假期（明年二月间）举行，如果不去，那就在国庆节（今年十月一日）举行。不知好否？

　　此学期儿已正式担负了"助教"的工作。前信曾提过。工作的内容是这样的：每周上两节"实习课"，每二周做一次答疑。由儿辅导的是二年级的第一班。二年级一共有六个班，给他们上"实习课"和答疑的老师一共有四位。除儿以外，一是一位教授，他是主讲兼这工作的，这位老教授也是儿做学生时的老师。二是一位老助教，他当过两年研究生，以后又当了两年助教。三是一位和儿一起留下来的新助教，但他是本科（四年）毕业的。由于儿的学历不够（专科毕业），系统地钻研的时间又很短，加以辅导的是二年级的同学（他们读一年级时儿读二年级），所以开始工作的时候，碰到了不小的困难，最主要的是学生们的轻视，不容易建立起作为一个教师的威信。起初儿也不能冷静地处理这一问题。比如，第一次上课时，看到学生们表现得不是太好，下来后便灰心丧气。差点失掉了信心，觉得领导上不应该过早地把这工作交给儿干（按原来的计划，儿是在下学期才开始工作的）。现在，经过上了几次课和做了两次答疑，学生们逐渐改变了对儿的态度，那就是说，儿的威信开始建立起来了，第一个难点度过了。然而，儿知道，往后走下去，困难还是很大很多的。比如搞"答疑"（即规定具体的时间和地点，回答同学们在学习中所发现的问题），虽然勉强应付得过去，但感到非常吃力。因为自己懂得的东西实在不多,面对面地回答几十个人的来自各方面的问题,当然不可能"左右逢源"。儿有时自嘲,儿是在用"小本钱"做"大买卖"呢。为了搞好工作,必须把"小本钱"变成"大资本",这是儿的决心。当然,由于这学期有工作,不可能和上学期一样每天看书,但儿还是打算尽量争取用较多的时间来系统地提高自己。另外,还有一个问题,就是大力防止自满情绪的滋长。一个支委同志在批评儿有自满情绪后严厉指出:"千万不要因为从专修科毕业生中留下来的只有你担负工作,而以为你自己比别人好得很多!"儿把这句话作为在工作中和学习中检查自己的准则之一。

几个星期前曾有一位叫张建中的同志来此找儿,那是星期六晚上,儿已到艺术师院玩去了,所以没会到他,非常遗憾!他的来访,是邻舍一位同志在儿回来后告诉儿的。

祖母这老人家,无论从哪方面讲,都应由叔叔、婶婶来供养。不过这也难怪得叔叔,他是一个好人,但也是一个不能自主的人,婶婶完全支配了他。所以,儿曾经给哥哥写信,叫他好好供养祖母,并且告诉他,儿愿意负担她老人家的生活费用。今后儿拟每月寄六七元钱给她。

谈到寄钱,儿有些为难。如果不买东西的话,每月可以寄出10—15元,但寄给谁呢,往往感到为难,光寄给哥哥吧,过去得到三叔父的帮助实在太大,过意不去,特别是怕三叔母说闲话;寄给三叔父吧,又看到他目前的生活过得安定些。以前接三叔父一信,他说祖母曾借人家几十元,叫儿代她还,儿回信给他,说儿愿意替她老人家还债，但要等到七八月间才行。既要替祖母还债，就得把每月的盈余的一部分积蓄起来，既要积蓄一部分，就必然影响寄出的数目，也就增加了"寄给谁呢"的为难。儿觉得，自己少用一些，"给浅水鱼添一点水"是非常愉快的，就是这为难不好解决，您看怎么办好呢？

　　至于您以后需要什么书或是其他什么东西，或是需要一些钱用，尽管寄信来，切不要看到了上面说的那几句话而不寄。儿没有钱用时可以到潄谷那里去拿（过去一直是这样），她的家庭负担较轻；所以不管怎样，儿的生活是不会有任何影响的。

　　写到这里吧。祝您健康！

儿　义上　1957.3.23

"图案"有时间上街就买寄。

【3】五月二十一日

父亲：

　　五月一日的来信收到了。

　　前个月，我们从各方面考虑了一下，觉得条件已够，所以已在春假期间（四月四日—七日）结了婚。因为决定得太匆忙（四月一日才决定），时间很挤，要买东西和办手续，所以不能事先告诉您以及家中的人。婚礼是四日晚上举行的，怕浪费太大，所以只请老同学们吃吃糖果，热闹热闹。结婚相片本来已照了，但那是一位朋友自告奋勇地替照的，他技术差，所以照坏了，以后要补照一个，然后再寄给您和祖母、外祖母她们。

在收到您这封信的时候，差不多所写的东西都已寄到外面（杂志社）去征求意见去了，手边只有这一篇《谈词和词素的类名问题》。这是最短的一篇，只能算是语法札记。最长的是不久前寄出去的《动词作状语试探》，一万多字，是前学期写这学期修改好的，虽然还很粗糙，但也勉强可算一篇论文。那篇文章没有留底稿，所以不能寄给您。现在寄给您的这篇小文章虽很短，但也是动过一番脑筋的，所以还能多少反映孩儿的业务水平。

图案画册，还没看到好的，所以还没买。

近来儿工作得很顺利，学生们对孩儿虽然谈不上尊敬，但已没有什么轻视的态度。作为一个初出茅庐的人，不敢要求过高，所以暗自欣慰。今后几个礼拜中，恐怕是顶忙的时候了。原因有两个：一是孩儿的工作量增加了一倍，——代一个正在生育期的女同志上二年级第二班同学的实习课（包括答疑）；二是考期将近，学生们都在加紧准备功课；因为他们细心一些，认真一些，钻研得深一些，所以提出的问题也多一些，难解决一些。为了应付这种"局面"，儿自己也在紧张地系统地"复习"功课呢。

这个星期天打算上街一趟，主要是买鱼肝油丸给您。请查收。

祝您健康！

儿　义上　1957.5.21

【4】六月二十六日

父亲：

六月十二日的来信收到了。

鱼肝油丸已买了两瓶，但拿到邮局去寄时，邮局的负责同志却说现在已有了新的规定，不能寄了；但他们又说，假如您能从您所在地的医生那儿找到一个证明，那就可以寄了。您能不能叫医生打个证明来呢？证明一来时，马上就寄给您。

最近写成了这篇文章，里面的一些结论是自己近两三个月来探究的成果，虽然不一定正确。现在把底稿寄给您，请代存，并提提意见。

一方面怕此信超重，另方面近来很忙——忙于审阅考卷，所以不能写长。

图案有时间就买寄给您。

儿和漱谷都好，勿念。

祝您快乐！

儿　义上　1957.6.26

附寄的相片是三叔的女孩月桂和关桃的，是三叔托儿转寄给您的。

【5】八月二十四日

父亲：

八月二日的来信昨天由一位朋友转来。

一九五七年（22岁）

暑假一开始，儿就到院本部（原来住在南湖分部）来搞函授工作，至今将近一个月了。函授工作的内容是什么呢？——原来是这样的：华中师院附带办函授教育，函授生都是一些还没达到大学专科毕业水平的初中老师。这些函授生平时在自己的教育岗位上边教书边学习（由师院寄学习材料），一到寒假和暑假便集中到这儿来，由比较有经验的教授面授一些系统的知识给他们。学中文专业的一共有五六百人，今年暑假他们学到"语法"部分，除主讲的教师一人以外，还需要辅导教师。儿就是搞辅导的。辅导的内容和上学期在系里面搞的工作差不多：一是上实习课，一是答疑。不同的地方是学生都是一些教学多年、上了年纪的人，给他们上课或答疑的时候感到很不自然。这一工作后天就要结束了。工作结束后还有两个礼拜左右休息。

去年和儿同时毕业的中文科同学一共60多人，留在本系当助教的一共14人。最近，由于学历不够，其中12人被调到中学或中级师范学院当教员去了。存下两个，一个是孩儿，一个是一位姓全的同志。那位姓全的同志曾到北京学习一个学期，所以没有被调走；孩儿呢，也许是搞过辅导工作，以及学习上不算偷懒吧，也没被调走。今后，不待说，要以更大的努力来答谢领导的重视。（福义插说：一年以后，姓全的同志也被调走了）

图案画册还没有买到。前几天曾寄给您一本有关黑板画的小书，不知可用否？这几天工作完后到汉口去一趟，如果有好的图案画册，一定买寄给您。

刚刚领到薪金。现寄给您20元，如果不够用，请快写信来。漱谷很好。

怕延迟寄款的时间，此信写得太潦草了，请原谅。

祝您健康！

儿　义上　1957.8.24

【6】十月十五日

父亲：

来信收到好几天了。

儿曾寄给您"图案图册"和《中国语文》各一本，您的信中没有提及，大概您还没有收到。在那本八月号的《中国语文》上，发表了儿的一篇叫《动词作定语要带"的"字》文章。那篇文章虽然写得不长，但它是儿的处女作，同时又是发表在一个大刊物上面的，所以感到很有意义。在那本《中国语文》里面，还附有发表在我院《函授通讯》上的一篇短文，从那篇短文里可以看到儿一年来是如何学习语法的，因为所谈的都是自己的经验，所以也把它寄给您。

新的学年开始了。在这一学年中，儿已订了进修计划。目的和要求是：在具有一般知识的基础上，深入钻研前人的论著以及努力探究一些新的问题。"进修"是分两条线进行的。一条是读书，好好地领会前人的见解，这是一个摄取知识的过程；一条是做小专题研究，这是一个实践的过程，巩固知识的过程，同时也是获得更新的知识的过程。在这一年中，打算寄出6—8篇札记或短论，要求其中一部分达到能发表的水平；另外，选择了一个题目，进行研究，在明年暑假前写出一篇论文，这篇文章的题目是"主谓结构作谓语的一般规律和特殊规律"。

此学期儿的工作任务比前繁重得多：要给二年级的四个班上实习课和答疑。但，有信心完成任务。

不久前曾写成《"我喜欢他诚实"和"我认为他诚实"不同在哪里？》一文，不长，但很有自己见解。近来，因身体不太好（神经衰弱，失眠！），所以没有动笔，也很少看业务书。现在，在快要在科学的征途上迈开脚步的时候，觉得努力和健康这两样东西实在是太重要了。

漱谷还在艺术师院教书。她不到北京去了，因为她们学院不负担方言调查的任务，所以不能也不必送干部到语音研究班去学习。说说她的"文化水平"吧。在当大学生的时候，她的学习搞得很不坏。我们俩究竟谁的水平高一些呢？这是一个很难回答的问题。因为一个人不可能门门科学都精通，可能在这一点上儿比她强，在另一点上她又比儿强。所以只能回答：差不多！她对语言学很感兴趣，去年在艺术学院教的就是汉语。我们曾经下决心在向语言科学进军的道路上并肩前进。在语言学的范围中，语法学儿比她强，语音学她比儿强。但是，在目前的情况下，她的道路变了，因为从今年开始，他们学院已没有"汉语"课，所以她已改教了古典文学。她的古典文学基础本来就比儿好，现在一教，在备课的过程中钻懂了很多东西，更不能和她比了。不过，从发展上看，儿的学习条件比她优越多了。因为儿是"正规"的助教，在中国语文系中专搞语文学科的某一专业。"语文"这门学科底下是包括很多很多专业的。"语文"包括文学和语言。文学底下又分古典文学、文学史、现代文学、苏联文学、世界文学等。语言底下又有语言学概论、古汉语、现代汉语等。在这些小部门下面还要分。如古典文学又分为先秦文学、汉魏六朝文学、唐宋文学、元明清文学；现代汉语又分为"现代汉语"（一）（包括语音、文字、词汇）和"现代汉语（二）"（包括语法、修辞）。在正规的中文系中，每一个小部门都有人负责的。比如在本系所有的古典文学教授、助教当中，有一些是搞先秦文学的，有一些是搞元明清的……又如，"现代汉语（二）"这一部门，搞它的就有一个教授和四个助教（包括儿），任务有两个：一是帮助老教授教学，一是读书，不断地提高自己，而且从时间上说，读书的时间要比工作的时间多好几倍，所以，进步有了很好的先决条件。可是漱谷呢，她是在艺术师院教语文，在那里教语文的一共只有四人，程度差不多，没有什么教授（指语文方面的），所有的任务都由他们四人分担：每人教两个班，教学内容呢，包括"语文"科所有的内容（现在已不教语言学方面的知识）。虽然她教的是高中二年级程度的学生，但备课和上课不能不用去大半时间，再加上每周四要作文一次，每一次都有一百多篇作文要改，便没有什么空余的时间了。就这样，她的全部时间是工作，没有什么系统的读书时间。虽然在工作中可以提高自己，但条件远不及儿的了。我们现在所搞的专业虽然不同，可是这不同的专业却是息息相通的，因为都属"语文"；而且，我们都是学中文的，对"语文"方面的专业至少是有基础知识，所以还能常常讨论一些问题。

哥哥现在的通讯处是：海南岛崖县羊栏区红花乡小学转红花乡一社。他还是在那儿当会计。他和叔父之间似乎有很大的隔阂，这一点早有感觉，但不好说，只好闷在心里。

三叔父来信说，娘和强弟在西坊，娘已加入担鱼的合作组。

写得不短了，再谈。

祝您健康！

儿　义上　1957.10.15

【7】十一月十八日

父亲：

在忙的时候，日子是过得最快的了！收到您上一次的来信还不觉得久，但又在收到您十月三十一日信的今天，屈指一算，也将近半个月了。

《文史哲》十月份的买不到了，十一月份的今天早上已寄去，请查收。

这学期来因为工作多，加上每周都要用两天时间来"反右""鸣放"，所以感到时间很挤。不过，忙，总是很愉快的。

虽然忙，近两礼拜来也挤出了一部分时间来把《试论复指主语的"自己"和充当小主语的"自己"的区别》一文做了一次彻底的修改，把论点提得更明确，并且补充了一些新的例句。此文今早已寄给《中国语文》。

儿的身体虽然不大好，但希望不会因而停滞不前。前进只有前进才是人生最大的愉快。儿将努力地在十年八年内把自己提高到接近专家的水平，并且在政治上积极争取进步，使自己成为一个又红又专的对祖国有用的人。至于提高到本科的水平，这已不是儿现在要争取的了，本科的学生就是儿的学生呢。

漱谷很好。

还要给三叔和哥哥写信，此信只能写到这里。

祝您健康！

儿　义上　1957.11.18

最近和漱谷照了相，现寄您一张。另外儿也寄三张回家去，一送三叔，一送娘，一送嫂嫂，并叫三叔把它给祖母她老人家看看。

【8】十二月三十一日

父亲：

最近学院掀起了下放干部到农村去参加体力劳动的高潮，下放的干部将在农村中从事三年或更长时间的体力劳动。这是党的英明的措施，是改造知识分子的最好的途径。所以对知识分子来说是一项最大的喜讯。儿曾经积极争取下放，但因为儿的工作多，没被批准。现在全院已下放了二百多位同志。

一九五七年（22岁）

儿近来的工作任务又比以前重了一些，以前负责二年级的四个班的实习课和答疑，现在已负责五个班。

元月中旬，全院师生都要到学院附近的东西湖去进行体力劳动，时间是半个月。

家中情况不大清楚。哥哥总是和儿联系得很少，前寄给他一张蚊帐，很久以后才收到他一封短信，又寄他卫生衣一件，还没收到他的回信。三叔父和儿联系较多，但家中近况也没有谈，大概是一切都和往常一样，没有什么可谈的吧。三叔父近来身体不大好，儿曾寄他卫生衣一件以及近十元的中药。

因为忙，系统看书的时间大大减少了，要写什么东西更是不可能。

漱谷近来身体还不坏。到元月份她就要生小孩了，小孩生得太早了，这是一个大包袱。

十二月份的《文史哲》同时寄出，请查收。

祝您新年快乐！

儿　义上　1957.12.31

【福义插说】本年发表以下文稿：

《动词作定语要带"的"字》，《中国语文》1957年第8期。

《谈谈关于语法学习的几个问题》，《华中师院（报）》1957年8月。

一九五八年（23岁）

父亲的摘要

【1】二月二十二日：①给《民校教师》写《通俗修辞讲话》。②一月四日晚十一时，米米生，请个保姆每月24元。

【2】二月二十四日：漱谷的信。孩儿的生，给小家庭带来不少幸福和快乐。

【3】五月二十一日：①搞"双反"运动，教学改革运动和勤俭办校运动。②漱谷调艺校教书。

【4】十一月六日：①八月中旬以前运动很多，八月中旬至九月底曾出外考察，回来后总结、办展览、学习教育方针、办钢铁。②后天起全系师生外出参加劳动。

一九五八年（23岁）

信　件

【1】二月二十二日

父亲：

　　来信收到了。

　　的确，如果因为忙而原谅自己不系统地读书和写作的过失，这是荒谬的。不过，这学期来儿很少系统读书也确是有多种原因。忙当然是一个大原因，懒也是另外一个大原因，身体呢，身体也不能不说是大原因之一。现在身体情况是这样：一紧张，当天晚上保险睡不着，第二天保险头疼，精神疲惫。然而，因身体不好而不努力的人也不是好汉。儿喜欢读契科夫的作品，但不能像契科夫那样忘掉一切地工作，这是应该深深地惭愧的。

　　少写并不等于没写。在这一年中儿是要写完《通俗修辞讲话》这部稿子的。这部稿子一共十二讲，第一讲已经在杂志《民校教师》上发表。《民校教师》是月刊，《通俗修辞讲话》将在这个刊物上连载十二期。"讲话"虽然通俗，而且是刊载在小刊物上面的，但儿还是用最大的力量来写它。儿认为：花，不管是红的抑是白的，是开在花园里，还是长在高山上，它同样是花，同样有花的香气，同样为它所在的环境添了一份美丽。同时，儿还觉得：写学术性的文章固然困难，写通俗读物也不太容易。第一，写的人先要把大部头的、小部头的这方面的著作好好地学习，然后确定哪一种体系好，哪一种体系不好，哪一种说法对，哪一种说法不对。最后决定自己采取的体系以及基本内容。这不是一个很简单的过程。第二，不能大胆地发挥自己的意见。在学术争论中发挥自己的意见错了会有人纠正，在这儿发挥自己的意见错了就会误人不浅。第三，要写得通俗短小，但又要写得生动。《民校教师》一月号现在儿只有一本，将来能买到就买寄给您。

漱谷已在元月四日晚上十一时许顺利地生下了小孩了，是男孩。他的名字：乳名米米，学名孔亮。米米很乖，吃了就睡。好像您说的那样，米米给我们的小家庭带来了新的幸福，但也确实是一个大包袱。米米一生下来，钱就像流水一样地流出去。漱谷的住院费啊，月子中的营养费呀，米米的衣服等方面的费用呀，买东买西的呀，等等，另外还请了一个保姆，每月要给她24元，总而言之，都是钱！不过，《讲话》的连续发表，每月可以拿到十多元，帮了一些忙，将来寄一些钱回家以及买一些东西给您还是不太成问题的。但愿以后这个小家庭给儿和漱谷带来的是前进的动力，而不是障碍。漱谷现在身体还很好，她的产假是56天，三月份才开始工作。去年年底，漱谷的妈妈从湖南衡阳来到这儿，减少了我们很多麻烦，过几天漱谷满月后她就回单位去。

元月九日至二十二日这段时间，我们全院师生曾到学校附近的东西湖围垦工地去进行义务劳动。这段时间，对儿，对绝大多数的同志，都是极大的考验。我们劳动的条件和内容都是相当地艰苦的，但我们没有被困难所吓倒，超额完成了"土方"任务。

十二月号的《文史哲》已寄出，但寄得迟了一点，大概现在您已收到了。

鱼肝油丸如果能寄就买寄给您。

祝您健康！

儿　义上　1958.2.2

父亲：

这封信二日就写好了，因杂事很多，忘了寄出。

近来儿和漱谷都好。米米也长得很好。

关于鱼肝油丸，昨天到邮局去问了一下，他们说要您所在的单位打证明来才能寄。您可跟您那儿的医生谈一下，叫他打个证明来。证明一来，就买寄给您。

儿　义又及　1958.2.22

【2】二月二十四日（漱谷的信）

爸爸：

您好！

照理说应该早给您写信，但我一直没有写。原因倒不是忙，或者懒，这也是您不会原谅的。而是我不知道怎么写才好。几次拿起笔写了几行又撕了，所以拖到现在才给您写第一封信。的确是太迟了。

我和福义由同学到朋友，由朋友到终身伴侣，是经过较长时期的了解过程的。我们互相了解，互相敬爱，也互相帮助；当然我对他业务上的帮助是谈不上，可是在生活上和思想上的帮助，可以说还能尽到我最大的力量。现在我们虽工作在两地，但见面的机会差不多每天都有，所以我们的感情一天比一天好。小孩的增加，更给我们这幼小家庭增添了不少欢乐与幸福。的确，米米长得很乖，虽然每天要占去我不少时间，但比起其他人的小孩要好得多。

我的假期快要满了。三月十日就要开始新学期的工作了。现在正忙于备课，所以时间是很紧迫的。信就写到这里。最后

敬祝

思想进步，身体健康！

漱谷　1958.2.24

春节照了个相寄给您一张。小孩还过一个月再去照一个相给您。

又及

【3】五月二十一日

父亲：

来信收到大约一个月了。

这一两个月来，我们搞"双反"运动，接着又搞教学改革运动，现在教学改革运动还没有搞完。运动进行得很紧张，每周星期四晚上到星期六下午，都是搞运动的时间，有时还要抽其他时间。另外，还要搞体力劳动和其他勤俭办校的活动。在这个"大跃进"的时期，谁不想在运动中改造自己、提高自己？因此，感到特别忙，礼拜天也很少有休息的时间。之所以到现在才寄回信，是这个原因；写得不长，也是这个原因。

一九五八年（23岁）

漱谷收到您的信，很想立即写回信给您，无奈她更忙，一有时间就忙于备课，根本无法抽出时间来写信。她现在工作的武汉艺术师范学院，本来是华中师范学院的两个系——图画系和音乐系，为了照顾这两个系的特点，一九五六年才单独成立了武汉艺术师范学院，但是因为条件不够，直到目前为止，这个学院虽然在名义上是独立的一个学院，实际上却仍然是华中师院的两个系，它的院长也是华中师院的院长，它的行政领导机构也是华中师院的行政领导机构。所以不管是教学时间、步骤或是搞什么运动，两个学院都是相同的。艺术学院的校址也并没有因为它有了"艺术师院"这个名称而改变，它的学生和教师仍然学习、工作在华中师院的本部（华中师院有本部和南湖分部两部分，这两部分相距十多里，但每天都有校车来往几次；儿是工作于南湖部分），和华中师院的同学、教师生活、学习在一起，根本没有分彼此。这个学院将来独立建校呢，还是干脆取消"艺术师院"这个名称而仍然作为华中师院的两个系呢，现在还不知道。漱谷就是工作在院本部，名义上，她是毕业后分配到"艺术师院"工作，实际上是留在母校工作。她之所以更忙，是因为她的工作更多。艺术学院的两个系，都有中学班的学生，他们的学习期限是五年至七年，前三年，除艺术课外，学的都是高中生所学的课程，后两年或四年才算是大学生。漱谷教的就是图画系中学班二年级的语文，也就是高中二年级的语文。她每周要上十个小时的课，而且备课、上课都要在星期一到星期四这段时间进行（因为星期四晚上起就是搞运动的时间了），所以感到特别紧张、吃力，加上米米分散了她的一些精力，她不得不连星期天都完全利用来备课了。

米米会哈哈大笑了，近来又长高了一些，但比以前顽皮些。现在寄给您的是他一百天时照的相片。

《民校教师》1—4期买不到，只能从第5期起寄给您。

儿很好，漱谷也很好，请勿念。

给家里写信应寄：海南岛崖县黄流乡四村。

暂时写到这里吧。因时间不够，字写得潦草，而且可能有文理不通的地方。

不久前收到三叔一信，他说，娘曾寄给您一封信，没有收到您的回信，不知是什么原因。

祝您健康！

儿 义上 1958.5.21

鱼肝油丸邮局说不能寄，所以没有买它寄给您，您能不能找所在单位的医生开一个证明来？有证明就可以寄了。您近来的健康情况怎么样，望告知。

寄上《民校教师》第5期，请收。

关于请保姆，这是不得已的事，因为漱谷要上课，要备课，儿又没有和他们住在一起，要是不请个人来照管米米是不可以的。

【4】十一月六日

父亲：

没给您写信的时间越长，越想把信写得长一点，因而感到抽不出时间来，结果，信拖到现在。现在，再也不能不写了（虽然是写短短的两句），因为后天儿又要外出参加体力劳动（全系师生都去），时间可能是三个月呢。

八月中旬以前，运动很多，所以很忙。八月中旬至九月底，曾外出搞考察工作。回来后到现在，总结、办展览、学习教育方针、大办钢铁等，工作很多，忘记了星期天，所以是更加忙了。不过，忙是忙，儿的身体却是很好的，精神却是很愉快的。

漱谷很好。

寄给您一张米米的相片，是半岁的时候照的，现在他长得更大更调皮了。

《测量实习》没买到。现给您寄上五块钱，请您自己买。（因马上要外出，需要用钱，薪水又还没发，只能寄这少少的五元！）

要准备行装，只能草写几句。

祝健康！

儿　福义上　1958.11.6 下午

附给三叔父的信

亲爱的叔叔：

近来都整天忙于辩论教育方针和搞劳动，根本就没有星期天和其他休息时间，所以拖到现在才给您回信。

得悉祖母她老人家病重，非常着急，想寄点钱，可是又没有。因为这几个月来漱谷有病，用了一些钱（两个月前她是整天休息，现在是半天工作半天休息），这使侄为难极了。侄所以拖到今天才给您写回信，也是因为不能寄点钱给祖母而感到惭愧。

现在，侄不能不给您写信了。因为后天侄又要离开学校到外面去参加体力劳动（全系师生都去）。时间可能是三个月。在这个将要外出的时候，不能不向您告别。

侄很好，勿念。

寄上米米半岁相片一张。这小家伙听说现在长得更大更调皮了。

祝您健康！

侄　福义上　1958.11.6下午

【福义插说】 本年发表以下文稿：

《华中师范学院大力改革语言学课程》，《中国语文》1958年第9期。

《什么是修辞》，《民校教师》1958年第1期。

《消极的修辞和积极的修辞》，《民校教师》1958年第2期。

《用大家都懂的词》，《民校教师》1958年第3期。

《清楚明白》，《民校教师》1958年第4期。

《确切妥贴》，《民校教师》1958年第5期。

《造大家都懂的句子》，《民校教师》1958年第6期。

《通畅简洁》，《民校教师》1958年第7期。

《注意句子的表达效果》，《民校教师》1958年第8期。

《修辞格（一）》，《民校教师》1958年第9期。

《修辞格（二）》，《民校教师》1958年第10期。

一九五九年（24岁）

父亲的摘要

【1】二月二十二日：①曾到外面去讲"语法修辞"课。后院领导决定儿到两个学院兼课。②语言教研组全体青年教师决定研究"毛泽东同志的语言风格"。③准备写《修辞格中的新生力量——喻较》和《"黑"字带迭字辅助成分的特殊表达效果》。④《语文学习》杂志发表儿的《互相、相互》。⑤听说《中国语文》准备发表《数词和量词的组合是词还是词组？》。

【2】六月九日：①正式登上大学的讲台，在本系给二年级同学讲课。②写集体编写的《语言学理论》中"语体"部分。③写出《强喻初探》。④《"数词+量词"是词还是词组？》已在《华中师院学报》发表。

【3】八月五日：①写了一篇《文艺语言》，是领导交写的。②漱谷回湖南衡阳娘家，把米米带回武汉。

信 件

【1】二月二十二日

父亲：

在盼望中收到您的来信。收信的时候正是旧历年的除夕（七日晚上），同时还收到从衡阳寄来的米米周岁的相片，因此高兴得不得了。

过去，因为一直太忙，寄给您的信又少又短又草，请原谅。

您近来的健康情况怎么样？眼睛怎么样了？

测量和设计工作，您搞起来虽然还有些生疏，但儿相信，也希望，您能很快地掌握搞好这些工作的熟练技术，为建设社会主义的祖国做出贡献。有关的书籍儿是可以替您买的，您可以把书名寄来（或指定范围）。过去没买寄给您，是因为买不到。您要订阅的杂志，儿也可以替您订。

近来还是很忙。前些时，除了参加系里面的一切活动外，还到外面去做"语法修辞"讲座，每星期两次，听的都是比较高级的干部。这可以说是儿毕业以来第一次独立的讲课。虽然是第一次，但效果很好。听课的同志一致认为对他们有非常大的帮助。这次讲课取得了一点成绩，也可以证明两年多来儿在学习上并不算偷懒吧！本来，这个讲座要做到五月才结束的，但因武汉市有两个中学的教师进修学院（一个在武昌，一个在汉口），这两个学院也要开语法修辞课,而且学员们对这门课的要求也很高,所以最近领导又决定儿到这两个学院去兼课,而让别的同志去儿原来教的地方。领导的信任和重视,使儿信心百倍,干劲更大。今后,一定好好听党的话,加倍努力,争取常胜。

我们系自去年七月以来,就停课搞教育改革,这个学期开始上课了,但语法修辞这门课到五月初才上。大概儿把进修学院的课上完后,接着就要上系里的课了。

最近领导强调在教好课的同时,大力搞科学研究。我们语言教研组的全体青年教师已决定研究"毛泽东同志的语言风格"这么一个题目,打算在十月一日前完成,作为向伟大的建国"十周年"的献礼。儿除了参加集体的研究活动外,还准备写这两篇论文:(1)《修辞格中的新生力量——喻较》;(2)《"黑"字带迭字辅助成分的特殊表达效果》。这两篇文章都要求达到能在国内较大刊物上发表的水平。

最近儿收到《语文学习》杂志社的通知,得悉儿的短文《互相、相互》已在该刊一九五九年二月号发表。大概过两天二月号的《语文学习》就可以从北京寄到武汉来了。

儿的一篇叫《"数词+量词"是词还是词组?》的文章听说《中国语文》(北京)准备发表。(《中国语文》已写信到我系办公室问儿的情况——因为现在发表文章前都要先了解作者的情况)以后怎样,再告诉您。

漱谷下乡去了。春节期间回来了一次,过春节后又去了。大约三月底才能回来。

最近收到哥哥的来信一封，他还是在原来的地方当会计。他的通讯地址是：海南岛崖县榆林人民公社红花大队办公室。儿已买了一套叫《语文基础知识》的通俗读物寄给他。

娘对儿的埋怨，使儿非常难过。是儿对不起她。她的好处，儿是永远记得的。儿毕业以来，虽然一直在工作，但因种种原因：工作初期需要大量买书，结婚，有小孩，替祖母还债，等等，使得经济上一直不太宽裕，所以不能经常地给弟弟、关忠他们寄三多二少，一直内心深感惭愧。至于写信回家没有向她问好，这是绝对不会有的事，可能是她已住回西坊，三叔父没有把儿的问候转告她，以致引起了误会。今后，儿准备多多单独给她写信，并且常常给弟弟、关忠他们寄一点钱。就是她的通讯处应该怎样写，儿还不知道，上一次曾写信问三叔父，三叔父没有说，这一次再写信去问。

米米八个月的相片是把信发出时忘了插入。现在已有了一周岁的相片，故八个月的相片也不寄给您了。

儿这个相片是今年元旦照的。

儿的健康情况和以前差不多：不是很坏，也不是很好。

时间不早了，写到这里吧。写得太草了！

祝您健康！

儿　义上　1959.2.22晚上

寄上《民校教师》6、7、8、10期，请收。没有第9期，是因为有一位在山西太原工作的老同学寒假回家路过这里，看到这一期对他有用，便拿去了。第10期谈的是"比喻""夸张"。

【2】六月九日

父亲:

　　五月一日的来信早就收到了。隔了这么久才读到您的信,太高兴了。

　　二月份在寄出《民校教师》的同时给您寄出一封信,不知怎么搞的,这封信被退了回来,说是"查无此人"。这封信一直放到如今,现在附寄给您,也好了解了解儿当时的情况。

　　这几个月来,在非常紧张的工作中度过。不过这次的紧张和以前的紧张内容不同。这次的紧张,一个最重要的内容是讲课(包括做讲座)特别多。自去年年底起,到处去讲课,接触了许许多多类型的听众:有的是省委、市委的干部,有的是武汉市的初中语文老师,有的是本院历史系和政治系的大学生,还有的是速记训练班的学员。不管到哪里讲课,反应都很好。通过讲课,自己有了很大的提高,相当牢固地系统地掌握了专业知识。自上月二十九日到最近,又正式在本系给二年级的同学讲课。我们现在是采取集中讲授的办法,即在一定时间内专门讲授一门课,天天讲。所以虽然仅仅是从前月二十九日到现在这一段很短的时间,却已教完了过去应讲授一个学期的课。这是儿第一次正式登上大学的讲台。(在高等学校里,助教第一次给本系学生上课叫作"开课","开课"是当助教的人的一件大事,一般要当四五年助教才能"开课")由于有党的领导和关怀,由于自己下了一些苦功,由于有了以前几个月的在外系或外校讲课的锻炼,虽然是第一次在本系讲课，但效果良好。过去，几年来，"语法修辞"课一直不为学生所欢迎，因为太烦琐，太枯燥，但这次听了儿的课的学生却这样说："我们先以为这门功课枯燥无味，但听了老师的课后觉得蛮有兴趣。"同学们的反应，说明听课人对"语法修辞"课存在偏见的改变，因此领导很重视这个成绩。现在，儿正充满信心地前进。

这几个月来的紧张，还有一个内容，就是编写《语言学理论》的教材。儿不是搞语言学理论的，但《语言学理论》要放卫星，要超过国内水平，所以领导决定发挥群众力量来搞。《语言学理论》中的"语体"（包括口头语体和书面语体，书面语体又包括事务语体、科学语体、文艺语体、政论语体），这一部分最难写，连一位老教授也拒绝写这一部分，因此同志们推儿写，儿也大胆地承担了下来。不过，对于"语体"的研究，在我国，到目前为止可以说是"空白"，在苏联，也不成熟，因此找不到参考书来看，碰到了很多而且很大的困难。儿有时想，自己能力有限，时间又仓促，要把这个问题解决，也许是"蚍蜉撼树，不自量力"，但又想，如果"空白"不填，它永远是空白，因此大胆地提出自己的一些想法，并且准备虚心地接受批评。现在，已写成了一部分，这个星期内，将完成初稿。

在这几个月来的紧张中，也没有忘记搞科研。上个月，提出了一篇论文叫《强喻初探》，约一万五千字。这篇文章准备再修改一遍，然后寄给《中国语文》或者送给《华中师范学院学报》（代表本院学术水平的刊物）发表。

儿的《"数词+量词"是词还是词组？》一文，以前听说某出版社准备发表，但至今还没消息。不过这篇文章已在《华中师范学院学报》一九五九年第一期上发表了。《学报》很厚（共约三十万字），价钱也很贵，所以不准备寄给您了。

漱谷很好，她也很忙。米米还在衡阳，目前还不准备去接他。听说他长得很好。我们打算在暑假期抽空到衡阳看他一下。先寄上他的相片两张，一张是周岁照的，另一张是一岁零两个月照的。儿在今年元旦也照了一个，也寄上。

哥哥现在的通讯地址是"海南岛崖县榆林人民公社红花大队办公室转"。最近收到他的一封信，现附寄给您。家中的情况儿不太了解，哥哥信上也只谈了一点。

写得不少了。

祝您健康！

儿　义上　1959.6.9 上午

【3】八月五日

父亲：

不久前，曾收到您的一封信，但因在收到这封信之前不久，曾写给您一封较长的信，觉得没有立刻复信的必要（当然，也是由于忙）所以拖到如今。那封信，不知道您已经收到了否？

我们已在本月二日放暑假，到九月一日开学。虽然已经放假，但还是有很多事情要做。这两天，儿写好了一篇叫《文艺语言》的文章。这是领导上交来的任务。俗话说"隔行如隔山",果真不错。这篇文章虽然重点谈语言,但处处牵涉到文艺学方面的问题,所以用了九牛二虎之力才把文章写好;虽然已写好,但是否已到达发表的水平,那要等到以后杂志社要不要才知道呢!从明天开始,就要准备下学期的课了。在备课的同时,打算继续自学俄语。

我很好。潄谷也很好。她已在前天回湖南看米米去了。这个假期,我们准备把米米接回武汉,因为小孩子长期离开父母也不是好办法。

您近来情况如何,望告。

儿想直接写信和寄点东西给娘和弟弟,但不知道他的通信处应该怎么写。您知道吗?

祝您健康!

儿 义上 1959.8.5

父亲:这封信是今天——八月二十二日才发出的。

十八日那天潄谷把米米带回来了。米米这小鬼很活泼、调皮,现在已经长得蛮大了。将来有时间就跟他照个相片寄给您。

【福义插说】 本年发表以下文稿:

《"数词+量词"是词还是词组?》,《华中师范学院学报》1959年第1期。

《互相、相互》,《词义辨析》第二辑,人民教育出版社1959年9月。

一九六〇年（25岁）

父亲的摘要

【1】一月二十六日：①上学期一共写了六篇文章。②全系科学报告会，选出三篇文章报告和讨论，我的《强喻初探》是其中一篇。③集体写作《汉语初稿》中册，最近已由高等教育出版社出版。④被评为先进工作者。⑤和漱谷的工资总共为112元。⑥在系现场会议上，宣读了《教学－进修－科研》一文。

【2】五月十一日：①在写"理论语法"讲稿。②准备写"六十年来汉语语法学的研究和评论"。

【3】七月二十三日：①七月六日至十五日到河南开封参加科学讨论会。②赶写下学期提高课讲稿"毛泽东思想和语言学问题"及"六十年来中国语法学的研究和评论"。③漱谷到庐山去了，八月份才回来。

信　件

【1】一月二十六日

父亲：

　　信，老早就想写给您了，可是因为工作学习很紧张，精力都集中在这上面，又加上觉得等到工作、学习告一段落再写信才有意义，所以一拖再拖，拖到现在。

　　现在，儿的工作和学习，可以说已告一段落了。从今以后，又要开始下一阶段的工作和学习了。

　　一年多来，在学习上、工作上都有了某些进步。

　　在教学方面，不管在哪里讲课，反应都很好。

　　在进修、科研方面，也有了一些进展。

　　关于儿的教学、进修、科研的情况，儿已写在《教学－进修－科研》一文中，为了节省时间，把这个文件寄给您，这儿不赘说了。（这个文稿是最近我们中文系开现场会议总结经验时，领导同志要我写的）

　　值得说的是下面这几点：

　　1.上个学期，儿的教学任务相当重，但在党的"鼓干劲、反保守"口号鼓舞下，抽出了一些时间来搞科学研究，结果，一共写出了大小文章六篇。

　　2.我系今年年初举行了全系第二次科学报告会（第一次是在

一九五六年），从全系所写的一千多篇文章中选出七篇来，而为了集中精力地进行学术讨论，又从这七篇中选出三篇。在这三篇中，有儿的《强喻初探》一文。现在寄您一份（是开科学报告会时印的）。这篇文章，《学报》最近就要把它发表出来。

3. 最近，儿在做毛主席语言的研究。

4. 到明年年底，将提出一篇论文：《修辞学体系草创》。写这篇论文，是一个大胆尝试。

5. 上学期，还为湖北人民出版社搞了两个识字读物，大概最近出版，出版后再各寄一本给您。今年内，拟替该出版社写一本叫《词的类别和用法》的小书，大约五万字（是该出版社约我写的）。

6. 我们集体编写的讲稿《汉语初稿》中册（专谈语法修辞），最近已由高等教育出版社出版，这部书中，有三分之一是儿编写的。

儿最近被评为先进工作者。自己还很差，因此，感到又激动又惭愧。

您近来的健康情况如何？

关于特赦的问题，您的认识是对的。您这次没有特赦，这说明您的条件还不够，愿您继续加紧改造。

您所要的书，武昌也没有。有时间，再到汉口去看看，如果有，就买给您。

漱谷很好。昨天，她下乡去了，大约十天后才能回来。

米米，在去年八月份就来这里了。身体不是很好，近来连着看病几次，其中对他身体最有影响的是肝炎（现在已基本好了）。

虽然身体不是很好，却非常活泼，非常聪明，很逗人爱。现在，已把他送进托儿所。他去年十一月间照了一次相，现寄给您一个。

  我们两个每月薪金的总数是一百壹拾贰元。我们的开支大概是这样：我们两人的伙食费三十五元，米米的托儿费和他的其他费用大约三十元，房租、水电、家具费和工会费、团费大约共十元，我们两人的书报杂志费大约八元，储蓄八元（这是规定必须储蓄的），另外，必要的杂用八九元。在一般的情况下，我们的收入是完全够开支的，但最近几个月来，由于下面几件特殊的开支，使得我们经济上有些紧张：（1）米米从衡阳回来时，因还没有满两岁，不够进托儿所的条件（满两岁托儿所才收），所以请漱谷的妈妈从湖南来这里带他。漱谷的妈妈在这里住了三个月，增加了我们一些负担，另外漱谷的妈妈来时和回去时（是去年十二月初回去的）的车费也是我们负担的。（2）米米近来病了几次，用去一些钱。（3）冬天来了，置一点过冬的东西。因为有了这些特殊的负担，这几个月我们都没有剩余，所以很少寄钱回家。您要我们买钢笔，也是因为这个原因没有买给您。我们感到很不安。钢笔，下个月一定买给您的。

  把您的情况告诉我们。

  祝您进步！

  祝您春节愉快！

儿 福义 1960.1.26

  我们已放寒假，是从前天开始的。下学期的开学时间是二月八日。假期中，儿打算抓紧时间研究毛主席的语录。

写得太草，用词不当、造句不通的地方也许很多，都请您原谅。

《强喻初探》和《教学－进修－科研》，另外寄。

【2】五月十一日

父亲：

三个月前，曾寄给您一封信和两篇文章，后来收到您的一封信。从您那封信中，看出您已收到那两篇文章，而信却没有收到。我那封信上，有关于我们各方面的比较详细的情况，不知您后来收到了否？

您近来怎样？很想念。

这一段时间来，和过去一样，我的工作比较紧张。在搞好教学工作的同时，还写了几篇文章，有的一万多字，有的五六千字，但还没有得到社会的鉴定，不知质量如何。

从现在起，我们学院的性质要改变了。以前是"师范"，是培养高中师资的，以后，要变成综合性大学，主要是培养科学研究人才和高等学院师资。在这学院性质改变的当儿，有许多事情要做，比如开提高课、专门化课等。现在我正在写"理论语法"的讲稿，并在开始准备"六十年来中国语法学的研究和评论"这一专门课。任务是艰巨的，要完成这些任务，要付出很大的努力，所以，最近还是在紧张地工作着。

我的身体和从前一样。常常失眠，因此，精神不太好。

漱谷、米米都好。米米已进托儿所，长得很活泼。

您要买的书，武昌、汉口都买不到。

想买支钢笔寄给您，可是因这么久没有联系，不知您的地址有没有改变，所以打算收到您的回信以后再寄给您。

没有时间了，只能草草写这么两句。

祝您 健康！

福义　1960.5.11

【3】七月二十三日

父亲：

从河南回来，才看到您的六月十四日的来信。

这次，我被派到河南开封参加科学讨论会，包括在路上的时间，共十天（七月六日—七月十五日）。参加这次科学讨论会，得到极大的启发。另外，参观了开封这个古城的古迹，也算一个收获。

因为外出了十天，有一大堆事情积压了下来，回来以后显得更忙了。现在，在赶写马克思主义语言学的材料，接着，又要准备下学期的提高课（"毛泽东思想和语言学问题"和"六十年来中国语法学的研究和评论"）了。好在我们总是集体作战，集体力量大，事情虽然多，但往往完成得比较好。

漱谷还是在原来的学校教书，不过她原来的学校已和中南音专合并为湖北艺术学院，所以她现在算是在湖北艺术学院工作了。前几天，她已和她的一部分同志上庐山去了。去，当然也是为了避暑，但主要是为了集中在一个比较幽静的地方编写符合他们学院特点的语文教材。她大约八月初才回来。

米米，很懂事，很聪明，很多事情一告诉他，他就忘不了，他已能仔细辨别各种汽车的类型，准确地叫出它们的名称。就是身体不太好，近来害百日咳，还没有好。

家中的情况，也知道得不多。弟弟和关忠都已进小学。娘在社里劳动。哥哥可能仍然在红花当会计。最近收到三叔一信，附寄给您，也许能从中了解一些情况。

您的身体，请注意保重。

前天寄给娘去十元。可是很担心她会收不到。因为只写了"海南岛乐东县黄流市"，不会写她的详细地址。三叔总是不肯直截了当地把娘的地址告诉我，不知是怎么搞的！

寄上《中国语文》一本，请收。

需要用钱否？

暂时写到这里吧。

愿您积极劳动，努力工作，迅速改造自己。

祝您健康！

儿　福义　1960.7.23

儿近来身体好些，请放心。

寄上照片两张，是今年六月漱谷的妈妈来这里时照的。

【福义插说】本年发表以下文稿：

《汉语初稿中册》，高等教育出版社1960年3月。（与郑远志、

郑远汉合著。撰写"概说""词法"部分。署名：华中师范学院中文系汉语教研室）

《拼音读物：奇袭虎狼窝》，湖北人民出版社1960年6月。

《拼音读物：马学礼》，湖北人民出版社1960年6月。

《强喻初探》，《华中师范学院学报》1960年第2期。

《华中师范学院中文系掀起学习毛主席著作高潮》，《中国语文》1960年第4期。

《论"们"和"诸位"之类并用》，《中国语文》1960年第6期。

《谈一种宾语》，《中国语文》1960年第12期。

《形式主义一例》，《中国语文》1960年第12期。（署名：华中师范学院中文系语言学战斗组）

一九六一年（26岁）

父亲的摘要

【1】一月十三日：①患初级肺结核（浸润型），失眠。②元旦前后写成《略论"A 不 AB"发问式》。③在"反资反修"斗争中写成《捍卫语言研究中的实践性原则》一文。④去年十一月写成《"们"和表数词语能否并用之规律探索》。⑤在四年级语言班讲"六十年来汉语语法的研究和评论"专题课。⑥《中国语文》1960年12月发表了两篇文章：《形式主义一例》和《谈一种宾语》，并于10月号上简单介绍了在《学报》发表过的《强喻初探》。⑦决定写一篇《论词组》。⑧寄上《普通话语音讲话》《注音教学手册》各一本，及《汉语初稿》中册一本。

【2】二月二十八日：①知道手指冻坏。②米米发烧送湖北医院诊治。

【3】三月四日：漱谷的信。

【4】四月十八日：关于稿费。

【5】六月十九日：①昭昭早产。②钻研语法形式和意义的问

题，写成了《谈谈语法研究中运用意义和形式结合原则的问题》。③写成《试谈"A 是 A，但是 B"型句式》初稿。

【6】七月二十六日：①已放暑假。暑假中除学习俄语外，重点放在研究"语法意义和语法形式相结合的问题"和"动词、形容词名物化的问题"。②粮食定量，买些南瓜配着吃。

【7】九月十四日：①米米送幼儿园，昭昭请人代看。②三叔父来信，铁丁于七月十四日生。③住华中村附9号，两个房间，一个厨房。④本学期教四年级的"现代汉语语法"，时间一年。⑤《现代汉语的"AABB"》本月底完成初稿。

【8】九月二十八日：写成《现代汉语中 AABB 重迭式》。

【9】九月二十九日：漱谷的信。

【10】十二月二十九日：①这学期教四年级的课和院干部进修班的课。②写成《谈谈"数量结构+形容词"》《试论名词同副词的结合规则》。③肺部病灶已有吸收。④一月份放寒假，想到衡阳去看看岳父。

一九六一年（26岁）

信　件

【1】一月十三日

父亲：

十月三十一日的来信，早就收到了。给您回信的时间拖得越久，心里越是不安。

既然感到不安，为什么又迟迟不写回信呢？

也许是由于神经衰弱，睡眠不足，工作又繁重，儿的身体变虚弱了。近来检查，发现已患了肺结核（初期，浸润型）。最近检查，又有患肝炎的嫌疑。神经衰弱，已使儿伤透了脑筋，现在又加上这种更伤脑筋的病，更使儿很感到有些烦恼。因为烦恼，又因为怕告诉了您增加您的烦恼，所以信老是不想写它。

家里也很久很久没有写信回去了，一想到这，便又不安，又惭愧。为什么不写信回去，除去上面的原因之外，还有一个原因，就是没有钱。儿知道，在家里，三叔也好，阿娘也好，哥哥嫂嫂也好，都需要经济上的支援。儿说了，这么多年，现在工作了，支援他们的责任自然而然应该落在儿的肩上。可是，惭愧，儿没有做到这一点。工资收入一直没有增加（谁都一样），近来钱又不太经用，而医生说，儿急需营养，因此又比以前增加了一项负担。这样，每月收入的工资以及一些和经常的额外收入（稿费）都很快就花完了。没有钱寄回家，心里总是感到抱歉，觉得只是写信回家告诉一下自己的情况和问问家里的情况，不但不会减少自己的不安，反而更增加内心的惭愧。因此，想写，又怕写，怕写，更不想写，便一直拖了下来。近来没有写信给三叔，正是因为：过去有一个时期，三叔每次来信都是问儿要钱，而儿总是不能满足他的要求。前两个月，收到嫂嫂的一封来信，到现在也还没有寄回信给她。为什么？因为嫂嫂说要修建母亲的坟墓，要儿做决定，这使儿感到很为难。一来，感到现在全国人民正在党的领导下以"大跃进"的速度建设社会主义，就在这个时候来修建坟墓，和时代的精神不太合拍；然而，又不好直截了当地把这个意思告诉她，怕引起人们的议论：不孝；同时，在感情上，儿的确也希望妈妈能有一个较好的长眠之所！二来，就是没有钱！很明显，如果同意嫂嫂的意见，不马上寄一笔钱回家去是不对的。可是……强弟，在您的信中知道了他很聪明，学习很好，非常高兴；可是，跟随着高兴而来的，只是惭愧！

没有钱寄回家，固然是一种精神上的负担；久久没有寄信回家，也同样是一种精神上的负担。因为儿想到，家里的人们，很可能又以为，儿当了高等院校的教师了，就把家里的一切人都忘掉了！这，的确是矛盾。

上面这些，考虑了很久，终于向您说了。

不过，您不要以为，疾病和有关钱和信方面所引起的某些烦恼，就已使儿陷入烦恼之中。不是，不是这样。在学习和研究上，儿总是一直满怀信心地前进的。一钻研起来，什么都会忘记了。有时，儿正是用专心的钻研来医治它们的。比如，元旦前后，儿就用这一段时间来写出了一篇论文《略论"A 不 AB"发问式》，写完后，自信质量不低，从中得到了莫大的快乐。

回顾一九六〇年，觉得在思想上，在学习上，都有了不小的进步，觉得没白过。

在思想上，由于参加了"反对修正主义"的斗争，对很多根本问题有了进一步的认识。思想上的提高，在自己的学习上也有所反映。那就是：一方面，能够运用马克思主义这一战无不胜的锐利武器，同语言学领域中的资产阶级学术思想做斗争，写出了几篇文章，其中《捍卫语言研究中的实践性原则》是全系的科研重点项目之一。另一方面，在具体的学习研究中，能够运用正确的观点和方法。儿以为，去年十一月份写出的《"们"和表数词语能否并用之规律探索》和上面提到了的《略论"A 不 AB"发问式》这两篇文章，是在充分占有材料（收集材料的时间不下一年）的基础上，根据辩证唯物主义和历史唯物主义的观点写出来的。

在学习上，由于这一年来先后搞了语法理论和汉语语法研究史（即六十年来中国语法学的研究和评论），紧张是紧张了一些，然而却大大提高了自己，自己觉得掌握知识的深度和广度，比起一九六〇年以前是不同得多了。

汉语语法研究史，这学期来，一边学，一边写讲稿上课（四年级语言班的专题提高课），学生反应良好。现在才讲了一半，下学期才能讲完，整个教材下学期才能编写出来。

一九六〇年十二月号的《中国语文》，同时发表了儿的两篇文章：《形式主义一例》和《谈一种宾语》。(《形式主义一例》是用"华中师院中文系语言学战斗组"名义发的；因为这是一篇学术评论，有批评性质，用集体名义好些)。《中国语文》是中央一级刊物，文章在这上面发表了说明经过社会鉴定，质量不算太低，这使儿得到很大的鼓舞。

另外，1960年10月号的《中国语文》上，曾简单地介绍了儿发表在《华中师范学院学报》上的《强喻初探》一文的主要内容。

下学期的具体任务还没有最后确定，可能主要是搞科学研究和学术批判，教学任务不是很多。

米米在本月四日已满三岁了。他很聪明、伶俐。现在是在我们学院的幼儿园。

漱谷还是在艺术学院教书。近来又怀了小孩（这又是一件使儿伤脑筋的事！），身体不太好。

我们大概二月初放寒假。岳父母一再要我们到衡阳去过春节，可是儿考虑到儿的神经衰弱，怕换了新环境更睡不好觉；同时也考虑到经济问题（来往路费又要好几十元），所以还是决定留在武汉好好休息。

上面谈了疾病使儿有些烦恼，现在，这烦恼可以说已经过去了，它是绝不能影响儿前进的。当然，最近一段时期，特别是放寒假，一定好好休息一会，只做些资料收集工作（儿已决定写一篇比较大的论文：《论词组》）。

今年，您满期了。愿您更积极地改造自己，将来能为欣欣向荣的祖国做出贡献。

写得不短了。

祝您健康！

儿 义 1961.1.13 上午

寄上：

1. 一九六〇年十二月号《中国语文》一本。

2.《汉语初稿》中册一本。这本书中，"概论"和"词法"完全是儿写的。其他部分的几章，也是由儿编写或修改的。

3. 注音读物两本。由于校对不够，里面有些错误，如个别地方把"b"印成"d"。

4.《普通话语音讲话》和《注音教学手册》各一本。

【2】二月二十八日

父亲：

两个星期前，收到了您的一封来信，昨天又收到了您的二月八号的来信。

知道了您的右手拇指被冻坏，我们一直很惦念。

早就应该给您写信的，可是因为米米病了，两人都忙于照顾他，以致拖到现在。

米米是在我院托儿所。我们一放假，他也放假回来了。二月二日下午回来，当晚就发烧了，到医院去检查，知道是出麻疹。

我们俩都没有经验,就是日夜轮流照顾他,但还是照顾不好。二月六日,体温突然升到41度,转成肺炎了。当天就把他送进湖北医院。幸好,病虽很严重,但送进医院比较及时,到最近,已经好了。看来,三月一日重新送进托儿所是没有什么问题了。

您的手指冻坏了,对于您的工作的确会带来极大的困难。您说,有两个可能。儿以为,应该争取最好或较好的可能,那就是多跟医生联系,细心照护,争取能长出新的指头或只切去指头的上半截。这是一方面。另一方面,应该往坏处着想,多多考虑将来整个指头被切除以后应该怎样办。

对于后一方面,儿以为,也应该有两方面的"考虑"。第一方面,也就是最主要的一方面,是要有正确的思想认识。不应该从个人出发去考虑自己以后的前途,而应该从人民利益出发去考虑自己以后还能为人民做些什么。从个人出发,将会觉得"完了"!从人民利益出发呢,则相反,将能在新的条件下做好您测量和制图工作;即使是完全丧失了搞测量和制图工作的能力,也能搞别样的力所能及的工作。儿觉得,我们都一样,都应该继续努力改造自己。看来,您是有些悲观的,在此同时,又这样地寻找安慰:反正年龄已经五十,接近残年,没有多大关系了。这是不对的。您是已经五十岁,但五十岁以后还有多少年啊!姑且算是十年吧。十年,儿以为,对您来说,这是一段很长而且很宝贵的时间,是您生命中最有价值的一段。儿想,您一定能摆脱目前一时的悲观情绪的。——这是第一方面的"考虑"。第二方面的"考虑",应说是,在新的条件下——拇指已经没有了——如何做好自己的工作。儿提两个建议。第一，如果拇指还剩下一点（还有半截当然更好），还可以将这一点拇指和其他手指相配合起来使用。比方可以这样拿笔：□（福义插说：这个符号代表我所画的图，下同）。这样，开始当然会很不方便，但慢慢地也许会灵活起来。我们中文系资料室有个资料员，工作搞得很好，他却是十个手指都没有（不知道是什么原因），只有两个拇指微微有点突出，两个手掌的形状是：□。他就是靠□这个地方相夹，夹着笔写字的；也是靠这个地方相夹，做其他工作，如找资料、吃饭等的。第二个建议，如果您右手拇指一点也没有，或者虽然有但实在难于做好工作，那么是否可以练习用左手呢？左手制图，不知怎样；左手写字，实在难于从左往右横写，那是否可以直写呢？如果这两个建议都不行，您已经不适合搞测量、制图工作，那就转搞其他工作吧。不管搞什么工作，都是有价值的。

几天前，曾收到三叔的一封来信。已写回信给他，并把这么久不写信回家的原因告诉他。不过，您如果能再为儿说一下，也是好的。

漱谷还在艺术学校教书。大约在五月间她又要生产了，要请产假了。产假一般是五十多天。她因为老是没有给您写信感到很抱歉。

寒假期今天结束了。本来打算在这期间好好休息一下的，可是米米病了，休息得不是很好。倒是在湖北医院看护米米的期间，写出了一篇论文《论代词》，这是一个意外的收获（未在计划之内）。在医院护理米米的时候，我们俩轮班，漱谷夜间我白天。

白天，坐在病房里，心里感到很烦躁。在烦躁的时候，儿总是喜欢钻研一些问题，在钻研中寻找乐趣（当然更主要的原因，是因为所钻研的问题有价值）。于是，把资料搬到医院中，除了照顾米米的吃喝之外，专心探究代词问题（过去搜索了一些资料，有了基础），《论代词》就这样写出来了。所讨论的是四十多年来一个争论未决的问题。文章写出来之后，请了一些老先生提意见，知道里面有的地方说服力不够强。现在，儿正在继续探究；将来，一定能使它成为一篇质量较高的东西的。

关于"六十年来中国语法学的研究和评论"，已写了五万字左右的讲稿（草稿）。现在，我系已经决定停开这门课了，因为开这门课的条件还不很成熟，而它和师院专业又结合得不是很紧。因为停开，讲稿也就暂时停写了。看来，要完成这部书，三五年以后才成。

您对历史有兴趣，给您订一份《历史研究》好否？请告诉我们。

您的手冻坏了，在这个时候，也许您很需要一点钱用。这个月，米米病了，用了一笔，又是过春节，又用了一些，因此不能在这个月寄给您，三月中旬发薪后是一定可以寄一点给您的。

写到这里吧！

儿　福义上　1961.2.28

父亲：

今天又收到您春节的来信。

儿近来继续钻研代词问题，找到不少有价值的资料，形成了一些很好的论点，因此忙于充实、提高《论代词》一文，把28日已写好的信也忘记寄出了。就刚才，《论代词》已第一次修改完毕。再经过一两次修改就可以寄给杂志社了。

您说得对，儿一定要在战略上藐视疾病，战术上重视疾病。请您不要过分惦挂。儿近来的身体慢慢好起来了，和过去相比，可以说是好得多了。

儿 义 1961.3.3 中午

【3】三月四日（漱谷的信）

父亲：

早就应该给您写信的，今天接到您的来信，这就更不能拖了。

从您给福义的信中得知您的手指头冻坏了，我们都很着急和惦念，希望您好好注意自己的健康。

是的，福义的身体是一天一天坏下去，现在已患了肺炎，加上他原有的神经衰弱，这就更对他的健康不利，当然，这样就直接影响他的工作。正因为这样，我和福义都很重视它。特别是党非常关心我们每个人的健康，自去年下半年到现在为止，大力贯彻劳逸结合的方针，对有病的人，在营养方面给予一定的照顾，在工作方面，适当地减轻工作，这样就给有病的人创造了有利的休养条件，再加上我们自己的重视（因为我们知道身体并不属于我们自己的,而是革命的本钱),注意营养和休养,这样恢复身体的健康是不会拖得很长久的。福义的健康情况现在已有好转,今天检查没有肝炎和浮肿,就是以前的神经衰弱,近来因为没有下苦功,也好多了。再加上他对疾病有正确的认识,在精神方面我们互相鼓励,互相关怀;在营养方面我多照顾他,相信他会很快地恢复健康的。请您不要过分地惦记和焦虑,因为这样会影响到您的健康的。

我仍在原单位工作,教高中的语文。我校于二月二十四日开学,由于师生的身体都不够好,得浮肿病的有30%多(我也有些轻微的浮肿),还有肝炎和妇女病患者。因此学院党委决定推迟两个星期上课。在这期间以休息、养病为主。因为只有这样,才能更好地提高教学质量。我会很好地听党的话,把身体养好,来迎接艰苦的教学工作。

米米现在已完全恢复了健康,已于二月二十八日送进托儿所。他很乖,不爱哭。托儿所教他的歌子他都能一一唱出,如《社会主义好》《东方红》《小燕子》……在他的鉴定表上,老师说他:"上课注意力集中,接受能力强,语言发展好,能讲出图片的简单内容,会唱歌,动作灵活,好动。习惯于集体生活,精神愉快,但有时不大听话,调皮打小朋友。文化卫生习惯较好,能保持个人卫生,知道饭前洗手,饭后擦嘴,大小便坐痰盂,爱劳动,能进行一些力所能及的劳动:擦桌子,搬椅子,浇水,捡石头。"小孩子从小送进托儿所,过着集体生活,接受共产主义思想教育,培养他们成为共产主义的接班人是再好不过的了。同

一九六一年（26岁）

时，华师托儿所，条件好，老师都是受过专门教育的，所以我们很放心。相信您知道这些情况，也会很高兴的。

您在经济上有困难，只管来信告诉我们。就写到这里吧。

敬祝愉快、健康！

儿　漱谷　1961.3.4 早上

【4】四月十八日

父亲：

三月三十日的来信收到了。是刚刚收到的。

任何华美的言辞，都难以形容儿在知道您已经出监之后的兴奋心情。父亲，祝贺您开始了新的有意义的人生，祝贺您能为伟大的社会主义的农业建设贡献出力和汗。

不过，在兴奋、激动的同时，儿又很想知道有关您出监后的各种情况。比方说：您出监之后，留在原地工作呢，还是可以归家，是否可以由自己选择（当然，如果是政府希望您留下，您听了政府的话，这是对的）；现在在六分坊，目前——手伤未好——主要搞什么劳动，将来可能搞什么工作；目前劳动的时间、报酬以及粮食的定量等如何；您出监后一切都要重新购置，但具体要重新购置些什么东西；诸如此类。总之，儿希望，能帮您考虑一些问题，解决一些问题。

您的手指，能够不整个儿切去，也使儿感到庆幸。然而，儿希望您能小心护理，使新肉能把骨头包起来。当然，假如实在是非要把骨头切去不可，也应听医生的话。切去后，只有那么半截手指，制图实在困难（儿在中师读书时也学过制图，深知制图的不易），但困难能否克服？"熟能生巧"。您是否可以多多练习绘制，使您的手指在新的条件下慢慢地习惯、熟练、灵活起来？儿之所以强调这方面，是考虑到制图这一工作对您的年龄和体力比较适合一些。

棉衣服，新的，儿们目前没法做。这并不是由于经济过于紧张；经济再紧张，一套棉衣服是买得起的，何况并不那么紧张！不能做的原因，是在于棉衣布票和棉花票。至于旧的，也难于买到，因为缺布票和棉花票的人较多，买旧衣的人也就多了。想来想去，觉得这样解决比较好：去年冬天儿做了一件新棉衣，虽然薄一点，但还暖和，现在儿已用不着，先寄给您应目前之急需；今年冬天儿再做一件新的，如果还是没有布票、棉花票，还有一件旧的（一九五六年做的）可以穿，反正武汉的天气不很冷。至于棉裤，就成问题了。儿来武汉之后，仅做了一件棉裤，是一九五七年做的。穿到现在许多地方已经破了，而且许多地方的棉花已经脱落，也就是说，它的御寒能力已经很弱了。但考虑来考虑去，再也没有其他的办法，所以也先把它寄给您。也许（在那么寒冷的地方）有它比没有要好一点。

关于稿费：

杂志，有中央刊物和地方刊物，它们本身又各分好几个等级。每一本杂志上所刊登的文章，又有不同的等级。《中国语文》是中央一级刊物，编辑和基本作者大都是语言学权威，它稿酬较丰，但所发表的文章要求有较高的质量。目前儿只能在那上面发表解决小问题的小文章（当然儿并不轻视小文章，儿认为，从小到大，由低到高，是一个认真严肃的科学研究工作者的必经之路）。这些小文章大概属于第三等，有的也许是第二等。它们的稿费，以去年发表的几篇来说，《论"们"和"诸位"之类并用》是32元，《形式主义一例》是29元，《谈一种宾语》是26元。

过去，儿曾在《民校教师》发表有关修辞的通俗性文章。这是一个地方性小刊物，但儿的文章是特约的，第一等，所以每期都有20元左右的收入。

各学校的学报，是代表各高等学校学术水平的刊物，它不是一般的杂志，但为了鼓励作者，也有一些稿费。儿的《强喻初探》是32元，《"数词＋量词"是词还是词组？》是20元。（按《强喻初探》，如果在《中国语文》这样的刊物发表，稿费至少在200元以上；但现在看来，它的质量还不够在《中国语文》上发表的）

书籍，有由国家出版社和地方出版社出版之分。同时，又有"著"和"编"之分。《汉语初稿中册》是由国家出版社出版的，但它是"编"的，自己的创见极少，所以稿酬也不是很多。它的稿费是一千多元。这一千多元主要已归公家，因为这本书虽是由三个人执笔写成，却是经过大家的讨论的，它是集体力量的产物。不过，为了鼓励，领导上最近颁发了一次科学奖金，奖金分几等，儿得一等（80元）。除儿之外，得一等奖金的还有一位同志，她是我们教研室的副主任，是这本书编写工作的领导者，同时又是这本书句法部分的主要执笔者。

注音小册子，是地方出版社出版的。而且，它既不是"著"，也不是"编"，只是为普及文化知识服务的小东西，所以稿费很低，两本共得30元多一点。不过，儿不计较这个。儿倒是因为由于校对不周，里面有些错误而时常感到不安。

写作当然不是为了稿费。不过这几年来，稿费常常帮儿很大的忙。在《民校教师》发表文章的时候，正是米米生下来的时候，很需钱用，它所帮的忙实在不小。最近得了一笔科学奖金，又正是漱谷快要生产的时候，它又将起不小作用呢！

您最近需要购置一些东西，而儿又正有着这笔钱，是可以抽出一部分来帮您购置的。您需要什么呢？

漱谷大约在五月底或六月初生产。在将要生产的时候，准备让她到衡阳去，因为在衡阳有她妈妈照顾她。等到生产后两三个月，再把小孩带回武汉。到那时，只能再请保姆了。现在保姆不好请，而且价钱贵（大约三十元一月），尤其是，请到好的、老实的还好，请到一些喜欢偷偷摸摸的，是很叫人头痛的。我们常为请保姆的事发愁。我们常想，要是家中有个老人，那该多好！当然，这是不切实际的幻想罢了。

不久前曾接到哥哥一信。他说曾给您寄过几封信都没有收到回信。他还在红花当会计。不过由于嫂嫂也离家劳动去了，关忠在家里没人照顾，看来哥哥他是有点不安心的。

他说，娘也经常外出劳动。

今天收到三叔一信。信中都是要儿养好身体的话。

这个星期日米米从托儿所回来后，我们打算一起去照个相，照好后再寄给您。

以后再写吧。

儿 义 1961.4.18 中午，又晚上

因为棉裤要让漱谷抽空补一下，所以这封信拖到今天才（和棉衣服同时）寄出。漱谷本来要给您写信的，但因为要上课及熟悉讲稿，所以也就不写了。

1961.4.21 中午

曾从邮局给您汇上几元钱，不知收到否？

【5】六月十九日

父亲：

先后收到了您的两封来信。因为您要买的东西没有买好，所以拖到现在才写回信。

在武汉，东西也是很难买到的。维他命丸、鱼肝油丸之类补品，很久以前就买不到了；有盖的口盅以及可以当饭碗用的菜盘也没法买到（就是粗土碗也不易买）。球鞋，要票；肥皂香皂，也要票。鞋票是四个人共一份，我们用抽签的方式决定谁要谁不要，结果让别人抽去了！肥皂，每人每月只能买半块，天气热了，有点儿不够用。

汗衫、袜子之类价钱不太贵，就是要布票。汗衫每件要二尺六寸，袜子每双要六寸。可是我们每人才有二尺二寸的布票，只

能给米米添点衣服了。

昨天买到一个不要布票的帽子,还买了小包胶布。钱包,有拉链的很贵,三元左右,而且质量很差;儿原来有一个,不太用得着,将它寄给您。

华达呢、哔叽呢之类,这里也缺货,没法买到。问了成衣店,做一套呢子衣服用一百元左右,但他们自己没有呢子,要我们买给他们代做。这件事,只能等到呢子有货之后才能办了!儿将时时注意着,一有货,就先买着,再写信告诉您,可否?

您的身体,您的受了伤的手指,都使儿们非常惦念。

漱谷早产,于四月二十三日就生下了一个女孩(取名孔昭)。太突然了,什么都来不及准备。打电报要她妈妈来,她妈妈又病了,来不了。请保姆,又请不起;东西太贵,买一点营养品(鱼、鸡蛋之类),就要从几元算起,没法再支付一笔数目相当大的保姆费。于是,一切杂事都由我们自己担当起来。我们准备自己继续干它两三个月,等下学期开学后再请保姆。

小孩虽然是七个多月就生下来了,但却长得很好。现在已经会笑了。

米米成长得不错,爱听故事,爱发问。

虽然难事好多,儿的身体却比以前好些。最近打算去复查一下,复查的结果以后再告诉您。

近来儿的主要任务还是修改教科书,大约在本月底搞好。儿虽然不搞教学工作,工资却是照发的。在我们这里,就是什么工作都不干,专门读书(进修)两年三年,工资也是照发的。

近来儿钻研了语法意义和语法形式的问题。最近写成了《谈谈语法研究中运用意义和形式结合原则的问题》一文，是这次钻研的心得之一，自己还感到满意，已将它寄给《中国语文》。另外，已写成《试谈"A是A，但是B"型句式》，准备最近把它修改好。

以前寄给您的几块钱，早就退回来了。

因为这两个月来用钱较多，不能多给您寄一点钱用，实在有些不安。

您所需要的东西，以后一买到就寄给您。

暂时写到这里吧。写得太草了。

祝您健康！

儿　义上　1961.6.19 上午

【6】七月二十六日

父亲：

您需要的东西，只搞到帽子一顶、胶布几小包和钱包一个。在儿看来，这些都是比较次要的东西，最重要的还未搞到。因此，儿很想多搞几项以后再一起寄给您。结果，拖了又拖，拖到现在，还是什么都没有搞到。怕您等急，现在只好把已搞到的寄给您，别的以后再想办法。另外，替您刻了一个私章，质料不太好（没有骨、石之类材料），而且刻得很难看，想抽个时间到汉口刻一个好的，但又一直没有机会。这也是迟迟没有给您写信的原因之一。

　　黑龙江的布票，这儿是不能用的。

　　又：您寄钱来，实在不必。汇给您的 26 元，不知道收到了否？

　　呢子，还是没有。

　　不知您近况如何，很惦念。

　　我们已经放暑假。到九月中旬才开学。

　　暑假，虽然是"假"（休，沐也。——《辞源》)，对儿说来，事情却比非"假"之时多一些。这是因为儿不想在假期中放松学习，而米米也从托儿所回来了，使得增加了很多家务事。

　　假期中，儿除了准备学学俄语之外，重点放在研究语法意义和语法形式相结合的问题和动词、形容词名物化的问题。因为这些方面自己原来有了某些心得，特别是，能够紧密配合当前学术界的讨论。此外，还想备备课。下学年，儿教的是现代汉语语法，这虽然儿比较熟悉，但也要准备怎样把它讲得更好些。

　　米米，很活泼。暑假回来，使我们的小家庭中增加了生气，这是好处；但也给我们添了不少麻烦。最使儿们伤脑筋的是粮食问题。他的定量是 13 斤。正是很吃得的时候，13 斤远远不够他吃的。过去在幼儿园，吃超额了，有补助粮补助。现在回家了，在家里的这段时间（将近两个月）只能靠我们补助了。儿从 8 月份起是 23 斤，漱谷要少些（实际多少，还未决定）。今年又是大旱，粮食生产很成问题。因此，听说我们的粮食定量以后还要减。

现在我们自己在市场上买些南瓜之类配着吃，但这些东西都比较贵。（市场上，南瓜一般每斤 0.26 元）

小昭昭长得很好，会笑了。

孩子多了，麻烦也多了，对自己的学习、科研的影响，也就越来越大。儿有时为此感到非常烦恼。不过，仔细想来，这是一个现实问题，光是烦恼也不能解决。正确的办法，应该是既要处理好家庭事务，又要在科学的道路上满怀信心地前进，追根究底，永不休止。当然，认识是认识，在处理学习和家务事的矛盾的具体问题时，还不是很简单的，儿知道。

儿和漱谷近来身体都似乎比以前好些。

暂时写到这里吧。祝您健康！

儿　福义　1961.7.26 上午

爸爸：很久没有写信向您问安，请原谅！

敬祝您身体健康！

儿媳　漱谷　1961.7.26

【7】九月十四日

父亲：

八月十二日的来信，收到了。

您的手指，还是原样，对您的劳动必然有很多的影响，这叫儿们很是为您着急。

钱，儿是汇了的，26 元。怎么您没有看到汇单，只是由邮局直接把钱交给您呢？汇款收据，儿还保存着，现在寄给您，请您到邮局查对。如果在当地查对不清，请您将它寄回来，让儿再在这里查一查。少了6元，虽然不多，但也不应该有差错才对呢。

体力劳动消耗多，您的粮食不会有什么剩余，再说，全国粮票又不易换到，您何必着急给我们弄粮票来呢？这两个月，我们的粮食够吃了。原因是：前些时候，漱谷的妹妹从湖南到黑龙江农场去找爱人，她爱人是下放干部，党员。她在这里住了几天，给我们带来了三斤米，两斤粉子，还送给我们6斤粮票。这样，问题就解决了，您千万不要为我们着急了。

暑假就要过去了。小孩的笑脸虽然能使人向上，但他们的麻烦事也实在太多，多到叫你没有办法坐下来安静地探讨什么问题。整个暑假期，几乎全在搞家务琐事，在学习上，竟毫无收获。如果自我安慰一下，也有收获。那只是获得了几十张卡片，收集了一些零零碎碎的原始资料，写了几条心得，如此而已！将近两个月的时间，竟成了空白点，想来实在可惜。

好在，快要开学了，米米就要到幼儿园去，而小昭子的麻烦，我们最近也找到了一个解决问题的办法，那就是，把她送到别人家里去请别人带，白天送去（到吃奶的时间就去喂奶），晚上接回来，价钱是每月15元（米米在幼儿园每月要18元左右）。这样，虽然麻烦的事情还不少，但至少可以有一个比较安静的学习环境，让自己不至于在学术上一开步走就慢了下来。

昨天收到三叔的来信。他说，七月节那天，家里过得很痛快，因为娘、哥哥、嫂嫂都回来了，一家大小欢聚一堂。这一天，恰好三娘又生下一个男孩，真是喜上添喜。读了他的信，儿很是高兴。儿已写信向他祝贺，还说，儿相信，将来总会有这么一个机会，儿和您一道，带着漱谷、米米和昭昭，回到故乡家园，来一个大团聚。

三叔的这次来信，让别人给撕开了。办公室的同志说，撕信的人可能是以为信中有粮票，企图偷取。去年也曾发生过撕信偷粮票的事情。这样，儿考虑，您以后的来信，最好直接寄到我家里来。地址是：武昌棋盘街华中村附19号。

说到我们的"家"，附带着多说两句。我们现在住的地方，是一九五九年夏季搬过来的。说是"华中村"，其实是我们学院教师居住的地方，树木很多，环境较好，是城市中的一个"村"。我们住在附19号的楼上，有两间房子，一间厨房，说来，如果没有孩子的吵闹，这是很适合于专心地学习的（我们每月的房租水电费是7元多）。

有关太平天国的资料，领到工资就给您买。

过去说要订一份《历史研究》给您，可惜这个杂志已经停刊了。在旧书店可以零零碎碎买到一些旧的，不知您需要否？

我们是本月十六日开学，十八日正式上课。儿本学期的任务是教四年级的现代汉语语法，要教整整一年。任务是很重的，但这方面儿已积累了一些知识，不会感到很费力，看来是可以抽出一部分时间来搞搞科学研究的。

冬天快到了。黑龙江是很冷的地方，寒衣问题怎么解决，儿很为您担心。

漱谷，生了小孩以后比较劳累，身体差些。她本学期任务很重，既要教高中二年级的课，又要教高中三年级的课，还要改作文。这两天忙着备课，所以要写信向您问安也不写了，她很感到抱歉。

祝您 健康！

儿 义上 1961.9.14

从昨天起，儿开始写一篇叫《现代汉语中AABB重迭式》的文章，这篇文章的准备工作是从一九五九年上半年开始的。大约本月份可以完成初稿。

1961.9.16 又上

【8】九月二十八日

父亲：

刚才收到您九月九号的来信。一吃完晚饭就上街去准备给您买太平天国史料和粤曲，可惜书店关了门，白跑了！

不久前儿曾写一信给您，估计现在您也收到了。

儿的寒衣问题已经解决了。——棉衣，拿1956年做的那件反面改制；棉裤，拼凑上七尺布票买了七尺布做面，用一条旧裤子做里，里面的棉花是用一截旧棉被弹成的。这样一来，棉衣也好，棉裤也好，又可以穿上个两三年。您说您又把棉衣服寄回来，儿很是着急。儿已用不着，特别是黑龙江那么冷的地方不多穿一点怎么行？儿还常常担心，您年纪这么大，严冬一到，没有足够的寒衣怎么能过得去呢！急急写这封信，是要阻止您把棉衣寄来，如果您已寄来，那将来还是要寄回给您的。

"学而后知不足。"对于一个疑难问题，儿总是想追本溯源，寻根究底，找出个究竟来。然而，谈何容易！看了这篇参考资料，就知道还有许许多多篇非读不可；涉及了这方面的问题，就知道还有更多方面的问题首先应该钻通。学海茫茫，真有"望洋兴叹"之感。正在这时，加上孩子的干扰，不能不感到心烦。在"理"上，儿知道心烦改变不了事实，但在"情"上，却怎么也避免不了产生烦躁。您的几次来信，对儿启示很大，儿今后将努力提高这方面的认识。——现在，米米已入幼儿园，昭昭已托人家带，"矛盾"算是解决了一大半，但提高这方面的认识却是今后仍然须要努力的。

最近儿已写成《现代汉语中 AABB 重迭式》一文的草稿（确切地说，只是雏形），现在除了备课之外，正挤时间来充实、提高它，希望它能反映儿在一九六一年的水平。大约在十月份可以完成初稿。

冬天一来，您的手指更难保护，儿很是为您担心。

据您前次的来信，您是又把钱寄来了的，但现在还未收到。如果您还未寄出，您就留着用吧，冬天一来，您是更需要用钱的。

祝您健康！

儿　福义　1961.9.28 晚

【9】九月二十九日（漱谷的信）

父亲：

来信收读了。知道您的情况，很高兴！

我们都很好，米米已进托儿所，昭昭已托人带养，孩子多、麻烦多的问题，已基本得到解决。现在我们能正常地进行工作，不会因为孩子而受影响。这一点请您放心。

寄给您的棉衣裤，您千万不要再寄来，因福义的已得到解决。即使有困难，我们是能克服的，这里的冬天比起您那里来要暖和得多。

总之，我们一切都很好。您不要挂念我们，希望您好好保重身体。

就写这几句。敬祝近安！

儿媳　漱谷　1961.9.29

【10】十二月二十九日

父亲：

这学期来，儿的教学任务比较重。本来已经担任了四年级的课，后来又添加了教本院干部业余进修班的任务。两个头，两面扯，时间上感到有些紧。

教学任务重，科研时间就相对减少了。不过，本学期来，儿还是抓住些零零碎碎的时间，写出了两篇小文章，一篇叫《谈谈

"数词结构＋形容词"》，另一篇叫《试论名词同副词的结合规则》。后一篇，得到了一位教授的赞赏，称赞其无懈可击。这两篇东西，教研室已组织讨论。将来能否在刊物上发表，再告诉您。

湖北今年的收成还是不好，主粮减产了。红薯倒是产得很多，但运不到城市里来。可能由于油水较少，我们的饭量都很大，什么都觉得好吃。近来萝卜丰收，我们常常买来吃，这解决了一些问题。

可能由于精神上比较愉快，儿的身体看来又好了一些。上个月到医院去检查，所患肺部病灶已有吸收（"扩展"是恶化，"吸收"是好转）。也许再过一个时期，儿就能完全战胜病魔了。

米米，快四岁了，懂事多了，但身体较弱，常常害病。昭昭倒是长得好，已经学话，很爱笑，甚逗人爱。

您所需要的东西，还是没买到。

想给您订一份杂志，如《文史哲》之类，但订不到。

您冬衣缺少，在那样严寒的天气里怎么过？这的确使儿挂念。

我们一月底放寒假。寒假期间想到衡阳去一下。一来为了拜访一下岳父母（自从和漱谷结婚还没有看见过岳父），二来打算请岳母带一下昭昭，能带一年半载也好。

明天还要上课，需要看看讲稿，暂写这几句。敬祝健康。

儿　福义　1961.12.29

一九六二年（27岁）

父亲的摘要

【1】一月十八日：①患肝炎，天天打针。②去年年底被指定去全院的系室主任会议上做了"我是怎样备课的"典型发言。③肺部"右上淡薄阴影，已近于消失"。

【2】二月二日：①漱谷上月带小昭到衡阳外婆家去了。②一个在四年级我教过的学生给我信："您总是让我们称赞的第一位老师。"

【3】三月二十一日：①在编写讲稿中写成《论复说结构》一文。②肺病，"右上病灶显著吸收，有消失趋势"。

【4】五月三十日：①学术报告会上，报告论文《复说结构和称代成分》。②《中国语文》发表了《关于副词修饰名词》。③近来基本吃杂粮。

【5】七月二十三日：①十五日开始放暑假，写成《谈谈复句的运用问题》《积极修辞中的引进辞式》。②《关于副词修饰名词》在《中国语文》发表后，有了反应。③米米，于本月十日由漱谷

送到衡阳去了。④假如您不能回家,娘和三弟可否接到黑龙江来。

【6】九月二十六日:①写《谈谈复杂谓语》。②写《说"有点"》。③担任二、四年级的课,领导上派来两位同志担任辅导及答疑工作。④当一个新助教的指导教师。⑤武汉市各单位正大搞精简、调整工作。漱谷仍留在武汉,由艺师调学院附小工作。

【7】十二月十二日:①讲课以来,从不看讲稿。十一月二十九日上午,做一次公开课,学院的教务长、管教学工作的科长、系总支书和系主任等约三十人听课。②《谈谈复句的运用问题》已在系编刊物上发表。③给《武汉晚报》写小文《木兰从军有几年——谈汉语里的数词》。④肝炎,肝大一点五公分。

信 件

【1】一月十八日

父亲：

一日的来信收到了。

患肝炎的事，本来不必告诉您。告诉了您，使您担心，很不应该。其实，患肝炎病的人很多，国家下了很大的决心，投下了很大的本钱，坚决要把肝炎病治好。现在儿还在天天打针，打的是"肝健灵"（这是一种比较贵重的药）和"葡萄糖"。所打的针，都不要自己出钱。此外，还有粮食、糖、油、蛋等补助（发给各种营养票，由自己去买）。党和国家是这样地关怀，条件是这样地好，儿的肝炎很快就会治好的。

实际上，儿最感头疼是神经衰弱。由于用脑过度，自己没法控制自己的脑力活动，很少睡过一次好觉。不过，这一段时间来，大概是因为没有从事紧张的脑力劳动，以及营养比较好，所以睡得好些，精神也慢慢好起来了。

在这段全休的时间里，儿实在没有全休下来。一方面，还参加一些会议（包括政治学习和有关教学的会议），在去年年底，还被指定在系、室主任会议上做了"我是怎样备课的"的典型发言。当时，面对着高教厅派来的处长同志、院首长以及全院各系各室的主任同志们，儿感到，自己这个教学上尚未出师的学徒，

一九六二年（27岁）

科学上尚未脱离母腹的婴儿，实在是太幼稚；但同时，又得到了鼓舞，觉得只有戒骄戒躁，努力学习，出色地搞好工作，才能对得起党的关怀，才能配得上生活在伟大的毛泽东时代。另一方面，儿还在经常地考虑一些学术上的问题。俗话说，"钢刀不磨生黄锈"，脑子呢，不经常动动，也许会凝固的。不过，"考虑"也仅仅是"考虑"而已，它并不等于"钻研"，更不等于写论文。因此，是不会影响儿休养的，请您放心。（儿在那次会议上的发言稿，在开会以前就已铅印出来了；最近，又已修改了一次送交给院里，它将被收入"资料汇编"）

儿的肺病，最近又复查了一次，结论是："右上淡薄阴影，已近于消失。"这就是说，快要好了。

要给您配药，可是仍然配不齐，有好几种药仍然买不到。

您说已经寄了钱来（虽然尚未收到），这叫我们感到为难，不安，不知怎么处理才好。用了它吧？这是不可能的事！工作这么久，反倒用您的钱，成什么话！而且，钱，有多用多，有少用少，就我们的经济情况来说，是不应该多用您的钱的。寄还给您吧，又怕不符合您对我们——您的儿女们关切的心情，反而使您不好过。给您买药吧，目前又买不到！怎么办？想来想去，还是这样决定了：钱，放在这里，以后陆陆续续给您买一些书和一些吃的东西，主要是吃的东西。吃的东西，指的是腊肉、香肠之类。这些东西，现在在武汉用工分券可以买得到，一工分买一斤，价钱是二元多。不过，不知寄这些东西给您，有没有什么不便之处。请来信，收到您的来信以后就买寄给您。

您收到这封信的时候,大概是春节已经过去了。愿您春节愉快。祝您身体健康。

儿　福义上　1962.1.18 上午

【2】二月二日

父亲:

信和款都收到了。

去年年底曾寄过一封信给您,大概现在也已收到了吧。

黑龙江那么寒冷,您身体不好,寒衣又缺,怎么经受得住,这叫儿非常不放心。

钱,本来您应该留着自己用。孩儿们现在还要用您的钱,实在过意不去。不过,儿体会到了您的心情,所以不打算像以前那样寄回给您了。这些钱,儿将用来购买您所需要的用品(可惜您所需要的用品现在都还不能买到,有的商店里有,但要票)和书;再,给米米买些玩具,并且告诉他,这是爷爷买给他的,让他高兴高兴。

粤曲,儿曾到书店跑了几趟,都没买到。杂志,本来想替您订一两份的,但也订不到。现在杂志很不好订,就是儿自己,连一份也没订到,《中国语文》从今年起也订不到了。太平天国的史料,书店里可能还有其他一些,儿一有时间就去买寄给您。

我们从元月二十八日起,已经放寒假。下学期的开学时间是本月十二日。在假期,儿本来想到衡阳去,但由于经济上的原因

(来往购票要二十多元，再加上买点礼物，数目就相当可观)，所以做了这样的决定：漱谷带昭昭去，儿和米米留下来。漱谷和昭昭是二十九日下午去的。

关于写东西的情况，儿在前信上已经告诉过您了。总的情况是：上个学期，儿写的东西不多，主要精力放在教学上，但说起来，收获是很大的。在高等学校教课，备课的过程实际上就是搞科学研究的过程，儿上学期的讲稿里面，就有许多自己的见解，将来把它们整理出来，都可以成为独立的文章。

上学期，儿的教学效果很好。最近有一位学生（四年级）给儿写了一封信，其中有这么几句："在来上课之前，说实话，我们对汉语是不感兴趣的，觉得枯燥，用处不大……可是上了您的第一课后，是的，上了第一课后，我们马上改变了这种错误的想法。在您的清晰、流利、生动，而且那么熟习的讲授下，我们常常是睁大眼睛，全神贯注，不知不觉中度过一百三十五分钟，这是多么不简单的事情啊。每当同学们谈及老师们讲课如何如何的时候，您总是让我们称赞的第一位老师……"作为一个教师，儿从中得到了莫大的安慰；作为一个语法工作者，儿为这门学科能够引起人们的兴趣而高兴，因而在探索语法规律的道路上，更加充满信心。

下个学期的教学任务还是很重，专门写文章的时间依然是不多的。不过，假如这次漱谷能把昭昭留在衡阳（关键在于漱谷的妈妈是否健康，能否帮带昭昭），就会减少我们许多精神上的负担，让我们用更多的精力放在教学和科研上面去。

这个假期，米米需要儿照管，看来也不能专心于某项科学研究，只能零零碎碎地看一些书。也好，借这个机会，好好休息一下，养精蓄锐，以便迎接新的学期的新的紧张。

　　孩儿们的身体都还好，请不要挂心。

　　祝您健康！

儿　义上　1962.2.2

【3】三月二十一日

父亲：

　　寄来的信都收到了。

　　"学如逆水行舟，不进则退。"这句极为简单的话，道破了学习上的真理，多么值得仔细体会、揣摩！

　　"走不尽的路，读不完的书。"古来有成就的学者，都懂得读书的艰苦性，需要极大的毅力。他们之所以有成就，正是因为他们能够数十年如一日地研究探索。儿还年轻，知识上又是"先天不足"，以一个有成就的学者来要求自己，也许是过于轻狂，但，儿实在有这种雄心。条件是好的。在家里，漱谷虽然教课很忙，但家务事都由她一个人包干，儿已无内顾之忧。在师生间，儿也得到极大的鼓励和支持：儿的老师——老教授们说儿"敏锐"，"能在沙里看出金子"，因而乐于帮助儿；儿的学生认为儿"刻苦钻研""奋发有为"（他们的来信中的话），有的送来自己家藏的搞科研用的卡片，有的甚至于给以物质上的援助，有的甚至直率地批评儿说:"你这简直是糟蹋自己的身体!"这一切,增加了儿的信心。儿觉得,应该更虚心地学,更细心地学,更苦心地学。

"千里之行,始于足下。"在学习中,儿不敢轻易放过一个哪怕是很细小的问题,因为儿觉得,路要一步步地走,学问要点点滴滴地日积月累。

今年,儿把主要精力放在讲稿的编写上。写讲稿的过程,也就是搞科学研究的过程。我国现有的语法著作,绝大部分都是作者们在大学里的讲稿呢。

本月上旬,儿写出一篇叫《论复说结构》的文章。这就是在自己的写讲稿的过程中写出来的。这篇文章涉及几个很大的理论问题,教研室已决定将它参加最近将要举行的学术讨论。

关于儿的学习问题,说到这里。回头一读,觉得有些炫耀自己的味道。不过,儿之所以写这些,本意却实在是怕您担心——担心家务事会把儿拖往后退,以致前功尽弃。

现在,口盅和铁饭盒市面上都有,就是要票——工业购货券。自今年二月起,武汉市实行凭工业购货券买工业用品的办法。这就是说,买什么工业用品,都要票。就是买牙膏和手帕也要。布,比较好一点的,除了要布票之外,还要这种买工业品的票。这种票每人每月发多少?按工资计算。每月100元的,发给两分。二、三两个月份,我和漱谷一共领得9分。买了一个热水瓶胆,用去了5分(在这以前,我们好久没有热水瓶用了);买了两支牙膏,又用去了半分;给米米买点比较好的布(咔叽)做衣服，又用去了 1 分。现在，只存下 2 分半了。前天我和漱谷上街去看口盅和铁盒之类，比较小的铁盒要 6 分，比较大的要 10 分。我们下个月大概可以领到 4 分半，加上现存的 2 分半，就有 7 分。到那时，一定给您买一个小点的寄去。

粤曲，您所开列的，都找不到。别的倒有，不知是否需要。最近准备先买一两本寄给您再说。

药，可以寄。您现在已经是农场的一个成员，可以寄了。做药丸的中医铺也是找得到的。问题是药铺的药品缺少，您所需要的不一定能买到。但不管怎么样，您先把方子寄来再说。至于钱，千万不要再寄来，千万。

米米，四岁了，智力发展很好，很懂事。昭昭，也快十一个月了，长得很好，很逗人爱。儿写起东西来，常常脑子过分兴奋，走路、吃饭时都没法抑制思维活动；为了使脑子得到适当的休息，一个很好的办法便是晚饭后把昭昭接回来逗着她玩（差点忘了告诉您：寒假期漱谷把昭昭带到衡阳去了，本来想把她留在衡阳的，但由于她太调皮了，六十多岁的外婆实在带不了她，所以又把她带回武汉来了）。

我们的粮食，每月多了一斤。这一斤，叫作教学工作人员补助粮。我们现在所吃的，大部分是大麦、玉米、高粱、红薯之类，小部分是大米和面。虽然杂粮比较多了，但儿还是吃得惯。

二月份去透视了一下，"透视的结果"是："右上病灶显著吸收，有消失趋势。"这就是说，儿的病，快要好了。五月份复查后再把结果告诉您。实在，这种病纵然吓人，儿却一直没把它放在心上，果然，现在快好了。您不必再为儿担心了。

节育问题，我们将听从您的教导。

开始新的工作，意味着您开始比较繁重的劳动，您的手指头又一直未好，这叫儿实在不能放心。但——只好让您自己保重了。

信笔写来，拉拉扯扯地。就写到这里吧。

祝您健康！

儿　义　1962.3.21 晚

潄谷本来准备给您写信的，可是这两天特别忙，抽不出时间。她感到很抱歉。

又　1962.3.22 下午

【4】五月三十日

父亲：

不知您近来情况如何，很想念。

前些时候曾给您寄了一个钢精锅子，大概已经收到了。可以用吗？

武汉药铺缺药。您所需要的药品，"金当归、天生术、枸杞子"都没有。因此，直到现在还没有买好。

粤曲，不管什么样的，书店都没有。孩子深感抱歉，为买不到您的朋友所需要的东西而抱歉。

本月份的《中国语文》发表了儿的《关于副词修饰名词》一文，对儿来说，这是一件大事。因为这是衡量自己学术水平的标志。——

《中国语文》自去年下半年起，就得到上级的指示，确定了性质和方针：作为提高的刊物，代表国家的水平，赶国际水平。从那时候起，在《中国语文》上发表一篇文章，就极不容易。儿现在发表的这篇文章，不能说质量很高，但也可以说，是不太粗糙的东西。由于发表这篇文章，得到了同事们的鼓励，孩儿前进的信心更足了。（福义插说：《关于副词修饰名词》，原来定名为"试论名词同副词的结合规则"）

上个星期三，儿曾在湖北省语文学会语言专业组和华中师院中文系语言教研室联合举办的学术报告会上，报告自己的论文《复说结构和称代成分》，得到好评。这篇文章准备在最近寄给《中国语文》。

近来我们基本上吃杂粮。杂粮做成馍馍之类吃，也好吃。就是少了一些。好在我们自己种了一小块地，收了十多斤蚕豆，这两个月的粮食是没有问题的。

漱谷、米米、昭昭都好。

马上要上课。只能草草写这两句。

祝您健康！

儿　福义　1962.5.30

【5】七月二十三日

父亲：

您的来信都收到了。

钢精锅子适用，我们很高兴。

一九六二年（27岁）

前天给您寄出曲子两本和《中国语文》一本，想来在您收到这封信的时候，也会收到它们的。

眼镜、剃刀之类，要不要购货券，要多少，最近因为比较忙，还没有上街去查问。不过，可以肯定，比较好点的，是一定要购货券的。

药，仍然配不齐，所以还没买。

我们已经放暑假。是本月十五日开始放假的。下学期开学的时间是九月二日。

在暑假期，我们语言教研室的同志们，都要到湖北的各个专区去给函授生讲课。孩儿本来也应该去的，可是领导上考虑到，上学年孩儿的工作很重，下学年的任务仍然很重（上二年级和四年级的课），如果把身体拖垮了，会影响正规的教学，所以决定让孩儿休息。同志们劝儿到庐山去休养，但一来经济比较紧张，二来感到在"玩"里过日子实在太可惜，所以还是留在武汉。

近来"文思"很盛，常常有写作的冲动。放假以来，就已写成了《谈谈复句的运用问题》和《积极修辞中的引进辞式》两篇文章。看来，这个假期，写它五六篇是问题不大的。可惜天气太热，精神又不顶好，所以正自己抑制自己，准备只再写两篇。（领导上是劝孩儿一篇都不要写的）

米米，于本月十日已由漱谷送到衡阳去了。他外公外婆很疼他，要他长期住在衡阳，将来在衡阳读小学。我们觉得，米米留在衡阳，既可以减轻我们一些经济上的负担，也可以使我们免操一份心，因此，同意了他们两位老人家的意见。

漱谷把米米送到衡阳，又匆匆赶回来了。因为她得回来照管昭昭。

武汉市现在还是吃很多的杂粮，大家都吃得比较饱，不大感到缺粮了。这是因为领导上有时补助一些，而每个人又动手种了一些豆子、红薯之类来补贴。我们也种了一些红薯，大约九月份可以收到百把斤。

《关于副词修饰名词》一文发表后，已经有了反应。最近，中国语文杂志社转来从乌鲁木齐寄来的一篇文章，就副词同名词的配合问题和儿做学术上的讨论。准备明天给他回信。

写得很草，很乱。请原谅。

祝您 健康。

儿 福义 1962.7.23 上午

娘和哥哥都劝您回家，他们的心情是可以理解的。孩儿和漱谷也经常讨论这个问题。漱谷还提到，假如您不能回家，娘和弟弟是否可以接到黑龙江来？这似乎也很难成为现实，但作为一个想法，也可以请您考虑的。

【6】九月二十六日

父亲：

收到了您中秋的来信，是 19 号收到的，只 6 天时间，真快。

本来打算马上写回信，可是由于我系办了一个刊物《函授通讯》，约我写稿，催得很急，不得不抽出两天时间给它写了一篇《谈谈复杂谓语》。稿子写好以后,又要备课。信,我不得不搁到现在才写。

这一学年,我担任二年级和四年级的课,任务很重的。但由于有关知识已经掌握得比较熟练,特别是领导上派了两个同志来帮忙搞"辅导、答疑"等工作,因此,并不感到特别吃力。

另外一个任务是当一个新助教的指导教师。本来,当指导教师的都应该是老教授。我们语言教研室有三位老教授(还有一些中年教师),有四位新助教。三位老教授分别培养三位新助教,另一个就交给孩儿负责。孩儿本来是青年教师,现在居然指导别人了!领导的信任,使儿感到光荣,有信心,但任务重大,又使儿感到和自己的学历太不相称。自己不敢也无力去"指导"别人;但一定尽自己的力量,和那位同志共同前进。

关于科研。上面所说的《谈谈复杂谓语》是根据旧稿整理出来的。暑假期写了《说"有点"》,现在正修改。这篇文章只谈"有点"这么一个词,但谈得比较精细。目前,孩儿还不打算写大文章。因为孩儿觉得,自己离成熟期还很远,多写小题目,可以培养踏实的作风,严谨的活学态度。孩儿只想这么做:

一步一步又一步,
稳稳健健,
踏踏实实,
一步是一步,
一步算一步,
当若干个年头过去,

走过的是长长的一段路。

这是为了勉励自己而写的《走路》诗的一段。

孩子的身体,不算好,但也不算坏。暑假期领导上之所以不让外出讲课,是因为这学年工作比较重,需要"养精蓄锐",绝不是因为身体差了。请放心。孩儿倒是很挂念您的身体。冬天又到了,不知御寒衣物您怎么解决?

钱,是紧一点,但有时可以有一点稿费补贴补贴。《关于动词修饰名词》一文的稿费是46元。再紧,也不会紧到向您要钱的地步。只是因为紧了一点,想给您买点东西和书籍,也没有买。实在惭愧。

米米已送到衡阳。很久没有收到那里的来信,不过估计会很好。昭昭会走路了,长得不胖,但是很漂亮伶俐,逗人爱。

武汉市各单位正在大搞精简、调整工作。漱谷的工作有调动。他们学院原来要把她调到红安专区。但按照政策,下专区,要动员男女双方都下去。他们学院和我们中文系联系,希望动员孩儿同她一起下去,但我们领导不同意,说:"这是我们的教育骨干,不能动。"于是,漱谷就留在武汉市。最近领导上准备暂时把她安插在我们学院的附小(附中实在不需要人)。孩儿觉得这样也好,同一个学院,可以住在一起,生活上方便一些。如果分在别的中学,即使在武汉,也要把一个小家庭拆成两半,生活上总是不方便的。究竟最后怎样决定,再告诉您。我们中文系也在调整,现在已决定调出去的有四五人。

三叔父工作的木工厂已下马,他又没有工作了。他近来怎么样,还没有收到来信。

哥哥的信也好久没有收到了。曾给娘寄过一封信,不知道她收到了没有。

您的近况如何?手指头的伤怎样了?

儿　福义　1962.9.26

【7】十二月十二日

父亲:

您以前寄来的药方子,还保留在这儿。打算最近几天内再到药铺去问一下,如果能配齐,就配好寄给您。

您的手指头伤处,肯定对您的劳动有很大妨碍。需不需要胶布?如果需要,请速来信。

这个学期来,儿的工作是重的。往往感到很紧张。不过,一般来说,儿能胜任这些工作。学生对儿的教学表示满意,特别是对儿的记忆力表示"惊奇"和"敬佩"。(儿讲课从来不看讲稿,从论点、论据以至复杂的例句,都可以凭自己的记忆说出来、写出来)在十一月二十九日那天,儿做了一次公开课。系总支书记、系主任以及各个教研室的代表,大约三十人,都来听课。特别是学院的教务长和管教学工作的科长也来了。第一次在学院的领导、系领导和许多老教授面前讲课,一开始,心情是有点儿紧张的。当天晚上,开了评议会。大家对儿的钻研精神和创造性的教学做了很高的评价。

后来，据说，在全学院的老年、中年教师（儿还是青年教师）的会议上，教务长还赞扬了儿的教学。这一切，都使儿增强了信心。

儿的《谈谈复句的运用问题》一文，已在我系所编的刊物上发表。大概这两天内就可以拿来寄给您。最近朋友们劝儿写些通俗性的小文章，要儿给报纸寄点稿。本月五日的《武汉晚报》发表了儿的一篇知识小品，也准备把它寄给您看看。

本来打算在本月底写好《论象声词》一文，并修改好《复说结构和称代成分》一文，可是身体出了点小毛病，这是很遗憾的事！

前几天发现有肝炎，肝大一点五公分。医务所建议全休，并要儿搬到院的疗养所集中休养。系里面，经过研究，决定让儿停课休养。明天再上一次课，从后天起，就什么工作也没有了。现在，每天打针（打葡萄糖和抗坏血酸）。至于疗养所，儿不想去，因为在家里休息，习惯些，也方便些。

您不要挂心。这一点点肝炎，没有什么了不起。现在离下学期开学的时间还有将近两个月的时间，在这段时间内专门休息和治疗，基本上恢复健康这是没有问题的。只是，课没有讲完，很遗憾。在前进的道路上，又一次坐着不动，很遗憾。

漱谷的工作，到现在还没有安排好。因为我们附小也没有空位。领导上肯定要把她调到武汉市的某一个中学；而武汉市的有些中学，经过老同学们的介绍，也欢迎她去。不过，由于调到专区的人很多，如果先安排她在武汉市，就会影响那些人的情绪，因此领导上要她等待，等到那些人的工作安排好了再说。看来，她的工作问题，这个学期是解决不了啦。（国家关怀干部，在这

段时间里，她是照样拿工资的）

米米还在衡阳。

昭昭，还是让别人带。早上送去，晚上接回来。

娘和哥哥都曾给您写信否？很想念他们。

最近收到三叔的一信，得悉家乡一带有流行性感冒，他的小男孩铁丁患上了，但经过治疗，已经恢复健康。不知弟侄们是否健康，很是惦念。

在新的一年快要到来之际，儿和漱谷、米米、昭昭，祝您健康快乐。

儿　义上　1962.12.12

【福义插说】本年发表以下文稿：

《关于副词修饰名词》，《中国语文》1962年第5期。

《谈谈复句的运用问题》，《函授辅导教材》1962年第2期。

《木兰从军有几年——谈汉语里的数词》，《武汉晚报》1962年12月5日。

一九六三年（28岁）

父亲的摘要

【1】元月十八号（漱谷的信，福义的信已遗失）。

【2】三月二十六日：①昭昭得麻疹，拖了将近一个月。②肝大只有一公分，强些了。③本学期主要精力放在写讲稿上。④下周起准备修改《说"有点"》一文。

【3】七月九日：①漱谷调武汉市第九中学。②暑假期准备学英语。

【4】九月十七日：①学英语。②米米由衡阳接回来。

【5】十月十四日：①工资可能会提高一级。②肺病快好，肝炎也没关系了，只是失眠很严重。③本学期教二年级的课，并负责指导三个进修教师。④十一月份准备完成《现代汉语里的AABB结构》。

【6】十二月二十八日：到黄陂农村参加一个多月的社教活动。

一九六三年（28岁）

信 件

【1】元月十八日（漱谷的信）

父亲：

本来应该经常写信给您，向您问安的，可是由于懒，也由于觉得福义把情况说清楚了，所以一直没有动笔。请原谅。

春节到来了，祝您春节愉快，身体健康！

福义的情况，他自己已经写得比较详细了。我呢，您知道的，过去一直在湖北艺术学院工作，从这学期起，要调动，但调到哪个学校里去，现在仍然没有确定下来。（不过在武汉市是肯定了的）工作的调动，当然会给家庭生活带来一些不便，不过，说心里话，调到中学去我是乐意的。因为在这样一个大学里的附中教课，问题很多。第一，我们学院不是由武汉市教育局领导（属于中央教育厅领导），因此关于对于中学的政策指示，我们这里总是给漏掉了。这样一来，我们的教学就带有很大的盲目性。第二，学院关于中学教学的领导是缺乏经验的，而且也没有专人来领导，这样，我们的教学又就有很大程度的自由性、自发性。再加上我们教课的人少（教附中课的老师总共不到十人，而且这些人中间又担任着各种课程，语文、数学、历史、物理、体育等），也就很难做到取长补短，共同进步。

米米自七月去衡阳已有半年了。他外祖父来信，说他长得很好，很聪明，也很调皮。外祖父、外祖母是非常喜欢他的。他于元月四日已满五周岁了。大概最近有相片寄来，寄来了，一定寄给您。

昭昭也有一岁九个月了。她仍旧寄养在别人家里（每月15元），她的身体比米米好一些，很少生病，近来长得胖胖的，真是苹果似的脸蛋儿，很逗人爱。她说话很清楚，又很会说，所以福义很喜欢她。她呢，也很喜欢爸爸。晚上接回来，的确给我们带来许多乐趣。最近，我们打算给她照个相，也一定寄给您。

福义和我的身体都好些了。再加上这里供应情况好转，相信我们的身体会一天一天好起来的，希望您不要为我们担心。我们倒是希望您在那样的环境里，好好保重身体。

就写到这里，敬叩近安！

儿媳　漱谷　1963.1.18

【2】三月二十六日

父亲：

您二月十八日的来信也收到了。

关于反对现代修正主义的文件，马上寄出。

球鞋，儿打算用工分券给您买。一有时间就上街去买。长袖衬衫呢，只有用布票才能买，可是自己又没有布票；只好像您说的，到自由市场去，看看再说了。

昭昭到最近几天才康复。先是重感冒，接着又是出麻疹，所以拖了将近一个月的时间。在这将近一个月的时间里，不能把她送到别人家里去，我们俩只好一面工作一面照顾她。这，可真是伤透脑筋的事！好在，孩子恢复健康了，做父母的也就心情舒畅了。

漱谷本学期仍然在湖北艺术学院教课。下个学期究竟分配到哪个学校去，恐怕要等到暑假期才能知道呢。

儿这个学期，工作任务轻些，只教一个年级——四年级的课。健康情况，说好，说不上；说不好，也不是。可以用一句话概括：能够较好地完成工作任务，能够在前进的道路上继续向前冲去。肝炎这病，不易好。这里害肝炎病的人很多，完全好了的还没有。这种病，据医生说，能"巩固"下来，不继续发展，就没有问题，就可以照常工作了。儿原来肝大1.5公分，现在只是肝大1公分了。这就是说，不仅已经"巩固"下来，而且已经缩小三分之一了。

其实，肝炎也好，别的病也好，儿觉得，都不应该放在心上。一个人，活着，为什么？难道只是为了活得白白胖胖吗？如果只是为了活得白白胖胖，那就跟一般动物没有什么两样了。既然如此，没有病固然好，但有了病，也不能因而躺下了"睡大觉"。一"觉"醒来，头已白，眼已花，耳已聋，一生，已完了！这，可就"徒悲伤"了！

儿一定重视自己的健康，争取完全恢复健康，做个无病的人；儿也一定重视自己的成长，争成做出一些即使是很微小的成绩，做个不白活的人。

大家对儿的关怀和鼓励，使儿觉得应该活得有价值。（附带把一个学生的来信寄给您看看。这个学生是去年毕业的,现在江西工作,在校时,只是一般的师生关系,所以他的信可以代表一般同学对儿的看法)

武汉市近来供应很好,物质很丰富。像鸡蛋,八九分钱就可以买到一个。别的东西也很多。

本学期以来,儿主要精力放在讲稿的编写上(这是《句法学习》这部书的基础)。下学期准备修改《说"有点"》这篇文章,争取让它达到较高水平。

祝您健康!

儿 福义 1963.3.26

【3】七月九日

父亲:

您的来信收到了。

长袖、高领汗衫三件,前几天已经寄出。每件都用布票四尺二寸,其中有两件3.75元,有一件是3.55元。不知合身否?

布票,是一位学生在前些时候送给我们的。他托人用钱买了一丈布票,本来打算自己做衣服穿。前些时候到我们家里来玩,看到什么都破了,便把这一丈布票留下来了。盛情难却,我们只好接受了他的赠送。不过,需要添置的东西很多,不知从何添起,而且,现在是大热天,并不是非要在这个时候添置不可。您比我们更需要,所以先买汗衫寄给您。我们的衣物,以后再想办法弄点布票来做。（据说五六角钱可以买到一尺）如果弄不到，缝缝补补也是可以过去的。

钱，您寄十多元来就够了。

漱谷，已调到武汉市第九中学了。她已经到校一个月，在那里教高中二年级。下学期教哪一年级，还没有确定，可能要从高中一年级教起。那个学校虽然不是重点学校，但初高中都有，语文教育组的阵营很大，光语文教师就有二十一人。普通中学里，对语文课特别重视，她在那里教书一定会进步得快一些。九中离我们的"家"较近，走30分钟就可以走到。她总是每天早上七点钟离家，晚上六点多一点到家。感谢组织的照顾！我们的生活一点也不因为她的调动工作而有什么影响。

我们在七月中旬放暑假。假期，儿打算做下面几件事：（1）好好准备下学期的讲稿；（2）写一篇文章；（3）读英语。漱谷要到衡阳去一趟，我们准备把米米接回来。她什么时候动身，还没决定。

昭昭，身体不大好，但聪明得很，才两岁，什么都会说。没有空，所以一直没有带她上街去照相。等米米回来后，再让他们一起照一个寄给您吧。

《黑龙江日报》上的文章，不必麻烦您寄来。这里的学术资料不少，材料，都是可以找到的。

下次再写。

祝您健康！

儿　福义　1963.7.9

附关于我备课的文章

我是怎样备课的

我是讲"现代汉语语法"的。怎样才能把这门课讲好,这是一个不容易解决的问题。自己知识浅薄,没办法正面地、全面地谈这个问题,只能把自己在备课过程中的几点零碎的体会说一说。

结合教学搞科研,以自己的学习心得
不断地充实教学内容

提高教学质量的关键,在于教师是否对所讲的问题有比较深刻的理解,在于教师能否以新的内容不断地充实课堂教学。基于这样的认识,一方面,我总是结合在教学中发现的问题进行钻研,希望通过钻研教学内容,增添一些新的血液。这几年来都是这么做的。比如,去年在讲某一章时发现了一些问题,今年在讲同一章以前的几个星期,就开始对这些问题进行研究,寻求答案。当然,并不是所有的结论都适合于拿到课堂上去讲,但其中有一部分的确是起到充实课堂教学内容的作用。至于今年在讲课中发现的问题,我将在明年讲到它们以前尽力加以解决。我想,只要问题一次又一次地得到解决,教学内容就可以一步又一步地丰富起来。

另一方面,我注意到应该吸收新的科学研究成果。吸收新的科学研究成果,并不等于把新发表的论文全部搬上讲台。在我看来,一篇新发表的论文,不可能全不对,也不可能完满无缺。如果全不对,那它就不会达到发表的水平;但如果说它已经完满无缺,那就等于说科学在某一点上不能再进一步发展了,这显然是不对的。因此我认为,吸收新的科学研究成果的过程,也是自己进行科学研究的过程。只有通过自己的研究实践,才能断定一篇新的论文在哪几点上是可以吸收的,在哪几点上是应该进一步商榷的。我自己是试图这样去做的。比如,去年在讲"副词"前,读到了《论汉语副词的范围》一文(《中国语文》1961年8月号)。这篇论文有很多可取之处,但在副词能不能修饰名词这一点上,和传统的说法完全不同。应该根据传统的说法讲呢,还是应该根据这篇论文的说法讲呢?经过自己的钻研,我才发现,传统的说法是只提一般的规律,没提特殊的规则;而这篇论文,却是以特殊规律来否定一般的规律。于是,我写了一篇小文章叫《关于副词修饰名词》(《中国语文》1962年5月号),总结出四条特殊的规则,并指出,一般和特殊并不是互相排斥,而是互相补充、相辅相成的。只提一般的规律显然不够,但把特殊的同一般的情况相提并论、等量齐观,那也不符合事实。经过这一次钻研,自己在讲到副词的时候,问题就讲得比以前清楚多了。

联系中学实际

师范学院中文系的学生是未来的中学语文教师。我们教给他们的知识,既要有一定的深度,又要适合于中学教学的需要。因此,在教学中联系中学实际,这是有一个极为重要的、方向性的问题。在这个问题上,我注意到了下面两点。

第一,不管在讲到哪一个问题的时候,都要把中学课本里的提法告诉学生,并强调将来在中学里一定要按照中学课本里的提法去讲课，因为那些提法对中学生的接受能力来说是比较适宜的。然而，我又不拘泥于介绍中学课本里的提法。我总是尽自己的能力从各个方面去阐述问题，希望能使学生对问题有比较深入的理解，让他们能掌握一个更为精确的提法。因为我认为，我们的学生——未来的语文教师，他们的脑子里应该装着比中学课本里更多的东西。

第二，阐明语言事实的时候，经常联系中学课本里的课文。例如毛主席的《中国人民政治协商会议第一届全体会议开幕词》，是初中语文课本里的一篇课文。这篇课文里用了47个"我们"，有着特殊的表达作用。在讲代词的时候，就指出这一点，并对这47个"我们"的特殊作用加以分析、说明。

面向生动活泼的语言事实

语法规律是抽象的，语言事实永远是生动活泼的。应该讲活语法，不应该讲死语法。在阐明语法规律的时候，如果老是搬用那些四平八稳、老得长胡子的例句，就容易把语法规律讲死。反之，如果面向生动活泼的语言事实，经常从经典著作中从新发表的小说和其他各种文章中引用例句，那就有可能把规律讲活，可以引导学生去注意活的语言事实，从而帮助学生提高分析语言、运用语言和鉴赏语言的能力。自己是这样认识的，因此经常阅读各类作品，分析各种文体的语言，常常从新的作品中找正面的例子，也从新的作品中举出病例。

加强理论联系实践

在过去的语法教学中，有两个突出的问题。第一是规律条条讲得多，现象摆得多，很凌乱，很琐碎，只有现象的罗列，没有理论的概括。针对这一毛病，自己在教学中，尽自己的能力加强理论性，要求在某个理论下讲事实，或通过事实概括成理论。以"代词"这一部分来说，过去的讲法是：先提一提代词的定义，再谈人称代词的种种类别及活用，再谈指示代词的种种类别及活用，再谈疑问代词的种种类别及活用。这样讲，面铺得宽，很难避免罗列现象的毛病。经过这两年的摸索，我在本学期的讲法是，先提出定义，接着从各方面对定义加以分析，指出代词内部的类别，并说明各类代词之间的对应关系，最后又把问题归结到定义上来，讨论跟定义有关的一些理论问题，以便加深同学们对问题的理解。这样做，时间节省了，问题也说得更集中、更有条理了。

第二个问题是不重视讲授"怎样运用"的问题；有时讲得很少，有时甚至不讲。这是过去的语法教学严重地脱离实际的主要原因。针对这一毛病，自己在教学中注意到加强实践性。具体做法是，突出"运用问题"在讲授中的地位，让它同理论问题并列。每一章里，我都是这样做的。例如"代词"这一章讲两个问题：一是"代词的定义和特点"，二是"代词的运用"。在"运用"问题里，首先说明代词的表达作用，接着提出下列要求：1）细心辨异，2）注意活用，3）前词明确，4）指代统一。又如"副词介词连词"这一章，也讲两个问题：一是"副词介词连词的定义和特点"，二是"副词介词连词的运用"。在"运用"问题里，提出了下列要求：1）掌握差异，2）注意使用条件，3）配搭得当，4）位置适宜。

"旁若有人"

备课的时候,我常常想起学生,好像有好些学生正坐在自己的面前,向自己提出各种各样的要求。我这里所说的"旁若有人",就是备课时"旁若有学生"。我感到,能做到这样,就能更好地考虑学生的实际水平和需要。

熟,烂熟!

我总是要求自己把讲稿的内容全部记熟,熟到一个例句所用的标点符号都可以毫无错误地写出来。这是因为我感到,只有熟,才能理解得深刻,才能"生巧",才能有创造;再说,只有熟,才能抽出一部分注意力来讲究关于教学方法的运用问题。

一堂好课,总是既深入又浅出,既深刻又生动的。我想,要是完全做到以上六点,课是一定会讲得深入浅出、深刻生动的。可惜,上述六点,在我说来,在很大程度上还是认识,仅仅是认识。既然是认识,和事实就还有一段很长的距离。不过,在组织的教育下,在系、室的领导下,在同志们的帮助下,我们的"现代汉语语法"教学一定能不断地改进,教学质量一定能不断地提高的。

(原载华中师范学院教务处《教学经验专题汇编》,
1963 年 5 月)

【4】九月十七日

父亲:

大约是在七月间吧,曾给您寄出棉毛衫三件,不知收到了否?

本学期儿担任二年级的课。这个年级的学生，基础比较好，水平比较高，很好教。

除了备课、上课、辅导、答疑之外，儿的主要精力放在学习英语上面。不过，到了这么大的岁数才来学习英语，的确感到有点困难。也许是急躁吧，总感到进展太慢了。今后，儿给自己提出的口号是：有耐心，能坚持，一天走一步，一年走他三百六十步，争取三年内基本学会"走路"。儿知道，任何困难都是吓不倒有决心的人的。

漱谷现在在武汉市第九中学工作，教高中一年级的两个班。她教课的效果比较好，该校领导对她也是比较重视的。中学里任务重，工作多，和儿比较起来，她是紧张得多了。

米米，已经从衡阳接回来了。身体还好。昭昭也好。早就想带他们去照个相寄给您，可是总感到带着孩子上街太麻烦。国庆节期间，要是没有什么集体活动，一定会照一个。

武汉市的物质供应更好了。市面上的繁荣，反映出祖国在各个方面的欣欣向荣的景象。儿想，只有努力学习，积极工作，才能配得上生活在这样伟大的时代！

祝您健康！

儿　福义　1963.9.17

【5】十月十四日

父亲：

九月二十五日的来信收到好些时候了。钱，也收到了。钱既然用去了许多，就不应该再寄来。收到了这笔钱，我们反而感到很不好呢！冬天来了，您需要什么东西否？

我们这里正在进行工资调整，有一部分人将提高工资，但提高工资的人，不管是谁，都只能在原工资的基础上提高一级。儿和漱谷，看来都会提高一级。以后，我们每人每月多收入几块钱，看来可以解除经济上的紧张状态了。

儿的肺病快好了，肝炎也没有什么关系了，只是失眠现象还是很严重，因此常常感到精神不太好。

儿本学期上二年级的课，这在前不久给您所写的信中已经提及了。近来，领导上又要我负责指导三个进修生（湖北省函授大学教师）。这本来是老教授们的工作，现在交给儿来做，当然是领导上很信任自己，但自己也觉得这担子很沉重。

英语，在学。已经学得怎么样了，很难说。不过，儿是有决心争取在三年内能够阅读英语专业书刊的。

漱谷近来很忙，因为中学里语文老师的任务特别重。

米米、昭昭都好。这个照片是国庆节照的，当时，米米是五岁十个月差一点，昭昭是两岁五个月多一点。

您以前寄来的药单子，儿还保存着，最近准备上街去问一问，要是能配齐，就配好并做成丸子寄给您。

祝您健康！

儿　福义　1963.10.14

一九六三年（28岁）

【6】十二月二十八日

父亲：

两次来信都收到了。因为儿到黄陂县农村去参加了一个多月的社会主义教育运动，前几天才回家，所以无法及时写回信给您，请原谅。

在农村工作的那一段时间，虽然不长，但经过扎根串连、组织阶级队伍、对敌斗争等活动，看到了党的政策的英明、伟大，看到了农村的大好形势，自己在思想上的收获是非常大的。在身体上，从农村回来以后，也觉得精神比以前好得多了。

漱谷，忙，但精神尚饱满。有时，儿还帮她改改作文本子。

米米，在幼儿园生活得很好，已经会写自己的名字，在将要到来的除夕，他还要和一些小朋友一起登台表演舞蹈节目呢！昭昭，也长得比较好，才两岁多，已很会讲话，也会唱歌了。不过，这次从农村回来以后，儿觉得我们对自己的孩子是太溺爱了，这也许对他们的成长是没有好处的。

儿本学期上二年级的课，这并不是因为身体不好，更不是因为能力不够。这是因为根据中央的教学计划，"现代汉语语法"这门课放在二年级开，三四年级不再开了。在高等学校里，一门课放在哪一年级开，是由整个学科体系来决定的，而不是由教师水平高低来决定的。好些白发苍苍的老教授，还在上一年级的课呢！在业务水平上，领导上一贯对儿做了较高的估计，例如交三个进修生给儿——一个青年教师带，这是很罕见的现象。儿倒觉得，自己有些"名不符实"，就是说，自己知识很有限，但人们把自己估计过高了。这使儿深感不安。

英语，儿是有决心学好的；不管会碰到多大的困难，都有决心学好它。记得少年时代，儿做事总是虎头老鼠尾，但现在，成熟一些了，理智，是可以战胜懒惰的。

您，年纪大了，身体又不好，但儿想不出用什么方法来帮助您。在新的一年快要来临之际，儿只能在远方向您祝福，祝您身体健康，精神健壮，同时，愿您不断地改造思想，为了强大的社会主义祖国做出自己所能做出的贡献。

哥哥，还在崖县荔枝沟公社红花大队工作，叔父也到那儿去做木工（临时的）。最近，叔父来信说家中大小均安好，请勿念。

漱谷太忙，不能单独给您写信，请原谅。

儿　福义　1963.12.28 上午

刚刚收到哥哥本月二十日的来信。他的通讯地址："崖县荔枝沟公社红花大队"；嫂嫂的通讯地址："乐东县黄流缝衣社转蔡少姑收"。

哥哥说，他过去之所以不给您和儿写信，是由于经济困难，精神上不太痛快；但他是时时都在想着我们的。

他这次来信说，嫂嫂害了病，借了债，要儿帮他的忙。使儿不安的是，因为最近买了一些过冬的用品，钱都花完了，不能马上给他寄一点。儿和漱谷商量，决定在下个月一领到工资就给他寄十多元。

儿　义又及　12.28 下午

一九六三年（28岁）

【福义插说】本年发表以下文稿：

《略谈定语状语和补语》,《函授辅导活页》1963年第1期。

《谈谈复杂谓语》,《函授辅导教材》1963年第1期。

《我是怎样备课的》,华中师范学院教务处《教学经验专题汇编》,1963年5月。

一九六四年（29岁）

父亲的摘要

【1】四月十四日：①昭昭已入师院幼儿园。②到省教师进修学院高中语文教师进修班上专题课。③写成《复句学习讲话》一稿。

【2】八月二十二日：①暑假开始就参加今年高考试卷评阅工作。②写《红楼梦》里"因"字用法之研究。③与漱谷每月工资收入是125元。

【3】十二月二十九日：①赶编《现代汉语语法》。②给省进修学院高中语文教师进修班讲课。③肺病好了，肝病还有一点。④《中国语文》要求修改《数量结构+形容词》一文。

一九六四年（29岁）

信 件

【1】四月十四日

父亲：

您能够坚持学习，特别是坚持政治、时事学习，这使儿们万分高兴。

哥哥的事，儿曾写信劝说过他，最近准备再写信给他，要他打消那种想法。

漱谷很好，米米也很好。昭昭从三月份起已进了我们学院的幼儿园。孩子们都很聪明，昭昭进幼儿园还不到一个月，就已经学会唱歌和跳舞了。

按照原来的计划，从本学期开始，儿只有一个任务，那就是写书。但在开学以后不久，突然接到一个新的任务——到省教师进修学院高中语文教师进修班上课（讲专题）。这个进修班里的学员，都是从本省各地中学里抽调来进修的比较优秀的高中教师，他们都是各大学的本科毕业生。其中，大部分是儿的老前辈（中华人民共和国成立前大学毕业，已有20年左右的教龄；个别还在外国留过学）、老大哥（和儿同过学，但班级比儿高）。他们要求很高，以前都是由武汉地区各高等学校里的老先生给他们上课的。因此，儿去给他们上课，感到很不自然，也感到实在不能胜任。不过，推辞了几次推辞不掉，只好硬着头皮去讲了。现在，已经讲过了三次，反应颇好，这样，精神上的紧张才慢慢松弛下来。由于全部精力都用到备课中去了（已写成《复句学习讲话》一稿，近万字，印出后寄一份给您看看），因此谁都不给写信。拖到现在才写信给您，也就是这个原因。

儿的健康情况，似乎没有多大的变化。如果说有变化，那就是变得好一些了。肝炎，还有一点，疲倦了，就会感到肝有些疼；失眠现象，还是老样子。不过，儿很年轻，小小的疾病，在青春面前，的确是"小"的。另外，儿近来经常打乒乓球，一到文体活动的时间就打，这对儿的身体是有益的。

您有时能剩下一点钱，这些钱，最好把一部分寄给娘和弟弟，另一部分，最好买点营养品，补养补养自己的身体。

《文史哲》早就要买来寄给您，可惜买不到。有时间上街，再买一些文史方面的书刊寄给您看。

祝您健康！

儿　福义　1964.4.14 下午

【2】八月二十二日

父亲：

我们七月一日就开始放暑假，但暑假一开始，就去参加了今年高考试卷的评阅工作，花去了 11 天的时间。回来后，接着写《红楼梦》里的"因"字问题的文章，一直到昨天，才基本上写成。

这篇文章，定名为"《红楼梦》里'因'字用法之研究"，有二万六千字，是儿所写的第一篇近代汉语语法论文。准备开学以后，请老师们、同学们提提意见，再做修改，然后争取在刊物上发表。

一放假，米米昭昭都从幼儿园里回来了。孩子们回来了，增加了热闹，也增加了麻烦，容易分心，相对地影响了学习。在这个暑假里，除了为下学期的工作做些准备之外，不准备再写什么文章了。

下学期，儿的工作有两个，一个是继续在湖北教师进修学院高中语文教师进修班上课；另一个是编写材料。

我们两人，每月工资是125元。有三笔固定的开支：（1）我们两人的伙食费，30多元。（2）小孩的托儿费以及他们的零用费，40多元。（3）房租费、水电费、工会费，10元。除了这些固定的开支，每月剩下30多元作为其他的开支。如果是买买书，看看电影，买一些生活上的小用品，每月还可以节余一点钱，要是小孩害病，或者添置衣服什么的，就感到钱不够用。其实，我们的收入是不算少的，可是为什么总存不下钱？大城市生活水平比较高是原因之一，两个小孩子要用去比较多的钱也是原因之一，但我们用钱的计划性不够强，恐怕也是原因之一吧！

我们住在华中村，这是城市里的"乡村"，有很多树木，是个学习的好环境。学院里的老教师和一些中青年教师住在这里。我们住两间房子，还有一间厨房。从住的地方到系办公室，走10分钟就到。从住的地方到漱谷的学校，要走35分钟。

其他情况，以后再谈。

您换了一个工作场合，不知情况如何，请告诉儿。

您的身体，还有您那手指头，儿总是惦念着。

《学术研究》已经给您寄出，不知道收到了否？

儿　福义　1964.8.22 上午

【3】十二月二十九日

父亲：

给您寄了《人民日报》副刊之后，本想接着就给您写信，可是事情一多，就搁下来了。

本学期，我们中文系的一大半教师已带三、四年级的学生下乡搞社会主义教育运动去了。一年后，才能回来。由于工作的需要，领导上把儿留下来了。任务是够重的：第一，要赶紧把《现代汉语语法》教材编好，以便在明年四月份付印。赶呀赶呀，赶到现在，还有三章没有写起呢！第二，要给湖北进修学院高中语文教师进修班上课。要求高，得认真准备，因此也占去了一些时间。现在，这个课还没有讲完。第三，在本系担任一部分的教学工作。驾轻就熟，但也要付出时间。除了上面的任务之外，由于我们学院马上要实行新的教育制度——半工半读的教育制度，因此会议特别多，也占去了不少的时间。

时间紧，要完成任务，就得"挤"。有时，把午睡时间也挤出来用了。

紧张是紧张，但很愉快。在"四海翻腾云水怒，五洲震荡风雷激"的今天，儿知道，只有加紧改造，积极工作，才能成为符合时代要求的人。只是，事情一多，给您、给家里写信也就少了。这是要请您原谅的。

儿的肺病已经好了，肝炎还有一点，但总的说来，身体比以前健康了。

漱谷的身体也比以前好多了，但教学任务重，总是忙得团团转的。每天，她总是天不亮就上班，天黑了才回来。有时，作文本子改不完，还要儿帮忙她改一些才行呢！

米米和昭昭，还在幼儿园。米米近来身体还好，昭昭却很娇弱，经常害病。

您又寄钱来，这不好！您的心情当然是可以理解的。但是，第一，您应该存点钱放在自己身边，以便需要的时候用。第二，应尽可能地寄给娘和弟弟。您寄来的钱，儿将把一部分买点书画寄给弟弟，其余的给哥哥寄去。儿也要给米米昭昭买点玩具，并告诉他们，是爷爷送的。

最近《中国语文》要儿修改《数量结构＋形容词》这篇小文章，说准备发表。儿已修改好了，并给他们寄去了。发表以后，再寄给您看看。

祝您健康！祝您新年快乐！

儿　福义　1964.12.29

【福义插说】本年发表以下文稿：

《谈〈挥手之间〉的写作特点》，《语文函授通讯》1964年第2期。

一九六五年（30岁）

父亲的摘要

【1】二月一日：①下学期一年级试行新的教育制度，我参加工作，寒假不放假。②附漱谷信。③附米米信（时年七岁）。

【2】六月九日：①进行教育革命，活动很多。②"现代汉语"和"文选及习作"合并为"现代汉语及习作"，由我主讲。③校对《现代汉语语法》铅字稿。④米米今年秋季可入小学了。

【3】八月二十一日：①到沙市去讲了十多天的课，八月十一日才回来。②下学期开学的时间是八月三十日。我将担任"现代汉语及习作"这门课的主讲。

【4】十一月十五日：①这学期不但要教语法，还要讲词义及范文。②《再谈"们"和表数词语并用的现象》，已由《中国语文》发表了。③请个人照顾昭昭。④米米基本掌握了拼音字母和拼音方法，并已学会了近二百个汉字。

一九六五年（30岁）

信　件

【1】二月一日

父亲：

十二月三十日的来信收到了。前些时候寄来的十元钱，也已收到。

在收到您十二月三十日的来信之前，儿曾写一封信给您（里面有两张照片），是寄到六分坊去的，不知已转给您了否？

明天是春节。"每逢佳节倍思亲。"父亲，您的儿子媳妇和孙子们，向您拜年！祝您愉快！健康！进步！

按学院规定，从一月二十八日起放寒假。可是，由于下学期要在全院的一年级试行新的教育制度，儿参加这一工作，所以寒假不放假。一直忙到现在，才能抽出一点空来。过了春节，又要继续工作了。

以后有时间，再把详细情况告诉您。

《人民日报》副刊，过两天再寄给您一部分。

还想用这个时间写几封信，所以只能草草写这两句。父亲，愿您注意保重身体！

儿　福义上　1965.2.1 上午

父亲：

因为忙，这么久没有给您写信。请原谅。

祝您春节健康，愉快！

漱谷　1965.2.1

爷爷：

您好！

米米　1965.2.1

【2】六月九日

父亲：

您寄来的信、布和衣服，都已收到。布一收到，就给米米做了一条裤子，给昭昭做了一件衣服；剩下的，准备明年再给他们做。我们布票不多，但不至于少到需要您的支援。以后，这类东西都千万不要再寄来了。

这封信寄到总场的时候，也许您已经从分场回来了。总场和分场距离有多远？交通不大方便吧？您到分场去，搞些什么工作（具体的），儿很想知道。

这学期，我们进行教育革命，活动很多。以前的两门课——"现代汉语"和"文选及习作"，已经合并成"现代汉语及习作"这一门课。这门课，由儿主讲，另外几个同志帮忙修改学生的习作（儿也修改一部分）。这是一门新课，儿全无经验，有些内容儿又比较生疏，因此需要全力以赴，认真对待。此外，《现代汉语语法》讲义付印以后，又仔细校对了两次铅字稿，很费了一些时间。总之，事情比较多，因而感到比较忙。

比较忙,思想就比较紧张,"神经衰弱"现象——失眠,又严重了一些。不过,不要紧,最近几天吃点中药,又慢慢好起来了。

我们大约在七月中旬放暑假。暑假期,要到荆州或沙市给函授生(初中教师)讲半个月的课。回来以后,如果有时间,准备写一篇《数量结构的重叠用法》。文章,已经好久没写了。

漱谷近来身体比较好。

米米和昭昭也好。米米今年秋季可以入小学了。

强弟,也好久没给他写信和寄书了。打算今天给他写一封信,并抽空上街给他买几本书。

还要写好几封信,所以不能把各方面的情况都详细地告诉您。请原谅。

祝您健康!

儿　福义　1965.6.9

【3】八月二十一日

父亲:

近来好否?

到沙市去讲了十多天的课,八月十一日才回来。

去来都是坐大轮船。在船上,一切都很方便。许多解放军、大学生、演员,自动当服务员,热情地为旅客送饭、端菜、缝补衣服。这种新时代的新风尚,实在令人赞叹不已。过去,没有在长江中做过长途旅行。这次,站在轮船的栏杆边,看着滚滚长江波澜壮阔，心里顿觉开阔而爽朗；想到轮船正在破浪前进，不禁产生了力争上游的意志。

沙市是个轻工业城市，有小汉口之称，正街相当繁华。有趣的是，这个城市竟比长江的水位低得多。站在堤上一看，长江的水刚好可以没过这个城市的楼顶。

下学期开学的时间是八月三十日。我将担任"现代汉语及习作"这门课的主讲。因为是新课，得赶紧备课，所以从沙市回来以后，休息了三天，就忙于备课了。

记得在去沙市以前，曾给您寄了一些报纸和一本《现代汉语语法》，不知道收到了否。那本《现代汉语语法》，由于校对不仔细，有许多印错的地方没有改正过来。以后有时间，打算再仔细看一遍，印一个勘误表。

漱谷很好。她的学校已经开学。她本学期教高中二年级。

米米昭昭也好。米米已被接受入棋盘街小学读书。过几天，他就要成为小学生了。

写得很草，请原谅。

祝您健康、进步！

儿　福义　1965.8.21 下午

【4】十一月十五日

父亲：

十一月七日的来信收到了。八月底的来的信，也收到了。

这学期，儿真是忙。不仅要讲语法，还要讲词义，还要讲范文。备课所花的时间很多，而且很费脑筋。比方，明天上午要讲毛主席的《放下包袱，开动机器》，就使我用了个把星期的时间和很大的精力来准备。因为这篇文章很短，很精粹，学生都很熟，要是不"费脑筋"来钻深钻透，是无法讲得让学生满意的。

失眠的程度，总是和紧张的程度成正比的。越紧张，失眠的情况就会越严重。为了让脑子有些休息的时间，儿给亲人们写信减少了。休息时，只想看看报纸、画册，打打乒乓球。这样，就能使脑子放松一些，因而晚上也能睡得好一些。

儿的《再谈"们"和表数词语并用的现象》，在这一期的《中国语文》上发表出来了。文章虽短，但是下过一些功夫的。最近想写一篇叫《数量结构的重叠》的文章，但一直抽不出时间，加以材料还占有得不够充分，所以马上还写不出来。不过，不管如何，这篇文章，儿一定要写它的。

漱谷很好。她课程重，也是忙得很。

这学期米米上了小学。漱谷天天要离家去上班，我也常常离家去讲课、开会或参加劳动，米米无人照管。因此，领导上劝我们请个保姆。从十月份起，已经请个保姆来了。这个保姆，人很好，只是大大增加了我们的经济负担：每月给她15元工资，还要负担她的伙食费。为了减轻一些负担，我们把昭昭从幼儿园里弄回来了。今后，我们还必须加强经济上的计划性才行。

米米已经基本上掌握了拼音字母和拼音方法，并且已经学会了近二百个汉字。接受能力比较强，但不太用心。

昭昭也有四岁多了。会说许多"大人"的话。身体还是比较弱，动不动就要害病。

儿虽然有时睡得不太好，但总体说来，还是算健康的，请不要挂念。

寄上《中国语文》一本和报纸若干张，请查收。

祝您 健康、愉快！

儿　福义　1965.11.15 上午

【福义插说】本年发表以下文稿：

《现代汉语语法》，华中师范学院印刷厂印刷，1965年5月。（署名：华中师范学院中文系语言教研室）

《谈"数量结构＋形容词"》，《中国语文》1965年第1期。

《再谈"们"和表数词语并用的现象》，《中国语文》1965年第5期。

一九六六年（31岁）

父亲的摘要

【1】四月二日：①写成《数量结构重叠式的全指用法》。②准备写《谈双主语》。语法学界没人提过这个问题。③解释"一些"中的"一"何时可省。

【2】六月三日：①从五月开始停课，搞"文化大革命"，声讨及批判"三家村"。②写了两篇小文。

【3】八月四日：①在省委工作组领导下，"文化大革命"在我校展开。②漱谷学校也在搞"文化大革命"。

【4】十月七日：①华师"文革"在搞"一斗"。②米米在读小学二年级。昭昭才五岁，能自己认得一些字。

【5】十二月五日：①十一月十三日去北京。②十一月二十六日在天安门广场看到了毛主席。

信 件

【1】四月二日

父亲：

　　收到您春节期间的来信以后，一直没有写回信给您。并不是忙得实在挤不出时间来写信，主要原因在于觉得没有什么特别值得写的。

　　三叔父，大约有两个月的时间没有给他写信了。这是因为，在他的来信后面，三娘附了几句话，要我给他寄三十元。这使儿很为难。这几个月来，自从请了个阿姨以后，经济一直比较紧张，不要说三十元，就是几元也很难抽出。没有钱寄，信就觉得特别难写，于是，就拖下来了。但是，心里一直是不安的。

　　三叔父，还有哥哥和阿娘，我知道他们都有困难，应该给他们寄钱。过年时，真想给他们寄点东西。可是，心有余而力不足，只好内疚而已！

　　这学期来，儿的失眠现象比上学期要好些；但注意力不太集中，容易疲倦。因此，除了搞教学工作外，不能过多地钻研问题。最近写成了一篇《数量结构重叠式的全指用法》，昨天已给《中国语文》寄去。究竟质量如何，等《中国语文》编辑部鉴定以后才知道。往后，儿准备写一篇《谈双主语》。"双主语"，这是个新说法，语法学界没人提过。这个问题，已经钻研了近两年的时间，过去也曾写过，但没写好。这次，准备就这个问题，提出充足的论据,加以缜密的论证,以便使"双主语"这一提法站得住。不过,要做到这一点,还要付出一定的劳动。

您说,《再谈"们"和表数词语并用的现象》说"一些里的一有时可以省去",但有时不能省。那么,什么时候能省,什么时候不能省呢?现代汉语里有这么一条规律:动词(包括"有""是")后面紧接着"一+量词+名词"的时候,"一"可以省去不说,如"来个人,想个办法,有个朋友,对面是块稻田"。"有些朋友们"里的"一"之所以能省去,就是符合以上所说的这条规律。这条规律,因为已经为一般语法书所阐明,所以我没有特别提它。

漱谷很好,米米也很好。昭昭这两天发烧,医生说是气管炎,现在正在吃药。

就写到这儿吧。

今天是星期三。祝您周末愉快!

儿　福义　1966.4.2 上午

来信还是寄:武昌棋盘街华中村附19号。

【2】六月三日

父亲:

先后收到了您的两封来信。

从五月初开始,我们已经停课,参加"文化大革命",声讨、批判"三家村"反党反社会主义黑帮。每天不是开会批邓拓的无耻谏言,就是写批判文章。我已经写了《用什么"计",都跳不出人民巨掌》《评关于所谓"带计的诸葛亮"的反动谏言》两篇文章。

漱谷的课也已停止。她正在跟学生一起,参加粉碎邓拓黑帮的罪恶阴谋的战斗。

《欧阳海之歌》,在书店里买不到。我已经在系里面订购,但能否买到,还很难说。

寄上《毛泽东著作选读(甲种本)》一本,请收。

只能抽空写这几句话。

祝您健康!

儿　福义　1966.6.3

【3】八月四日

父亲:

收到了寄来的十元钱。前两天又收到一封信。

近两个月来,在省委工作组的领导下,"文化大革命"运动在我院蓬蓬勃勃地开展,其势如暴风骤雨,迅猛异常。牛鬼蛇神,一个个地被揪了出来。

塑料雨衣,还没有给您买,因为有两个问题:(1)不知道您是需要大号的,还是需要中号的。大号的,可以套在棉衣上面;中号的,不能套在棉衣上面。(2)不知给您买塑料雨衣是否合适,因为,天一冷塑料雨衣就要发硬,极易破裂,冷天穿着搞劳动,更不行。黑龙江冷的时候多,是否可以穿塑料雨衣?

漱谷学校,也在搞"文化大革命",紧张得很。

一九六六年（31岁）

孩子们都好，请不要挂念。

祝您健康！

儿　福义　1966.8.4

【4】十月七日

父亲：

好久没给您写信了。

雨衣，您说目前已经没有用，因此把买雨衣的事搁下来了。钱，还保留着。不知您需要什么用品，请告诉我们。

《毛泽东选集》不容易买到。我原来有一套，但自己要用；要是能买到新的，一定寄给您。

《毛泽东著作选读（甲种本）》比较容易买到，要是您还没有，请来信，买给您。记得您以前曾要替您的朋友买一本"甲种本"，现在怎么也想不起究竟是买了，还是没有买。像是买本寄给您了，但也可能由于别的事情一多，把这件事给忘了！

我们学院，"无产阶级文化大革命"运动正在胜利进展。目前正在搞"一斗"。我总是早上离家，夜间才能回家。（我们住宅离学校开会地点有十多里，天天乘校车往返）

漱谷的学校，也在搞"文化大革命"。她近来身体很好。

米米已经上二年级。昭昭身体比米米差些，很精灵，很聪明。昭昭才五岁，但已经自己学了一些字，她还能和米米对下象棋，有时居然能赢米米，这件事，我自己也感到有点奇怪。

我很好，不要挂念。

利用开会的时间，匆匆写了这两句。别的情况，以后再写。

您的身体如何？工作情况如何？国庆节过得怎么样？

前天收到树强的一封信。他的文字表达能力还不错，特别是他的思想看起来是健康的，这使我打心里感到高兴。

祝您健康！

儿　福义　1966.10.7 下午

来信，还是寄：武昌棋盘街华中村附 19 号。

【5】十二月五日

父亲：

我到北京去了二十天，前天才回来。在北京期间，住在北京师范大学。本月二十六日下午四时，我看到了世界革命人民的伟大领袖、当代的列宁——毛主席。他老人家红光满面，穿着草绿色的军大衣，戴着草绿色的军帽，站在敞篷车上，好像泰山屹立，向我们招手而过。

武汉市和全国一样，"无产阶级文化大革命"正在蓬勃发展。我一定积极地参加运动，在运动中不断地锻炼自己，提高自己。

漱谷、米米和昭昭都好。

祝您健康！

儿　福义　1966.12.5 上午

来信，还是寄：武昌棋盘街华中村附 19 号

一九六七年（32岁）

父亲的摘要

【1】二月六日：①十二月底到武汉钢铁公司，与工人同志结合搞"文化大革命"。②米米已读小学二年级。

【2】五月二十九日：①三月初从武钢返校。②米米和昭昭能背诵一些毛主席语录和诗词。

【3】八月八日：七月二十七日，中央正式表态：坚决支持武汉地区造反派组织。

【4】十一月二十一日：①今天我们学院"文化革命委员会"正式成立。②看来中文系以后不会单独存在，可能是办大文科。

信 件

【1】二月六日

父亲：

到武钢来，有十多天了。住在红钢城（武汉市青山地区），和武汉钢铁公司（简称武钢；工人、职员和家属一起，有十多万人）的工人同志们结合，搞"无产阶级文化大革命"。我们和工人一起，共同讨论"文化大革命"的问题，共同学习毛泽东思想。

红钢城离我住的地方（华中村），有三四十里。坐汽车，约需要三十分钟。我每周星期六下午回家，星期一早晨到厂里来。什么时候才结束在武钢的工作，还很难说，可能要搞到四月间。

前天下午回家去，知道收到了您寄来的十元钱。既然收到了，就给米米昭昭买点小人书和玩具，让他们高兴高兴。另外，想转几元给哥哥，买两本毛主席著作给弟弟。要是可能，给您买《毛泽东选集》和《毛主席语录》（听说春节期间有出售，希望在这里的书店里能买到）。

米米已读二年级。本学期小学也放假闹"革命"，他太小，参加不了活动，总是在家里玩。我布置他每天学习毛主席语录，并要求他按原顺序学习课文。他接受能力比较强，每天只用十多分钟的时间，就把布置给他的作业完成了。昭昭有五岁多了。下学期，要是可能的话，就让她进小学。小是小了点，但她已认得不少字，能跟上班是没问题的。

漱谷学校，也同样是放假闹"革命"。她也参加了革命造反派，坚决跟着毛主席闹革命。

马上要下厂（炼钢厂）去了。

祝您春节愉快。

祝您健康！

儿　福义　1967.2.6 于红钢城

【2】五月二十九日

父亲：

来信收到大约二十天的时间了。

收信以前，在相当久的时间内没收到您的信，确实思念。

和全国各地一样，武汉地区形势大好。"无产阶级文化大革命"，确是学习毛泽东思想的最好课堂。近几个月来（我是三月初从武钢返校的），通过参加实际斗争，思想上又有了不少提高。

漱谷很好，米米和昭昭也很好。

米米和昭昭都能背诵一些毛主席语录和毛主席诗词，当然米米能背得多些。至于能背多少，没有统计。他们生活在伟大的毛泽东时代，在主席思想的滋润下，他们是聪明的，懂事的。他们也关心国家大事，许多国家大事他们也是知道的。

强弟，也许久没给他写信了。从他以前的来信看，他是要求进步的。这使我很欣慰。这两天准备写信给他。前些时候给他寄了一本《毛主席语录》,过两天准备给他寄几本主席著作和一些"无产阶级文化大革命"的材料。

最近收到哥哥的大儿子关忠的一封信。信里谈到家庭经济的困难,并说今年三月家里又添了一个小妹妹。我想,又多了一个小孩,经济就更困难了。无奈手中没钱,无法马上补助他一点,只好等到下个月再说了。以前,曾五元、六元地给哥哥寄去,可是总没收到他的回信,不知是怎么搞的!

请您把近况告诉我们。

需要什么书籍和用品否?

祝您健康!

儿　福义　1967.5.29

【3】八月八日

父亲:

"无产阶级文化大革命"的洪流,滚滚向前。在阶级斗争的大风大浪中,每个人都要不断地经受斗争的考验。

七月二十七日,中共中央、国务院、中央军委、"中央文革小组"在《给武汉市革命群众和广大指战员的一封信》中,对武汉市的革命派做了很高的评价。

我一定努力学习毛主席的著作,时刻关心国家大事。

没有及时给您写信,请原谅。

我、漱谷和孩子们都好,请不要挂念。

请把您的近况告诉我们。

祝您健康!

       儿　福义　1967.8.8

【4】十一月二十一日

父亲:

今天,我们学院"文化革命委员会"正式成立。下午,将隆重地开成立大会。整个校园里,已经打扮得五彩缤纷,到处是红旗、是画幅、是花朵,连小树上也披上了五颜六色的彩条。前天我画了一幅画(做刊头用),画上写了几个大字:"红太阳照亮了桂子山"(桂子山是我们学院的地址)。

"文化革命委员会"成立后,就要大搞复课闹"革命",大搞斗批改。看来,中文系以后不会单独存在,可能是办大文科,即中文、历史、政治、教育等系合并;"师范"制度也可能取消。

接到您来信的第二天,就买四副手套寄出去了,请查收。因买这种手套要工分券,而我们目前的工分券较缺,所以只能暂买四副,供您急用。以后需要,再买。

漱谷、米米、昭昭都好。

祝您健康快乐!

     儿　福义　1967.11.21 上午于桂子山图书馆

一九六八年（33岁）

父亲的摘要

【1】一月二十日：近一两个月来，已在搞复课闹"革命"。我给同学们讲毛主席诗词。②元月二十日"武汉市革命委员会"诞生。26日"湖北省革命委员会"也要宣告成立。③米米差不多能全部背诵毛主席诗词；昭昭还没有上小学，也能全部背诵《为人民服务》。

【2】四月二十四日：①从元月中旬至三月中旬，参加一个重要文选的校对工作。②三月中旬起回系参加《毛主席诗词》教学工作。

【3】八月八日：①《毛主席诗词浅释》一定稿，就由武汉新华印刷厂排印。②专编《毛主席诗词浅释》经过，体会很大。

【4】十二月十二日：①武汉市一批高中毕业生，到农村安家落户。②师院运动，估计在春节前后，就要进入"改"的阶段。我已做好下农村的思想准备。

一九六八年（33岁）

信 件

【1】一月二十日

父亲：

因为忙，收到了您从水利队写来的信以后，还没有回信。

在收到从水利队的来信以前，曾把几副手套和一封信寄到您原来的地方，不知道收到没有？

我们学院，近一两个月以来，教师和学生结合，搞本单位的斗批改，搞复课闹革命。我已开始给同学讲毛主席诗词，得到了同学们的十分热情的肯定。

漱谷学校也在搞复课闹"革命"。我们和孩儿们，都很好。

米米差不多已能全部背诵毛主席诗词，但很贪玩，学习自觉性差。昭昭还没有上小学，已能认得好些字，《为人民服务》能全部背诵。

今天，元月二十日，"武汉市革命委员会"诞生了！再过几天，也就是本月二十六日，"湖北省革命委员会"也要宣告成立。

您到水利队以后，工作情况、身体情况怎么样？请告诉我们。

春节快要到来了。祝您愉快地度过春节。愿您不断地进步！

明天给弟弟写一封信，并给他寄一本《欧阳海之歌》。我是很关心他的成长的。

哥哥患了钩虫病。最近他的女儿孔凤又患了黄疸型肝炎，住在医院里。我已给他寄了二瓶"天虫宁"和一点钱。

《欧阳海之歌》(修改本)最近能买到。如果您还没有,就买寄给您。

因为要参加成立市革命委员会的庆祝活动,只能匆匆写这两句。

祝您健康、进步!

儿　福义　1968.1.20上午

【2】四月二十四日

父亲:

接到您的来信,知道了您的情况。领导上对您的照顾,应该促使您更加积极地工作和劳动。

您所要的关于列宁、斯大林的书,我目前没有,以后一买到,就寄给您。

从元月中旬起到三月中旬,大约两个月的时间,我参加了我们学院出版的一部重要文选的校对工作。因为是一项严肃的政治任务,所以全力以赴,很少有空闲的时间。接着,从三月中旬起,又回本系参加《毛主席诗词》的教学工作。要把毛主席的诗篇讲好,很不容易,加上听课的是经过了"文化大革命"的大学生,他们要求高,所以,必须付出艰巨的劳动。这样,回来以后,又是一阵紧张。现在,课已讲完了,我的教学效果是比较好的,同学们是比较满意的。目前,正同其他教师和学生一起,编写《毛主席诗词》的注释和分析。编写工作,要在最近两个星期内完成,所以每天不是写就是讨论,时间总是排得满满的。

我的身体,一般情况还好。就是由于最近比较紧张,失眠现象又时有出现。这是个老毛病,实在没有办法。

漱谷和米米都好。昭昭身体弱,病多一些。

武汉市和我们学院的"无产阶级文化大革命",都开展得很好。目前,我们学院正在一面复课,一面搞斗、批、改。

因为没有时间上书店,所以很久没给弟弟寄书了。今天先写一封信给他,对于他的成长和进步,我是在关心着的。

哥哥和三叔父,也很久没给他们写信了。今天也想分别写信给他们。

匆匆。

祝您 健康!

儿 福义 1968.4.24 上午

【3】八月八日

父亲:

我们编写的《毛主席诗词浅释》,紧张地进行了几个月的时间,到现在大体上完工了。参加这一工作的过程,就是学习毛泽东思想的过程。在《七律·冬云》分析的结尾,我这样写道:"一九六二年十二月,毛主席又一次赞美梅花,为全世界无产阶级革命派,树立了梅花的光辉形象。"

《毛主席诗词浅释》一定稿,就由武汉新华印刷厂排印。印出以后,就寄一本给您。

您所要的纱布,买不到。您在当地用布票买买看。要是买不到,能不能改做不要纱布的寒衣呢?

米米昭昭都好。米米快读四年级了,已经能看大本小说;昭昭马上就上小学,现在每天都读毛主席语录,写毛主席语录。

我和漱谷也好,请不要挂念。

前几天曾给弟弟寄了一本《光辉的历程》,书中写的是毛主席和林副主席的革命实践活动。

请把近况告诉我们。

祝您健康!

儿　福义　1968.8.8上午

【4】十二月十二日

父亲:

收到了您的来信。

初到一个地方,生活、环境、工作等方面,在开始时都会感到不习惯的。但是,首先要想到人民的利益。你们农场的大部分农业工人到农村生产队去落户,是接受贫下中农的教育和改造的极好机会。暂时的一些不习惯,是一定会变成完全的习惯的。

做饭,学会是不难的。以后,是否可以一次多做一些饭,做一次就可以管两三天。(就是说,在两三天里,可以把现饭热起

来吃）

把娘和强弟接去，从经济、户口迁移、生活劳动习惯等几方面看，问题很多，可能性不大。还是要首先下定决心，克服一切暂时的不习惯。

您现在搞的是什么工作？什么时候出工？什么时候收工？望有空闲时把情况写信告诉我。

武汉市，最近已有一批高中生毕业到农村去安家落户。我院毕业生大部分分到农场，也有一部分到生产队插队落户。我们学院在工人毛泽东思想宣传队的领导下，运动搞得非常好，进展非常快。估计到春节前后，我们学院就要进入"改"的阶段。到那时，就要到农村去接受贫下中农的再教育了。到那时，可能到农场劳动，也可能到生产队去落户。我现在已经做好了思想准备：到哪里去都可以。如果到生产队去落户，就把家迁到农村去了，永远和贫下中农结合，永远接受贫下中农的再教育。

漱谷、米米、昭昭都好。

祝健康！

福义　1968.12.12

【福义插说】本年发表以下文稿：

《金猴奋起千钧棒　玉宇澄清万里埃——学习毛主席诗词〈七律和郭沫若同志〉》，华中师范学院中文系编《毛主席诗词》，1968年6月。

《借问瘟君欲何往　纸船明烛照天烧》，华中师范学院中文系编《毛主席诗词》，1968年6月。

一九六九年（34岁）

父亲的摘要

【1】三月十七日：①过去说全部教师要到农村去搞斗、批、改，现在已是三月中旬，延期了。②暂时调到"省革委会"参加教育革命调查工作。明天到襄阳专区去。

【2】六月十六日：①三月中旬去襄阳专区，四月中旬返武汉汇报学习个把月，又到黄石市去，上星期才回来。②米米已有十一岁，昭昭也有八岁了。在家附近的棋盘街小学读书。

【3】十月八日：①参加了湖北省中小学语文课本编写工作。②元月底到枣阳，住在枣阳一中。开始大纲的编写工作。③语文课本，从小学到高中，一共要编十八本。④八月初编出了语文教学大纲的讨论稿，接着回武汉搞出"语文教学大纲意见稿"。⑤九月中旬，带着"意见稿"分赴各专区听取意见。我到黄冈专区的蕲春县。⑥米米和昭昭，又随漱谷到九中附近读书了。

【4】十一月二十七日：①漱谷收到您要钱的电报，与人借25元寄给您。②十月二十四日离武汉到枣阳，开始教材编写工作。③本月二十二日晚饭后去枣阳街上给扒手把钱包扒走了。

一九六九年（34岁）

信 件

【1】三月十七日

父亲：

好久没有给您写信。春节期间，学校放了四天假，但许多家务事都要利用这四天来搞，再加上有几个老同学来坐坐谈谈，时间一下子也就过去了。春节以后，还是很忙。现在，把基本情况告诉您一下。

过去给您写信，说是春节前后我们可能都要到农村去。现在已是三月中旬，运动仍然在学校里搞。肯定地说，全部教师到农村去搞斗、批、改是一定的；但时间还说不准，可能要到五、六月间去了。

我呢，已经暂时调离学院有一个多星期了。是调到省里，参加"省革委会"所组织与领导的教育革命调查工作。明天，我就要到襄阳专区去了。从武汉到襄阳，坐十多个小时的火车。以后，大约每一个月回武汉一次，总结工作。

您近况如何？

老郭爷爷，本来想单独写信给他，但因为马上要准备行李，办一些手续，时间来不及了，只能在这里向他老人家问好，祝他老人家健康！

还有，生产队的队长和队委会的各位同志，本来想另外给他们写信，问他们好，但也来不及写了。望您多多向他们汇报思想情况，多多争取他们的教育和帮助。

漱谷、米米、昭昭都好。因为我要走，所以把米米昭昭都送到漱谷学校去了。以后来信，仍然可以寄原来的地址，会有人转交给我们的。

祝健康！

儿　福义　1969.3.17 上午

【2】六月十六日

父亲：

近来劳动、学习和身体情况怎么样？

三月中旬去襄阳专区，四月中旬回汉，在汉汇报、学习了个把月，又到黄石市去，上个星期才回来。到过平原、城市，也到过山区；到了许多学校，也到了好些工厂。调查的过程，就是接触工人贫下中农的过程，就是接受工农兵再教育的过程。广大工人贫下中农，无限热爱毛主席。七十多岁的老婆婆，一字不识，可以背诵一百多条毛主席关于教育革命的语录，也参加了讲师团，参加了打破知识分子独霸学校的一统天下的战争。生动事例，不可胜数，新生事物，层出不穷。我们每到一处，都受到热情的接待。这热情的接待，使自己增强了工作的责任感，感到必须辛勤地工作。目前，正在学校。下一步，准备办好城市教育革命的点。办点工作，当然是领导同志亲自抓；自己一定协助做好力所能及的工作。

米米已有十一岁，昭昭也有八岁了。米米贪玩昭昭娇，都不会照管自己。我到外地去时，就把他们送到漱谷的学校，漱谷在她学校找个房子带着他们。最近漱谷下乡劳动（半个月），恰好我在武汉，所以又把他们接回家。他们本来在家附近一个小学读书，到漱谷学校住时，就在那里附近一个小学借读。

我们身体都好。

请把近况告诉我们。望坚持天天学习毛主席的著作，努力劳动，经常向领导和贫下中农汇报思想。

祝健康进步！

福义　1969.6.12

来信，仍寄：武昌棋盘街华中村附19号。

向生产队的同志们问好！

向老郭爷爷问好！

收到六月十四日的来信。望病中注意调养。

寄20元，请查收。

1969.6.16 上午

【3】十月八日

父亲：

前些时候，寄了十元钱给您，不知道收到了没有？

寄父家书

近几个月来，我参加了湖北省中小学语文课本的编写工作。

元月底，我们集中到枣阳县，住在枣阳一中，开始了大纲的编写工作。之所以集中到枣阳，是因为那里的教育革命搞得好，群众发动得好，在编写教材上有群众基础。

语文课本，从小学到高中，一共要编十八本。任务是极其光荣的，但又很艰巨。我们八月初编出了语文教学大纲的讨论稿，接着回武汉汇报学习，搞出了个语文教学大纲征求意见稿。九月中旬，我们带着这个征求意见稿分赴各个专区，听取贫下中农和革命教师的意见。我是到黄冈专区蕲春县。国庆前夕才回武汉。大约是本月二十日，我们又要集中到枣阳去。在那里开始正式进行课本的编写工作。可能一直到春节，课本才能初步搞好。在这段时间，您如果来信，可写原来的地址（武昌棋盘街华中村附19号），也可以写："武汉市第九中学谭漱谷同志转交邢福义"。

自从我调离学校，因为经常在外面跑，所以漱谷带着米米昭昭住到了九中。米米、昭昭就在九中旁边的一所小学上学。

漱谷和孩子们都好。我也很好。

您近来身体好些否？

向老郭爷爷问好！向生产队的各位同志问好！

祝健康！

福义　1969.10.8 晚

写得太草了！

一九六九年（34岁）

【4】十一月二十七日

父亲：

漱谷收到您的电报。因为我外出带了两笔钱，她手边没钱，所以只暂借人家 25 元寄给您。不知您害的是什么病，病情如何？

我是十月二十四日离开武汉到这里——湖北省枣阳县城来的。前几天（本月二十二日晚饭后），我上街不小心，让扒手把钱包扒走了，身上所带的钱、粮票、布票被扒走。因此，在收到漱谷的信，知道您有病之后，也再没办法给您寄钱了。

我们这次到枣阳，是集中精力编写教材。因为元旦前要告一段落，所以工作非常紧张。马上要开会，只写这两句。

问老郭爷爷好！

来信还是寄到武汉市九中，漱谷会转给我。

祝迅速康复！

福义　1969.11.27 上午

一九七〇年（35岁）

父亲的摘要

三月二十三日：①家乡给您寄来的回乡证明未盖公社公章，事情一时办不好，也不能急躁。②原定三月初去枣阳，最近领导决定留下，我和部分同志在武汉征求各学校对所编教材的意见。③米米昭昭在学校表现都好。

信 件

三月二十三日

父亲：

来信都收到了。

家乡给您寄来的证明，未加盖公章，不合手续，要重新寄回去加盖，这是必要的。想来，大队、小队已盖章公章，再加盖公社公章，是没什么问题的，只是时间上推迟一些而已。

漱谷学校仍在集中搞运动。我原定三月初下专县，最近许多同志已经下去了，领导上留下我和一部分同志在武汉征求各学校对所编教材的意见，至于什么时候可能离开武汉，就说不定了。——因为是这么一个情况，所以收到您的信以后，感到踌躇，没能及时回信。我想，要是您能选择在星期日到武昌，望来信（或来电）告知，并在到达武昌后在车站稍等。我若在武汉，是一定看您去的。（星期一至星期五，我不到漱谷那里，看不到您的来信或电报。只有星期六晚上才到那里，并在那里度过星期天。您若能星期天到武昌，一来我能在星期六晚上预先看到信、电报，二来星期天是休息日，在时间上有保证）不知可否？

我和漱谷都很好。

米米昭昭表现都很好，在学校里都第一批加入了红小兵。

您的病情如何？来信未提及，望告。

祝健康!

福义　1970.3.23 晚

【福义插说】本年发表以下文稿:

《二七烈士纪念碑》,湖北省小学《语文》第七册。

《万恶的萧耀南》,湖北省小学《语文》第八册。(与王鄂生合作)

《瞻仰毛主席武昌旧居和中央农民运动讲习所旧址》,湖北省小学《语文》第十册。(又见福建省初中《语文》第二册)

《标点符号·句号》,湖北省小学《语文》第二册征求意见稿。

《标点符号·顿号》,湖北省小学《语文》第三册征求意见稿。

《标点符号·省略号》,湖北省小学《语文》第五册征求意见稿。

《消灭错别字》,湖北省小学《语文》第六册征求意见稿。

《标点符号·破折号、括号》,湖北省小学《语文》第七册征求意见稿。

《同义词》,湖北省小学《语文》第七册征求意见稿。

《查字典》,湖北省小学《语文》第八册征求意见稿。

《标点符号·分号》,湖北省小学《语文》第九册征求意见稿。

《同义词》,湖北省小学《语文》第九册征求意见稿。

《查字典》,湖北省小学《语文》第十册征求意见稿。

《设问和反问》,湖北省初中《语文》第四册征求意见稿。

《关于复句运用的几个问题》,湖北省高中《语文》第二册征求意见稿。

《文言虚词》,湖北省高中《语文》第四册征求意见稿。

《几种文言句法》,湖北省高中《语文》第四册征求意见稿。

一九七一年（36岁）

父亲的摘要

【1】四月二十日（漱谷的信）：①得知您能回家，十分高兴。②福义来信说他拟"五一"返家一趟。③我基本上恢复健康，三月八日起恢复工作。④米米已升读九中初一年级，昭昭还读小学三年级。（注：此信以前，有福义一信，丢失。大意是说，漱谷患了子宫外孕，开了刀，幸能及时抢救，才得脱险）

【2】五月十九日（此信是义儿寄给诒江三弟的。那时候，我还在由黑龙江回家途中。此信在回家后才读到。我是五月二日由克山农场动身回家，五月十三日才到家）：①二月二十五日，到英山县杨柳区，培养高中语文教师。②去年年底教材组工作结束，就回学校报到。在学校，参加近两个月的"一打三反"运动。跟着参加了教育革命实践队，到英山。③米米已上初中，昭昭上小学三年级。

【3】七月二十三日：①四月二十八日，从英山返回武汉休假。五月五日重返英山。②七月四日回武汉，大约七月三十一日

要去罗田。

【4】七月二十三日（给三叔父的信）：①在英山工作了四个多月的时间，临走时很多学员都哭了。②学院在搞三三制：三分之一教师在校搞教育革命，三分之一到专县搞教育革命实践，三分之一参加劳动，互相轮换。

一九七一年（36岁）

信　件

【1】四月二十日（漱谷的信）

父亲：

　　四月十一日来信收读了。得知您能回家，很高兴！但因路费不足，想推迟行期，这没有必要。您多年在外，现已年老体衰，能回家去，作为儿女的我们，怎能看着您因没有路费而推迟行期呢？虽然因为病用去不少钱，但总能想到办法。您收到这封信后，回信告诉我们，需要多少钱，那时候我们再寄给您。

　　福义来信说"五一"放假打算回来一趟。我已基本恢复健康，从三月八日恢复工作起已一个多月了。还好，没有什么异样的感觉。请您放心。

　　米米在九中读初一了，虽然是小学五年级升上来，但学习成绩还是班里比较好的。昭昭还是读小学三年级，她很会打乒乓球，最近经常和其他小学比赛呢。他们身体都很好，请勿念！

　　敬祝近安！

漱谷　1971.4.20

【2】五月十九日（给三叔父的信）

叔父：

　　您的信，早就寄到武汉来了。漱谷把它转给我，读了以后非常高兴。由于改进了耕作方法，家乡粮食获得丰收，这是毛主席无产阶级革命路线的伟大胜利。

我是二月二十五日，到这里——英山县杨柳区来的。坐汽车，要整整一天的路程。

去年年底，教材组里的工作一结束，就回学院报到。在学校里，参加了近两个月的"一打三反"运动后，就参加了教育革命实践队，来到了这儿。任务是培养高中语文教师（由英山、罗田两县选送来学习）；时间是四个月。校址，设在英山县杨柳区高中之内。学员共有九十五个。

两个多月来，主要是帮助学员掌握湖北省的中学语文课本。我给他们讲毛主席著作，讲毛主席诗词，还讲各种语文知识。因为原来对语法修辞进行过研究，语文基础知识比较扎实，又因为"文化大革命"中参加了《毛主席诗词浅释》的编写，对毛主席诗词有些体会，再加上湖北省这套课本是我参加编写出来的，比较熟悉，所以，工作起来得心应手，教学效果是很好的。不过，侄知道，任何时候都必须力戒骄傲自满。

学员都是经过严格挑选出来的。政治质量很高。有出席过地区党代会的代表，有入党多年的同志，有复员军人，有贫下中农党校代表等。这些同志，品质好，学习积极性也很高。我觉得，为这样的同志服务，帮他们提高业务水平，这是把十多年来在党的培养下获得的知识为贫下中农服务的极好机会，因此，几乎把全部本领都使出来了。也许是这个原因，侄和学员们的关系是非常好的。两个多月来，感到生活在温暖的革命大家庭之中，比起

一九七一年（36岁）

在省教材编写组的那一段时间，又另有一番情趣。

我们大约在六月底或七月初回武汉。回汉后，总结和休息。如果还是参加教育革命实践队，那么可能八月中旬又要离开武汉了。

父亲能回家，是好的。漱谷说，接到他的电报，要寄30元，已给他寄去了。他回家以后，如何安置，恐怕要给您增加许多麻烦了。

您近来健康情况如何？三叔母和弟妹们都好否？铁丁弟，该读四年级了吧？月桂情况怎么样？

这学期，米米已上了初中，在排委会里搞宣传工作，积极性还是比较高的。昭昭上三年级，据老师说，她还是老师的得力助手呢！

不多写了。写得很潦草，请原谅。

敬祝安康！

侄　福义　1971.5.19下午

【3】七月二十三日

父亲：

要是离开武汉迟两天，就可以看到您了。四月二十八日从英山回武汉休假，五日离开武汉重赴英山，真感到不凑巧。这次回武汉，昭昭还经常谈见到爷爷的情况。（昭昭比米米爱说话）

我是七月四日回武汉的。漱谷说，您回到家就会写信来，因此在等着。不知旅途中身体是否舒适，回家后做何安排，至今没收到来信，我们都记挂着。

　　一回武汉，就开始了紧张的总结活动。前几天开始放假，却遇到了武汉的空前大热。据预报，太平洋暖流控制长江流域，天气高温。最近已有42度，据说最高温度达45度。这么热，什么事情都做不得，白天、晚上，觉都睡不成。

　　大约本月三十日或三十一日，我又要离开武汉到罗田去。罗田县把在职的高中语文老师集中在罗田县城的罗田一中，集体准备下学期的高中语文课。这次去，就是帮助他们备课。时间暂定20天，即从八月三日到八月二十三日。这次活动搞完之后，可能回武汉几天，然后，可能还要继续参加几个月的教育革命实践活动。

　　回了家，望您努力接受家乡贫下中农的教育，服从领导。望您认真学习毛主席著作，经常向干部同志汇报思想。

　　很久没给树强写信，不知娘和树强的近况。在此，祝娘安好，祝树强进步！

　　您这次回家，路途遥远，用费必大，加之被扒手扒去几十元，不知目前经济上有什么困难否？

福义　1971.7.23 上午

【4】七月二十二日（给三叔父的信）

叔父：

　　在英山时，给您写了一信，不知收到没有。

一九七一年（36岁）

七月四日，我们结束了在英山的全部工作，回到武汉。在英山工作了四个多月的时间，跟工农兵学员建立了很深的感情，临走时，很多学员都哭了。

没收到您的回信，不知您的近况，不知叔母和弟妹们是否安好，不知父亲回家以后的情况，这一切，全在念中。

我们学院，现在是搞三三制。所谓"三三制"是就教师说的。即三分之一教师在校搞教育革命，三分之一到专县搞教育革命实践，三分之一参加劳动，这样地互相轮换。我们几个从省里回院的同志，领导上一般都安排参加教育革命实践。在英山搞了四个多月，接着，在八月间，要到罗田去帮助该县高中语文教师备课，再接着，可能还要搞几个月的教育革命实践。参加一年的教育革命实践之后，是先参加劳动，还是先在校教学，那就说不定了。

父亲这次回家，必然会增加您的许多麻烦。望您多多帮助他。

不多写了。武汉市最近天气奇热，一动起来，人就发晕。只写这么几句，向您，向叔母问安！祝弟妹们安好！

侄　福义　1971.7.23 上午

给父亲的这封信，请转给他。（还不知他的通讯地址该怎么写）

一九七二年（37岁）

父亲的摘要

【1】一月二十日（给三叔和三弟信各一封，内容大致相同）：①一九七〇年十二月底，从省教材编写组返校。②一九七一年全年都在办师资培训班：上半年在英山，下半年在罗田。③根据党委指示，到国棉二厂，一方面编写教材，一方面参加一些运动。

【2】三月二十四日；①去年您到武汉时，我刚外出。②一月底《现代汉语语法》定稿。③二月下旬，开始写《形式逻辑基本知识》。③湖北人民出版社准备出版《现代汉语语法》，要求四月底交稿。从罗田返汉以后，领导上要我负责抓几本书的编写工作。④漱谷身体还好。⑤给米米和昭昭讲语文知识，抓米米学英语。

【3】八月三十日：①从五月起，应武昌区文教局之邀，去武昌区开语法讲座。②还续写《逻辑知识和语言运用》一书。③米米（14岁）参加学校篮球队，昭昭（11岁）是少先队中队长。

【4】十一月十七日：①到省里参加教材审查会议。②给武昌区中学语文教师开"语法讲座",给中文系青年教师进修班讲"语法专题"。③《现代汉语语法知识》初版四十二万册已卖完,正准备再版。④米米与昭昭,理解能力都不错。⑤《现代汉语语法知识》没有稿费。

信 件

【1】元月二十日（给叔父和三弟的信）

叔父：

元月十二日的来信，今天收到了。是有同志从学校里给我送来的。

现在给您写回信的地方，是在武汉市第二国家棉纺厂。到这工厂里来，已经两个月的时间了。

前年十二月底，侄从湖北省教材编写组回中文系。接着就到英山县去办师训班，记得在英山时曾给您写过信。去年七月四日由英山回武汉，学习、总结了一段时间。由于任务的需要，八月三日又到了罗田县，住在罗田县第一中学。任务有两个，一个是利用暑假期间，帮助罗田县高中语文教师备课，另一个是在罗田县办一期师训班，帮助罗田县培养中学语文教师。第一个任务，由八月三日到九月三日完成。第二个任务，按规定，由九月五日起到今年元月五日结束。在罗田的那一段时间里，中文系共去了七个人，我是负责教学方面的组长，不仅自己要上课，还要订计划，写汇报，了解情况，联系工作，参加开会等，简直忙得不亦乐乎。到去年十月底，忽然接到学院通知，调我回武汉编写教材。这样，我就在十一月四日由罗田提前返汉。（留在罗田的同志，直到本月七日才回来）回武汉以后，马上又开始了新的紧张的战斗。任务是写《现代汉语语法》教材，对象是师范学院中文系的学生以及各地师专班的学员，要求两个月中写好、付印。下学期开学就要用。大约在学校里待了半个月，根据党委指示，来到了国棉二厂，主要是编写教材，另外也参加一些运动。因为时间短，任务紧，要贯彻"大破大立"的精神，所以全部精力投入此项工作中。现在，这本书初稿已完成，在收到您的信的时候，我正在写"后记"呢。又完成了一项任务！心情是愉快的。不过，马上又要编写《逻辑》教材，不久又要紧张起来了。

国棉二厂是在武昌。骑自行车，从国棉二厂到九中（我们现在还住在九中），是50分钟；从国棉二厂到华中村（那里的房子还保留着，两年多了）是40分钟。这是一个现代化的大工厂，有七千多工人，生活条件，比在学校好多了。因为任务已经基本完成，下个星期就要回学校去。估计在今后的几个月里，是在本系搞教学工作，不再外出了。

漱谷还是在九中任教。米米上了初中，并加入红卫兵。昭昭是小学三年级。米米寡言，昭昭爱说，这是两人的区别。从学习上看，他们的学习都是好的。

父亲回家已有大半年的时间，一直没收到他的信。

铁丁弟想已长大了，长高了。还在读书否？月桂、关桃她们都好吗？

因工作的紧张，生活得不安定，致使长久没给您写信，让您惦念，实在是不好的。请您体谅。

福荣哥及一切熟人，请代问候。

春节快到了。分别给您，给哥哥，给强弟，各寄十元钱，买点过节的东西。

敬祝安好！

侄　福义　1972.1.20

弟弟：

很久没给你写信了。由于地址不定，一下子在这，一下子到那，而紧张的工作一个接着一个，因此没有经常跟你通信联系，但是，对你，对阿娘，是经常想念着的。

阿娘近来在干什么？身体还好吗？你呢？在参加什么劳动？

父亲回家以后，已有大半年的时间，一直没有收到他的信。昨天我收到三叔父的信，才知道父亲到乐东学习还没回来。

我是一九七〇年年底从省教材编写组返回学校的。去年一年，基本上都是在专县培养中学语文教师。一九七一年一月初，回到武汉。回武汉以后，一直在编写《现代汉语语法》教材，是编给中文系的学生学习的。现在，经过两个多月的紧张工作，书编成了。过几天，又要开始编写《逻辑》教材，又要紧张起来了。

望你把近况告诉我。

请代向阿娘问安。父亲学习回来以后，请要他写封信给我。

春节快到了，分别给你、哥哥和三叔父寄十元钱，买点过节的东西。

祝进步！

福义　1972.1.20

【2】三月二十四日

父亲：

　　前天给您寄了一本《现代汉语语法》，尚未来得及写信，又收到了你三月十八日的来信。

　　家乡的革命、生产形势很好，一派欣欣向荣的景象，实在令人兴奋、向往。您回了家，参加了生产，还是很好的。

　　您到武汉时，我刚好离汉外出，只错了一天的时间。这真是一件憾事。去年十一月我回到武汉以后，关于见到您的情况，昭昭是讲述得有声有色的。

　　接到您二月十二日的信之后，本想给哥哥寄点钱，可是由于春节刚过，钱用多了，一下抽不出，因此只好等过几天领到工资以后再寄了。

　　一直来，忙得很。元月底《现代汉语语法》定稿，接着是印刷。为了对读者负责，印刷的全过程都亲自参加。一次一次地看校样，直到春节以后最后一次看清样，签字付印，才算完成了一项工作。这本书共印了八千多本，最近才装订好，所以到前天才给您寄出。

　　二月下旬开始写《形式逻辑基本知识》，计划在四月底完稿。到上个星期，已写了一万多字。可是，又来了一个更为重要的任务。什么任务呢？湖北人民出版社准备出版我们的《现代汉语语法》《现代汉语修辞》，要得很急：要求在四月底交稿。因为作为公开出版的书籍（他们准备印三十万册）跟自己学校自己的讲义有不同的要求，因此要在原稿的基础上做相当大的改动，这样，时间就很紧，如果不用很大的力量，是完不成任务的。这几天来，已经放下了《逻辑》的编写工作，又全力以赴地投入《现代汉语语法》的修改工作了。

从罗田返汉以后，领导上就让我负责抓《现代汉语语法》《现代汉语修辞》《现代汉语词汇》《现代汉语语音》和《逻辑》的编写工作。这学期来，原汉语教研组组长因事外出，领导上又让我代理她的职务。这样，又在编写工作之外增加了其他工作，如订计划，参加有关会议，同外地、外校的有关来访者接谈等。不过，忙是忙，却感到越来越有力量。

过去在省教材组时，曾写过几篇记叙文，印在课本上，其中有一篇，福建省已把它选入该省所编写的初中语文课本之中。这几篇东西现在不在手边（放在华中村），以后再寄给您看看。

漱谷身体还是不怎么好。本学期教高中一年级的两个班，还当一个班的班主任。亏得教学多年，业务比较熟练，不然是比较难对付的。米米、昭昭都好。有时间，我就给他们讲点语文知识，另外，在抓米米学英语。

虽然已经返汉几个月，但华中村的房子还在锁着。因为要是搬回华中村住，漱谷上班、米米昭昭吃饭等问题都不好解决。所以，目前还是暂时住在九中。我在桂子山（华中师院主要校址）也有一个床铺，晚上有集体活动，就在桂子山睡觉，在一般情况下，早晨从九中到桂子山来，晚上从桂子山到九中去。现在，还在桂子山；信，是在这里——桂子山写的。

不多写了,有时间,请把身体情况和劳动学习情况告诉我。经济情况,也望告知。

问娘好。问强弟好。问外祖母好。

向叔父、叔母和弟妹们问好。不单独给叔父写信了,请他原谅。

向福荣哥及一切熟人问好。

看到铁丁和五珠的照片,真高兴。铁丁很像叔父,他字写得很好嘛!米米、昭昭最近没照相,星期天带他们照一个,再寄回。

祝健康、进步!

    儿 福义 1972.3.24 中午 12 时,武昌桂子山

【3】八月三十日

父亲:

来信收到。几个月来,先后收了以前的学生十多封来信,也都搁了下来,的确,都应该回信了。

三月至五月,应湖北人民出版社之约,修改《现代汉语语法》一书。说是修改,实际上是重写,连书名,也改为《现代汉语语法知识》了。这段时间,是够紧张的。现在这本书已印出,只等装订了。印数很大,达三十二万册,因此装订也需要时间,大概到九月初才能在书店跟读者见面。

从五月间开始到七月间,又应武昌区文教局之邀,在武昌区开语法讲座。参加讲座的有四十多所学校的六百多名中学语文教

师。开这么大型的讲座,又是在"文化大革命"中开这么大型的讲座,要花很多的时间和精力来准备,才能使观众听得起劲,感到有收获。再加上,在这段时间,看《语法》一书的校样,几次写《语法》《修辞》的编写总结,都占去不少时间。

七月二十五日开始放暑假,又为漱谷调工作的事忙了起来。这件事,情况是这样:漱谷在九中已将近十年,但九中离华中村过远(七八里),而华中师院院址离华中村更远(十多里),如果家安在华中村,两人天天分头上班,这个家不好照顾。从前请保姆,不存在这个问题,现在小孩大了,不需请保姆了,这个问题就产生了。因此,一直到现在,我们仍然暂时住在九中,把华中村的房子锁了五年多了。但这不是长久之计。最好的办法,是把漱谷调到华中村附近的武汉中学。(从我们的住宅步行到武汉中学,只需五六分钟的时间)刚好我在武昌区文教局讲课,顺便请他们帮忙,他们当然大力支持,并且很快就做了把漱谷调到武汉中学的决定。但是九中向文教局提出了要求,要求一定要派一个有一定教龄的高中语文老师来替换,否则就不让走。目前高中语文教师较缺,文教局马上找不到这样的人,致使她调工作的事情拖了下来。暑假中,天天在做搬回华中村的准备,不想拖到现在,问题尚未解决。看来又要等到下个学期才行了。

本学期是八月二十五日正式开学的。我在本学期的任务,主要有两个。一个是编写一本《逻辑知识和语言运用》。这本书上学期就想写,因为事多,搁下来了。本学期想以主要精力来写它,既作为教材,也作为科学研究。另一个任务是继续在武昌区做语法讲座，这一任务大约到十月间就可以完成。

得悉关桃、树珠都已康复，很是欣慰。我不另外给叔父写信了。在这里，向他和叔母问安。

大约是在二月份，收到哥哥来信，说是阿忠要结婚。我给他寄了三十元。并谈了我的一些看法，一直没有收到他的回信，不知情况如何！

娘和三弟，也不另外写信了。在这里，也向娘问安，向弟弟问好！

请把劳动、学习情况告诉我们。

米米昭昭都好。米米参加了学校的篮球队。昭昭是少先队的中队长，宣传队、乐器队、乒乓球队、游泳队都有她，可忙了。

不多写了。

祝您健康！

儿　福义　1972.8.30 上午

【4】十一月十七日

父亲：

来信收到有一个多月的时间了。

收信的时候，我正在省里参加教材审查会议。会议是为审查明年采用的中小学课本而召开的，由各单位派代表参加，开了二十天。会议结束后，由于工作需要，又把我留上了十天。等到事情搞完返回学校时，该我做的许多事情已经积压了起来，必须及时处理，这样就一直忙到了现在。

近来讲课的任务，有两项。一是给武昌区的中学语文老师开"语法讲座"，听讲者有六百多人，来自四十多所学校。另一项任务是给本系的青年教师进修班讲"语法专题"，听讲者有十二三人。对象不一样，要求相同，但比起给学生讲课，难度都大得多。

此外，需要花时间来处理的事，还有这一些：答复由外地、外校寄来问问题的信；给一些在语法学习中碰到问题的同志答疑；到一些学校去，帮助一些教语法的教师解决教学中遇到的问题，如此等等。

《现代汉语语法知识》印了四十二万册，已经卖完，最近出版社正在加印。他们准备明年二月再版，我们打算趁再版的机会修改一次。看来，十二月和明年元月，精力要用来对付它了。

《逻辑知识》的编写任务交给了我，但因事情多，几个月来碰都没碰它。什么时候能写出来，要看以后是否有时间了。

漱谷调动工作的事，得到武昌区文教局的大力支持；但九中不肯放，他们提出条件，要文教局调一个高中语文老师来换。目前找到一个水平相当的高中语文老师很困难，因此这个问题仍在拖着。

米米、昭昭都好。米米的理解能力是不错的，但不怎么用心。昭昭能自觉地学习，掌握东西快。

现在写书，完全是义务劳动，一点稿费也没有，就连一点稿纸也不送。送了六十本书（作为样本），分到作者手里，也只是五本而已。出版社的负责同志曾对我说：中央尚未开会，稿费问题不知如何处理。我想，从自己来说，不应该考虑这方面的问题。有可能写点东西，为教育革命出点力，这就是莫大的愉快。

要开会，不多写了。

近况告知。三叔父的近况也望告。本想单独给叔父写信，但时间来不及了，而且要写也是这些意思。相信叔父是会原谅的。

愿三叔父一家安好。

愿娘和弟弟、外祖母安好。

祝您健康！

福义　1972.11.17

【福义插说】 本年发表以下文稿：

《现代汉语语法知识》，湖北人民出版社 1972 年 6 月。（同高庆赐教授合作。撰写"概说"和前五节。署名：华中师范学院中文系现代汉语教研组）

此书，日本加贺美嘉富译为日文本。日本燎原书店 1976 年 6 月出版。

一九七三年（38岁）

父亲的摘要

【1】二月十日：①参加湖北省高等学校教材编写经验交流会。写了《从实际出发，改革教材体系——编写〈现代汉语语法知识〉的体会》。②由九中搬回华中村。清理和安顿花了四天时间。③米米读初二。上学期成绩平均85分，已能看懂《水浒》《西游记》等小说。昭昭成绩总在90分以上，已学会演奏扬琴，不久前参加了演出。

【2】四月二日（给叔父的信）：①跟学院党委刘书记到广州参加国务院科教组召开的中南五省教材改革经验交流会。②会后到中大、广州师范学院了解情况和座谈。

【3】六月三日：①四月二十四日下午向全院教师和部分学生传达会议精神。②带领学生下工厂搞开门办学一个多月。③在系里讲课，又到湖北日报社及武汉商场做校外讲座。④漱谷仍在九中。米米昭昭都是三好学生，都得奖状。⑤薪金仍然是每月59元。

【4】六月二十六日：①给三弟寄二十元做婚礼。②我处于一种为难的地位！

【5】九月五日：①暑假中写了一篇《试论复句中定名分句与非定名分句的组合》。②全系师生离校搞开门办学，我被留下来写《形式逻辑和语言运用浅说》一书。③米米和昭昭成绩都在90分以上。

【6】十一月二十六日：①"逻辑"一词，是希腊语的音译，义译应为"论理"或"义则"。在语言运用中，这个词有几个含义。②十二月也要到开门办学的一个点——武汉商场，一边编写《逻辑》书，一边讲给商业系统的通讯员们听，做到"开门编书"。

信 件

【1】二月十日

父亲：

　　早该写信，一拖再拖，拖到了现在。

　　春节前，给您，给叔父，给哥哥，分别寄了十元，又给漱谷的母亲和弟弟分别寄了十元，算是一点心意。接着，就想写信，然而，由于连接来了几个突击性的事，精力实在来不及了。

　　第一件事是从元月二十日起，参加湖北省高等学校教材编写经验交流会。华中师院参加会议的有四人，其中一位是院党委管教育革命的书记，一位是院教改组的干部，还有就是物理学系的一个教师和我。我写了一篇《从实际出发，改革教材体系——编写〈现代汉语语法知识〉的体会》，作为会议文件之十五，在会上发了。这次会议，是为中央召开的教材经验交流会做准备的。我的那篇经验，会议期间又进行了改写，定名《从实际出发，以句法为主线建立新教材体系——编写〈现代汉语语法知识〉的体会》，一直写到二十九号。省文教局于三十一号已把它跟其他材料一起寄往北京，能否选中，现在尚未知道。

　　第二件事情就是搬家。由九中搬回华中村。会一开完，三十号就搬家。漱谷的许多学生来帮忙，不到一天就把东西搬回来了。可是，四年多未住，清理和安顿的工作实在麻烦，花了四天时间，

一九七三年（38岁）

真是精疲力竭！

本想把漱谷调到附近的武汉中学，但九中不肯放，因此拖了下来。这次决定搬回华中村，有好几个因素。一是九中只有一间小房子（武汉市的中学，住房奇缺），小孩都大了，住在那里不是长远之计。二是华中村的房子很好（在华中师院也是少有的），很多人看到我们四年多未住，都想要，再不搬回来，人家意见就大了。三是我在省委开会时，小偷把华中村房子的门撬开，把东西乱翻了一通，虽然重要的东西都放在九中，没有大的损失，但这也说明，再不搬回来是不行了。因此，下决心搬回来了。以后，昭昭继续在九中附近的小学读书，白天就在九中吃饭，晚上跟她妈妈一起回华中村；米米，准备把他转到附近的中学，并在中学里吃饭。华中村附近的中学有武汉中学（走5分钟），十四中（走8分钟），三十三中（走15分钟），究竟到哪所中学，还没有联系好。

第三件事——也算一件事吧！——是过春节。春节是个传统的重大节日，加上刚搬家（"乔迁之喜"），从初一（三号）起，到前天（七号），早晚都没断过客人。我的熟人，漱谷的熟人，来了不少，确是热闹，但招待客人却是需要时间和精力的。

从本月十二号起，新的学期就开始了。这学期，我的教学任务是在本系讲《现代汉语语法》。本来还有编写《逻辑知识》的任务，不过看来时间不够，这一任务怕难完成。

米米已读初中二年级。表现不错。功课成绩，上学期平均85分，在班里还是算成绩好的，《水浒》《西游记》之类他已能看懂。昭昭，成绩总是在90分以上。上学期，她在学校里学弹扬琴，不久前各小学在武昌区委礼堂搞联合演出时，她已能上台了。

向叔父问安。祝叔父一家安好。这封信就像写给叔父一样。请叔父原谅！

向娘和外祖母问安。向弟弟问好。

近况望告。

祝健康！

儿　福义　1973.2.10下午

【2】四月二日（给叔父的信）

叔父：

好久没有通信，近来好否？

春节前，曾给您和父亲分别寄了三十元钱，后来又给父亲写了一封信，都没有收到回信，不知是何原因。

我到广州来，已有十多天了。

国务院科教组在广州召开中南五省教材改革经验交流会，参加会议的是各省教育局的领导同志和各高等院校的负责同志。我们学院来参加会议的是院党委刘书记。我写的一篇关于"语法"教材的经验（《从实际出发，以句法为主线建立新教材体系 —— 编写〈现代汉语语法知识〉的体会》）被选中，所以也作为代表来参加会议。

这次会议是经过好几个月的筹备的。比如我写的那篇经验，就经过了多次的重写。被会议选中的经验，共22篇，湖北省7篇。

我在十七日乘火车离开武汉，十八日晨到达广州，住在会议召开的地点——广州沙西宾馆。21日会议正式开始，30日结束。因为要到中山大学和广东师范学院去了解情况和座谈，所以在广州多逗留几天。

四月三日晚七时五十五分，我将乘16次特快火车离开广州返回武汉。会上听了首长的讲话和许多经验的介绍，收获是很大的。我一定把这些收获带回去，一方面向领导汇报，向同志们传达，另一方面把它作为动力，推动自己的思想改造，推动自己的工作。

本来，按教学计划，我应在三月中旬于本系讲课。因为要参加这次会议，讲课的时间推迟了。这次回武汉后，工作比较多，一定是比较紧张的。

不多写了。请来信告知近况。

不另外给父亲写信了。请把这封信给他看。

祝您健康！

祝阖家安好！

    侄　福义　1973.4.2晚于广州沙西宾馆

【3】六月三日

父亲：

今天是星期日。从工厂回来才两天。

我是四月四日从广州返回武汉的。在广州会议期间，听了首长的讲话，听了代表们的发言，深受教育。会后，又到中山大学、广东师范学院去访问、座谈，得到了很大的启示。这次会议只有十多天，但能参加这样的全国性会议，是很不容易的。把一切献给党，献给伟大的社会主义事业，永远前进在毛主席的革命路线上。——这是参加这次会议之后的总的心情。

回到武汉之后，紧接着就是整理教材，向领导汇报，向同志们介绍情况，向大家传达会议精神。四月二十四日的下午向全院教师和部分学生传达，四月二十六日就带领学生下工厂，搞开门办学。一个多月来，一方面指导学生写通讯，一方面较多地同工人同志接触。这过程，实际上是自己在思想上接受再教育，在业务上进行再学习的过程。

返校后，主要是在系里上课，每周8节，任务是够重的。此外，可能还有一些临时性的任务，诸如到校外去做讲座等。六月份已经定了的校外讲座，一次是到湖北日报社，一次是到武汉商场。

那本《现代汉语语法》，第二版已经印刷到九十二万册，各地都要，最近香港三联书店也要。其实，自己知道，这本小册子的质量是不怎么样的。群众越需要，自己越有责任提高它的质量。但要提高质量，必须进行大量的科研工作。然而，目前很忙，挤不出时间来搞科研，因此对那本《现代汉语语法》做较大修改的工作，只好以后再说了。

漱谷近来身体不坏。仍在九中，调不动。九中的领导不肯放。米米、昭昭都好。两人都是三好学生，都得了奖状的。米米

一九七三年（38岁）

沉稳，昭昭活跃。在学校里，米米是班上的语文课代表，作文写得不错，有时老师还让他当小先生。昭昭是红小兵的中队长，还有别的职务，经常参加社会活动，连星期天都很少在家。但这并不影响她的学习，本学期期中考试平均成绩99分。作为小学四年级学生，她的论叙文是写得相当生动活泼的，不久前，她还写了一个小话剧，让班上的红小兵演出，真有意思。

您要的药，还没有买。原因呢，是没有钱。这次到广州，多用了大约十元钱。带去的是公家的钱，回来以后结账，就要用自己的钱补上。本来没有积蓄，这一下子就负债了！恐怕还要两个月，才能使收支平衡起来。

说到钱，很自然就想起最近以来一直使我为难、使我不安的事。什么事呢？哥哥又来信，说阿忠要结婚，需要四百元左右。这真使我不知所措，何况是目前经济特别紧张的情况下！现在，大家都是低工资，我每月仍然是59元，再没有别的来路了。四口人，分四处吃饭，这伙食费，再加上房租、水电、家具费，其他零用费，就出现这样的情况：月初领钱月底空。——本来，这种情况我是不想也不愿意写它的，但现在，确实感到为难。哥哥的信，收到已有三个星期了，还没有写回信，还不知道怎样写回信，因为，在目前，不仅是一大笔款子，就连二三十元，我也拿不出来！

三叔父是个厚道的好人。对于他，我总是感到非常亲切的。

关于家庭相处的事，我的想法是，别在那上面花过多的心思。不管它！不看它！不想它！如果家里实在不好住，干脆搬到西坊，跟娘和弟弟一起住，这样行不行呢？

　　向娘问安。

　　向弟弟问好。

　　祝您健康！

福义　1973.6.3 上午

【4】六月二十六日

父亲：

　　来信收到。

　　正处经济非常紧张之际，简直不知如何是好。寄上二十元，恐怕只能像大河里投进一滴水，没有什么大价值，但在我说来，离下月发工资还有十三天，这十三天怎么打发，却就难了。

　　以前，您要回家了，一来电话，就给您寄了钱，不管寄得多不多，但毕竟是寄了一点，这是因为当时手头上还有可用款的。现在，确实情况像前信所写，只能如此而已！关忠结婚，至今还未寄一点钱，哥哥的信，还没有回，还不知怎么回，只好等到以后，再给关忠夫妇寄点礼物，只能如此而已。我处于一种为难的地位！

　　弟弟结婚，是大喜事。愿弟弟婚后同弟媳互相帮助，互相促进，共同进步！愿他们幸福！

　　向三叔问安。

儿　福义　1973.6.26 下午

一九七三年（38岁）

【5】九月五日

父亲：

来信收到好些时候了。

娘和外祖母、三叔父都好吗？向他们问安。向弟弟和弟媳问好，并祝他们愉快、幸福。

我们已经开学一个星期了。今年的暑假，按规定是两个星期，但实际上差不多有一个月。暑期虽热，但没有其他的事分心，所以集中精力写了一篇论文，两万字。题目是"试论复句中定名分句与非定名分句的组合"。这是"文化大革命"开始以后所写的第一篇论文。只是《中国语文》尚未复刊，无处投寄。好在《华中师范学院学报》准备复刊，正在组稿，所以把它交出去了。将来如能印出，就寄一份给您。

这学期我在本系上课。课上到十月底可以结束。十一月以后，全系师生离校搞开门办学。我呢，到那时要留下来写关于《逻辑》的教材。这门教材，说了将近两年，因为没有时间写，以致拖到现在。最近出版社一再催稿，看来是不能再拖了。书的名称，暂定为"形式逻辑和语言运用浅说"。我是有信心写出一本有新意的东西来的，但两三个月的时间能否写好，却没有把握。

米米本学期读初中三年级，昭昭读小学五年级。他们的成绩，每门都是九十几分。

漱谷仍在九中。想把她调到武汉中学，但九中的领导不肯放，没办法。本学期教两个班的语文，还当一个班的班主任，够忙的。

哥哥，一直感到对不起他。十天前给他寄了二十元，但仍然避免不了心中的不安。

不写了，近况望告。

祝您健康！

儿　福义　1973.9.5

【6】十一月二十六日

父亲：

因为一直在赶任务，所以十月二十九日的来信拖到现在才回复。

弟妇即将分娩，望弟弟对她多加照顾。

三叔父，很久没写信给他，心实不安。请把我的情况告诉他，并请他原谅。

福荣哥和槟榔婄，都请代问安。（福义插说："婄"是方言词，表示对女性长辈的尊称。凡是年龄比父母大的妇女都称"婄"。这里的"槟榔婄"，专指一位卖槟榔的长辈）

"逻辑"一词，是希腊语的音译，义译应为"论理"或"义则"。下面是我所写《逻辑知识》中"概说"部分"什么是形式逻辑"一章里的部分内容。

"逻辑"一词，有多种含义。例如：

（1）中学学一点逻辑、语法。（毛泽东）

（2）这叫作认识的感性阶段，就是感觉和印象的阶段……在这个阶段中，人们还不能造成深刻的概念，做出合乎论理（即合乎逻辑）的结论。（毛泽东《实践论》）

（3）从国内来讲，被打倒的地主资产阶级对于自己的亡国共产是不甘心的，他们总要按照捣乱、失败、再捣乱、再失败，直至灭亡的逻辑，长期反复地同无产阶级较量……（《重大路线斗争必然还要进行多次》，《解放日报》一九七三年九月十八日）

（4）……所有这些意味着，谁有多大实力，就有多大权利。这是赤裸裸的帝国主义逻辑。（在联大二十八届全体会议上乔冠华同志的发言）

（5）鲁迅的杂文尖锐泼辣，具有无可辩驳的逻辑力量。（《解放军报》一九七二年三月三十日）

这个词的主要含义是：1.逻辑科学，或者逻辑学知识，如例（1）；2.思维的规律，如例（2）；3.事物发展的客观规律，如例（3）；4.观点、理论、推理方式，如例（4）；5.因说理透彻而令人信服，如例（5）。

逻辑科学，包括辩证逻辑和形式逻辑。辩证逻辑是研究思想的辩证规律的科学，实际就是唯物辩证法。我们这本小书里讲的是形式逻辑，它是研究概念、判断、推理这些思维形式及其规律的科学。"逻辑"一词用在"逻辑科学"这个意义上时，有时统指辩证和形式逻辑，有时只指形式逻辑。如例（1）逻辑就只指形式逻辑知识而言。又如北京大学中文系编写的《语法、逻辑、修辞》一书，其中的逻辑就是指形式逻辑。

这本关于"逻辑"的小书，是定名为"逻辑知识"，还是定名为"形式逻辑与语言运用"还没打定主意。现在已写了三万字左右（约占三分之一）。

最近我们中文系二年级学生已由部分教师带领，到工厂、商场等处搞开门办学。为了使《逻辑》能更好地为工农兵服务，我在十二月初也要到开门办学的一个点——武汉商场，在那里一边编写，一边讲给商业系统的通讯员听，征求他们的意见。通过"开门编书"，书的质量肯定要高些。不过，完稿的时间可能要推迟。推迟到什么时候，现在还难说。

《参考消息》，我是订了的，但是不能寄。我有《马克思传》一部（上、下两册），上册有一个学生借去了，过两天就还，还来以后就一起寄给弟弟。

漱谷、米米、昭昭都好。

不多写了。向娘和外祖母问安。祝弟弟、弟媳安好。祝您健康。

不知道哥哥的情况，望告。

儿　福义　1973.11.26

多年没跟世勇联系了。打算写封信给他。

一九七四年（39岁）

父亲的摘要

【1】一月十四日：①十二月十日，到武汉商场搞开门办学；展开批孔活动，站了几天柜台。②本月二十日放寒假，下月一号开课。③《马克思传》及《批孔专辑》前天寄出。④米米已读初三。现附上他写的一篇记叙文《一场篮球友谊赛》。昭昭在小学五年级，老师说她是得力助手。

【2】一月十四日（给叔父的信）。

【3】六月九日（给叔父的信）。

【4】六月九日：①本学期中，两次带学生外出"开门办学"。②上星期已上完了逻辑课及语法课。③漱谷仍在九中调不动。在学校里，米米是小组长，昭昭什么"队长""委员"之类兼任好几个。他们学习都不错。④关桃结婚，寄去15元。

【5】八月十一日：①我带十名学生到武汉市第二机床厂宣传"评法批儒"，八号才回校。②下学期，我将进学院办的五七干校。③漱谷本学期当高中毕业班的班主任。④今后我至少每隔一个月给您寄10元。

【6】九月十三日：①在工厂时，写了一篇短文《谈李白的诗〈嘲鲁儒〉》。②干校今天开学。学员46人，中文系6人。③米米已上十四中高中，昭昭转十四中初中。米米"冷"而昭昭"热"，米米仔细，昭昭"大而化之"。

一九七四年（39岁）

信 件

【1】一月十四日

父亲：

　　前几天收到了十二月二十四日的来信。

　　刚刚外出开门办学归来。这次开门办学有好几个点，我去的一个点是武汉商场。武汉市有几个大商场，武汉商场居第一，每月收入两百万以上。在十一月二十日，就有四位教师带着三十个学生到那里去，主要任务是开展批孔活动，同时也配合着搞些宣传、报道工作。我十二月十日才去，主要任务是编写逻辑教材，但到了那里以后，跟学生一起活动，除了开了两次关于教材的讨论会之外，教材是一个字也没有写。不过，尽管教材没写，收获却是大的。以前没有深入过商业部门，这次到商场，参加了商场的一些活动，站过几天的柜台，接触了各式各样的人，眼界是大大地扩大了。

　　本月二十日放寒假，下月一日开学。下学期前半段，我得继续编写逻辑教材，到下半段，给本系学生讲逻辑课和修辞课。

　　春节快到了。首先，祝家中大小在春节期间，在新的一年里，愉快、健康。不过，提起春节，心里很感惭愧。往年春节，总要给几个亲人分别寄一点钱，可是今年竟然拮据到连这一点也办不到了。其原因，除了小孩大了增加费用之外，最近还用去一笔钱，那就是：漱谷原在艺术学院工作，我们的一部分家具是借艺术学院的（另一部分，是借华中师院的）。那一部分家具每月六角多钱，"文化大革命"开始后就没有按月交付。现在一算，乖乖！四十多元！这是该向国家交付的款项，是非付不可的。然而，就我们的经济情况说，一下子少掉几十元，就得靠下几个月来拉扯了。现在面临春节，想来想去，只好单单给哥哥寄出十元，您和三叔父处就不寄了。

弟媳得了一个女孩，米米昭昭多了一个妹妹，他们都很高兴呢。愿孔英茁壮成长。

我离家已有二十二年，离家时年纪尚小，因而对家乡的风俗习俗记忆不深了。现在想来，有些风俗确实不符合节约的原则。比如小孩满月，在这里根本不把它当作一回事，就是结婚，也只是买一些糖果来，朋友们在一起吃吃、闹闹，行个结婚典礼，就算完了。怎么小侄女满月，"不请客"也来了百把人，用去那么多钱！这是叫我大为吃惊的。——当然，这只是对这一风俗习惯的随便议论议论而已。

《马克思传》前天才寄出。另加了一本《批孔专辑》。拖到现在才寄，是因为《马克思传》上册有一位同志借去，最近才还回来。

《两地书》和《故事新编》目前没有卖的。以后若有，就买寄。

漱谷教高中两个班的语文，还当一个班的班主任。学期将结束，评试卷，给学生写评语，做总结，如此等等，忙得不亦乐乎。

一九七四年（39岁）

米米已读初中三年级，差不多有我这么高了。穿的鞋子，比我穿的大。寡言语，作文写得可以。昭昭现在是小学三年级，她的老师说她是"得力助手"。

祝您健康！

祝娘和外祖母健康！

向弟弟弟媳问好！

福义　1974.1.14 下午

附寄米米最近的一篇作文，请看看。这篇作文，完全未经过我们做任何改动，是能反映他目前的实际写作能力的。

昭昭的作文本子已交到老师那里去了。下次信中再把她的作文也附寄给您看看。

代向福荣哥、金彩姐、孔星等熟人问好。

附米米的作文

一场篮球友谊赛

"嘟……"一场激烈的篮球比赛开始了。运动员们一个个像小老虎一样奔跑在球场上。球场上充满了团结紧张、严肃活泼和友谊第一、比赛第二的气氛。

这是我班为了贯彻毛主席"发展体育运动，增强人民体质"的指示组织的一场篮球赛。

双方分别是一组和二组的男生、三组和四组的男生，一个是红队,一个是蓝队。他们双方都是强劲的对手,不分胜负。

球打得十分激烈,双方比分连续出现平局。

这时,只见一个身材矫健、动作优美、穿着蓝运动服的同学,投球得分。我脱口而出地喊了声:"好球!"他的动作是那样迅速而又准确,获得了全场观众的热烈掌声。他就是我班同学涂新建。

旁边的同学问我:"你认识他吗?""是的,我上学期就和他坐在一起呢。"我不回头地回答道。接着对他叙述起涂新建的情况。

"涂新建以前是个多病的、身体不好的同学,很少参加班里的活动,同时也影响了他的学习。自从学校掀起了象征性长跑后,涂新建就和同学们一道每天起得很早,来校锻炼,积极参加各项体育活动。通过一个时期的锻炼,使他的身体强壮了起来,个子长高了,再也不像过去那样多灾多病了。"听的同学笑了笑。我又接着讲,"这个例子在我班仅仅是个缩影,还有很多的同学在毛主席'发展体育运动,增强人民体质'的关辉指引下,为革命刻苦锻炼……"

一阵掌声夹着喊叫声,把我的话打断。抬起头来看时,场上的比分是53:52。另听裁判员喊道:"最后三分钟!"双方愈打愈猛,愈打愈强。时间也愈来愈短了。

这时红队的一个同学,接到球后,带球上篮,眼看着就要进,蓝队的一个同学奋不顾身,上前来阻拦,他没有站稳,一跤摔倒在地上,那个红队的同学看到后,毫不犹豫把球丢掉,去扶起摔倒的同学,问他摔伤了没有?给他拍去身上的灰。他这种友谊第一、比赛第二的精神使全场的观众很受感动。我心里很不平静，激动地对身旁的同学说："多么感动人啊！我要好好地向他这种精神学习。"

球赛完了。晚霞映红了西边流云，把十四中校园打扮得五彩缤纷。这是一场不平凡的篮球赛啊！在这场平凡的球赛中，出现了不平凡的风格和友谊。这正是：

> 篮球赛中不平凡，
> 友谊风格不一般，
> 为了革命来锻炼，
> 高尚精神谁不夸？

米米　1973.12.23

【2】一月十四日（给叔父的信）

叔父：

在收到这封信的时候，可能已到春节了。

我和漱谷，以及米米、昭昭，向您和叔母请安，向弟妹们问好，祝您阖家安康！

我们于本月二十日开始放寒假。这学期又要过去了！

这学期来，没有什么显著的成绩向您汇报。领导上交给我的任务是写《逻辑知识》，但到目前为止，只写了三分之一弱。（全书需要写十万字左右，现在才写了近三万字）没有写完，是因为其他事情较多，写作经常中断。九、十月间，参加了一段批孔活动；十二月十日到本月十日，又和学生一起到汉口的"武汉商场"搞开门办学。现在，学期即将结束，讨论教改方案，制定下学期教学计划，诸如此类，事情够多的了。

下学期的开学时间是二月一日。根据领导上的初步安排，我将继续写《逻辑知识》，接着就给本系学生上逻辑课和修辞课。会不会有变动，现在还说不定。

漱谷和米米、昭昭都好。漱谷仍在九中任教；米米已读初中三年级，今年暑假就要毕业了；昭昭已读小学五年级，也快升初中了。

按理，春节期间应该给您寄点钱，表示一点心意，但由于近来经济一直很紧张，不能如愿，心里很是不安的。经济紧张，首先是因为近来开支很大：米米、昭昭今年以来长得飞快，入冬以来为他们添置了必要的衣服鞋帽，用去了一大笔款子；经济紧张，还由于忽然多用了一笔钱：我们借用艺术学院一部分家具（漱谷原在艺术学院工作，后调九中，但家具未退），每月六角多钱的租金，"文化大革命"以来就没有交付过，现在算总账，共四十多元。一下用去了这么多钱，就弄得我们没办法，只好借支下月工资了。侄想，把这情况向您一讲，您是会体谅的。

您和叔母近来身体好否？妹妹们都好吧？铁丁弟弟怎么样？读了初中了吗？

不多写了。

敬叩近安！

侄　福义　1974.1.14

一九七四年（39岁）

【3】六月九日（给叔父的信）

亲爱的叔父：

近来好吗？叔母和弟弟妹妹们都好吗？

到现在才给您写信，拖得太久了，心里很是不安的。

本学期来，两次离校外出，带学生搞开门办学，返校后又忙于备课，一直到上个星期，课才上完，算是松了一口气。

七月中旬，本学期才结束。今后这段时间，除了参加运动和政治学习外，我的任务是编写教材，但时间已经很短，估计写不出什么有分量的东西。

武汉市，"批林批孔"运动正深入发展。中央对于湖北问题，做了七点指示，我们正认真学习。前一些时候，两派对立的情绪很严重，特别是工厂里，搞得生产受到了一定的影响。目前，各级领导正在大力抓削平山头和促进生产等项工作，可以肯定，不久的将来定会出现革命、生产齐飞跃的新局面。

漱谷和米米、昭昭都好。我呢，也好。脑筋动得比以前少，失眠现象也就比以往少了一些。

关桃新婚，要的确良布，至今没为她做好这件事，于心有愧。我回武汉后，多次去买，但没法买到。现在，有些"时髦"的东西，是很难买到的。有熟人，可以开开后门，没熟人，那就没法了。看来，再等也是买不到的，因此，只好寄给您15元，请转给她买点东西做个纪念。

铁丁该读初中了吧？情况如何？

不多写了。

敬叩近安!

侄　福义　1974.6.9

【4】六月九日

父亲:

好几个月没给您写信了。

记得以前给您的信上说,本学期我的任务是编写《逻辑知识》。但是计划有变,那项编写工作,已经搁笔半年了。

本学期来,两次带学生外出搞开门办学。"文科要以整个社会作为自己的工厂。"遵照毛主席这一指示,中文系今后在校上课的时间是很少的,经常必须上上下下,出出进进。

开门办学返校之后,我的任务是上课,既讲语法,又讲逻辑。目前,"批林批孔"运动正深入发展,用于参加运动的时间较多,加上备课、上课,再加上参加经常性的劳动,时间就感到很挤了。

课,上个星期就上完了。离本学期结束的时间(七月中)还有一个月。领导的意见,是要接着写《逻辑知识》。但是,时间这么短,恐怕不能保证质量。只好写着瞧罢了。

我们都好。潋谷仍然在九中,调不动,只好天天跑。米米已读初中三年级的最后一学期,下学期就可以读高中了。他读的是十四中,原来是武汉大学附中,基础较好,目前武汉市各中学学生组织纪律性很差,往往搞得上不成课,但十四中一直是比较好的。昭昭现在是读小学阶段的最后一学期,下学期就要读初中了。在学校里,米米当个小组长,而昭昭,什么"委员""队长"之类,兼任了好几个。他们学习都是不错的。下次信,再把他们的一些作文寄给您看看。

娘和弟弟、弟媳都好否?外祖母还硬朗否?

近况如何,望告。

关桃结婚,没能及时给她买东西。现在给叔父寄15元,请叔父转给她买点纪念品,聊表心意。

福荣哥和一切熟人,请代问候。

祝您健康!

儿 福义 1974.6.9

【5】八月十一日

父亲:

昨天收到来信。当时刚刚领到工资,所以马上给您寄了十元。

从今天开始,我们放暑假了。前不久,根据省委指示,大学文科各系(中文系、历史系、政治系)师生到工厂、农村宣传"评法批儒"。我带十名学生到武汉市第二机床厂,八号才回来。下厂期间,患了流行性感冒,烧了几天,什么都管不了,可以说,这次下厂是没有尽到责任的。

下学期,我将上我们学院所办的五七干校。从本月二十六日开始，到明年春节前结束，大约五个月。这个干校，地址就在学院旁边，由干部和教师轮流劳动，我算是参加第五期了。情况大概是这样：先到农村去搞一个月，然后返校；返校后，一星期中，休息一天，劳动两天，学习四天（主要学习马列和毛主席著作）。有这个劳动和学习的机会，对我的进步将是很有好处的。不过，星期天才能回家，平时不能照管照管家中之事，也算是一点小问题吧。

下学期，米米上高中，昭昭上初中。他们表现都好，本学期都被评为三好学生。大概由于我在中文系工作，文学方面的书籍他们有可能大量接触，所以他们都已读了不少文学书。米米大些，所接触的书籍范围就更大。在武汉市，一些青少年晚上没事干往往在一起抽烟、打架，很容易被勾引参加流氓活动，因此我宁肯让他多读些书，也不准他在外边乱跑。从上个月开始，要求米米每读完一本书，就写一篇读书报告，以便锻炼他的分析综合能力和表达能力。到目前，他已写了六篇读书报告了。昭昭尚小，尚未向她提出这一要求。

漱谷仍在九中，调不动。本学期当高中毕业班的班主任，做动员学生下农村的思想工作很不容易，一直忙到前两天才休假，比其他教师晚休假好几天。

您的经济情况，确实拮据。今后，我至少是隔 个月给您寄十元。今年来，由于生活费提高，又没有额外收入，加上不间断地寄钱（春节给哥哥寄十元，弟弟结婚寄二十元，关忠结婚寄二十元，关桃结婚寄十五元，上个月又给哥哥寄十元），所以手头上也紧。下学期开学,米米和昭昭的学费就要十多元,肯定要预借下月工资了。因此,下月(九月)可能没钱寄给您。不过,隔月寄一次,这是起码的,一定要做到的。

哥哥还在荔枝沟,口粮有保证,确乎比回黄流要强些。在那里生活那么多年了,如果没有明显的好处,迁移是没有必要的。我也将把这个意见告诉他。

向娘问安!

向弟弟、弟媳问好。

祝您健康!

儿　福义　1974.8.11

来信仍寄"武昌华中师院中文系",我尽管上了干校,信是有人转给我的。

【6】九月十三日

父亲:

来信收到好些时了。记得上次给您写信,是八月十号。当时,刚从工厂返校。在工厂时,带学生写了一篇文章,有工人参加讨论,题为"谈李白的诗《嘲鲁儒》",已在八月十八日《长江日报》上发表。

从八月十日起,一直在家里休息,看看书,干干家务,如此而已。本想从语言运用的角度写一篇批判《三字经》的文章,但动笔太晚,已无法完成了。

干校今天才开学。今天上午举行开学典礼，院党委书记和好些负责人都来参加，足见领导对办五七干校的重视。

我是今天早晨来到干校的。这一学期学员共46人，中文系来了6人。从今天起，到明年二月初完结，将近五个月。在这将近五个月的时间中，将经历这么几个阶段：1.入学教育，一周（其中劳动2天）；2."评法批儒"，三周（其中每周劳动2天）；3.下乡，六周（要求劳动27天，下乡前有一周准备，下乡后有一周休息）；4.学习政治理论，若干周（每周劳动2天）；5.总结一周。

这次上干校，主要是强调通过看书学习、集体劳动和下乡，促进世界观的改变，提高路线斗争觉悟。在当了将近十八年的教师之后，又一次当了学生，感到很新鲜，劲头也很足。

我上了干校，家中事当然不能多管了。不过，问题也不怎么大。漱谷是每天晚上可以回家的。（几年前，在清理阶级队伍时，教师集中住，星期六才能回家，那只是一段时间）米米、昭昭都已经大了，也可以帮帮忙。

米米已上了高中，学校的领导和教师都说他表现不错。我对他管得很严，坏习气在他身上不多，只是，"温室"里成长起来的孩子，不知艰苦，不够懂事，这种情况是有的。昭昭已转到十四中上初一。跟米米相比，在气质上，米米"冷"，昭昭"热"，对照鲜明。平常，跟米米谈不了几句话，跟昭昭却可以谈得很有趣。不过，有一点是昭昭比不上米米的，那就是，米米做事情仔细，而昭昭，是个"大而化之"的人物。

一九七四年（39岁）

　　米米和昭昭都在十四中食堂吃早餐和中餐，在家里只要弄一顿晚餐，这可以省却许多麻烦。他们最近都还没有写作文，写了一定寄给您看看。

　　漱谷本学期更忙了。除了上课，当班主任，还当了一个年级组的组长。每天搞得精疲力竭。也可能是刚开学，事情特多，以后会慢慢好起来，但愿如此。

　　要开会了，写到这里吧。

　　不另给三叔父写信了，把我的情况告诉他。

　　向娘问安。向弟弟、弟媳问好。

　　祝您健康！

儿　福义　1974.9.13

一九七五年（40岁）

父亲的摘要

【1】二月四日：①一月底，干校生活结束。昨天回系报到。今天准备，明天在全系教师会上汇报思想、收获。五个月的干校学习，收获很大。在红安还写了几首诗（现附上）。（诗已失）②米米读高一，昭昭读初一。都在十四中。本学期都被评为"三好学生"，得了奖状。③下学期，我的主要任务，还是写《逻辑知识》。

【2】二月四日（给叔父的信）：①到革命根据地红安。我在农村里画壁画、写隶书，也很受欢迎。②铁丁的画，画得不错，比米米、昭昭的绘画水平都要高。

【3】三月十三日：①本学期在续写《逻辑知识》。②漱谷带学生下乡搞教育革命去了。③"学衔"，十多年没有提了，大家都叫"老师"。④自"文革"以来，写书都没有稿费了。

【4】四月九日（用隶书体写）：①给弟妇的药，购不到。②《逻辑知识》已写五万字。③近来经常失眠。

【5】八月十一日（用隶书体写）：①参加《张居正著作选注》定稿工作。从四月下旬开始，八月九日结束。②《逻》下学期有一个月的写作时间。

【6】十月二十日：①《逻》在十月十二日已将书稿交出版社，并定名为《逻辑知识及其应用》。②"逻"课讲四周，就带学生到工厂搞开门办学。③还在闹失眠。

信 件

【1】二月四日

父亲：

9月间，在进干校之后，曾给您写过信，后来又寄过钱，都没有收到回信，不知是什么原因。

干校生活已经结束。昨天回系里报到，今天准备准备，明天在全系教师会上汇报思想收获。

五个月的干校学习，特别是期间有四十天在老革命根据地红安度过，收获是很大的。我断断续续地写了几首词，回过头来一看，觉得挺有意思。另纸抄出，请看看。

下学期，领导给我的任务，还是继续写《逻辑知识》。不过，临时会不会有变动，还难说。

米米已读高中一年级，昭昭是初中一年级，都在十四中。本学期，两人都被评为三好学生，得了奖状。米米已加入共产主义青年团，政治表现不错；成绩也好，除了体育是"良"以外，其他课程都是"优"，本学期有一篇作文曾获奖。昭昭已加入红卫兵，入团年龄未到；成绩好，八门功课都是"优"；在校宣传队学弹琵琶。

漱谷仍在九中。担任一个年级组的组长，还要上课，确是忙。本学期被评为先进工作者。看来搞得还可以。

您的情况怎么样？

娘、外祖母、弟弟和弟媳,都好吗?

给您寄10元,请收。

我曾给哥哥寄过两次钱,但都好像石沉大海,没有回音。我不知道地址是否写对,他究竟收到没有。这次,本想也给他寄10元,帮他对付春节的紧张,但又怕他收不到。请您把他的地址告诉我。

不多写了。要准备明天的发言。

祝健康!

儿 福义 1975.2.4

【2】二月四日(给叔父的信)

叔父:

近来好吗?

叔母和弟妹们都好吧?

我从一九七四年九月中旬进干校学习,到一九七五年一月底结束干校生活,离开系里四个多月的时间。四个多月中,先后有一个多月在校内学习和劳动,开展"评法批儒"活动。接着,有40天的时间,到革命根据地红安去接受贫下中农的再教育和革命传统教育。(董必武、李先念等同志都是红安人)在红安时,一方面参观当年革命斗争的遗址,访问革命前辈,一方面跟贫下中农同吃、同住、同劳动、同学习、同批判,受到了很大的教育。另外,我在农村里画壁画、写隶书,也很受欢迎。从红安回来以后，又在校内学习和劳动。劳动少，主要是学习《哥达纲领批判》《关于正确处理人民内部矛盾的问题》这两篇著作。到元月底，学习结束。下学期，轮到别的同志进干校了。

我是昨天回系里参加活动的。我们今年不放寒假，只有春节期间休息几天。

下学期，我的主要任务是继续编写《逻辑知识》。不过，目前正在学习辽宁省朝阳农学院的教育革命经验，教育计划、教学计划可能有变动。计划若变，任务也会变的。

我们身体都好。米米读高中一年级，已经入团，成绩好，得了三好奖状。昭昭读初中一年级，学习也很好，也得了三好奖状。

孔星曾给我写过一封信，并附寄了铁丁的几幅画。因为忙，没有给孔星写回信，实在对不起他。

铁丁的画，画得不错，比米米、昭昭的绘画水平都要高。要好好鼓励他。我若碰见关于学画的册子，就买些寄给他。

春节快到了。我和漱谷，以及米米、昭昭，向您和叔母，请安问好！

祝弟妹们健康！

侄　福义　1975.2.4

【3】二月十三日

父亲：

来信收到上十天了。

我在干校时您的来信已失，查不到了。

本学期开始以来，除了参加政治学习和教学上的例会，我的精力主要用在《逻辑知识》的写作上头。目前，已写了两万多字。照目前的进度，十万字左右的初稿在五月初就可以完成了。

失眠，是我的老毛病。它本来是用脑过度引起来的，近来因为写东西，很费脑筋，越发变得严重起来了，往往要靠安眠药才能稍稍睡一下。因此，感到很疲乏。不过，这是习以为常的现象了，等到《逻辑知识》写好了，适当休息休息，就会好起来。

前几天漱谷已带学生下乡搞教育革命去了。同去的有七八位教师和干部。要去一个学期，可能七月底才结束。中间每月可回武汉一次，每次四五天。她不在家，杂七杂八的家务事就落到我头上了。好在我经常在家写东西（有集体活动时才到系里去），搞家务事也可以起调剂脑筋的作用，倒也不觉很烦腻。

关于学衔（助教、讲师、教授），虽然没像军衔那样明确地宣布取消，但十多年来根本没有提过，大家都是"教师"，都没有想那回事了。今后，凡属资产阶级学术的东西必将大加限制，像学衔这样的东西将会成为历史的陈迹，现实中恐怕不会再有了。

稿费，"文化大革命"开始以后就完全没有了。不管是写什么书，发表什么文章，全部都没有稿费。看来，今后也不会再有了。其实，稿费这种东西，有很大的诱惑性，诱惑人们走成名成家的资产阶级道路，害处很多。完全不为稿费而写作，精神上倒觉得是奋发的。

说来好笑，离家二十三年，家乡话已经说不上来了。至于家乡的一些物品，如槟榔，印象很深，但"蔓"是什么东西，我却怎么也想不起来了。

　　关于把房屋、家具等分清楚之事，我无法发表具体意见。我想，有两点是要注意的。第一，考虑社会影响。即现在这样做是否合适，在家乡是否有先例，会不会造成不良影响。如果可以办，最好把情况向领导上汇报一下，听听领导的意见。第二，要让三叔父也感到确实有这样做的必要，以免产生疙瘩。三叔父是个很好的人，他不会想不通的。此外，那个"小房子"的事，我是一点也不知道的，因为这方面的情况我从来没有，也从来不想打听。我想，就别提了吧，就当没有那回事算了。

　　写到这里吧，时间不早了。

　　向娘和外祖母问安。向弟弟、弟媳问好。

　　把我的近况转告三叔父一下。没另外给他写信。

　　金采婶、福荣哥等人，都请代问好。

　　祝健康、进步！

儿　福义　1975.3.13 晚

【4】四月九日

父亲：

　　收到三月十三日来信。

　　弟妇患病，所需之药，购买不到。由于某些人闹无政府主义，影响生产，连普通药品都缺货，所需之药更是没有了。

爱莫能助，实感不安，容待来日，留心购买。最近武汉市坚决贯彻中央有关指示，想必以后可以买到。

《逻辑知识》，已写五万余字，经常失眠，大大影响进度。

已寄十元，请查收。

利用休息时间，写这两句。祝健康！

福义　1975.4.9

【福义插说】此信毛笔书写，隶书。

【5】八月十一日

父亲：

暑假七天，今天是第二天。总算能抽空坐下来写写信了。

参加《张居正著作选注》定稿工作，从四月下旬开始，到八月九日结束，花去了三个多月的时间。不过也增加了不少知识。

《逻辑知识》，下学期有一个月的写作时间。出版社要稿，系里需要教材。前面已写好的部分已送去打印，后面的部分是"箭在弦上"，不得不写了。写完后，将在系里讲几星期逻辑课，接着带学生到工厂搞开门办学七个星期。这样，下学期就完了。

参加《张著》定稿之后，失眠不太严重。恐怕《逻》开始，又要闹一阵子。不过时间较短，关系不大。

漱谷下乡，已经返汉。米米昭昭都好。一切如常。

鲁迅书，再去买买看。弟媳所需之药，买到就寄。已汇十元，请查收。

近况望告。娘，外祖母，弟弟，弟媳，在此问好。

向叔父请安。祝他阖家康泰！

在省教材组时开始学写隶书。有时练笔，也是乐趣。

敬祝安好！

福义　1975.8.11

【福义插说】 此信毛笔书写，隶书。

【6】十月二十日

（此信丢失，基本内容请看父亲的摘要）

一九七六年（41岁）

父亲的摘要

【1】二月三日：①元月二十三日从新洲返回武汉，在新洲工作了两个多月。②本学期，先给学生讲逻辑课四个星期，然后参加《汉语小丛书》编写工作。

【2】三月二十二日：①给三叔父放大相片，并加油彩。②《汉语小丛书》暂时不写了，改写《写作基础知识》。由系里组织班子来写。③米米昭昭上学期都被评为"三好学生"，功课成绩都是"优"。④米米本学期高中毕业，就要到农村插队落户。⑤《逻》书的稿子，已送出版社四个月了。

【3】五月十一日：①从三月下旬起正式参加《写作基础知识》一书的修改、重写工作。定稿工作由四个人负责，我是一个。②《逻》书湖北人民出版社决定五月份发稿。③米米下乡劳动了一个月。昭昭的诗入选《中学生作文选》。④漱谷带学生下乡去了。⑤失眠经常吃药。为了调剂脑子，到一位七十多岁的老图书馆长那里去看看电视。

【4】六月二十六日：①《写》书后天起由我们四人做定稿工作。《逻》书估计今年第四季度才可印出。②下学期，我的任务是搞函授，要到各处走走了。③米米已经毕业，等着下农村。

【5】八月十日：①米米十七日就要到洪湖去。②《写作基础知识》九月份完成定稿。③《逻》书出版社编辑部已发稿，但工厂停工，四季度未能印出。

【6】九月十六日：①米米于八月二十日离汉，到洪湖新滩公社东方大队。②还在编写《写作》一书，可能要拖到十月份。③毛主席逝世，写一词《卜算子·松柏万年青》。

【7】十二月十七日：①按安排，我本外出搞函授。由于情况变化，还在编写《写作》一书。②《逻辑知识及其应用》，可算难产了。由于用例有些受"四人帮"的影响，必须修改。出版社要求在元旦前搞好。目前是既要修改《逻》书，又要编写《写》书，两面开刀。③米米下乡已经三个月，这个月参加挑堤。④漱谷仍在九中，每天骑自行车上下班。⑤昭昭读初中三，每天晚上十点后才能睡觉。

一九七六年（41岁）

信 件

【1】二月三日

父亲：

元月二十三日，从新洲回武汉。原订四十天左右的时间，结果花了两个多月。您的信是返汉后第二天读到的。

在新洲工作了两个多月，也是学习了两个多月，对于农业，对于农村要学大寨的情况，了解得具体一点了。

下学期六号开学。领导上给我的任务，是先上四个星期的逻辑课，然后参加《汉语小丛书》的编写工作。不过，随着教育革命大辩论的深入，教学计划、工作安排也可能变化。

漱谷、米米、昭昭都好。

二十多天来，我一直肠胃不好，有时拉肚子，有时便很结，有时胃胀胃痛，有时腹胀肚痛，很讨厌。可能是慢性肠胃炎。过两天再去好好检查一下。

因为要过春节，二月份的工资提前发。我给您寄了十元，也给哥哥寄了十元。想必已经收到！

由于忙于过节，加上精神不怎么好，所以拖到现在才给您写信。

三弟又添了一个男孩，这是可喜的事。"一男一女一枝花"嘛！不过，他们以后要注意节育才好。年纪轻，孩子多，将是很大的累赘啊!

不多写了。祝娘和外祖母康泰。祝弟弟、弟妇和孩子们都好。

祝您健康!

儿　福义　1976.2.3 下午

【2】三月二十二日

父亲:

来信收到好些日子了。本想给您寄点钱,可是这个月实在没办法,所以感到为难。

每年春节过后两个月,总是最紧张的两个月。今年,给您和哥哥各寄了十元;又给漱谷的爹妈弟妹寄了二十元的东西(这是人情,免不了的);加上春节费用大,把预支的二月份工资用得差不多了。春节过后,米米昭昭交学费。哥哥寄来 8 市斤的红糖,要我给他寄点钱,我又给他寄了 10 元。三叔父寄来相片底片一张,要我给他拿到照相馆去放大加色,又用去了 8 元多。这样,三月份的工资也差不多用完了。算来算去,只好等到四月发工资时才能给您寄钱。

糖,武汉市非常缺乏。每人每年只供应半斤。去年,我在给哥哥的一次信中问他能不能给我买点糖,所以春节期间他买了几斤寄来了。八市斤的糖,寄费就花了三元多,但在完全买不到的情况下,还是好的。

三叔父的照片，放大到十二寸，并加油彩。大概跟您以前的那个照片一样大。四月三日才能取到。底片不怎么好，效果如何我是有些担心的。很久没寄点什么给三叔父，这次为他办这点小事，是完全应该的。

系里的逻辑课，我前天已上完。按原计划，上完课以后要编写《汉语小丛书》。目前，由于有更要紧的任务，所以《汉语小丛书》暂时不上马。我的新任务是参加《写作基础知识》一书的编写工作。这本书，出版社准备出版。所以系里组织了一个共有七个人的班子来编写。我们计划七月底完稿，送交出版社。今后的几个月，我又要在"编写"中度过了。

肠胃病拖了二十多天才好。失眠，还是那样，虽然经常吃药，也不能解决问题。反正这是一种职业病，没办法的。

漱谷、米米、昭昭都好。米米、昭昭上学期都被评为三好学生。他们的功课，都是"优"。昭昭快到十五岁了。聪明，喜欢钻研。白天上课，参加宣传队活动，晚上写稿子，还经常自己钻研数学——她自己从书店买来的数学书。米米本学期高中毕业。毕业后肯定要到农村插队落户。华中师院教工的子女要下乡，都到钟祥县去。钟祥县，离武汉远，但那里没有血吸虫病，所以到那里去是可以的。以后情况如何，再告诉您。

《华盖集续篇》，已经买到。本想在《集外集拾遗》买到之后再一起寄给您，但《集外集拾遗》总买不到，因此只好先把《华盖集续篇》寄出。

向娘和外祖母问安。向弟弟、弟媳问好。

祝您健康！

福义　1976.3.22

《逻辑知识及其应用》的稿子，送到出版社已有四个月的时间。编辑部过忙，尚未处理这一稿件。

又及

【3】五月十一日

父亲：

终于可以抽点时间来写信了。

给叔父放大的照片，确实不怎么的。底片本来就不大好，上油彩的人又没有创造性，所以结果是不能令人满意的。

铁丁爱画画，又有您的辅导，应该是可以很快进步的。

《集外集拾遗》，一直没有买到。

从三月下旬起，我已正式参加《写作基础知识》一书的修改、重写工作。编写组将近二十人，有华中师院中文系的教师和学员，也有武汉市第二师范的教师和学员，还有湖北省中小学教材研究室的同志。三月下旬到四月二十五日，拟定、讨论详细写作提纲；四月下旬到六月中旬，写成并讨论通过初稿；六月中旬到七月中旬，定稿。定稿工作由四个人负责，我是一个。

正在忙于《写》书的编写，突然插进了一项突击任务。《逻辑知识及其应用》一书，去年十一月交给湖北人民出版社。到今年四月下旬，他们才审阅完毕，并决定在五月份发稿。要发稿，当然在理论上、用例上都要修改一下，因此只好挤时间来搞这项工作。忙了将近二十天，才把《逻》书修改出来，昨天已经交去，总算脱手了。但是，为《逻》书花去二十天，《写》书的任务给压下来了，因此马上又得"赶"，不然，就会拖别的同志的后腿，影响《写》书的交稿时间。估计，今后两个月，不会轻松。至于《逻》书什么时候才能跟读者见面，还难说。印出以后，当然会寄给您和叔父看看。

米米下乡劳动一个月，昨天才回来。虽然还有两个多月的时间本学期才结束，但因为他们是毕业生，所以不用再上课了。按规定，独子和有病的学生，可以不下乡，米米是肯定要下乡的了。其实，下乡去对他有好处。在大城市长大，不知艰难，到农村去锻炼锻炼，可能会有出息一些。

昭昭最近在他们学校的赛诗会上获创作奖，她写的《高举红旗唱战歌》一诗，被文教局领导看中，已决定入选《中学生作文选》，最近可能印出，发至各学校。印出以后，若能搞到，一定寄给你们看看。

漱谷带学生下乡去了，月底才能回来。

我的身体，还是老样子。失眠，经常吃药。记忆力尚未减退，但要想像十年前那样连续工作十几小时已不可能了。现在采取的办法是，白天写东西，晚上散散步，然后看看一般的书籍，不能太动脑筋。好在对门住着一位老先生，原是图书馆副馆长，七十多岁，已退休，最近买了一部电视机，我经常可以到他那里看看电视。

本想单独给叔父写信，但一来时间已经不够，二来写来写去还是这些话,所以不写了。这封信就像写给他一样,请给他看。

祝您和阿娘健康。祝弟弟、弟媳和侄儿女们健康。

祝叔父、叔母和弟妹们健康。

福义　1976.5.11 下午

附给述评的信

述评:

听说你爱画画,而且画得还不错,我是很高兴的。

书店里买不到什么指导绘画的书,曾给你的那两本,可能对你帮助不大。不过,伯父是会画的,你经常让他辅导辅导,并且多多实践,肯定可以很快地进步。

要争取加入共青团,要做德智体全面发展的三好学生。就功课说,除了画画,还要学好语文、数学等。各门功课都学好,理解能力强,对绘画能力的提高也有帮助。

不多写了。

祝你进步!

二哥　福义　1976.5.11 下午

【4】六月二十六日

父亲:

10号给您寄了10元钱,因为当时正在赶任务,所以拖到现在才写信。

到今天，《写作基础知识》一书的修改工作已告一段落；从下星期一（后天）起，又要开始一个新的阶段了。前一段，是全面修改，吸收了一部分学生参加，还邀请了别的学校的师生参加；一下段，是由三四个人"统"起来，做定稿工作。我是参加定稿工作的，可能要搞到暑假。

《逻辑知识及其应用》一书，去年十一月份交稿，今年四月中旬编辑部才审完该稿，并提了一些意见。四月二十日到五月十日，我放下了《写作》的编写，集中二十天时间修改《逻辑》。后来，院、系领导又看了一下。到五月十日，才把修改稿送到出版社。出版社在《新书征订》中已对《逻辑》书做了简要的介绍，估计第四季度就可以印出，和读者见面。不管怎样，总算完了一项心愿。

下学年，我的任务是搞函授。所谓搞函授，是指帮助湖北省各地中学语文教师提高业务水平。除了在学校写点辅导教材，要抽时间到各地讲讲课。我要讲的是逻辑知识。——这一工作，我是愿意搞的。因为可以到各地跑跑，每到一处只待十天半个月，讲完课就走，没有什么拖泥带水的事。孩子大了，我外出也不会不放心。

一切如常。米米已经毕业，等着下农村。

把您和家里的情况告诉我们。哥哥的近况知不知道？他总不肯动笔，真怪！

祝您健康。向娘问安。愿家中大小安好。

福义　1976.6.26 上午

【5】八月十日

父亲：

　　按规定，米米在十七号就要走了。地点，改动了一下，由钟祥改为洪湖。钟祥，是省文教系统青年下放的地点；洪湖，是武昌区文教系统青年下放的地点。钟祥离武汉太远，洪湖近些，来往方便些，米米本人想到洪湖去，随漱谷学校的那条系统走。我是无所谓的，谁能算得准哪里比哪里好些？

　　孩子即将离家走向社会，去自己体味人生，将来情况如何，全是未知数。反正麻烦的事情不会少。他十八年生活在大城市，不知道什么叫艰苦，人又腼腆，不会交往，将来各方面碰到的困难必定大。然而，不经过艰苦的磨炼，绝不会成为一个有出息的人。但愿他经得起磨炼。

　　这几天，我们在为他准备行李用具。尽心而已。

　　《写作基础知识》一书，已经进入定稿阶段，恐怕要到九月份才能完成。

　　武汉天气，二十天来持续高温，热得人没法睡觉。据预报，整个八月份温度不会下降。在这样的情况下，工作效率太低。我们编写组的四位同志，决定从今天起休假十天。十天以后再继续干。

　　《逻辑知识及其应用》一书，出版编辑部已经发稿，但什么时候能出书，很难说。近来武汉市工厂很少开工生产，印刷厂也不例外。看来，按原计划今年四季度出书是不可能的了。

　　《中学生习作选》，不知收到没有。昭昭那首诗，先在十四中油印小册子上印出，武昌文教局的同志看了以后准备选用，但又担心有所抄袭，便到十四中了解情况。十四中的同志告诉他，这个学生各方面都好，绝不会有抄袭现象，他们才放心。之后，根据他们的意见，我曾做了某些加工。

我总以为，米米比昭昭精细，昭昭比米米机灵。她文笔清顺。初中一年级写的散文《春满武昌》、参观记《瞻仰施洋烈士墓》，都能别出心裁，而且富于文采。

关于鲁迅的研究材料，我几乎没有，书店里也买不到。据说从九月份起要掀起一股学习和研究鲁迅的高潮，有关的材料必定会多起来的。我将尽力收集。您写的鲁迅年表，如有可能，寄给我看看。

铁丁的画，早就收到了。画得不错，是有培养前途的。似乎可以引导他搞点创作，画点自己熟悉而又能反映三大革命斗争的画。我很想买点绘画方面的书寄给他，可就是买不到！

不写了。向娘和弟弟一家问好。

祝您安康。

不另给叔父写信，请他原谅。

福义　1976.8.10

寄10元，请查收！

【6】九月十六日

父亲：

"坟"事，何必这么一筹莫展？结子，难道不能用别的方法解开？

我冷静地思索了两天，得出了一个结论：不可能也没必要为去世的人花钱。

首先，是不可能。

钱，从何而来？您和弟弟，没有；哥哥，没有；叔父，也没有。我呢，虽然工作了二十年，只是"两袖清风"！1956年毕业，1957年结婚，1958年就有了小孩。当年结婚，年龄很小，只是想到，四海茫茫，举目无亲，身边需要一个亲人，寒暖病痛，有个照顾。然而，结婚时，什么都没有，许多生活必需品，还是后来慢慢购置的。特别是有了小孩，就背上了沉重的包袱。回想起来，如果当时不是有点稿费补贴，是很难应付的；如果当时不是连续打掉了两个胎儿，也是很难应付的。这几年来，孩子大了，不请保姆了，然而，工资并未提高（大家都一样），而好些东西比以前贵了，生活费用增加了，朝外寄三多二少又没间断过，因此，总没能积下一个钱。米米这次下乡，光经济上说，就难对付，衣食住行的费用，热天冷天有不同，尽管领导上补助了二十多元钱，但还是捅下来一个大窟窿，欠下了二十元的债。前几天又收到哥哥的信，说是嫂嫂害了重病……

第二，是没必要。

人，不能超越客观条件而行事。就主观条件说，只能尽力而为，尽心而为。如果心已尽，力已尽，那么，如果先人有知，不管怎么处置，都会谅解和同意。就客观需要来说，应该抛掉传统习俗。在这里，人一死，就火化。我的对门，原来住着一位老先生，是图书馆副馆长，儿女都参加工作了。人很好，我同他经常闲扯到深夜。最近，这位老先生病逝了，一火化之，送归黄泉；公地埋之，让其安息。这有什么不好！刚死的人，尚且可以采取简易的办法，已经死去若干年的人，为什么不能采取简易的办法啊？

第三，是怎么办？

按照"尽力而为，尽心而为"的原则，只能采取这样的办法：把坟墓破开，把先人的骨头取出来，用席子包起来，母亲包一个，祖父母包一个，其余的包一个，然后按指定的地点，一起放在一个土穴里，最后做个小小的土堆。——这么办，好！

我已经四十岁。但是梦里还常常见到母亲。她还是那个样儿，而我在她面前总是小孩！她若有知，我相信一定会同意我的办法。——因为任何超过主观条件的办法，都是行不通的。——要为活人多考虑，别为死人去负债。负了债，以后怎么办呢？

我已经四十岁。多年来，也许是职业性的原因吧，我养成了冷静分析问题、冷静思索问题的习惯。上面提出的办法，并不是信笔写出来的。希望您、叔父、哥哥和弟弟，都能同意这个办法。当然，这个办法也许会有人议论，但是，既然只能这么办，而且也应该这么办，为什么怕别人议论呢？如果必要，您们也可以说是我的主张，让别人来议论我好了。

米米是八月二十日离开武汉的。具体地点是洪湖县新滩公司东风大队知识青年点。二十一日才到达目的地，二十二日就写来了一封信。因为信是刚到就写的，所以各方面的情况还说得不具体。

现在只是知道了这么几件事：(1)他去的是知青点，二十多人，住在一栋集体宿舍里，三个人一个房子；(2)吃食堂，每月发一定的饭票，不够可以自己再买一点；(3)宿舍后边是一条小河，吃水、洗澡都方便；(4)洪湖县虽有血吸虫病，但米米去的那个点不太严重。

昭昭读了您的信，正想回信，就遇上了毛主席逝世这件大事，因此她整天都在参加活动。回信，要拖一些时间了。

我还在编写《写作》一书。可能要拖到十月份。近来睡眠更差，精神不怎么好。

不写了。

祝您和家中大小全都康泰。

儿 福义 1976.9.16

卜算子·松柏万年青

主席逝世，举国悲恸。敬写词阕，以抒襟胸。

松柏万年青，

江海长奔泻。

屹立巨人宇宙间，

千古光华射。

遗志化宏图，

总是鲜红色。

快马加鞭举战旗，

试看东方烈。

【7】十二月十七日

父亲：

　　至少两个月，没给您写信了。

　　近来身体是否健康，家中大小情况如何，时在念中，望告。

　　按原来的安排，本学期（一九七六年九月至一九七七年二月）我要参加搞函授工作，要经常外出讲课。但是，由于情况有变化，我现在还在参加编写《写作基础知识》一书，这学期可能就这么"编"过去了。

　　《写作基础知识》一书，之所以拖到现在，是因为从初稿到二稿都受到"四人帮"谬论的一些影响，不能采用。把"四人帮"揪出之后，我们把稿子进行全面检查，制定新的编写方案，从十月中旬起才开始动笔改写。估计到春节前才能脱稿。

　　《逻辑知识及其应用》一书，可算难产了。最近，湖北人民出版社已经打出清样，共139页。由于这是一本在"批邓"高潮中完成的书，在用例上免不了受到"四人帮"的一些影响，所以必须进行修改。除了要换掉一些例句之外，还必须加上对于"四人帮"的诡辩邪说的批评。出版社要求在元旦前修改好。目前，我是两面开弓，一面对付《逻》书的修改，一面对付《写》书的编写，确实相当紧张。

　　米米下乡已有三个多月。前一段没有碰到什么重劳动；这个月可能参加挑堤，这对他这个未挑过东西的城市青年来说，是个大考验，不知经不经得住，尚未收到来信。据说，他去的那个知青点是搞得不错的。不过，每月都得给他寄钱，还得捎这捎那，麻烦事可不少。有过这方面经验的同志说：小孩下乡了，经济负担实际上没减轻，而麻烦事情却增加了。看来的确如此。

漱谷仍在九中。每天骑自行车上下班。武汉市的车祸多，骑自行车也是叫人担心的。

昭昭读初中三。本来她要给您写信，但学校里一下子要她写批判搞，一下子要她写诗，忙得每天晚上十点钟以后才睡觉，我担心把她把身体搞坏，所以对她说，给爷爷的信以后写算了。

十月份给您寄了十元钱，不知收到没有。前几天又寄了十元，请查收。

就写这些了。

没单独给叔父写信，请他原谅。

向娘和外祖母请安！向弟弟一家子问好！

祝您康泰！

儿　福义　1976.12.17

【福义插说】本年发表以下文稿：

《这是一颗老贫农的心》，《前进在"五·七"大道上》，1976年5月。

一九七七年（42岁）

父亲的摘要

【1】二月十三日：①因供应紧张，提前十天放寒假。②《写作知识基础》定稿。③《现代汉语语法知识》已译成日文（加贺美加富译）。④米米已被提升为会计，参加队委会。⑤《逻辑知识及其应用》已经付印。⑥漱谷带昭昭到株洲同父母、妹妹等度春节。

【2】二月二十三日：①《三国演义》买不到。②《鲁迅年表》，可不要急于写完。③关于词牌、词调、词谱，写了九张信纸。

【3】三月二十一日：①米米延到四号重返乡下。②昭昭到林场劳动，写了文章和小诗。③《写作知识基础》稿交复印，《逻辑知识及其应用》二校样月底也可校完。④四月初可回系，到各处去讲课。

【4】七月一日：①《逻》书，写写停停，连续四年。②七月份到郧阳地区讲课。③八月份，修改《现代汉语语法知识》。九

月份起，参加《汉语大字典》编写工作。④学习《毛选》五卷，写了《从〈毛泽东选集〉第五卷中看"和""同"二词的词性》。

【5】八月二十八日：①去郧阳高中语文教师班讲学。二十一日离郧阳，二十三日到宜城。二十七日至三十日连续讲课，每天讲九节。②八月一日返武汉，二十五日到《汉语大字典》编写组报到。③《从〈毛泽东选集〉第五卷中看"和""同"二词的词性》一文，已刊登在师院学报上。④米米回武汉，带去一些书籍，准备考大学。⑤昭昭以"全优生"免考就升入高中。⑥漱谷还在九中。⑦给家里寄粮票20斤。

【6】十月二十二日：①到《汉语大字典》编写组报到后就参加试编。领导一个小组。②《汉语大字典》《汉语大词典》是姊妹篇，都要求"古今兼收，源流并重"。③《逻辑知识讲话》(二)(三)(四)已都在《语文函授》发表。《略论复句与推理》也在《学报》发表。④昭昭已免考升入高中，老师劝她参加高考，我不同意。

一九七七年（42岁）

信　件

【1】二月十三日

　　此信遗失。基本内容如下。
　　1. 因武汉市供应紧张，华中师院提前十天，于一月十五日放寒假。
　　2.《写作知识基础》一书，最后定稿。
　　3.《现代汉语语法知识》已译成日文（加贺美加富译）。
　　4. 米米八日回武汉，下月一日走。已被提升为会计，参加队委会。
　　5.《逻辑知识及其应用》，已经付印。
　　6. 潄谷带昭昭到株洲妹妹家里，同她父母、妹妹等度春节。

　　【福义插说】《寄父家书》里，我对"父亲的摘要"都做了简省。这里所录，为其原来的详细摘要。

【2】二月二十三日

父亲：
　　春节前给您的信，想已收到。
　　几天来，迎来送往，拜访探望，尽了一番人之常情，度过了又一个春节。今天已经是初六了，大概不会有客人来了，所以坐下来写信。

这封信，谈四个问题。不必花什么笔墨的先说。

关于《三国演义》，武汉没有买。我到湖北人民出版社去问过，他们也弄不到。这是因为，"文化大革命"以来武汉没有印过这套书，从外地寄来少量，一来就抢空分光了。我想，他们如果能搞到，是不会不帮我这个忙的。

关于《鲁迅年表》，不必急于写完。有时间就写一点，有资料就添一点，这样，可以从中获得乐趣。在写的过程中，如果发现有过去被鲁迅研究者们忽略了的地方，最好单独整理出来。就一两个问题写成短文，会更有用。您有这方面的发现吗？

关于"谱"事，我是反对的。如果您先告诉我，我是会立即发表这个意见的。因为这类事，容易被当作阶级斗争的动向来抓，无一利而有百害。今后，除了参加劳动之外，看看孙儿、写写《鲁迅年表》是可以的，那类事一定不要参加。关于"坟"，修后用了那么多的钱，您们怎么应付得过去呢？我目前是没办法的；以后能否有些帮补，那还得看以后的情况呢！

关于"词牌"，这是要花笔墨的。后面另纸写出。只能写几个常见的，不一定对。

漱谷带昭昭到株洲，十五号走，明天才回来。米米同学多，天天"应酬""赴宴"，很少在家。我几天来又闹肠胃炎，吃得很少。我对同志们开玩笑说，我成了"空空道人"了！

祝健康！

儿　福义　1977.2.23

词牌、词调、词

词来自民间文学。本来是配乐的歌词,所以当初称为"曲子词"。又有"曲、曲词、曲子"等名称,后来还有"诗余、乐府、长短句"等名称。现在通用的名称是"词"。

在唐宋时代,了解音乐的词人是按照乐谱的音律节拍来写词的,所以叫作"填词",又叫"倚声"。后来一般词人大都按照前人作品的字句平仄来填写,这样词就逐渐脱离了音乐,纯粹成为诗的别体了。

词牌,是词调的名称。

词调本是指写词时所依据的乐谱。在唐宋时代,词调有好几个来源。有的来自民间音乐,有的来自域外应用,有的是乐工歌妓或词人所创制,有的是国家音乐机关所创制,还有其他的来源。一种"词牌",就是一种"词调"的特定的名称。有的词名,本来是乐曲的名称,如《菩萨蛮》《西江月》等;有些调名本来是词的题目,例如张志和的《渔歌子》是咏渔父生活的,温庭筠的《更漏子》是咏春夜闺情的。最初,调名和内容是有一定关系的;到后来,绝大多数的调名和词的内容没有什么关系了。至于最初为什么叫这一调名,而不叫那一调名,应当都有一定的依据,只是好些现在已无法考究清楚了。

有时,一种词调有几种调名。如《忆秦娥》又名"秦楼月",《卜算子》又名"缺月挂疏桐",《念奴娇》又名"百字令""白字谣",还叫作"大江东去""酹江月"。词调的别名,大都取自这一词调的某一名作。如传说李白所作的"忆秦娥"中有:"箫声咽,秦娥梦断秦楼月"之句,所以有"秦楼月"的别名。又如苏轼所作的《卜算子》中有"缺月挂疏桐，漏断人初静"之句，所以有"缺月挂疏桐"的别名。

有时，一种词调有几种别体。如《江城子》有单调的，也有双调的；《满江红》有押仄韵的，也有押平韵的。这里要注意，有些调名大同小异，但不是正体和别体的不同，而是代表了两种不同的词调。例如《诉衷情》和《诉衷情近》，《木兰花慢》和《木兰花》，等等。

我们平常所谈的"词谱"，又是什么？

词调本来是填词时所依赖的乐谱。后来这类乐谱失传，人们就按照前人作品中的句法和平仄来填词。词谱，就是对每一种词调的作品的句法和平仄的概括。例如：

《菩萨蛮》四十四字 双调

（平）平（仄）仄平平仄　　（先用仄韵）

（平）平（仄）仄平平仄

（仄）仄仄平平　　　　　　（换平韵）

（仄）平（平）仄平

（仄）平平仄仄　　　　　　（换仄韵）

（仄）仄平平仄

（平）仄仄平平　　　　　　（换平韵）

（仄）平平仄平

（加括弧的地方，可平可仄）

几个词牌的由来

【渔歌子】

张志和,字子同,唐肃宗时金华(今浙江金华市)人,自号烟波钓徒,尝谒颜真卿于湖州,以舴艋敝,请更之,愿为浮家泛宅,往来苕溪间。作渔歌子。

【菩萨蛮】

唐大中初,女蛮国贡献(女蛮国,唐时位于现缅甸的罗摩国)。其人危髻金冠,璎珞被体。人谓之菩萨蛮。当时倡优逐制菩萨蛮曲,盖出于唐之晚季。

【如梦令】

唐庄宗修内苑,掘得断碑有词云:曾宴桃源深洞,一曲舞鸾歌凤。长记别伊时,和泪出门相送。如梦如梦,残月落花烟重。名宴桃源。庄宗使乐工入律歌之,又使翰林作数篇,后人改为如梦令。

又一说:原名忆仙姿,相传为后唐庄宗所作。宋苏东坡嫌词牌名不雅,因庄宗词有"如梦如梦,残月落花烟重"的句子,改名为如梦令。

【念奴娇】

念奴为唐代天宝中著名歌姬。元稹《连昌宫词》自注:"念奴,天宝中名倡,善歌。每岁楼下酺宴,累日之后,万众喧隘,严安之、韦黄裳辈,辟易不能禁,众乐为之罢奏。明皇遣高力士大呼于楼上曰:'欲遣念奴唱歌,邠二十五郎吹小管笛,看人能听否?'未尝不悄然奉诏。其为当时所重也如此。"后因以为词调之名。又名"百安令"。苏轼用此调咏赤壁,有"大江东去""一樽还酹江月"之句,故又名"大江东去",亦名"酹江月"。

【望江南】

起先本为乐曲。隋炀帝为西苑,凿池泛龙凤舸,制望江南八阕,此乐曲名也,及唐而始为词调名。李德裕用其句拍,改为"谢秋娘"。(李德裕镇浙日,悼亡姬谢秋娘,作此曲)温庭筠又改为"望江南"。白居易作《江南忆》,刘禹锡作《春去也》,李后主作《望江梅》,冯延已作《忆江南》。另外,"归塞化""梦仙游"皆一调之异名。后人又因白居易"江南好,风景旧曾谙"之句,以"江南好"名之。

【沁园春】

沁园,是东汉明帝女儿沁水公主园,后来被外戚窦宪仗势夺取。《后汉书·窦宪传》:"宪恃宫掖声势,遂以贱值请夺沁水公主园田。"后诗人多以沁园拟公主园林。如崔湜侍宴长宁公主东庄诗:"沁园东郭外,鸾驾一游盘。"储光羲玉真公主山居诗:"不言沁园好,独隐武陵花。"词调名沁园春,相传由此得名。

【清平乐】

清乐、平乐本是汉代乐府的乐调名,但这个词牌只是借用其名,并不是合二调制声。宋王灼《碧鸡漫志》上说李白有应制清平乐四首,相传这是本词排名的由来。据《唐音癸签》:唐明皇与贵妃幸兴庆宫沉香亭,会芍药初开,梨园弟子奏乐。上曰:"赏名花,对妃子,焉用旧曲!"宣李白进清平调三章。

【西江月】

从李白《苏台览古》词得名。词的全文是:"旧苑荒台杨柳新，菱歌清唱不胜春。只今惟有西江月，曾照吴王宫里人。"这是李白重游姑苏（今江苏省苏州市）吴王夫差的行宫遗址时所作，诗中流露了怀古的情绪。旧苑，夫差的宫园。菱歌，采菱人唱的歌。

【采桑子】

唐代教坊（管理宫廷音乐的官署）曲有《采桑》，又有《杨下采桑》，调名由此而来。又一说，采桑度，乐府西曲歌名，一曰采桑，因三洲曲而生。

【减字木兰花】

唐教坊曲有《木兰花》。又据《尊前集》记载，欧阳炯写《木兰花》词中有"同在木兰花下醉"之句，因而得名。欧阳炯的《木兰花》，七字八句。以后一、三、五、七句都减去三字，并调整了韵脚，叫作《减字木兰花》。

【蝶恋花】

本名"鹊踏枝"，宋人改名"蝶恋花"，出自南朝梁简文帝诗句"翻阶蛱蝶恋花情"。

【渔家傲】

宋晏殊词有"齐唱调，神仙一曲渔家傲"之句，因以得名。

【忆秦娥】

相传李白曾作《忆秦娥》词："箫声咽，秦娥梦断秦楼月。秦楼月，年年柳色，霸陵伤别。　乐游原上清秋节，咸阳古道音尘绝。音尘绝。西风残照，汉家陵阙。"本词牌由此而来。秦娥，相传是春秋时秦穆公的女儿，名弄玉，善吹箫；与萧史结婚。后夫妇吹箫，引来凤凰，把他俩驮去了。弄玉、萧史吹箫引凤之楼，相传为秦楼。

又,据《唐音癸签》:唐人宗人阿翘善歌,出宫嫁金吾卫长史秦诚。秦诚出使新罗,翘思念,撰小词名忆秦郎;诚亦于是夜梦传其曲拍,归日合之无异。后有"忆秦娥"或即出此。

【十六字令】

全首十六字的小令(即短小的词)。又名"归字谣""苍梧谣"。苍梧,山名,亦曰九疑,在今湖南宁远县。《史记》"舜崩于苍梧。"

【浣溪沙】

唐教坊曲名,借作词牌名。沙,一作纱。有人以为本词牌即由春秋时西施浣纱的故事而得名。

【浪淘沙】

唐刘禹锡、白居易有《浪淘沙》词。刘词云:"八月涛声吼地来,头高数丈触山回。须臾却入海门去,卷起沙堆似雪堆。"这是七言绝句体,内容即吟浪淘沙。后来演变为现在这种格式。

【水调歌头】

水调本是一种曲子,歌头是曲子的开头部分。这个词牌是根据水调的开头部分制成的。相传隋炀帝开凿汴河时自制水调歌,起歌甚多。

据《海录碎事》:"隋炀帝开汴河,自造水调。"水调及新水调,并商调曲,唐曲凡十一叠,前五叠为歌,后六叠为入破。其歌第五叠五言,调声最为怨切。白居易诗"五言一句最殷勤",是也。又明皇幸蜀,听歌水调,有"山川满目泪沾衣"之辞。

【卜算子】

据《词律》，唐骆宾王诗中用数名，人们称为卜算子。词牌中也就有了卜算子这个名称。

【满江红】

又名"上江虹""念良游"。来由待查。

【3】三月二十一日

父亲：

先后收到了两封来信。

报纸，马上给您寄一部分。关于鲁迅的资料，我很少，因为我不研究鲁迅。有几本，大体可以分为两类，一类是最常见的，如《鲁迅选集》第一集，另一类是适合当中学教学参考资料用的，如《鲁迅杂文浅析》。前一类，对您没用；后一类，用处也不一定大，而且漱谷需要，所以不能寄走。

米米本月四日重返乡下。已到农村，就参加公社召开的会计会议。他感到不习惯，觉得跟年龄相仿的小伙子们一块劳动要热闹些。不过，他也表示，一定要把会计工作搞好。

昭昭上星期也到林场劳动去了。劳动一个月。由老师带队，整个班一起去。没去几天，就写了两首诗和两篇文章，其中一首诗和一篇文章已印在他们的油印小报上。她把写的东西全部寄回，并且要我们给她写回信。我旧法新用，和了她的一首诗。抄在下面，看看，一笑。

进林场	青苗
昭昭	——和昭昭
白云飞，	心儿红，
东方亮，	眼儿亮，
晨风吹来心欢畅，	春风明媚人舒畅。
一路歌声逐车跑。	今天青苗承雨露，
化作春风万里香。	来日喜闻山花香。
迈大步，	做战士，
进林场，	驰战场，
虚心学习拜师忙。	百年征战百年忙。
狂风骤雨练红心，	征途万里学开步，
灵魂污秽猛涤荡。	要像江河长浩荡。

　　《写作基础知识》到十九日已经完稿，以后我就不过问这件事了。《逻辑知识及其应用》的二校样，十一日就已寄来，但因赶《写》书稿子，所以压了下来。系里给我10天的时间，修改《逻》书。估计四月初我才正式回系。到那时，就可能要到各地区"面授"（讲课）了。

　　漱谷身体还好。我就是睡不好，肠胃有些问题，除此之外，其他一切还好。

　　"疑""尊"二字不错。

　　"九嶷山"就是"九疑山"。原先的名称，应是"九疑山"。

《史记·五帝本纪》:"舜践帝位三十九年,南巡狩,崩于苍梧之野,葬于江南九疑。"《水经·湘水注》:"九疑山盘基苍梧之野,峰秀数郡之间,罗岩九举,各导一溪,岫壑负阻,异岭同势,游者疑焉,故曰九疑山。"《郡国志》:"九疑山有九峰:……四曰娥皇峰……六曰女英峰……"

"尊",通"樽",酒器。古代写"尊",后来才演变为"樽"。《词源》:"【尊】……(三)古注酒器。今别作樽。"苏轼《念奴娇·赤壁怀古》:"大江东去,浪淘尽、千古风流人物……一尊还酹江月。"

关于词牌由来的那些解释,是参看别人著述之后随意录下的,不宜传抄。请别让传抄开去。我想,若有可能,将来可以写一本关于词牌的小册子。这,现在当然只能想想而已;将来如何,将来再说。

不多写了。向娘、外祖母问安。向弟弟一家子问好。祝您健康!

儿　福义　1977.3.21

【4】七月一日

父亲:

近来,动脑筋的事情多,人弄得很疲倦,所以没能及时给您写信。

《逻辑知识及其应用》已经印出。寄了两本,一本给您,一本给叔父。这本小书写作时间，延续了三四年之久，写写停停，写写改改，终究出来了，算是完了一项心事。

今天晚上，我乘火车离开武汉，到郧阳地区去讲课，月底才能回来。按原计划，从郧阳回来后，八月份，修改《现代汉语语法知识》；从九月份起，在今后大约十年的时间内，参加《汉语大字典》的编写工作。参加《大字典》的编写，时间集中，一来可以不在外面跑，二来可以多搞点研究工作，所以，我是很愿意的。至于临时会不会有变化，这就很难说了。

华主席重视科学，准备召开全国性的科学大会，实在使广大科技工作者无限欢欣鼓舞。今后，在参加《大字典》的编写过程中，我一定要钻出一点东西来，争取对语言科学做点贡献。上星期，结合学习《毛选》五卷，完成了这篇文章：《从〈毛泽东选集〉第五卷中看"和""同"二词的词性》。此文如何处置，以后再告诉您。

米米下乡已近一年。情况良好。已写信叫他回来休息一下，不知能否回来。漱谷、昭昭都好。

家中情况怎么样？望告。

把我的近况告诉叔父一下。请他原谅没另外给他写信。

要准备行装，不写了。

祝您，祝阿娘，祝外祖母安康！

祝弟弟一家子安好！

儿　福义　1977.7.1

【5】八月二十八日

父亲：

　　外出函授归来，看到了您寄来的两封信。

　　这次外出，跑了两个地方。先是到郧阳，住在郧阳师范。那里办了一个高中语文教师学习班，郧阳地区各个县都派七八个教师来参加。后来，院里又是写信，又是打电报，要我和另外一个同志到襄阳地区宜城县去一趟，讲几天课。七月一日离汉，二日到郧阳。七月二十一日提前离开郧阳，二十三日到宜城。由于旅途劳累，加上连续讲课过于辛苦，二十五日病了。二十六日休息一天，二十七日至三十日又连续讲课，每天讲九节。这样讲课，以前没有过，以后恐怕也不会有了。

　　当然，辛苦是辛苦点，但精神是愉快的。下面的同志，很热情，很好客，几乎每天三餐有酒宴。病休那天，一下端来猪肝汤，一下端来鸡蛋汤，弄得怪不好意思的。

　　八月一日回到武汉。休息了好几天，疲劳才慢慢消除。

　　前天，新的学期又开始了。我已到《汉语大字典》编写组去报到。今后七至十年，就是参加《汉语大字典》的编写工作了。

　　《汉语大字典》是中央交来的任务，由湖北、四川两省协作完成。这将是中国自古以来最大的一部字典，所收的字，比《康熙字典》《中华大字典》都要多。

　　参加字典的编写工作，一是时间集中，可以钻研一些问题，二是不搞开门办学之类，少在外面跑，对我这个一换环境就睡不着的人更合适。因此，我是愿意参加这一工作的。

《逻辑知识及其应用》怎样评价，还得过一段时间才知道。就通俗性讲，可能对没学过逻辑的人说，是深了；但跟以前那些逻辑书比，应该肯定是浅多了。而且，这本小书把逻辑问题和语言问题联系起来讲，是一个创造，国内尚未有人这样做过。当然，这种"创造"，只是探索性的，是否可取，尚待大家讨论。

在写《逻》书的过程中，我积累了许多问题。今后若有时间，就一一写成论文。这些论文，能够对在语言和逻辑之间建立一种边缘科学起一定的作用。

《逻》书一出，就抢购一空。目前，已经买不到了。

《从〈毛泽东选集〉第五卷中看"和""同"二词的词性》这篇文章，已为《学报》采用，大概不久后就印出。这是十二年后发表的第一篇学术性文章，印出以后，连同发表在《语文函授》上的《逻辑知识讲话》寄给您看看。

漱谷仍在九中。暑期休息了个把月，前天又开始上班了。

米米八月十一日到二十五日回汉休息。没有想到，回来没两天就发烧，一直到临走时还没有完全好。下乡一年，自己体验生活，体味人情，现在是懂事多了。这次让他带走一些书，要求他有时间就复习功课。将来升大学要严格考试制度，如果没本领，考不取，那就是他自己的事了。

昭昭已下农场几天了。她们班到农场劳动一个月，她是先遣队，先去一个星期。她已经读完初中三年级，马上就是高一学生了。她的学校是武昌区的重点中学之一。按新的规定，升高中要经过考试。不过，老师没让她参加考试就要她先到农场去了。这就是说，她这个全优生是免考的。据说，从明年开始，应届高中毕业生有50%升大学。如果真是这样，昭昭是有希望的。

家乡又是旱，又是涝，这可影响大了。我们东弄西弄，弄到粮票二十斤，寄给您，不知道能否有点用处。

又很久没收到哥哥来信了。

十多天前寄了十元钱，请查收。

向叔父问安！

祝您和家中大小安好！

儿　福义　1977.8.28 上午

【6】十月二十二日

父亲：

早该给您写信了。

这些时，一天当作两天用，是在紧张中度过的。八月下旬，到《汉语大字典》编写组，马上就参加试编。我对文字学并不熟悉。试编中，交一个小组给我负责，我不但要顾自己，还得顾到别人。试编后，又是写试编稿，又是写试编经验，又是给上海和江浙一带"五省一市"的《汉语大词典》试编稿提意见，再加上，《学报》要稿，《语文函授》要稿，真是忙得不亦乐乎。

湖北、四川两省负责的《汉语大字典》和由江苏、浙江、安徽、江西、山东、上海五省一市负责的《汉语大词典》是姊妹篇，要求是"古今兼收，源流并重"，每套将达三千万字，目前初步估价，每套三十元。我们编写的《汉语大字典》，因为要讲"源流"，所以要求注意追本溯源，对许多字，要讲它的形体演变（甲骨文—金文—籀文—小篆等；如金文🔲—籀文🔲—小篆🔲—原）。这样，工作量就非常大。今后几年，没有决心和毅力，是搞不好这个工作的。

《逻辑知识讲话（二）》已由《语文函授》发表；《逻辑知识讲话（三）》正在排印。将来，一起寄给您。《逻辑知识讲话（四）》已经写好，待付印。另外，写了《略论复句与推理》一文，八千多字，准备交《学报》发表。

今后上大学，又实行考试制度了。我们正在要求米米复习功课，以便应考。湖北省的高考时间是在十二月初。米米能否考取，我是比较担心的。首先，基础差。尽管他成绩不错，但那是过去的"教育质量"的成绩，实际上并没有掌握多少东西。其次，没有时间复习功课。他现在远在农村，天天要劳动，尽管他每天都能抽点时间来读读书，但毕竟有限。在这样的情况下，他如能考取，那简直是奇迹了。在考期临近时，如有可能，把他弄回武汉复习功课。

昭昭已升入高中一年级。按规定，她可以参加高考。老师也劝她参加。但是，这孩子脑子容易过度兴奋，目前已经日夜攥功，不会休息，如果答应让她参加高考，可能大大增加她的学习压力，对身体不利。所以，我想，她还是不参加的好。

娘近来身体情况如何？很是惦念。

向三叔父问安。

向弟弟一家子问好。向外祖母问安。

敬祝健康!

儿　福义　1977.10.22

前几天寄了十元钱,请查收。

【福义插说】本年发表以下文稿:

《逻辑知识及其应用》,湖北人民出版社1977年4月。(署名:华中师范学院中文系现代汉语教研室)

《从〈毛泽东选集〉第五卷中看"和""同"二词的词性》,《华中师范学院学报》1977年第3期。

《略论复句与推理》,《华中师范学院学报》1977年第4期。

《逻辑知识讲话(一)逻辑·逻辑学习·逻辑的基本规律》,《语文函授》1977年第4期。

《逻辑知识讲话(二)关于概念》,《语文函授》1977年第5期。

《逻辑知识讲话(三)关于判断》,《语文函授》1977年第6期。

《逻辑知识讲话(四)关于推理》,《语文函授》1977年第7期。

《关于"个别性的前提得到了一个普遍性的结论"——简介假言直言演绎推理》,《语文函授》1977年第8期。

一九七八年（43岁）

父亲的摘要

【1】一月三十一日：①参加《汉语难字选编》工作。②中文系开学术报告会，会上报告了《论定名结构充当分句》。元月二十七日全院召开学术报告会，我的论文又在大会上讲了一遍。学院党委刘书记鼓励我："讲得很好！"③米米参加高考，已顺利过了第一关。④昭昭读完高中一年级上学期，分数是全年级第一名。⑤武昌文教局让漱谷给武昌区中学青年教师讲语法，反应较好。⑥学校里正进行工资调整和评定职称，结果如何，待告。

【2】三月一日：①下午要离开武汉到成都参加《汉语大字典》审稿工作会议。②米米考取华中师院数学系。③已提了工资，由59元提升到65.5元。④已报提升讲师。⑤昭昭学校（十四中）成立尖子班，昭昭为班长。今年参不参加高考，由她自己决定。附昭昭一信，是二月二十一晚写的。

【3】三月二十六日（米米来信，入大学后的第一封来信）：①考取了华中师院数学系，十五日到学校报到。②数学系有

一百八十多名住读生，三十多名走读生。③昭昭准备今年高考。

【4】三月三十一日：①三月二十七日返回武汉。②三月一日离开武汉，二日上午到西安，住了三天。五日下午到成都。开了五天半会，后参观了A.都江堰，B.武侯祠，C.杜甫草堂，D.灯会。十四日到重庆，看了A.红岩村，B.桂园，C.周公馆，D.白公馆，E.渣滓洞。十九日离重庆，二十日经三峡，二十七日返回武汉。③破格提升副教授，尚待批准。

【5】五月二十一日：①五月十九日，学院得上级通知，已破格提升副教授。②五月四日，在全院青年教师和学生的集会上做了关于向科学进军的报告，题目是"决心、习惯和方法"。③信里附有《忆秦娥·艳阳方好》小词一首。

【6】五月三十一日：①提升为副教授，已于《华中师院》小报上发表。②昭昭得武昌区高中作文赛第四名。③寄上全家在"五一"日照的相片一张，附寄《华中师院》小报一张。

【7】六月十四日：①《湖北日报》《长江日报》已登湖北省提升教授、副教授的消息。②每天晚上读英语。③米米期考，一得79，一得69。这两门课不及格的有十多人。昭昭在努力，天天搞功。④漱谷身体还好。

【8】七月二十日：①给弟媳买的药，买不着。②参加《汉语大字典》的"审稿把关"工作，此外还学外语、写点文章。③帮别人看文章，带青年教师。④剪寄《湖北日报》刊登的关于湖北、武汉地区提升职称的报道。⑤昭昭参加高考，米米在准备期末考试。⑥二十五日起放暑假，假期准备修改《逻辑知识及其应用》。

【9】八月十九日：①七月二十四日至八月二十六日放暑假。②参加川鄂两省《汉语大字典》编写细则的讨论。③到北京去七天，主要是看望就医于北京的高庆赐老师。④昭昭参加高考，已考取。现在正等初选通知。

【10】九月九日：①《逻》书已改完交出版社。此次出版，可改用个人名字。②高老师的《古汉语知识六讲》已代整理完毕。③米米上学期期考成绩，几门课都在九十分以上。④昭昭已填表，填的是"武汉大学"和"华中工学院"。

【11】十月三日：①昭昭上武汉大学"微生物专业"。②附昭昭同日信，内容也是告诉已上武大微生物专业。另附《华中师院》剪报，内有《在祖国语言的大海中畅游》，是"记由助教破格提升副教授的邢福义同志"的。

【12】十二月十四日：①华中师院系领导，拟将我由《汉语大字典》编写组调回华师，让我带研究生，并开提高课。近来广州暨南大学、海口海南师专曾有信约讲学。②湖北省语言学会，即将召开年会，会上将宣布担任语言学会"秘书长"。③明年一、二月份《中国语文》将刊登我写的《论定名结构充当分词》一文。④米米和昭昭学习成绩都不坏。⑤还在失眠，春节以来，有些肾炎，经常腰疼。⑥附米米一信。⑦附寄最近照的相片两张和昭昭考入武大之后照片一张。

一九七八年（43岁）

信　件

【1】一月三十一日

父亲：

很久没有收到来信，不知是什么原因！

曾寄几本旧杂志和两本《语文函授》，不知道收到了没有！

前几天就想给您写信，但因为近来过于疲劳，致使拖到现在。

参加《汉语大字典》的编写工作，这是我的本职工作。领导决定，先出一部《汉语难字选编》，以便向国庆三十周年献礼，因此这两个月来都忙于赶这一任务。领导对我很重视，让我参加审稿组。这是一项"把关"的工作，担子可不轻！

华主席、党中央重视科学研究，全国出现了一派百花齐放、春意盎然的大好景象。我们学院，在党委和各级领导的大力支持、鼓励下，学术空气也非常活跃。元月十九号，我们中文系举行"文化大革命"以来的第一次学术报告会，会上报告了三篇论文，其中有一篇是我写的，名为"论定名结构充当分句"。元月二十七日，全院开学术报告会，我的这篇论文又在全院范围内讲了一遍。我在院里做学术报告时，院党委书记和第一副书记都听了。听后，刘书记鼓励我："讲得很好！"

前几天，院里召开科研座谈会，中文系派两名代表参加。其中一名，是一位姓陈的老师，另一名，是我。院里还指定我写体会性的文章，在院刊上发表。这是党对我的极大关怀，也是党对我的鞭策。

《略论复句与推理》一文，已在《学报》上发表。等第 7 期《语文函授》印出，就一起寄给您。

米米参加高考，已经顺利地过了第一关。这就是：初选合格，并且体检也没问题。现在，是等"发榜"了。据说，初选的人数较多，要刷掉近三分之二。这样，米米能否录取，这仍然是大成问题的。他已从洪湖回武汉，春节后，再去。

昭昭已读完高中一年级上学期。六门功课（政治、语文、外语、数学、物理、化学），她的分数总平均是 96 分（100 分为满分），是全年级的第一名。按她目前的学习状况，将来考取大学是有把握的。

漱谷学校明天开始放假。前些时候，武昌区文教局让她给武昌区各中学的青年教师讲语法，反应较好。

请把家里的情况告诉我们。

春节快到了。祝您，祝娘，祝外祖母，祝弟弟一家子，健康，快乐！

儿　福义　1978.1.31

此信，请给叔父看看。

最近，学校里正在进行工资调整和评定职称工作，结果如何，待后详告。

一九七八年（43岁）

【2】三月一日

父亲：

今天下午二时，我离汉赴成都。有几件事——虽然有的还没有最后的结果——先简单地告诉您，告诉你们。

第一件事是：米米已考取我们学院——华中师范学院数学系（学制：四年）。华中师院，最近已由教育部确定为全国师范系四所重点师范大学之一（另外三所是：北京师范大学、华东师范大学、东北师范大学）。它不仅要培养高中师资，而且要培养一部分大学师资（包括科研人员），从下学期起，要像60年以前那样，从中南五省招生，并且向中南五省（当然也可能有别的省）输送师资。在这样的学院中，若能在学习上取得优异成绩，自有似锦前程。目前，米米还在农村。估计他已考取大学的通知明后天才能收到。这样，等到他办完手续，回到武汉，可能也是个把星期以后的事了。

第二件事是：我已提了工资。由高教21级提到高教20级。即由59元提到65.5元。武汉工资级差低。若在广州，高教20级应是七十多元了。漱谷过去曾跳了一级，一直拿60多元的工资，是属于"偏高"的，所以她的工资没动。

第三件事是：近两个月来，我们学院一直在进行"提升讲师"的工作。要求很严，提升人数很少，大约是不超过可评人数的十分之一。目前，各系的提升名单已经上报，等上级批准。我是被提升的一个，并且也已经填了表，但是，要等到上级批下来才能算数。所以，这是一件还没最后结果的事。对这件事，以后再详谈。

主要的，就是这三件事。

昭昭学校，已经成立了尖子班，把各班学习好的学生集中在一起，由学校最有经验的教师来上课。昭昭是班长。学习任务重，加上这"班长"的工作，她是更忙了。今年夏季，她参不参加高考，我们让她自己做主。我们想，她还小，毕业以后再考也可以。反正，从学习的扎实程度看，昭昭当然比米米强。米米读高中那两年，"四人帮"干扰最严重，他是深受其害的。他现已考上大学，我们真是一块石头落了地；对昭昭，我们是不担心的。您的信，昭昭读后马上写了几句话。太潦草，字也写得不好。

我这次到成都，是参加《汉语大字典》审稿工作会议。去，是坐火车：经鄂州，到西安（在这里待一两天，到处看看），达成都；回来时，将坐轮船：由成都到重庆（可能在这里稍作停留），经三峡，返武汉。会议时间，是个把星期，但因路上要几处逗留，所以可能二十日左右才能回到武汉。

本来要寄几本杂志给您，但来不及了，我回来再寄。

不另给哥哥和叔父写信了。这封信的内容，请您转告他们。

春节前，曾给哥哥寄了十元。他初三写来一封信，未提及，不知是否遗失。又，几个月前曾给关忠寄了几把木工用的刨子，他的信中也未提及，不知是怎么一回事。——我想，从成都回来以后，再给哥哥写信。

您怀疑，我给您写的一封信，丢失了。这是可能的。在印象中，我是给您写过信的，主要内容是讲关于米米、昭昭的高考问题。——不过，丢失了也就算了。

干校时写的词，已找不到底稿。那几首东西，即兴而写，不怎么好，不必再要它了。

最近未照相。从成都回来后，再照个合影，寄给你们。

不短了。

敬祝安康！

儿　福义　1978.3.1 上午 11 时

附昭昭的信

爷爷：

您好！

除夕晚上的茶话会上，同学们要我朗诵一首诗，当时，我随便说了几句：茶话会上话跃进，歌声笑声动人心，不是党的好领导，哪来遍地绿苗绿茵茵。

的确，当时是很激动人心的。

新的一学期开始了，这是思想上、学习上大跃进的一个学期，因此，学习任务是很艰巨的，困难是很大的，但是，这一定难不住我的。因为有爷爷您的希望激励着，有爸爸、妈妈的要求鞭策着我，有老师的谆谆教诲鼓舞着我。

"学海无边苦作舟。"苦作行舟，千难万险都不怕。

我一定努力学习,刻苦研究,敢于去攀登科学的最高峰!

祝:身体健康,愉快长寿!

孙女　昭　1978.2.21 晚

向全家老少问好。

又及　昭昭

【3】三月二十六日(米米的信)

爷爷:

您好!

近来身体好吧?我被华中师范学院数学系录取,十五日就到学校报到,开始了新的学生生活。

在报考的志愿上,我第一填的是华中工学院,二是武汉测绘学院,三是南京气象学院,从报上知道,这三个学校都是重点学校。像我这种情况是属于达不到要求而被华师录取的。总的说来,这次考得不理想。原因就在于:"四人帮"的危害和影响,政治冲击一切,使得我们在读高一的时候,到工厂学工劳动一学期,高二又在农村劳动,整个高中只有少得可怜的时间学习,再加上自己又多少受了一点"学不学,反正下农村"的思想的影响,那段时间的学习几乎荒废。到临考前几个月,才急得抱佛脚,匆忙应战。说来说去,还是我主观上的毛病,对学习抓得不紧,现在深深地感到,那段我丢掉的时间都是宝贵的金子啊。到如今后悔莫及。

每当我想起这些心里就充满了内疚，同时也给我增加了发奋努力，把浪费掉的时间补回来的决心。我决心勤奋地学习，刻苦钻研，高标准地要求自己。

我们现在学习环境很好，有宽大明亮的教室、藏书累累的图书馆、经验丰富的教师，客观条件很好。

我们数学系有一百八十多住读学生，三十多走读学生（是根据中央教育部精神，扩大招生名额招收的）。我们这个寝室共有七个人，房子还比较大，两张大桌子，条件可以。

昭昭的学习抓得很紧，成绩很不错。她准备今年高考，估计希望较大。

以上谈的一些想法请爷爷指教，批评。

祝您身体健康，家中大小好。

孙 孔亮 1978.3.26

【4】三月三十一日

父亲：

二十七日晚十时，乘轮回到武汉。这次外出，历程四千公里，历时二十一天。

三月一日下午二时乘火车离汉，二日上午九时到达西安，住进了大安旅馆。在西安，逗留了三天。这个西北的最大城市，市面繁荣，供应很好，特别是饮食业，比武汉强多了。参观的主要处所是：（1）"半坡"——六万年前人类活动的遗址。那里有一个很大的博物馆，展出开掘所得；同时，把开掘地点原样保留下来，一一做了介绍。（2）"碑林"——自古以来所有的名碑，集中在那里。始建于宋哲宗时期。有十三经的碑刻，有反映各种字体流变的碑刻，还有其他各种各样的碑刻。所有碑刻，"林立"了四大馆。此外，在那里还展出了历代出土文物。（3）"大雁塔"——唐僧取回的经，置放于此。（4）"华清池"——在临潼。离西安大约五十里。那里有温泉，是全国著名的名胜之一。在那里，看了"五间厅"（西安事变时蒋介石的住处，现在还有三处弹痕），"捉蒋亭"（西安事变时蒋介石爬到骊山腰，躲在石头缝里；后在那儿建立一亭，名"捉蒋亭"），然后，在"贵妃池"洗了温泉澡。

四日晚八时乘火车离西安，五日下午三时到成都。火车到达宝鸡以后，便在宝成路上行驶了。由于坡度大，行车是用电动机，相当平稳。可惜是在夜间，路旁景色未看到。

成都是四川的首府。近来供应很好，市面也相当繁荣。

在成都，开了五天半的会。就字典工作的好些业务问题交换了意见。省委宣传部长还抽空来看了我们。

除了这五天半，其他时间都是参观和看文艺演出。参观的主要地点是：（1）"都江堰"——这是一个古代的著名水利工程。离成都四十多里。在那里还有"二王庙"和"老王庙"这两座庙，纪念李冰父子。建筑雄伟，壮观。（2）"武侯祠"——这是不知多少著名诗人吟诵过的地方，保护得很好。正殿有刘备雕像，左殿有关羽一尊雕像，右殿有张飞一尊雕像，左侧是文官廊，有以庞统为首的一系列雕像，右侧是五官廊，有以赵云为首的一系列雕像；后殿，是诸葛亮殿，有他的雕像，还有他的儿子、孙子的雕像。在武侯祠旁边，有一个"昭烈陵"，据《史记》，说是刘备和甘、吴夫人合葬墓。武侯祠里有很多碑文、对子，其中一幅对子，毛主席很赞赏，这副对子是："能攻心则反侧自消，自古知兵非好战；不审势即宽严皆误，后来治蜀要深思。"（3）"杜甫草堂"——在那里有很多关于杜甫的展览。各种字画，不用说，是很多的。（4）"灯会"——从元宵节起，在西郊公园（青羊宫）举办。每个亭子，都用灯装扮出一台"灯戏"；小河里，用灯装扮出游动的龙船；路上全都挂满各色各样的灯。确实好看！记得家乡也有类似的"灯会"，那是在正月十五、六两晚，规模小多了。成都的灯会，持续二十天，每天夜晚的青年宫，人山人海，好不热闹。

十四日晨七时乘火车离成都，下午六时到重庆。这座名副其实的山城，别有一番风致。

在重庆逗留了四整天。看了重庆市容，瞻仰了"红岩村""桂园"（重庆谈判时毛主席住的地方，原来张治中的公馆）、"周公馆"；另外，参观了在歌乐山举办的揭露美蒋罪行的关于中美合作的展览，并且看了"白公馆""渣滓洞"等地。南温泉去了一趟；因劳累，北碚未去。

十九日晨，乘船离重庆。船大，设备好，而且坐的是三等舱，相当舒服。

轮船顺水而下，二十日经三峡。瞿塘峡的险峻，巫峡的秀丽，西陵峡的壮观，全都名不虚传。

这次外出，扩大了眼界，增长了知识，显然是会留下不可磨灭的印象的。不过，由于身体不大好（春节前后病了一场，肾脏略有发炎），因此，尽管到处都受到很好的迎送、接待，但总感到疲惫不堪。

米米已上大学。基础没有人家好，一开始是会吃力些的。我给他提出的要求是：第一年"赶"，第二年"平"，第三第四年"超"。若能做到这一点，将来可以考研究生。

潄谷和昭昭，情况如常。

关于"职称"，有一个新情况。过去——前两个月，只提"讲师"，而且很严。最近，领导指示，先评教授、副教授；讲师的评定先放下来。教授、副教授的评定方式，是由领导提名，在一定范围内征求意见。据可靠消息，中文系提副教授三名，并且已经上报。其中，是由二名讲师升上去的；另一名，就是我。领导已召集中文系所有老教授（六人，大部分已退休）征求意见，他们对准备提升的三人都极表赞同。另外，我的业务鉴定，是由系主任严教授写的。看来，院、系这方面，已没问题。至于能否批下来，是没有十足的把握的。因为，讲师只要院一级批，报到省里；副教授则要省一级批，报到中央。副教授的要求本已很严（最基本的是一有专著，二精通一门外语）；破格提升，就更难了。——结果如何，一两个月后即可分晓。"职称"问题，别传出去，没好处。

太长了。别的话，以后再说吧。《历史研究》没时间去买，也以后再说。

向叔父,向家中大小问好。

儿　福义　1978.3.31

这封信,写好后搁了一个星期。这是因为,"职称"未定,想等一等。看来,不是马上能定的,还是把信寄了,以后再说。

1978.4.6

【5】五月二十一日

父亲:

湖北省科学大会,于本月19日开幕。在会议期间,宣布湖北省各高等院校提升教授、副教授的名单。先分别在各个学校宣布,然后,可能过几天以后,在报纸上公布。

现在,向您,向家中大小报喜。

昨天,学院根据省委组织部和省革委会教育局的通知,已正式宣布,把我越级提升副教授。

我的提升,是很不容易的。

首先,我的学历浅。我在大学阶段读的是专修科,只两年。在我院我系,名牌大学毕业的研究生、本科生,多得很。据我了解,像这样的学历而提升的,还没有其他人。

特别是,我是越级提升的。中文系共提升四名副教授,另外三人原来都是讲师,有的已达六十岁。没有提升为副教授的,仅中文系,尚有十来个讲师(有的已年近六十,大多数业务都是很棒的）。以我这样的学历、资历而越级提升，就像有的同志开玩笑所说的：一步登天。

方毅同志在全国科学大会的报告中指出："恢复技术职称，建立技术岗位责任制，实行对科学技术人员的定期考核和晋级制度，一般每两三年进行一次，特别优秀的，可以随时考核，越级提升。"用越级提升的标准来对照自己，我是感到十分惭愧的。

我，一个在毛泽东思想阳光照耀下成长起来的人，从少年时代起到现在，念中学，读大学，参加工作，受到了党的近三十年的教育。我无限感激党对我的培养，无限感激以华主席为首的党中央对广大知识分子无微不至的关怀！

提升了，担子重了，社会工作也可能增多。

"五四"那天，党委让我给全院青年教师和学生做了一个关于向科学进军的报告，我讲了这么一个题目："决心、习惯和方法"。我估计，在报纸上公布以后，这类事恐怕也多起来了。

别的话，以后再说吧。我现在是坐在长江大桥旁边的草地上。近来，凡是假日、节日，我总要从家里跑出来，找个地方坐着写东西。这是因为，节假日总是有人来访，有时一天得接待八九个人，实在受不了。

提升事，告诉各亲人就行。不必宣扬。这类事，是容易引起嫉妒的。

福昌上月曾来过。还带了林葆华来。老林在一个内衣厂搞宣传工作，近两个星期，每到星期六他就来玩。我不爱动，又怕耽误学习时间，还没回访过他。他向您问好。

祝您、祝家中大小健康、快乐！

儿　福义　1978.5.21 星期日

又：

1. 请把信给叔父看看。然后再转给哥哥看看。实在忙，请他们原谅。

2. 全家合照，下次信寄给您。是刚刚才去照的。

3. 来信时，信封上一定不能写上"×××副教授收"的字样。

忆秦娥·艳阳方好

感谢党，越级提升。作此小词，以抒胸臆

驱残雾，

春光明媚花争吐。

花争吐，

艳阳方好，

宜人风露。

红旗漫卷长征路，

进军四化歌新赋。

歌新赋，

扬鞭腾跃，

险峰高处！

【6】五月三十一日

父亲：

前信想已收到。

寄上小报一份。

近来纸张缺乏，资料极不容易弄到。我的学生，熟人很多，他们都经常写信来问我要资料，我都"爱莫能助"，实在没法。文福要参考材料，我只能说，今后帮他留心，若能搞到，就寄给他。

昭昭写了一篇《迎接科学的春天》，是散文，在武昌区获高中作文赛的第四名。今年想让她考大学，试一试。

漱谷、米米都好。

忙于审稿、送稿，只能抽点时间写这两句。

儿　福义　1978.5.31

【7】六月十四日

父亲：

六月八日信，刚刚收到。上月底的信，收到好几天了。

武汉纸张奇缺，各种资料印数很少。特别是有关高考的资料，由于人人需要，需求量很大，所以规定每个教工只准买一份。每次，资料一出，就抢购一空，不可能在一两个月以后还能买得到的。刊登高考试题的那期《物理函授》《化学函授》，据说早就印出、卖完；现在，等到外面知道来信时，已经没法搞到了。——这真是没有办法的事！我前信告诉过您，问我要材料的信，差不多天天有。我只能把情况说明，如此而已。

《湖北日报》《长江日报》都已刊登了湖北省提升教授、副教授的消息。全省提升教授59名，副教授357名；其中，越级提升教授、副教授的，共10名。华中师院，共提升教授3名，副教授24名；在这批人里，我是最年轻的了。

"树怕冒尖，人怕出名。"从上一次给您寄的小报，可以知道，因为我是越级提升的，所以成了宣传的重点。据说，《新华日报》已从武汉发出一份稿件，其中有一部分是提到我的，不知会不会见报、何时见报！这些事，可以说是好事吧，但是，我也感到有点害怕。因为，过分被注意了，就特别容易被"吹毛求疵"了。不过，请放心，我是有事业心的。我绝不辜负领导上的培养与期望，一定要，也一定能，有所成就！

忙。参加《汉语难字选编》审稿定稿工作，已经够忙了。再加上，自己要写文章，要学外语，要帮助别的同志看论文，要带青年教师，要经常回答当面提出或通过书信提出的各种问题，这就弄得忙上加忙了。每天坚持工作、学习十几个小时。——确是这样！

每天晚上读英语。目前，能阅读短小文章。今、明年，把这门外语弄精通；然后，转搞第二外语。

米米的期中考试，就他的基础说，算是很理想的了。两门课，一门得79分，一门得69分。在他们班上，两门课都不及格的有十多人吧！目前，我主要是给他鼓气，让他打掉自卑感！他功课紧，我现在也找不到他，所以，这次就不让他给您写信了。

昭昭在努力。天天擂功。

漱谷身体还好。我很忙，米米、昭昭也忙于擂功，家庭事务的担子差不多都压到她的肩上去了！

《历史研究》已买了一期。《语文函授》第2期有我的一篇小文章。本想把它们和稿纸、信封一起寄给您，但转念一想，现在寄，您可能收不到。因为，在高考之前，寄书特别容易丢失。为了保险，还是7月20日左右再寄的好。

前几个月提了一级工资，是属于"工资调整"范围的。现在提升了副教授，熟人们都会问，是否相应提高了工资。我想，这是属于全国范围的问题，将来会有统一规定的。

弟弟又添了一个小孩，首先要向他道喜。不过，要注意节育了。孩子多，累赘大，有两个就可以了。

一口气写了以上这些话。别的，以后再写。

向叔父问好。

祝您、祝娘健康！

祝弟弟一家子安好！

儿　福义　1978.6.14上午

【8】七月二十日

父亲：

该给您写信了。

为了买药，我跑了几趟街了。一个星期天跑武昌药店，没有；

又一个星期天过江跑汉口药店，也没有；又托人到汉阳去看，也没有。看来，一种东西缺乏，什么地方都缺，似乎这是个一般的情况。我失望了。在这失望之余，只好写信告诉您这件失望的事。

我在顽强地工作和学习。—— 不能不如此！我现在的本职工作是编写《汉语大字典》。在字典组，近几个月来我参加"审稿把关"工作。这个担子，已经不轻了。然而，除此之外，我还得做好几件事：第一，攻外语。第二，写文章。近来写了两篇：（1）《略论"把"字结构的句法地位》，近万字；（2）《肆意糟蹋祖国语音的一个黑标本——评〈虹南作战史〉的病句和关于语言运用的谬论》，八千字。这两篇东西，一发表出来就寄给您。第三，帮别人看文章。校内外都有人把自己写的东西让我看。第四，带青年教师。第五，回答校内外一些同志的专业性的问题。——还有其他一些事情！这样，我就不能不抓紧一切时间，不能不利用一切可以利用的时间。

关于湖北、武汉地区提升职称的情况，《湖北日报》《长江日报》有过报道，后来《光明日报》也有过报道，但很笼统，没有把人名一一列举出来。所以，不必剪寄。现在剪寄过的这一份，是登在《湖北日报》上的。另外，附寄一个小报道，是未提升前的情况，登在院刊上的；我想作为一个小资料，也寄给您。另外，有同志写了一篇关于我的报告文学，叫作《在祖国语言的大海中畅游》，印出以后也寄给你们看看。

荣誉，很容易使人头脑发昏。然而，却总是使我感到有点害怕。"出头的椽子先烂"，我确是有点担心的。今后，一定要加倍努力，兢兢业业地为党为人民工作；同时，谦虚自处，谨慎待人，经常保持清醒的头脑。只能如此而已。

这个照片，是生日那天照的。（七月四日。即阴历五月的最后一天）照得不好，但也有这么一点意义。至于全家的合影，以后再说吧。因为，平常各有各的事；星期天呢，事情也多。今年既已照了一个（尽管不太清楚），那么明年再照吧。

今天昭昭参加高考。上午考政治，她说考得还可以；下午考物理，不知情况如何，她还没回来。她是属于跳级的，一录取便是全国著名的重点大学。正因如此，估计她录取的可能性不是很大，毕竟有一年的东西没学呢！反正，让她锻炼锻炼也好。

米米正在准备期末考试。明天考最后一门。考试结果，他说以后写信告诉您。

漱谷很好。

本月二十五日开始放暑假，假期大约二十天。这二十天里，我将开始《逻辑知识及其应用》的修改工作。这本书，有一些关于"评法批儒"的例句，要换掉；另外，有些地方也得改一改。出版社要再版，我只好利用假期来修改。估计只能修改出一半，另一半开学以后再挤时间来改。武汉天气酷热，往往热得人一连几天无法睡觉。在这大热天，若能改出一半，成绩就是相当可观的了。

叔叔、哥哥，都没另写信。确实没时间。

祝您康健！

祝阖家大小安好!

弟媳病情不知近来怎么样?

请代向福荣哥和一切亲戚、熟人问候。

儿　福义　1978.7.20 下午

【9】八月十九日

父亲:

我才从北京回来,因此钱迟寄了几天,信也迟写了几天。

我们是七月二十四日放暑假的。暑假,在我是最宝贵的时间,因为它完全属于自己,可以完全为自己支配。因此,一开始,我就全力以赴地修改《逻辑知识及其应用》。这本书,出版社要做,必须在假期修改好交给他们。紧张地工作了几天,就接到开会的通知。参加了川鄂两省《汉语大字典》编写细则讨论;接着,又接到去北京的通知,在北京待了7天才回来。本打算,《逻》书修改完以后,再写点别的什么东西,现在看来,只能确保《逻》书了。

到北京去,是有个特殊的任务。

我的老师高庆赐教授,今年六十八岁,患了重病,住在北京医院里。他的家属打来急电,说他病危。领导上决定,总支书记老杨和我到北京去看他。我的任务,是接过他的未完成的著作,将它完成。在我说来,这是义不容辞的。这位老先生,是我的学术上的启蒙老师,多年来对我很好,在任何场合都是赞扬我的。

到北京，见到他，他非常高兴。《古汉语知识六讲》是出版社约他写的稿子，他写了四讲，我将为他整理五、六两讲，并负责看样稿等事务。

在北京七天，除了每天到医院10分钟左右（高先生不能多讲话）之外，可以到各处去参观。这是公费参观游玩啊，可是我确不愿意为游玩花费时光，因此，我拿到稿子后提前回来了。老杨还留在北京，等各医院对高先生的会诊结果。（中国社会科学院语言研究所所长吕叔湘先生到医院看望高先生，极力主张由各医院会诊；后来，由教育部出面，通过卫生部，才把会诊确定下来。究竟会诊结果如何，过几天才能知道）

假期到八月二十六日结束。我必须争分夺秒，抢改出《逻》书。同时，要对高先生的稿子做初步整理。

米米曾给您一信，不知收到没有。里面，附有院刊一份。

昭昭跳级参加高考，考试结果较好，总分是359.5。（物理81.5，化学73，数学64，政治81，语文60）。这个分数，是托人抄出来的，如不抄错，这是相当高的分数了。（我在北京了解，那里成绩也不很高，大概平均65分就可以上重点大学）我们在等初选通知，在通知收到后再帮她选择志愿。

漱谷、米米都好。我们一家子，都向您，向娘，向全家老小问安祝好！

儿　福义　1978.8.19

收到叔父的信。只给他写几句话，请他原谅！

一九七八年（43岁）

附给叔父的信

叔父：

您的关心，使我感到温暖；您的鼓励，使我更加奋发向前！

在学术界，我还是一个新兵。今后，要走的路还很长很长。因此，我一定前进，前进，再前进！同时，注意身体，使自己能够担负繁重的任务。

我写给父亲的信，就等于写给了您，我想您会体谅的。

问叔母和弟妹们好。

祝您康健！

侄　福义　1978.8.19

【10】九月九日

父亲：

正奇怪为什么这么久没收到您的来信之际，收到了您九月二日的来信。

看来，有两封信丢失了。一封是我写的，里面有《湖北日报》的剪报；另一封是米米写的，里面有《华中师院》一份（载有《在祖国语言的大海中畅游》一文）。从您的来信看，后一封肯定是丢失了；前一封呢？也没有收到吧？

一个紧张的暑假过去了。武汉市今年持续高温，热得人没法睡觉，但我仍然一天以十多个小时的时间顽强地工作。《逻辑知识及其应用》，已改完，送交出版社，大概明年年初可以发稿，明年四五月间可以同读者见面。以后出版社出版的书，都将改用个人的名字。《古汉语知识六讲》，已经整理好，送交出版社，大约明年二三月间就可以印出。高先生研究语言几十年，前不久，中国社会科学院语言研究所所长、历史研究所副所长等都到医院看望了他。他仍住在北京医院里，已确诊为肺癌。他在学术问题上，对我非常欣赏；我整理他的东西，他是高兴的，放心的。

这个假期里，还天天坚持读外语，还写了几篇小文章，还处理了一些别的事情——诸如帮别人看稿件之类。最近，看到姚雪垠（《李自成》的作者，一九五五年曾到我们中文系给我们讲《现代文学》课）给臧克家的一封信，其中写道，他的工作量大，因此基本没跟朋友们来往，过的是隐士式的生活。我的情况，大概也是这样。

相片，是只给您寄了一张，因为照得不好。以后重照，或加洗，再给哥哥寄去。

米米已上学去了。他上学期期末考试成绩不错，几门课都是九十分以上。现在，他时间抓得紧，学习干劲大，估计学好是没问题的。

昭昭已填表，体检也合格。我让她填"武汉大学"为第一志愿，"华中工学院"为第二志愿（这两个学校都是全国重点之一，而且都在武汉，便于照顾），不知将来录取情况如何。她的总分是359.5，在湖北，不算很高，但也算比较高了。她毕竟才读完高一！湖北的录取线，理科是280分，文科的300分。据海南师专一位教师的来信，广东今年考试成绩也不怎么好。由此看来，三弟的小舅子能够考得300多分，这是很不错的了。（我们系好几位老师的子女，也只考得 200 余分）有这么高的分数，定能录取。

铁丁来信，要我给他买 6B 铅笔（或 5B、4B）。我托人在武昌、汉口都问了，没有卖。他说没有 6B 的铅笔就买木炭。究竟在武汉有没有木炭条卖，我没问，因为这种东西实在太难寄。我想，以后一买到铅笔就夹在杂志里寄给他。

漱谷很好。

我们又已开始了新的一个学期的工作。心有余而时不足，这是我近来最突出的感觉了！

向叔父问安！

向福荣哥等熟人问好！

外祖母已高龄去世，这是正常的事，请娘不必悲伤！

祝弟弟一家子好。

祝您康泰！

儿　福义　1978.9.9

【11】十月三日

父亲：

湖北省，重点大学的录取工作已经结束。昭昭已录取武汉大学。

武汉大学是名牌大学。在国家公布的名单中，名列第五（北京大学、复旦大学、南开大学、南京大学、武汉大学、中山大学……)。昭昭能考取这所学校,是荣幸的。

昭昭在"微生物专业"学习,时间四年。据说,这是武大的一块王牌,有全国第一流的名教授。反正不论如何,这一专业是适合昭昭学习的。因为搞这一专业,就是在研究室、实验室里跟现代的仪器打交道,对女孩子是适合的。当然,能否有成就,全靠自己。但愿她能学有所成!

我要给她办理户口、粮油关系的迁移,就写这两句。准备让她十号去报到。

向叔叔和家中大小问好。若方便,把情况告诉哥哥。

昭昭的资料,不多,我过几天就寄出。

儿　福义　1978.10.3

哥哥的情况,随时告诉我。

附1:昭昭的信

爷爷:

我已考上武汉大学微生物专业。于本月八日至十日到学校报到。马上就要成为一名大学生,心里有说不出的高兴,只觉得甜蜜蜜,乐洋洋。憧憬幸福的明天,前途无限。未来的生活和工作将是快乐、美好的,也是艰苦的,我伸开双手去迎接它。

由于提前一年上大学,我的基础知识比起应届毕业生毕竟还是差一些,特别是英语。亡羊补牢,犹未为晚。在大学里,我要认真地、刻苦地钻研业务,努力学好基础知识,争取取得优异成绩。"逆水行舟用力撑，一篙松劲退千寻。古云'此日是可惜'，吾辈更应惜秒阴。"我要永远攻关，记住董必武这句名诗，向着科学的高峰攀登。

祝您健康安乐！

并祝全家老小好。

孙女　昭昭　1978.10.3

附2：发表在《华中师院》（校报）上的报告文学

在祖国语言的大海中畅游
——记由助教破格提升为副教授的邢福义同志

赵国太　周传普

除开哑人，长了嘴的都要说话，这话便是语言；除开文盲，生了手的都要写字，这字也是语言。从活在人们嘴上的，到凝成铅字排在书本里的，从远古猿人祖先在洪荒大地上追禽逐兽发出的呐喊，到当代科学家向宇宙星球发出的电讯，闪耀着多少壮美的语言！我们伟大的祖国有着这样一种语言的大海！祖国语言呵，需要多少人掌握它？发展它？纯洁它？

一九五六年也似眼下这个时节，在绿波轻扬、垂柳婀娜的南湖之畔，华师中文系专科班应届毕业生聚会联欢，一个二十来岁的小伙子激情洋溢地吟诵他充满理想的诗篇，他热爱祖国的语言，决心畅游祖国语言的大海……二十二年过去了，而今，朗诵者已成长为一名语言学的副教授。这是一首朴素而又动人的诗篇！

一

华师校园里，九月金风带着桂花的芳香送进一扇扇窗口，中文系办公室里汇聚着一九五六年的留校毕业生。系秘书叫大家填写志愿。邢福义略加思索后就写道，"邢福义：汉语语言专业"。秘书接过纸条，惊讶地朝这位从南岛椰林来的年轻人看了一眼。是有点怪呀！一般留校生往往喜爱文学，汉语呢，单调，枯燥，很少有人去自愿"揭榜"。有的同学还为分配到汉语专业哭哭啼啼呢。

说怪也怪。早在初中时，邢福义喜爱文学，最喜爱的是美术。读初一时，他参加了学校举行的美术、作文比赛。美术名列第一！而在作文红榜上左右看了个遍，同班的只有一个学生取上了……不甘示弱的邢福义独自琢磨起来：《记一件有趣的事》，小孙写得多有趣哟！老鼠偷吃了糕点，又难捉到，真恨人！小孙终于想到用弹簧竹铜逮住了这只害人虫！老师说："他写的点子新，又有儿童味，你就差这一点。"邢福义点了点头，默默地把这件事记在心里。

一九五二年，邢福义于海南岛崖县初中毕业，进入琼台师范专科班着重学美术。他又饶有兴趣地接触到了不少古今中外语言文学作品。然而更多的是挥动画笔，使用色彩和线条这种有形语言。每逢星期天，他穿过绿得似插上翡翠的椰林，踩着美得像铺满彩霞的沙滩，来到海边，坐在喷珠溅玉的礁盘上，摊开画夹。他心怀坦荡，情思汹涌。多么好呵，水天一色，浩浩天涯，千姿万态的大海！丰富、神秘而有强大运动力量的大海！倏地，他的视线被牵引到另一点上：飞舟！它时而升上雪白的浪尖，时而被埋进幽兰的波谷，然而它总是朝着彼岸，昂首向前！此时，年轻人在白帆上洒下了浓浓的色彩……

一九五四年，邢福义在琼台师范毕业了，他以优秀生的代表参加高考，考上了中南地区师范的最高学府——华中师范学院，分在中文专科班。向汉语文学的攻关，开始了！

——"台上坐着主席团。""王冕七岁上死了父亲。"

"主席团""父亲"是主语还是宾语？从一九五五年七月开始，中国语言学界围绕这一问题展开了热烈的讨论。语法学者、教师、业余爱好者纷纷争议、撰文，各抒己见，出现了"百家争鸣"的大好局面。

像磁铁一样，邢福义被这有趣的问题吸引住了！以往只是听老师在课堂一格一式地讲，宛如流向大海的一条单调明朗的小溪。眼下是百川归海，千姿百态，风光无限呵！主语、宾语究竟有什么特点、规律？看来，仅原先了解的那点语法知识是多么不够呵！他借来《语法修辞讲话》读完了，又借来吕叔湘先生的《汉语语法论文集》，从头至尾一篇篇地细读。这是他的两部"酵母"书，心中品到无穷的兴味！每天课余或晚饭后，他便径直跑到阅览室。这里有全国的报刊，有关于农业合作化运动的辩论，有语言学研究动态，还有关于主语、宾语探讨的文章。面积不过几十平方米的阅览室，打开了来自海滨的年轻人的视野！他在此地流连忘返。同学约他去花园赏菊，他笑笑，算是答谢了，又翻开吕先生的论文集看起来，"这里的千万朵花够我欣赏了！"逢周末，好友邀他去跳交际舞,他抱歉说:"我跳不好",心想那扭来扭去多蹩脚,到语言的大海里游一游才舒展自如!他又对逻辑产生了兴趣。当时专科班没开这门课。凑巧,有同学从外地寄给他一本《逻辑学》,他如获至宝,利用课余时间把它啃完了。书上用钢笔、红蓝铅笔画满了一串串符号:○、☐、〰〰、……、?、↑、△、〰〰、( )、══,不是音符,也像音符。这是激跳的音符,昂扬的旋律,挺进的战歌!

一九五六年,敬爱的周总理发出向科学进军的号召,这对于蓬勃向上的邢福义,是多么大的鼓舞!因此,在毕业留校填报专业——在科学的入口处,他毫不犹豫,绝无怯懦,岂止是欣然地填报了汉语语法专业,他那闪着青春光泽、满含坚定信念的目光,正向全国水平看齐!

二

"这篇文章好是好,就是长了点。"这里的"好是好"的结构特点是什么?应当怎样分析?形容词能按 AABB 式重叠,如"高高兴兴""痛痛快快"等。能可说凡是按 AABB 式重叠的都是形容词?难道"吹吹打打""风风雨雨""三三两两""点点滴滴"也都是形容词吗?……他带着这个疑团请教指导老师,老师愣住了。也难怪,这些问题,在当时的汉语语法研究中,还是悬而未决的哪!

在我国,语言学还是一门年轻的科学,还有许多问题待研究。作为探索汉语语言结构规律的汉语语法,从一八九八年《马氏文通》问世,至今不过几十年的历史,要研究的新问题很多。

如前举的"台上坐着主席团"之类例子，尚且在全国探讨了几年，有的还没得出结果。汉语丰富多彩，千变万化，比这复杂艰深的词句该有多少！而真正要掌握语法的规律，现代汉语中其他部类要掌握，还要研究逻辑。现代汉语是古代汉语的发展，因此，完全掌握现代汉语语法规律，还必须熟悉古代汉语、古音韵学、古文字学……

邢福义漫步书林，环顾整个语言学领域，开始有系统地攻书了。一部又一部厚书，在他手头读薄了。然而一册又一册薄书，在他眼里慢慢变厚了，他好似掌握了"发酵粉"用法，用新材料对观点做了发挥和充实。他在书刊的层峦叠嶂进行旅行，到语言学的各学科做了一回寻访。有的重点探询，有的碰个照面，他的思想触角，力图伸到语言的各个方面，然而又有重点地探索语法规律。

随着功夫的加深，邢福义手中那支不停挥动的笔，变成了一根感应的挑刺的针。

毕业后不久，他看到一个学者写的关于动词能否做定语的论文，产生了一些疑问。于是，他广泛收集语言材料，准备发表自己的见解。那时，他刚结婚。新婚的生活该是甜蜜幸福的，然而，语言学的新课题引起了他最大的乐趣！白天，黑夜，研究，写作。有时刚和衣躺下，陡然想到一个新的点子，就拉开电灯，继续写。妻子理解他，钦佩他，但也温柔地嗔怪他："看你，没日没夜地，也不注意休息。"对伴侣的关心，他只能答以一瞥深情的目光，又埋头写……他对语法太专心了，以至顾不上倾吐几句带感情的语言。不,——他发表在一九五七年《中国语文》上的第一篇论文是另一种美妙的语言。做妻子的能品尝到这种语言的甜蜜。而他本人更感到其乐无穷：对呀,任何事物都不可能穷尽真理,既然如此,就完全可以不断追求更新的境界。

他把问号打在名家的大块文章中的某个观点上……

他把目光逗留在高等学校的教材中——有一次在钻研教材时,发现一本教科书上讲"们"和"诸位"不能并用,觉得这种论断并不尽然。他收集了大量的语言材料进行研究,认为"们"和"诸位"可以并用,先后在《中国语文》上发表了《论"们"和"诸位"之类并用》《再谈"们"和表数词并用的现象》。

他把身心植根于学生中间——那是课后,有个学生问他"眨眨眼睛""动动嘴唇"属于什么宾语？他考察了大量有关的语言现象,用研究的新结论向学生做了圆满的解释,并将部分体会整理成文在《中国语文》上发表。

他把视野扩展到我国古代文学巨著——《红楼梦》,考察了其中多处出现的"因"字！它与现代汉语中的"因"字有什么相同和不同之处？他把这部书读了十多遍,做了近千张卡片,写成文章,研究汉语的某些发展变化规律。

……

发现,一个个新的发现,没有艰苦的劳动,哪有科学创见？人们这样感叹。常常流传他的佳话——说他在水龙头边,手洗菜,脑子动；说他在寄信的路上,也要考虑一个题目；说他理发排队，要思考一个问题；说他饭后散步，既助消化又在融汇当日的探讨；说他中午把看小说收集例句作为休息；说他爱人坐月子，他边煮汤做饭、洗衣洗尿片，忙里偷闲看书；小孩患病住院，他临床照料，倚在病床边写作；有人看见他在三伏天，身穿着长衣长裤，脚穿长筒雨靴，抵抗蚊子的进攻，疾书文稿，挥汗如雨；大年初一，领导来看他，推门一瞧，啊，桌上堆满了书籍、卡片、稿纸，邢福义正在埋头写作……

他就是这样分秒必争，锲而不舍，勤奋地前行。他多像一只辛勤的蜜蜂。蝴蝶虽出没于万花丛中，却只是沾上一身花粉；蚂蚁只会把现成的什物搬来搬去，却不会创造。只有蜜蜂，扇动彩翅飞遍田野、山岭，广采千万种花汁，酿成芬芳香郁的蜜糖。

这些蜜糖都献给了人们。人们赞扬他，尊敬他。一九五九年他出席了院群英会。这是一阵阵春风，送他振动双翅飞行，不停地飞行……

三

我们伟大社会主义祖国的百花园里，应该有春雨"润物细无声"，也应该有"高江急峡雷霆斗"。因为花朵需要暴风雨的洗礼，隐伏在花丛中的害虫必须清除。在邢福义那数不清的例句里，突然闪亮了一个史无前例的字眼——"无产阶级文化大革命"。它是大海汹涌澎湃的怒涛，无论飞舟或沉渣，都被卷进湍急的旋流中；它是阶级较量的历史舞台，社会上各种人物都要露一露脸。邢福义未能例外。"红卫兵战旗""炮打司令部"等词汇出现了，有一股邪恶思潮趁"文化大革命"之机，卷地而起，一时，"知识即罪恶"，"知识""书本"等名词成了贬义词，"知识分子是臭老九"成了固定词组……

一天邢福义正在家中看书，听见喊收破烂的声音。走近窗口，只见几个老师，眼眶红红的，抱着自己多年来省吃俭用买来的、曾经是爱不释手的书报杂志，步履沉重地走近旧货收购摊。看到这种情景，他胸口感到一阵阵隐痛。难道说文化知识就要付之东流吗？干革命没有文化也不行呀！就在江城棍棒相斗、枪声昼夜不息的险恶日子里，有的人大打派仗去了，有的人悄悄地拿起了锯子、斧头、钳子、扳子、医书，准备改行。而他仍然潜心读书、写作。

你不理它，它要缠你，邪说异端如水银落地，无孔不入。白专帽子飞到了他的头上，压得他头晕目眩。注意钻研语法现象的邢福义，怎么也钻不透这种语言现象：业务上稍微"专"一点就成了政治上的"白"了，不专即红，稍专即白，这是什么样的判断？自己可是热爱党，热爱毛主席，拥护社会主义制度的呀。让你扣帽子去，对语言学兴趣极浓的邢福义，一头钻进语言王国，与那些新奇的词句成了好朋友。

一九七〇年初春，寒气袭人，邢福义参加教改小分队，赴英山县杨柳区举办英山、罗田两县中学教师短训班。社会上的"妖风"时时吹到这儿。短训班每天花大部分时间集中学"政治"，即使上语文课也只能抽出观点讲，不涉及语文基础知识。有人如履薄冰，战战兢兢，有人欲干不能，欲罢不忍。

邢福义的心情也和大家一样翻滚难平，他常常伫立在那里，极目远眺。英山半腰,白云缭绕,宛如一条洁白的飘带;英山山尖又像金字塔尖那样峻峭而挺拔。他激动了。一个晴朗的星期天,他邀了三个学员,步行二十多里,赶到山脚下,开始登攀。山陡路滑,学员劝道:"算了吧?""坚持就是胜利!"邢福义擦擦汗说。"英山能在我们脚下,那么知识的山峰也能在脚下!"听到这意味深长的话,三个学员油然而生敬意。他们知道,邢老师寡言多思,思维敏捷,备课潜心思考,讲课井井有条。

他在教学实践中顶住了那股冲击基础理论知识的歪风。这些学员又可曾知道,老师是在面临专业上能不能继续前进、要不要继续前进的困境的情况下攀登英山的。他看到,前途是光明的,道路是曲折的。

一九七六年春节,夜,黑漆漆。邢福义迎着刺骨的寒风,从华中村信步走到汉阳门。江水无声东流。虽是春节的夜晚,然而人们的心像铅块一样沉重!敬爱的周总理已经离开我们一个多月了,他老人家的骨灰就撒在脚下的土地上,撒在面前的江河中……他缓缓走着,走着,十多年来,他一直保持着晚饭后单独散步的习惯,晴雨霜雪,天天如此。随着双脚移动的节奏,头脑里进行有秩序地思考——问题一格格地摆着,思索时可以抽出其中一格。好多新的发现都是在散步中酝酿的。然而此时,占据整个心房的,是周总理英武伟岸的光辉形象,以及他发出的向四个现代化进军的伟大号令、关于加强基础理论的研究和教学的亲切指示。这催征的嘹亮号角,曾激励着他和教研室的老师们,在党组织的坚强领导和热情扶植下,编写并出版了《现代汉语语法知识》,还着手《逻辑》的编写。很快,一只只鸿雁从祖国四面八方飞来桂子山。天山脚下的一位教师感激地说:"你们的书帮助我们解决了很多实际教学问题……"鄂西山区有个回乡知识青年欣喜地说:"您们的书对于我们提高运用语言能力很有帮助……"多少热情的赞语,多少人急迫地索书,这本书还在日本翻译出版。这不正说明,社会主义需要文化知识,文化知识是人类必需的精神食粮?!……

他的脚步渐渐拉开了,一些奇怪的语言浮现出来——"白卷"是令人厌恶可悲的词,为什么报刊上却吹得天花乱坠?"知识越多越反动",这是什么逻辑?!假设这些语言现象成立了,该倒退到什么地步?研究语法都没人接班呵!不会的,绝不会的!总有一天,语言学要复活,要生长!拿粉笔的要直起腰来!

他转身匆匆奔向家中,奔向书桌前,继续《逻辑知识》的写作。一股新的力量在周身激荡。

四

桂子山下,蜡梅怒放,校园里,春意融融。欢庆一九七八年元旦已有半个多月了。三号教学楼三〇二教室,座无虚席,门口、走廊都挤得严严实实。人们怀着激动的心情,参加十多年来第一次"学术报告会"。这时,轮到最后一个报告,在一片热烈的掌声中,邢福义大步走向讲台,望了望窗内外的空前盛况,眼眶不觉微微湿润。全场静静地,静静地,谛听他宣讲《论定名结构充当分句》,这是凝结着他十几年心血的论文,他阅读了四十五本书，做了几千张卡片，总结了语法中一种特殊句型的规律。

"定名结构"是怎样一回事呢？他讲道：去年我省高考试题中，有这样一个句子："长江两岸，无数的彩旗，巨幅的标语，欢呼的人群，呈现出一片无比欢腾的节日景象。"句子成分怎么划？考生们难住了。高考结束后，全省各地的考生、教师纷纷来信，要求解答这道难题。中文系的一些师生常在一块争论。今天，要讲的就是跟这有关的问题。这不是一个单句，而是一个由定名结构充当分句和非定名结构充当分句组成的复句。"无数的彩旗，巨幅的标语，欢呼的人群"不是主语，它们是定名结构充当的分句。这样的例子只是定名结构充当分句的一种类型。他继续讲着，见地独到而内容丰富，逻辑严密而趣味横生，行如流水而波澜起伏。论文精彩，演讲熟练！

一片赞叹声，像晓风掠过丛林；一阵掌声，恰似春雨拍打芭蕉……学术报告会刚一结束，台边，邢福义立即被一群师生团团围住，热烈地交谈起来。在涌下楼梯的人流中，议论他的也最多。熟悉邢福义的老师感叹不已："冰冻三尺，非一日之寒！"求知欲望强的年轻人凑过来，像听传奇那样打听邢老师的故事。

"有一年，某报社约我系老师讲语法，老邢接受了这个任务。编辑记者们以为要来一位白发苍苍的老教授，哪料到，出现在台上的却是一个三十多岁的、瘦瘦精精的青年教师。这么年轻，也没有拿讲稿，有人在小声议论了。老邢也没在意，他阐述的观点明确清晰，运用的范句和病句大都是省报上的，那滔滔不绝的演说、一针见血的例证,深入浅出,生动活泼,人们听得眼睛不眨,由失望到惊叹,佩服。

"……怎么?你们感到吃惊啦!他的脑子是一个活仓库,什么时候要什么货,可以随时成套地搬出来。有一回在地区搞完函授,县里又请他讲新的内容,由于突然发烧,不能写讲稿,他硬是带病上课,没有用讲稿,连续讲了六七天,不重复,有条有理。

"是哇!我第一次听邢老师讲句子和句子成分,觉得蛮有味。我清楚记得,他先写出一个句子,讲了主语、谓语、宾语,接着又添上附加成分。他用图解的方法,环环紧扣,层层递进,像一棵树上又长出许多新枝嫩叶,越来越茂盛葱郁,这种教法真新鲜,印象深,记得牢。"

这种方法,他管它叫"一棵树上开花"。一树异物的花!这闪耀着他忠诚党的教育事业的一颗红心。从他十七岁进琼台师范,看电影《乡村女教师》起,就立志当一个辛勤的园丁,培育祖国的花朵、栋梁。他从第一次登台讲课起,就只带几支粉笔,观点材料滚瓜烂熟。为了浇灌这奇异的花,他甘愿一顿做好全天的饭,用开水泡饭吃,就咸菜;他常常星期天隐到蛇山中,专心致志研究问题;他从不间断思考,以致走路时,不慎撞在墙角上……

五

人们都说,打倒"四人帮",知识得解放。是呵,重新获得解放的劳动者又抬头了!在花团锦簇、浓香扑鼻的红五月,中文系举行大会,纪念毛主席《在延安文艺座谈会上的讲话》发表三十六周年。系总支负责同志宣布:"接省委组织部通知,邢福义同志由助教越级提升为副教授……"中文系另三位新提拔的副教授也一并宣布了。掌声呵,爆竹般地炸响。邢福义眼里闪着泪花……是深情的感激?是触动了往事?是感激!是回忆!他想呵,是党把他这个充满幻想的南岛青年,引上了革命的道路,领进了语言的大海。恶浪袭身,有巨手提携,闯了过去;学海无际,有东风助力,畅引飞舟。他想呵,二十多年来,未曾释卷,做了近十万张卡片,写了发表和未发表的二百篇共百万字的文章,经过他的培育的毕业生已一批批投入了社会主义革命和建设,归入大海的只不过是一道潺潺的小溪,而党和人民给了多高的赞赏!面对着党和人民给的荣誉,邢福义在思考,这荣誉,是激励,是鞭策。是的,他登高山,而且也到了一定的高度,但离高峰终究还有万仞之隔;观过海,也畅游过一段里程,但距彼岸毕竟尚有千里之遥呵。今天,登攀有千路梯队争上,破浪有万杆风樯竞发。宏伟的目标在催征,壮美的明天在召唤,邢福义从思想上到专业上飞跃到了一个新的天地。他已着手研究,努力把逻辑学研究成果引进语法研究领域,分专题对现代汉语句法问题提出见解,为建立"逻辑-语法"的边缘科学做些探索。他仍然挎着旧帆布包,带着半截铅笔、小本子、卡片,爬过一山,采集一山。可以相信,胸怀宏伟目标的邢福义一定能到"边沿地带"去!他必将在祖国一片更加宽广、壮丽而丰富的语言大海中畅游、畅游……

【福义插说】此文由学校领导组织写作，发表于《华中师院校报》1978年7月15日3—4版。这篇作品，情文并茂，展现了作者的才华，鞭策了我的一生！但是，文学作品难免有言过其实的描写；我只有几斤几两，自己是心知肚明的！

【12】十二月十四日

父亲：

米米十一月三日写的信，我把它压到了现在！这说明，我又一个多月没给您写信了。

自从收到您十月二十三日的信之后，也没再收到您的信，很是惦念！

由于科教事业大发展，院、系领导早想把我调离《汉语大字典》编写组，让我带研究生，并开提高课。对于这一点，我是愿意的，因为这样可以更好地发挥自己的特长，更多更快搞出自己有特色的东西来。但是，《汉语大字典》的编写是国家任务，中央和省里都强调不能抽走一个人。因此，院、系领导只好把计划往后推。不过，这只是时间问题，早则半年，多则一年，我是一定会回来的。

回来以后，还有一样好处，即可以外出讲学，顺便回家乡，看看您，看看亲人。近来，广州的暨南大学、海口的海南师专，都有同志来信，邀请我去讲学，说不管是坐船、坐飞机都行，路费由他们报。我给他们去信，说目前不行，离开字典组回系担任教学任务以后再告诉他们。我想，这件事的实现，是不会要很久的时间的。

湖北省语言学会即将召开年会。在繁忙的字典编写工作之外，我赶写了一篇论文《论意会主语"使"字句》，两万多字。这篇文章的准备工作，实际上从一九六三年开始了。写完了这篇文章，透了一口气："又翻了一座小山！"这篇文章将在语言学年会上宣读。（按安排，会上将宣布我为语言学会"秘书长"，对于诸如此类的东西，我从来不感兴趣，推又推不掉！）

《论定名结构充当分句》一文，也是从一九六三年开始写作的。去年在学院科学报告会上报告，效果很好。但是，越是花了功夫，越是不应轻易发表。我把它压了整整一年，今年国庆节期间，又修改了一遍，寄给了《中国语文》编辑部。一星期前，收到《中国语文》编辑部十一月二十九日的一封信，信中说："……寄来了《论定名结构充当分句》，我们很感激。告诉您一个好消息，这一篇明天就发排，在明年第一期上刊载，而且作为重点文章。这一篇稿子长了一些，有几个地方似乎可以不那么说。退改来不及，我们动手改了。删掉了一些例句，改动了几次，现在大约还有一万字。"——《中国语文》上"一万字"的"重点文章"，是有学术地位的。以前我在《中国语文》上发表的，都只是一般的文章。这一次，是跨进了一大步。

《肆意糟蹋祖国语言的一个黑标本》是批判性文章，分寸是否适宜，我自己也没有十分的把握。这类文章，不发表也行。它是没有什么学术价值的。以后再考虑，若有必要，就改一改，改得满意了再发表。

哥哥情况如何？复职事进行得怎么样？最近照了这个相，一个给您，一个请转给他。昭昭的照片，是在考取武大之后照的。

先后寄了两个月的《光明日报》、几本《语文函授》和十元钱，想必都已收到。《光明日报》办得很活泼，内容很多，我想以后每月都寄给您。

昭昭虽然跳了一级，但在班上还是名列前茅。米米成绩也不坏。他们都很用功。星期六晚，他们回家，星期日晚饭后他们就走。（米米虽然在华中师院，但因为学校大，我又总是在家里干事情，很少到学校去，所以，平常也是见不到他的）看来，这两个孩子将来都会有出息，请放心。

漱谷情况照常。

我的身体，失眠是个老毛病。春节以来，有了点肾炎，后来就经常腰痛。不过，脑细胞仍然活跃，记忆力仍然很强，这是我充满信心的基本条件。

不多写了。把您和家里的情况告诉我。

祝您健康。

祝娘健康。

祝三弟一家子好。

向叔父请安。铁丁来了一信，并附照片一张，已收，请告诉他，要他努力学习。看来，他画画确是很有前途的。

儿 福义 1978.12.14

一九七八年（43岁）

附米米的信

爷爷：

　　您好！

　　近来身体好吗？时间过得真快，到华师学习已经有大半个学期了。在这段时间里，生活、学习，深深地感觉到学生时代的宝贵。它是那样地充满着活力，充满着阳光，使我们的理想更加崇高美丽。这崇高美丽的理想只有在以华主席为首的党中央粉碎了"四人帮"的今天，在这个伟大的、向现代化大步迈进的伟大时代里实现。

　　上半学期我们主要是复习巩固高中所学的东西，以及补充一些高中的没有上过的教材。下半学期，我们数学系专业课开三门：高等代数、数学分析和空间解析几何，其余的是英语、政治和体育课。数学分析已经过了测验考试，取得了 98 分，分数是全班最高的。但我并不满足这一点点小小的进步，决心不仅有夺取上游的勇气，而且有保持上游的勇气。当然要做到，并且要做好这一点是不容易的。

　　这学期学校开办期刊阅览室，里面有各种各样的数学杂志和文学作品等，每当我觉得有点闷的时候，就到里面去，或看看科学杂志，或看看文学作品，一方面使自己的头脑保持清醒，另一方面还可以丰富自己的知识，使脑筋更加活跃。

　　每个星期六，如果学院没有好电影的话，就回家，星期天晚上再回学院。虽然这一往一复看起来很单调，但每次回家总使我体会到家庭的温馨。

往后,还有三年多的时间,究竟要有一个什么样好的学习方法,在这方面,我是没有底的,望爷爷经常地来信给我指教。

祝您身体健康!

孙 孔亮　1978.11.3

【福义插说】本年发表以下文稿:

《关于大、小前提和结论的省略与位置变换》,《语文函授》1978年第2期。

《简论二难推理》,《语文函授》1978年第3期。

《关于概念的限定》,《语文函授》1978年第4期。

《略论"把"字结构的句法地位》,《语文函授》1978年第5期。

《充足·必要·充要》,《语文函授》1978年第6期。

《关于"种"和"属"》,《语文函授》1978年第6期。

《谈谈不同推理方式的配合使用》,《语文函授》1978年第8期。

一九七九年（44岁）

父亲的摘要

【1】一月十六日：①湖北省语言学会召开代表会议。被选为副理事长和秘书长。②米米被评为三好学生。

【2】二月十四日：①到兰州参加全国性现代汉语教材审编会议。16日乘火车离汉到西安，在西安逗留三天，然后乘飞机赴兰州。可能个把月才能回武汉。②附米米二月十一日信。

【3】三月三十一日：①上月十七日到西安，二十日下午离西安，六时多到兰州，三月六日回到武汉。②在兰州开会十二天，会上做了一个多小时的发言。③到中学教书问题，是否请林国明帮忙。④附昭昭三月二十四日信。

【4】五月七日：①林国明来信说"目前上级尚没有这方面的具体政策"，表示以后当"尽力"帮忙。②字典组定任务，每月每人必需编写多少。③出版社约写《现代汉语语法》。④《现代汉语》主编黄伯荣先生来信约写《现代汉语难归类词》，作为"现代汉语丛书"中的一本。⑤外语，现在只能说"粗懂"。⑥我在想，什么

时候，您到武汉来看看。明年或后年，经济稍宽裕，就可以了。

【5】六月十九日：①回家事，恐怕一两年以后才有可能。②《现代汉语语法》不写了，暑假将集中精力写《难归类词》。③米米和昭昭都不错，不用大人为他们担心。

【6】九月三日：①七月到襄阳参加高考试卷评阅工作。②《难归类词》一书八月动笔十月底写成。③《古汉语知识六讲》一书，印十五万册，"一抢而光"，只能给家里寄一本。④八月上旬，广东民院中文系系主任姚炳祺路经武汉，约往该校讲逻辑课。已同意。民院在通什，届时可以返家看看。

【7】九月二十五日：①十一月份不能南归了。忙于《江汉语言学论丛》的编辑、印刷、校对；忙于写《略论"结构"研究中的几个问题》，以便在院学术报告会上宣读。②语言学年会十二月中召开，要赶写论文。③积压下来的字典组的编写，要在明年元月和二月完成。④附昭昭的信。

【8】十月二十五日：①与吕叔湘先生通信了。吕先生表扬了我，又批评了我。②很忙，每星期七天时间都用上。看戏看电影都没有时间了。③"鬓发未衰乡音改。"海南话，是一点也听不懂了。"将来南归"，这倒是个很大的问题。④米米稳重昭昭机灵，两人各有所长，而且都能立足。

【9】十二月三十一日：①《逻》已印出，过两天再寄。②《难归词类》元月底前完稿。③附贺年片两张。

一九七九年（44岁）

信　件

【1】一月十六日

父亲：

……（前缺）文章的第一篇，封底用英文作为要目译出。

《语文函授》三本，可能丢了。有人可能以为是高考资料，所以拿走了。很可惜！这个刊物虽非公开发行，但在湖北省是影响很大的，很难买到。从今年第一期开始，它改名《语文教学与研究》，双月刊。

年前，湖北省语言学会召开代表会议。社会科学院语言研究所特地派两位同志从北京前来参加会议，并且带来了吕叔湘先生的贺词。会上宣读了一些论文，讨论了学会开展活动的一些事项。选出了五十一名理事，成立了常务理事会。我被选为副理事长兼秘书长。理事长、副理事长共六人，除我之外，都是老先生，都是各校各系的系主任。

年后，学院开科学报告会。我的《论意会主语"使"字句》，先在学会宣读过，在学院的科学报告会上又宣读了一遍。

写有关学会的报道，为《语文教学与研究》写稿，参加院学术委员会会议，也都占去了时间。这样，就把字典组的工作压了下来，最近几天集中"还债"。

需要资料的人特多，而学校印资料的数量很有限，什么材料一出来就抢空。"习题"目前实在搞不到。请向那位同志表示歉意。

近来最大的苦恼，莫过于收到各种各样的信。这些信，有的打听考研究生的时间和要求，要开书单；有的提问题，要求回答；有的要书，要资料，希望能满足。还有的人，老给我寄来论文，要我提意见。我有工作和科研任务，回信已感困难，何况回答问题和对论文提出意见？至于书和资料，就是开书店也应付不了。

不过，凡是托您要我买资料的事，您最好都答应下来然后在信上告诉我。答应办，是人情要求；尽量办，也是人情要求；办不到，那就不取决于主观意愿了。

学期将结束。米米、昭昭都忙于考试。米米也被评为三好学生，获得奖状和奖品（笔记本）；昭昭他们还未评定，但她说："我们当干部的不评，评谁？"口气好骄傲！

华中师院目前是部属学校（教育部）。最近教育部已向国务院打报告，提升几所大学为全国重点大学，华中师院是其中一所，大概不久可以批下来。

三弟孩子多。这对他们的身体和劳动都会有影响的。

寄上十元。

向娘请安。

祝弟弟一家子好。

向三叔父请安。祝三叔父一家子安好。请告诉叔父，我给您写信，就像给他写信一样。我是很怀念他的。

最好给我寄来一张相片。

祝您健康!

儿　福义　1979.1.16

刊登《在祖国语言的大海中畅游》一文的小报,已没有。我再找找。

【2】二月十四日

父亲:

春节前,寄了一卷《光明日报》,内有《中国语文》一本。还寄了十元钱。前几天,又寄了《中国语文》一卷。不知都收到没有。

近来收到您的信少了。不知身体是否康健,很是惦念。

经决定,我到兰州去参加全国性现代汉语教材审编会议。同行的有武汉大学副教授詹伯慧同志(寄给您的《中国语文》上也有他的一篇文章)。十六日乘火车离汉赴西安。准备十七号到西安逗留三天,然后乘飞机赴兰州。可能个把月才能回武汉。

外出参加会议的决定很仓促。行前,很多事情要处理,因此忙得晕头转向。现在只能匆匆写这两句。

向娘问安。

向叔父及他的一家问好。

祝弟弟一家子好。

米米、昭昭都已上学去了。漱谷学校也已开学了。他们都好。

愿您康健!

儿　福义　1979.2.14

附米米的信

爷爷：

这张像是我在初二照的。今年春节格外美，格外热闹，全家都很高兴。三十晚上坐在一起吃了年饭，我还和爸爸一起喝了一点酒。大家都觉得，这一年是我们全家的大喜的日子。爸爸提升副教授，我和妹妹都先后上了大学，妈妈工作取得了很大的成绩，并且还得了八块钱的奖金。虽说不多，但总算是一件喜事。

初三早上我就到学校去了。一则我觉得学校比较安静，学校环境比较好。这主要是我们家只有两间不大的房子，外加一间厨房。白天又经常有客来。二则学校天天晚上有电影，寒假十八天看了近二十部电影。以前接触外国电影较少，觉得中国电影还过得去。现在外国电影较多地出现在银幕上，更感觉中国电影水平差劲。不过，"文化大革命"前也有几部好影片。现在的电影简直越来越差劲了。报纸上把《大河奔流》吹得那样，我觉得不怎么样。

我们学院二月九日开学。这学期我们上的课是：高等代数、数学分析、物理、英语、哲学、体育。课程比较紧，我正以充沛的精力投入这学期的学习。上学期的学习成绩还没有通知我们。

跳舞在各个学院、各个工矿企业正逐渐盛行起来了。

爷爷春节一定很愉快吧？

祝身体健康！

孙　孔亮　1979.2.11

【3】三月三十一日

父亲：

返汉已有二十多天了，但也忙了二十多天。

上月十六日离汉，十七日到西安。在西安待了四天（住西北大学）。二十日下午五时，乘飞机离西安，一小时后到兰州。

会议开了十二天。兰州军区政委肖华、甘肃省委第一书记宋平等曾接见代表，并招待看电影。兰州大学校长刘冰（前清华大学副书记，因写过两封信而出了大名）多次参加会议。到会的代表，共七十余人，来自全国四十多所高等院校。来了几个学术界的老前辈，如张志公、殷焕先等，都是过去久闻其名的权威人物。在讨论语法问题的全体会议上，我做了一次一个多小时的发言，反应很好。

教材主编黄伯荣先生，要留我参加会后的定稿工作，但我没答应，因为《逻》书需要做最后一次修改，出版社等我回武汉。我回汉后，兰州方面曾来信和电报，希望我能去，但系里都婉言谢绝了。

我于三月四日乘火车离开兰州，六日回到武汉。

从到武汉的第二天直到现在，是在紧张中度过的。一方面，我每星期都要上课——给毕业班做讲座；另一方面，修改《逻》书和《论意会主语"使"字句》一文。《逻》书，要换掉一些例子，个别地方也要做最后的修改。上月二十四日，修改完，交出版社，可能已发排了。接着，修改《论意会主语"使"字句》。该文长二万三千字，将在《江汉语言学论丛》上发表。昨天，才改完，送出去。这样，算是可以透一口气了。

不过，说透气，也实难透气。许多"债"，等着还。一是字典组的任务等着搞；二是近二十封信等着回。有的信，干脆不回，但有的信不能不回，就是写一两页纸吧，也是需要时间的。

昨天寄一捆《光明日报》，请查收。

您的问题，得到解决，我们都十分高兴。（福义插说：指摘掉反革命分子帽子。黄流村志编纂委员会编、邢福壮主编、1999年10月印刷的《黄流村志》，其第一编"古今纪事"中，有这么个记录：1979年3月，改正在土改后历次政治运动中被错划的右派、反革命分子）

如能再到中学任教，就更好，不知目前情况如何。有一个人，叫林国明，在海南自治州组织部工作。我提升以后，曾给我来过信，我曾回过他一信。最近，他又来信，说今年初三晚上，曾到我们家拜年，没碰上您。他说，他曾到大队书记黎星同志家，与黎星同志谈了您的有关事情，黎星同志表示尽力帮助。林国明这个人，不知您是否熟悉？到中学教书问题，需不需要我写封给他，请他帮忙？

昭昭说，她已给您写信。她上学期也评了三好学生，得了好几件奖品。这学期，她先当班长，后转当团支部书记，当的都是班上的主要干部，我很担心因此而影响她的学习。

米米情况还好。理解能力还强，并且比较用功，因此将来还是能搞出名堂来的。

向叔父问安。向娘问安。问弟弟一家子好。

给我来信。祝健康！

儿　福义　1979.3.31 上午

一九七九年（44岁）

附昭昭的信

爷爷：

您好！由于最近学习、工作任务繁重，故到今天才给您写信，恳请您原谅。看了您的信，心里十分高兴，我们全家都为您已摘掉反革命的帽子感到无限欣喜。

爷爷，我在大学里已经一个多学期了。上学期，我被评为三好学生，期终考试成绩也不错。这学期一开始，我担任了副班长。最近，由于我班支部书记调到系里担任系副主任，我又接替了团支部书记的工作。副班长由另一个同学担任。爷爷，说实在的，虽然我在中学搞过班长的工作，但不比现在，我们班好多同学比我大，我的年龄在班上算比较小的，去"领导"那些大哥哥、姐姐们心情的确感到害怕。而且怕工作搞不好，学习也影响了。不过，我们班的同学都很团结友爱，工作不感到吃力。学校最近又搞了防止工作重心转移的活动，学生的学习重点应放在学习文化上，因此，工作也不多。

学习依旧很紧。本学期开了四门课，生物学、数学、化学和外语。前三门课学习很好，能够弄懂和了解其中的基本内容。我也觉得不难学。我目前的重点学习在外语上，虽然老师说我的外语有进步，但我总觉得比起我们班几个外语相当好的同学来说，那差多了。爷爷，听爸爸说您的外文很好，我很希望您能指点我一下学习外语的方法。

我的生活很有规律。每天早上5点30分起床，上操场上跑一两圈，然后，读外语。中午睡午觉，基本上可休息两个小时。下午一般没课，我上图书馆复习功课。5点钟开始课外活动，打打排球或篮球。吃饭后，读英语。7点钟开始学习，一般每天到12点睡觉。

在紧张的学习、工作和生活中，我一定在各方面努力培养分析问题和解决问题的能力，争取取得好成绩。

顺便提一句，我们学校将召开第十二届学代会和第六届团代会，我将作为我们班三个代表中的一个参加团代会，其余两个参加学代会。

祝您康乐！

孙女　昭昭　1979.3.24

【4】五月七日

父亲：

四月八日的信，到现在才复，拖得太久了。

我给林国明写了一信，他已回信。他说"目前上级尚没有这方面的具体政策"，表示以后"尽力"帮忙。这件事，不要急。最好是"水到渠成"，不要去活动。参加工作，很好；不参加，也没什么。我在想，什么时候您到武汉来看看。最近不行，米米、昭昭相继上大学，费用多，经济紧张；明年或后年，经济稍宽裕，就可以了。

关桃患病，最近情况怎么样？请叔父不要过于放心不下。请

一九七九年（44岁）

转告关桃，患了病，要注意心情的平静、宽畅。愿她能早日康复。

给昭昭的信，她已收到。

"一捆《中国语文》"，确是"一捆《光明日报》"之误。

李德裕文章中的"谓"字被改为"主"字，不知是谁改的。您的看法对，是不应该改的。

我在系里开讲座，已结束。现在，还是在字典组。字典组把任务定下来，每月每人必须编写多少多少，都有规定。就一般情况说，完成字典组的任务，已经够紧张了。然而，我还有很多事情。首先一项，是写书。九月底前，我要写出《现代汉语语法》一书，二十万字，是出版社约的稿，要求写成向国庆献礼。这本书，现在才写了两万字！今年年底前，我还要写出《现代汉语难归类词》一书，约五万字。这本书，是"现代汉语丛书"中的一本，是全国性《现代汉语》教材主编黄伯荣先生来信约的。第二件事请，是攻外语。现在只能说是"粗懂"了，但要"精"，还要下功夫。此外，许多活动要参加，许多信件要答复，总之，事情是相当多的。我在利用一切可以利用的时间！只要身体支持得住，我是不会放慢走路的步子的！

哥哥的情况怎么样？

娘和弟弟一家子都好吧？

寄一本《语文函授》和一本《语文教学与研究》，请收。

祝您健康！

儿　福义　1979.5.7

【5】六月十九日

父亲：

　　关于工作，您的心情可能理解。但是，最好抱着"参加也好，不参加也行"的超人态度。不能有任何情绪。这不但解决不了任何问题，而且会造成不良后果。还是要"水到渠成"。

　　回家事，恐怕一两年以后才说得上。原因，一是时间问题。寒假太短。暑假，较长，但也走不开，因为要完成人家预约的一些项目。二是经济问题。每月收入，全部用光，一点不剩。我回家的路费是不能报销的，因为这里有家。所以，光是路费，我目前也对付不了。当然，如果外出讲学，顺便回家看看，情况就不一样了。总之，这也要"水到渠成"。

　　出版社印一本书，前后得拖年把时间。《逻》书和高先生的《古汉语知识六讲》都未印出。

　　本来打算今年暑假完成出版社约写的《现代汉语语法》，但现在我改变了主意，不写了！"名之所至，谤亦随之。"我想还是停一下为好。

　　为了配合全国性《现代汉语》教材，该教材编写工作组正在组织"汉语知识丛书"的编写。"丛书"共四十册，约全国各地有关人员编写。他们约我写一本《现代汉语难归类词》，我答应了。暑假期，我将集中精力对付这本小书。这本东西写起来可能只有四万字左右，但因是"全国性"的，所以必有较大影响。

　　米米、昭昭都在准备期考。孩子都不错，不用大人为他们担心。

漱谷也好。

哥哥情况如何？

娘和弟弟一家子都好吗？

向叔父问安！关桃病情如何？

寄上十元钱，《语文教学与研究》和《〈中国语文〉通讯》各一本。

祝您康泰！

儿　福义　1979.6.19

【6】九月三日

父亲：

七月间到襄阳市参加高考试卷评阅工作，顺便到隆中看了看。

八月，正是武汉最热的时间，但是全都用上了。《现代汉语难归类词》一书，所涉及的问题大都是语法学界感到头痛的问题。这是一块硬骨头，整整一个八月份都在啃这块骨头。现在，准备工作已经进行了大部分，大约九月底可以动笔，十月底可以写成。写成了这本书以后附带可以写一篇较大的论文和若干篇小文章。因此，虽然花了时间，是划得来的。

高先生的《古汉语知识六讲》已经印出。这种书，比小说销量还大。印了十五万册，一抢而空，无法买到。出版社只给我十本，实在不够分。我前天到他们那里去，没想到他们那里也没有了。没办法，只好托他们跟书店联系，看能不能买到一点。如果买不到，恐怕只能给您寄一本。

《论意会主语"使"字句》本月下旬就可在《江汉语言学论丛》上印出。两万多字，是我所发表的最长的一篇论文了。

我还在字典组。目前，一边编字典，一边写写专业上的一点东西。

许多地方曾来联系，希望我能去讲讲课，但我都谢绝了。原因，一是费时间，二是外出多了院系不一定会同意。八月上旬，广东民院中文系姚炳祺先生赴北京路过武汉，约我到民院讲点逻辑，我答应了。民院在通什，可以顺便回家看看。因为我要赶写《难归词类》一书，十月前是不能离汉的，因此商定在十一月份。如果到那时没有特殊事情，并且得到院系的同意，我就可以南归了。此事，别多传，您和叔父、哥哥知道就可以了。

漱谷和米米、昭昭都好。昭昭已经收到您的信。他们都在擂功，因为没什么特殊的事情，所以我也没要他们给您写信。

湖北省语言学会在年底召开年会。本月下旬要先开一个理事会，研究有关问题。我在准备这件事。又要写东西，又要参加这些活动，时间确实很紧。

您的工作问题，找到您您就去。不找就算了，也不必问。任何东西都要水到渠成，听其自然。

哥哥近况如何？

叔父近况如何？

祝家中大小安康！

祝您安康！

儿　福义　1979.9.3

我没订《人民日报》，所以没法把有关情况剪报寄给您。

【7】九月二十五日

父亲：

这封信要让您失望了。可是又有什么办法呢？事情，由主客观两个方面的因素来决定。民院的邀请（紧接着海南师专也邀请），这是客观方面的条件；然而，主观方面的条件都无法让我在本学期离开武汉。

《难归类词》一书，收集了资料，制作了卡片，但尚未动笔。近两个月来，忙别的事情去了。先是忙于《江汉语言学论丛》的编辑、印刷、校对，花去了一些时间；接着，赶写论文《略论"结构"研究中的几个问题》，以便参加学院举办的庆祝国庆三十周年的大型学术报告会，又花去了好些时间；从现在起到国庆，要参加各种活动，又得花去一些时间。这样，《难归类词》一书，要到十月初才能动笔。

《难归类词》一书，我是非写不可的。它已经列入明年第一季度的出版计划，一定要在今年第四季度完成。今天还收到了兰州大学黄伯荣先生的信，催促编写。这是一本全国性的书，篇幅不大，但难度不小，要写好，没有两个月的时间是不行的。

此书写成，已是十二月初。为了向语言学年会提交论文（我不能不交论文），必须紧接着苦战两个月左右的时间。

语言学会年会于十二月中旬召开。我是副理事长兼秘书长，不能不参加年会。这样，就拖到十二月下旬了。

由于写书和写论文，我在汉语大字典组应该完成的任务积压下来了。因此，元月和二月，必须集中精力在两个月的时间里完成一个学期的任务（约编写六十篇解释字义的稿子）。

一看上面这个时间表，就可以知道，我要在本学期离开，是不可能的。如果民院那边来了邀请信，院系领导也不会答应。如果人家来了函被拒绝，以后当然不好再来函了。我跟系主任严学宭教授商量了一下，他劝我把南归的时间推迟到下学期。只能如此！我已给民院中文系姚炳祺先生去信，说明情况，表示歉意。《逻》书已看清样。大约十一月份可以印出。

我有一篇文章，题为"后分句主语的省略与意会"，将在《中学语文教学》十一月号刊登。这个杂志在北京出版，是全国性刊物，今年七月创刊，印数七十万，叶圣陶、冰心、吕叔湘等名流都在那上面发表文章。它的主编是张寿康先生，一位五十多岁的语言学者，跟我有书信往来。

漱谷、米米、昭昭，都好。

今天开语言学常务理事会，才散会。匆匆。

祝家中大小都好。

向娘和叔父请安。

愿您安康！

儿　福义　1979.9.25

一九七九年（44岁）

明天又要开一天会，赶着写这封信，实在写得太潦草了！

附昭昭的信

爷爷：

返校之日，才拜读了您的来信。

仔细阅读，认真思考了您介绍给我的几篇文章（这次，及上次）得到了不少有益的知识，深受启发。

一年的大学生活，从我本人来看，我觉得无论是在学习上，还是在生活及其他一些方面，我学到了在中学两年也学不到的东西。期末考试成绩不够好。生物94分，英语93分，数学85分。

近来，在英语方面，我有了一些长进。一年来，我花了最多的功夫在英语上。每天几乎有5个小时在读、写。除了在老师的辅导下，学习复旦大学出版的《英语》之外，我还以《Essential English for Foreign Students》为主，在字典的帮助下，在英语好的同学指导下进行学习。这套书共分四册，没有汉语注释，即是英文版。目前，我已开始学习第四册第十课，估计一个半月以后，即可学完这套书。以后，打算找一套较好的材料进行学习。大学二年级第二学期，打算学一点专业英语，不知是否操之过急？单词记了不少，有一二千，但在语法方面的知识还很欠缺。时态还好，在语法的另一些方面，运用很不自如。下个星期就要开始上课了。由于课程增加，在英语上是不可能花费很多时间的。也许会给我的计划带来很大的困难，但我想，经过艰苦努力，完成计划是有可能的。

下学期（即大二第一学期），所开的课程是生物学、有机化学、物理学、政治经济学以及英语。我想物理学、生物学的学习可能问题不大。有机化学是最大一个难点。因为我上中学时正好缺乏上这一门课的基本知识。不过，听高年级的同学说，有机化学主要靠背和理解。所以，多下点功夫，是有可能学好的。

《英语九百句·汉译注释》和《英语900句》原文版我都已买到。

十分感激爷爷时刻关心我的学习，同时恳请您继续给我学习上，特别是英语上更多的教导。

祝您安康！

孙女　昭　1979.8.25

另：

哥哥整个假期都不在家里，一直在学习攻读。他对外语很重视。据他自己说，他整个假期都在搞外语。

爸爸、妈妈近来也很好。

不多写了，同学找我上图书馆。下次，我一定把爸、妈及哥的情况告知于您。

昭又及

【8】十月二十五日

父亲：

南归事，未能按计划实现，前信想必您已收到，您肯定是很失望的。可是，有什么办法呢？条件确实是不成熟的。关于《难归类词》的书，最后定名为《词的归类》，到现在尚未写起三分之一。这是一块硬骨，很难啃。把它写好，并且让它达到全国性的水平是不容易的。从目前的进展情况看，可能要到十一月底才能基本完稿。由于全力写这本书，其他方面的"债"就欠多了；要把这些"债"还完，下学期肯定还是极为紧张的。另外，还有一点前信没向您说，那就是，如果十一月中离汉南归，经济方面条件也不成熟。我算了一下，要回家，没有相当一笔钱是不行的，可是，现在这笔钱尚未积起来。总之，南归事只好推一推。从心情上说，这当然是不愿意的事。

先后寄了《古汉语知识六讲》一本，《语文教学与研究》两本（1959年3、4期），《光明日报》两捆，不知收到没有。您说尚未收到八月份的《光明日报》，是不是丢失了？

正在开会。边听边抽空给您写信。写到这里，收到您二十日的来信。

米米、昭昭这学期来学习都比较紧张，一般都隔一两个星期才回家。昭昭是聪明的，但是女孩子一般容易分心，不知她将来情况如何，反正目前她在学校里各方面都是比较出色的。米米比较用功，目前成绩还好，外语学得还不错，两年后，希望他能考上研究生班。为他们创造了这么好的条件，他们若搞不出名堂，那是他们的事了。

漱谷身体还好。由于两个孩子相继上了大学，不像别的同志那样，老为子女的前途担心了。我现在的问题是过于紧张。每个星期，不仅是用七分之六的时间，也不仅是七分之七，而是七分之八了。以前，还有时间看看戏，看看电影，现在跟这些东西没有什么缘分了。

何庆烈，在海南琼师时是同学，到华师中文科，又是同学。去年，在我提升以后，不知他怎么知道，给我来过一封信。

《古汉语知识六讲》印出以后，我给吕叔湘先生寄了一本。吕叔湘先生是语言学前辈，是中国社会科学院语言研究所所长，高庆赐先生生前经常得到他的关怀，发表了什么东西总要寄给他。我想，高先生的遗作应该寄给他，所以寄了出去，并写了一封短信。国庆期间，收到他的回信，全文如下：

福义同志：

收到来信和高先生的遗著，想起高先生在京治病情景，不胜感慨。你写的文章我看过不少。你很用功，写文章条理清楚，也常常很有见地，如今年发表的《论定名结构充当分句》就很好。当然，有时候为题目所限，写不出好文章，如去年寄给《中国语文》的《评〈虹南作战史〉》，这不能怪你。也可见选择题目是很重要的。不知道你同不同意我这个意见？

顺祝

教安！

吕叔湘　1979.9.28.

这位语法学权威，七十六岁的老人，对我是关注的。去年寄给《中国语文》的那篇《肆意践踏祖国语言的黑标本》（即《评

〈虹南作战史〉(的语言)》),编辑部送给他看过,一年以后他还记得,真没想到。他第一次给我写信就提出存在的问题,显示了老一辈学者对后一辈人的关怀,读来感到亲切。我已给他去信。

《现代汉语语法知识》已经没有了。《畅游》也找不到了。《逻》书下月才能印出。

我是实岁44、虚岁45的人了。据说,在全国语言学界,我是最年轻的一个副教授了。因此,人们都说我年轻,是"年轻的教授"!其实,在外国,三十出头当教授的不少!

贺知章诗"乡音无改鬓毛衰",我现在,"鬓毛未衰乡音改"了。乡音,一点也说不到,今年三月间在西北大学遇到一个崖县人,他跟我讲海南话,我是基本上听不懂了。将来南归,这倒是个很大的问题。

祝您,祝家中大小康泰!

儿 福义 1979.10.25

《畅游》找到了一份,怕超重,下次寄。

住址图,以后再画。

【9】十二月三十一日

父亲:

又寄了《光明日报》一捆,会不会又丢了?这种现象,实在令人伤脑筋。因为怕丢了,我用挂号给您寄了几本杂志和一本《古汉语知识六讲》。——我真担心,挂号的也会丢失。

《辞海》词语专册，可能是六元多钱一本，但根本买不到。最近，内部在订购《辞源》和《辞海》(全集)，《辞源》可能是二十五元，《辞海》可能是六十多元。因为价钱太贵，我只订了一部《辞源》。

　　《逻辑知识及其应用》已经印出。过两天给您寄。以后给您寄信和书刊，是写"二大队五生产队"好，还是写铁丁的学校好？您再明确地给我写个地址。

　　这么久没有给您写信，您定可以推知，我实在是忙得有点招架不住了。具体内容就不说了吧！单说《词的归类》一书，这是块硬骨头，比预料的难啃好几倍，啃到现在，才算把初稿"啃"出来。目前，我的两个学生正在帮我抄，可能还要擂一下，到元月底才能定稿寄出去。

　　今天是年底。我的桌上，已堆了一堆信件。有的可以不回，但有的不写三言两语就失礼了。因此得马上对付这些信件。我的住处位置，再推到下封信再画吧。《畅游》，也下次再寄。(因为有贺年片，怕超重)

　　在新的一年即将到来的时候，我们，您的儿孙们，都向您，向娘，向叔父，请安、祝贺！

　　问弟弟一家子好。

　　问叔父一家好。

　　　　　　　　　　　　　　儿　福义　1979.12.31

昭昭说，给您寄了照片，不知收到没有？

不单独给叔父写信，请他原谅。贺年片，给他一张。

　　　　　　　　　　　　　　　　　　　　又及

【福义插说】本年发表以下文稿：

《逻辑知识及其应用》，湖北人民出版社1979年9月。

《论定名结构充当分句》，《中国语文》1979年第1期。

《湖北省语言学会召开代表会议》，《中国语文》1979年第2期。

《论意会主语"使"字句》，《江汉语言学论丛》1979年第1期。

《谈谈多重复句的分析》，《语文教学与研究》1979年第1期。

《湖北省语言学会积极开展活动》，《中国语文通讯》1979年第1、2期。

《定名结构充当分句一例之分析》，《语文教学与研究》1979年第2期。

《"五个日日夜夜"的说法对吗？》，《语文教学与研究》1979年第2期。

《"只有……才……"表示唯一条件，这种提法对吗？》，《语文教学与研究》1979年第2期。

《略说关联词语》，《语文教学与研究》1979年第3期。

《倒装成分和受事主语》，《语文教学与研究》1979年第4期。

《"一起"和使用"一起"的句子》，《语文教学与研究》1979年第5期。

《后分句主语的省略与意会》，《中学语文教学》1979年第5期。

《说"仿佛"》，《语文教学与研究》1979年第6期。

《"日日夜夜"含义补说》，《语文教学与研究》1979年第6期。

一九八〇年（45岁）

父亲的摘要

【1】一月二十三日：①《逻》书寄四本。②《词的归类》已写好，并已寄往兰州。③《现代汉语语法知识》准备再版，现就动手改写。

【2】二月十日：①收音机问邮局不能寄。②接兰州《现代汉语》主编黄伯荣信，三月二十日在北京由教育部召开《现代汉语》审改会议。我将被邀请及参加修改。因此《语法》得在三月底完稿。③五月间召开湖北省语言学会。④我已调离字典组，回汉语教研室。⑤秋季开提高课语言逻辑，明年招若干名研究生。⑥附米米和昭昭的信。

【3】三月十五日：①《语法》已写完交稿。此书奋战两个月。②《词的归类》二月二日由兰州寄回，希望增加些难归类词。拟三月二十五日前改好寄出。③原定于三月二十日在北京开的会，教育部指示改在秋季开。④湖北语言学会，四月份召开。⑤五月份在江西九江有个关于古汉语的会，去否未定。⑥《逻》稿费520

元。⑦收音机，只能寄钱回家购买。⑧明天开始，省里要开各学会秘书长会议。⑨国明来信，提到广西师范学院孙秀农教授，孙是谁？

【4】五月十九日：①忙于三事：上课，审稿，省语言学会的活动。②《现代汉语语法》湖北人民出版社已发稿。《词的归类》甘肃人民出版社将发稿。③八月份可能到青岛开会。九月间全国语言学会可能在武汉召开。十月间湖北语言学会在武汉召开。④研究生毕业论文通过可得硕士学位，可以成为讲师，得博士学位以后，可以成为讲师或副教授。不必争考这种学位了。

【5】七月八日：①九号晚上将赴北京，参加全国语言学会筹备会。在京逗留十天左右，转赴青岛参加《现代汉语》教材审稿会。②《现代汉语》教材如要动手修改，可能八月底才能返汉。③回汉时拟由青岛乘船赴上海，再坐船回武汉。④米米、昭昭都正在考试。

【6】九月十五日：①九号离汉赴北京。十一——十四日参加全国语言学会筹备会，期间花一天时间赴八达岭和十三陵参观。会议结束，中国语文编辑部宴请几位同志。②十九日赴青岛。开会将近两星期。八月一日离青岛赴上海，还抽时间到杭州玩一天，四日离上海。七日到汉。③全国语言学会将于十月二十一至二十六日在武汉召开。会议代表一百三四十人。④《词的归类》今年内可印出。⑤《现代汉语语法知识》是重写本，年底前可和读者见面。⑥米米一九八二年春季毕业，昭昭一九八二年秋季毕业。⑦漱谷教高中一个班语文，当一个班的班主任。⑧《中国语

文》刊登我的《关于"从……到……"结构》。

【7】十一月五日：全国语言学会成立大会于十月二十一日到二十七日于武汉召开。与会代表190多人。选出吕叔湘为会长。我被选为副秘书长之一。

【8】十二月二十日：目前担任中文系副主任、院学术委员会委员、湖北省青联副主席、湖北省语言学会副理事长兼秘书长、湖北省文字改革委员会委员、中国语言学会副秘书长、中国修辞学会副会长、中国修辞学会中南分会副会长、华中工学院语言研究所副所长等职务。

一九八〇年（45岁）

信 件

【1】一月二十三日

父亲：

连续收到两封信。

过去不知道一台收音机有这么大的作用。我一定买。不过，这种东西稍一触碰就会坏。不知道让不让寄，我想到邮局问一问。如果邮局能寄，一买到合适的就寄出。如果邮局不让寄，拿钱在黄流买行不行？

挂号寄出《逻辑知识及其应用》四本。里面，附有《畅游》一份，照片一个（是去年在隆中卧龙岗照的）。

《光明日报》，过两天寄。因为忙，放得乱七八糟。实在没办法。

《词的归类》已经写好，昨天已寄往兰州。八月初动手，一直搞到现在，花了近半年的时间。原来打算只花两个月，没想到难度比预料的大得多。

从下午开始，又得转入另一工程：改写《现代汉语语法知识》。出版社要求四月底交稿，订了合同，过期要罚款。又是一场硬仗。四月底前，不会有些微清闲！原来说三月份南归，为了改《语法》（这是非搞不可的事），又得延期了！

米米忙于应付功课，他说，春节期间一定给您写信。

叔父身体好些吗？给他寄了十五元钱，不知他收到没有？

祝您，祝家中大小，都好！

儿　福义　1980.1.23

【2】二月十日

父亲：

收音机，已问了邮局，不能寄。以后，或者我自己带回海南，或者托人带回海南，总之一定给您买。

原定三、四月间到广东民院讲课。现在，不得不改变计划了。情况是这样：(1)《语法》一书，出版社要求修改，一定要四月底交稿。(2)接《现代汉语》(全国性教材)教材主编黄国荣先生信，三月二十日在北京召开《现代汉语》审改会议，以教育部名义召开，我将被邀请。会议可能开到三月底，然后集中全力修改，我一定是参加修改的人员。这样一来，《语法》一书，非要在三月中旬完稿不可。这对我说来，是只能用"紧"字来形容的。春节期间，我也一定要"全速前进"，不然，是完不成任务的。争取三月下旬完成《语法》稿，到北京参加会议，可能四月中旬或下旬才能回武汉。(3)五月间，召开湖北省语言学年会。去年的年会，因种种原因，没开成。五月间的年会，算是一九七九、一九八〇两年的。(4)年会开过以后，我得准备一下"提高课"和明年招研究生的计划。——总之，今后三四月内，是很难分身的。

我已调离大字典组，回汉语教研室。按计划，今年秋季，我将开提高课——语言逻辑；明年将招收若干名研究生。我是才回教研室的，将来怎么搞，还考虑得不怎么成熟。

　　米米、昭昭都已放假。

　　春节将到，我因埋头伏案，赶写《语法》稿，一切杂事，都丢给了漱谷。

　　昨天已给您寄了十五元，同时也给哥哥寄了十五元。给他写信，他从来不回，这十五元钱他收到后也不会来信的。但愿他能收到！

　　今天上午开了半天会，下午为《语文教学与研究》改了三篇稿件。剩下一点时间，给您写信，写得实在太草了。

　　叔父不知完全康复没有？

　　向娘请安！

　　问弟弟一家子好！

　　祝您春节愉快！

儿　福义　1980.2.10 下午

附米米和昭昭的信

爷爷：

　　您好。时间过得真快。转眼在华师读书已整整有两年了；在这两年里无论是在学习、生活还是体育锻炼上都多多少少地有点收获。

　　首先向您汇报的就是我的学习成绩。高等代数得了81分，英

寄父家书

语考试86.5分，政治是良。成绩一公布下来，我是感到惭愧的。因为没有达到我给自己订下的学习计划：每门功课90分以上。到底是什么原因呢？说我在学习上没有人家努力吧，那可说不过去。说我性情活跃，喜欢贪玩，那更说不过去。我想原因可能就在我对问题、课本钻研得不够，满足表面，轻视本质。在今后两年的学习时间里，我一定坚决克服自身这一毛病，在学习上争取更大的进步。

如果说我刚进校的时候是体弱多病的人的话，那么现在我可称得上是一个体强病少的人了。在过去的两年学习时间里，我特别注意体育锻炼，真害怕走得病休学这条路子。所以，利用早锻炼的时间进行长跑，课外活动的时间打打球，是我每天必做的事。

我们是七个人住一个寝室。除了我外，其余六个人都是来自各个不同的乡村。语音虽各有不同，但谈起话来都能彼此了解，常常是笑语满室。以前我在众人面前是很不爱说话的。自从过集体生活后，虽谈不上能高谈阔论，口若悬河，但是我毕竟还是改变了不爱说话的性格。在去年组织的红歌比赛中，我指挥过班里的合唱，取得第三名。学校的生活正像歌里唱的一样"我们的生活充满阳光"。

粉碎"四人帮"后，我们学院的面貌焕然一新，公园里栽上了杨柳，安上了石雕凳、石桌。清晨到那里去读外语，真使人有一种心旷神怡的感觉。

现在我们已经放假，在这次寒假中，我打算把英语好好抓一抓，来迎接我们下学期专业英语的学习。

很长一段时间没有给您写信，您一定在责怪我吧。在此我向您老人家请求宽恕。

祝您过一个愉快的春节。

孙 孔亮 1980.2.10

爷爷：

敬祝您春节安康！

孙女 昭昭

【3】三月十五日

父亲：

您的信收到很久了。

收信后，曾给您寄了一大捆《光明日报》。前天，又寄了一小捆《光明日报》，其中有《学报》《中学语文教学》《语文教学与研究》各一本。后者是挂号的，想来不会遗失；前者没挂号，不知您能否收到！

《现代汉语语法》已经写完，并送交湖北人民出版社。奋战两个月，每天工作十五六个小时，春节期间也没休息过。总算是完了一件事！大概他们看一看之后，提提意见，再做微小修改，就可以付印了。

《词的归类》元月二十二日寄往兰州，黄伯荣先生看了提了几点意见，并要求增加一些难以归类的词。黄先生对这部稿子评价很高，肯定它"有创见"。他二月二日就已寄回，并希望早日改好，以便早日出版。因为我在赶写《语法》，所以到现在尚未修改。这本小书，只有八万字左右，但它是全国性的，而且所谈的问题属"尖端"性的,所以将来会在语言学界产生较大的影响。打算"马不停蹄""全速前进",争取本月二十五日改好,寄出。

原定三月二十日在北京开会,后来接通知,说是教育部指示,会议改到今年秋季开。

四月份,湖北省语言学会开会。将有几个外地专家参加。我曾写信给吕叔湘先生,要请他来。最近收他的信,说是四、五月份工作已经排满,实在来不了。

五月份,江西九江有个关于古代汉语的会,邀请我参加。是不是去,还在犹豫。

《逻辑》稿费五百二十元。按每千字5元计算。各地稿费差不多。据说四川省的要高一点。前不久长沙有个关于出版工作的会议,会上有人提出要增加稿费,但没得到同意。

我已正式回汉语教研室。正在筹备成立语言教研室。最近经过协商,我要在系里上语法课(从三月二十八日开始,一学期)。另外,在下学期给高年级学生开"语言逻辑"选修课。初步决定,明年招几名研究生。(今年的研究生招收计划是去年上报的,当时我在字典组,所以关于招收现代汉语研究生的计划不好报)

收音机,看来是不能在武汉买了。因为,邮局不让寄,其他办法也找不到。还是在家乡买好不好?您了解一下,可能有什么样的买,需要多少钱。等着您的信。

潄谷、米米、昭昭都好。

今天下午系里有会。明天开始,省里要开各学会秘书长会议,可能要两三天。

写得太草了。

叔父身体好些否？

家中大小都好否？

您最近的健康情况如何？娘好否？

儿　福义　1980.3.15 上午

林国明同志来了一信。他谈到一位"广西师范学院历史系孙秀农教授"，这是个什么人？

【4】五月十九日

父亲：

收到您的信，已有一两个月的时间了。上月二十一日，曾给您寄了五十元钱，不知收到没有？

这些时来，主要对付几件事。一是上课。虽说驾轻就熟，不必全力以赴，但不能不上好，因此还是得花时间。二是"汉语知识丛书"中文字、词汇部分各册的审稿。"汉语知识丛书"共三十多册，由国内有研究的学者撰写，由文字改革出版社、甘肃人民出版社和湖北人民出版社出版。湖北人民出版社出版文字、词汇部分各册（十一册），主编黄伯荣教授委托我当审稿组组长，不能不花时间。三是湖北省语言学会的活动。前些时请了北京师大俞敏教授来汉讲学，又花去了一些时间。此外，杂七杂八的事情，自然不少。因为时间太挤，这几个月来没写一篇文章，形成了这几年来最大的空白。

《现代汉语语法知识》,湖北社已经发稿。《词的归类》,湖北社想出,甘肃社不让(按原计划该甘肃社出),黄伯荣先生(兰州大学教授)来信,说催甘肃社早日发稿。

八月间可能到青岛开会。九月间,全国语言学会可能在武汉召开(吕叔湘先生有这个意思)。十月间,湖北省语言学会召开。时间表总是排得满满的!

考"博士"学位,从目前情况看,似乎没有必要。一个研究生,毕业论文通过,可以得硕士(副博士)学位,有的可以得博士学位。按一般情况,得硕士学位以后可以成为讲师,得博士学位后可以成为副教授或教授。我已经是副教授,过些时就可以提教授,因而是不适宜去争这种学位的。

孩子们都好。忙于考试,不能给您写信。

漱谷忙。星期一到星期六,忙于上课(就上课说,中学比大学忙得多),星期天忙于处理家务,是够紧张的了。因此,总不能给您写信,请原谅她。

向叔父问安。向娘问安。祝家中大小都好。

儿 福义 1980.5.19

收音机不知买了没有?

【5】七月八日

父亲:

又要离汉了。行前,给您写封短信。

一九八〇年（45岁）

　　这次离汉，参加两个会议。一是由语言研究所主持召开的全国语言学会筹备会，于七月十一日至十四日在北京召开。二是由教育部主持召开的《现代汉语》教材审稿会，于七月二十一日至八月三日在青岛召开。青岛会议，将有我国许多第一流的语言学家参加。

　　明天上午，乘138次直快赴北京。在北京待十天左右以后，赴青岛。如果要参加动笔修改教材，可能八月底才能回武汉；否则八月初就可以回来了。回来时，想坐船到上海，再坐船回武汉。

　　米米、昭昭都正在考试。很忙。漱谷也好。

　　向娘、向叔叔问安。祝您康健！

儿　福义　1980.7.8

【6】九月十五日

父亲：

　　在惦念中，收到了您九月八日的信。

　　我八月七日就回到了武汉。回武汉后，就给您写了信，难道那封信丢失了？

　　我是七月九日离武汉赴北京的。七月十一日至十四日在北京参加了全国语言学筹备会，期间花了一天时间游览了八达岭和十三陵。筹备会结束后，中国语文编辑部盛宴招待了几位同志，我是其中之一。

　　在北京待了几天，七月十九日离北京赴青岛。青岛会议，开了近两个星期。八月一日，我和武汉大学的一位同志离青岛赴上海，还抽时间到杭州去游览了一天。八月四日乘船离开上海，八月七日回到了武汉。

这次外出，结识了很多专家，增加了许多新朋友。回汉后一个月来，连接收到很多来信，都是国内语言界有名的人物。这对我将来开展全国性的学术活动，是很有利的。

全国语言学会将于十月二十一日至二十六日在武汉召开。这是中国语言学界的空前盛会，著名语言学家都将集会于武汉。会议代表一百三四十人。一个省最多有四名代表（大多数省是三名代表，少数省只有两名代表）。湖北省的四名代表，有我在内。

我是大会筹备组的成员之一。一个多月来，差不多天天都在忙于筹备工作。可能要到十月底大会开过之后，才能喘口气。

《词的归类》一书，早就交稿，但甘肃人民出版社因最近出版任务重，尚未发排。不久前他们编辑部来信，说今年内丛书发排三本，第一本就是我的《词的归类》。

《现代汉语语法知识》一书，是重写本，近十五万字，由湖北人民出版社出版，已看校样，年底前可以同读者见面。

米米、昭昭都好。他们都已到学校去了。学校是九月一日开学的。米米是一九八二年春季毕业，昭昭是一九八二年秋季毕业。成绩都还不错。等他们星期天回家，就要他们给您写信。

漱谷也很好。教高中一个班的语文，当一个班的班主任。最近，她还应武昌区文教局之邀请，给初中教师们讲汉语语法知识。

一定要注意保重身体。代课，若离家较近，那当然可以，若离家过远，似可不必。

《中国语文》又发表我的一篇文章，题目是"关于'从……到……'结构"。还没寄来，寄来以后，再跟《光明日报》一起寄给您看看。

向娘和叔父问安。祝弟弟一家子都好。祝您健康！

儿　福义　1980.9.15

【7】十一月五日

父亲：

该给您写信了。

从青岛回来以后，两个多月来，一直把全部精力放到全国语言学会成立大会的筹备工作之中。

大会于十月二十一日开幕，十月二十七日结束。到会代表一百九十余人，有老一辈的语言学家，也有取得一定成就的中年学者，平均年龄六十岁。会议开得很隆重。经过反复讨论，全国语言学会聘请胡乔木、叶圣陶、胡愈之等先生为顾问，聘请王力先生为名誉会长，选出吕叔湘先生为会长。将来，活动的开展主要靠秘书处。大会选出了秘书长一人，副秘书长五人，全都是五十岁以下的中年人。秘书长为陈章太，他是语言研究所的常务副所长。我被选为副秘书长。

大会召开期间，经常和王力、吕叔湘先生接触。跟其他著名学者也有较多的接触和交往。

会议期间经常开夜车，一般要到两三点钟才能略略休息一下,因此十分疲劳。几天来,只想睡觉,什么事情都做不成,连信也不想动笔写。

《现代汉语语法知识》已经给您寄了四本,请查收。

《词的归类》一书,甘肃出版社拖了下来,可能尚未发排,我已写信催。

漱谷、米米、昭昭都好。米米、昭昭功课紧张,星期天很少回来。

因为开会,积压下来的事情就多了。别的情况,以后再给您写信。

告诉我您的身体情况。向娘和叔父问安。

祝您安康!

顺祝弟弟一家子安好!

儿 福义 1980.11.5 下午

哥哥近况如何?真想念他!

【8】十二月二十日

父亲:

收到了您的信,也看了仁哥给您的信。

前几天,给您寄了《光明日报》和几本杂志。前天,给您寄了十五元,给哥哥寄了三十元。给哥哥寄钱,写了这么个地址:"海南岛崖县红沙公社(荔枝沟)团结大队二队"。我知道,他一定不会给我写回信。您以为,按这么个地址他能收到吗?

一九八〇年（45岁）

近来文章是写得少了。有什么办法呢？牌子越来越多，文章必然也越来越少了。目前，已挂上了这么些牌子：副系主任、院学术委员会委员、湖北省青联副主席、湖北省语言学会副理事长兼秘书长、湖北省文改会委员、中国语言学会副秘书长、中国修辞学会副会长、中国修辞学会中南分会副会长、华中工学院语言研究所副所长。另外，还要参加一些别的活动。这种情况，实在令人忧虑。

向娘和叔父问安。问弟弟一家子好。

祝您康健！

儿　福义　1980.12.20

晋升为系副主任事，见一九八〇年十二月七日"华中师院"小报。

【福义插说】本年发表以下文稿：

《现代汉语语法知识》，湖北人民出版社1980年8月。

《略论"结构"研究中的几个问题》，《华中师范学院学报》1980年第1期。

《略说"名物化"》，《语文教学与研究》1980年第1期。

《谈"点""面"并列》，《中学语文教学》1980年第2期。

《关于"从……到……"结构》，《中国语文》1980年第5期。

《略谈标点与语气》，《语文教学与研究》1980年第5期。

《"如果……就……"和"只要……就……"》，《中学语文教学》1980年第11期。

一九八一年（46岁）

父亲的摘要

【1】二月二日：①《中国语文》一九八一年二月份发表我的《评"暂拟汉语教学语法系统"》，笔名"华萍"。②米米和昭昭，都准备参加研究生考试。

【2】五月一日：①前不久到北京参加中国语言学会常务理事会。②《词类辨难》，不久就可印出。③米米到中学去实习。返校后，就写论文，争取得学士学位，并准备九月份的研究生考试。④昭昭在武汉大学很活跃，各课成绩都很好。

【3】五月二十四日：明天去北京，参加语言研究所办的语法学术报告会，十多天才能回武汉。

【4】六月二十八日：①去北京参加报告会，吕叔湘、朱德熙出席。参会代表60人左右，会上做了十三个学术报告，我报告的题目是"关于句型"。②六日返武汉。三十号乘机赴沈阳，参加七月一日在哈尔滨召开的"语法和语法教学讨论会"。③十月份将在成都举行中国语言学年会。④最近被评为湖北省高等学校

先进科研工作者。全省有 57 人，华师有 6 人，还得奖。

【5】七月二十七日（此信丢失半页）：①哈尔滨会议是中国语法学界的一次大盛会，老一辈的语法学家王力、吕叔湘等都出席了会议。②秋季招三名硕士研究生，7 月份考试。③米米准备考研究生，昭昭在复习功课，住在学校。

【6】十二月二十五日（此信丢失）：① 10 月间到成都参加中国语言学会首届年会，是乘飞机去，乘火车返的。② 12 月 9 日到广州参加中国修辞学会第一次年会。在广州遇到一位朋友，把您的事和他谈，结论是"他劝我不要进行"。③米米考研究生没考取。④我为华师招三名研究生，为华工招四名。

信　件

【1】二月二日

父亲：

　　来信收到好些时候了。近来杂事特多，加上学习中央文件，简直忙得团团转，欠了许多"债"，"信债"还是还不清。昨天开始放假，才能坐下来写写信。

　　兼职多，对我的专业影响很大。实在没办法！

　　《中国语文》今年第二期上将发表我的《评"暂拟汉语教学语法系统"》的文章，用笔名"华萍"。"暂拟系统"是"暂拟汉语教学语法系统"的简称，二十多年来，在我国语法学界影响极大。国内将热烈开展对这一系统的讨论。我的文章从各方面提了它的问题，可以说是放头炮。因为这一系统涉及面大，为了以后学术活动的方便，所以用笔名"华萍"。

　　漱谷、米米、昭昭都好。昭昭尚未回家。米米在搞功课，争取今年年底参加研究生考试。

　　按原计划，我今年将招研究生。为华中师院招几个，为华中工学院语言研究所招几个。身体还好，只是因为过分劳累，总是感到疲倦。

　　我跟哥哥之间没有什么误会。兄弟俩，在人生的旅途中，有一段曾经搀扶着行进，这是无法忘怀的。如果说有误会，就是我对他老不给我写片言只字感到恼火。给他寄钱或东西，往往连个收条也没有！知道他收到了还好，就是根本不知道他收到了没有！

向娘请安。向叔父请安。祝弟弟一家子好。

"信债"太多，只能写这几句了。

这封信，到您手中时，春节可能已过去几天了。

给您，给娘，给叔父，拜个晚年吧！

儿 福义　1981.2.2

【2】五月一日

父亲：

今天是五一，是假日，再不给您写信，内心受到的谴责就会更大了。

近来的情况，可以概括为两个方面。一个方面是忙。忙的主要内容有三：行政事务、学术活动、写点文章。另一个方面是身体不怎么好，很疲倦，肝痛，腰痛，失眠。一有点时间，只想休息。因为这两个方面的原因，学术研究受到很大的影响。有的杂志约写文章，已无法按时完成交稿。

前不久，到北京参加了中国语言学会常委理事会。出席会议的，除了几位中年人外，都是国内一流的专家。今年内，还有这么几个会得参加：(1) 五月底在北京参加语法讨论会；(2) 七月间在哈尔滨参加关于语法教学系统问题的讨论会；(3) 十月间在成都参加中国语言学会第一次年会；(4) 十二月在广州参加中国修辞学会第一次年会。

给您寄了《中国语文》和《语文教学与研究》各一本，想必收到了。《中国语文》上用"华萍"笔名写的文章，是二十多年来第一次对"暂拟系统"的认真开火，已在国内引起了相当大的影响。这一讨论，由吕叔湘先生亲自主持和领导，可能要开展两年的时间。

《词类辨难》（原名《词的归类》），甘肃人民出版社已于二月三日发排，估计不久的将来就可以印出。

漱谷、米米、昭昭都好。米米最近在中学参加教育实习，返校后可能要着手写毕业论文，争取"学士"学位。另外，他正在积极准备参加九月份的学位（硕士）研究生考试。昭昭是个大忙人，参加好些活动，但学习成绩仍然很好。参加明年的学位研究生考试，她似乎是比较有信心的。

您近来健康情况如何？请多保重。

向娘和叔父请安。问弟弟一家子好。若给哥哥写信，把我的情况告诉他一下。

写得这么草，实在不像话！

敬祝安康，快乐！

儿　福义　1981.5.1

【3】五月二十四日

父亲：

您的任教，十分正确。给少年以知识，教将来的起跑者怎样

一九八一年（46岁）

起跑，是十分必要、十分光荣的事。

明天要到北京参加语言研究所举办的语法学术报告会，十多天以后才能返汉。

雨衣，准备到北京去买。不知能否买到。

行前匆匆，返汉后再给您写信。向叔父问安。

娘和弟弟一家都好否？

祝您康泰！

儿　福义　1981.5.24

【4】六月二十八日

父亲：

上月赴北京开会之前，给您一信。现在，赴哈尔滨开会之前，又给您写信。

在北京，参加了语言研究所举办的语法学术报告会。吕叔湘、朱德熙先生参加了会议。全体代表六十人左右。会上一共做了十三个学术报告。我的报告是《关于句型》。

本月六日从北京回到武汉。外出十多天，琐事山积，忙于应付。又病了三天，做不成事情。到今天，一些主要的事情总算对付过去了。

后天（三十号），乘飞机离汉赴沈阳，争取七月一日赶到哈尔滨，参加"语法和语法教学讨论会"。这是语法学界的一次重要集会，主要任务是确定一个全国通用的语法教学系统。大约七月十六日可以回到武汉。

《词类辨难》已看了校样，但正式出书，恐怕还得拖两三个月的时间。

《语言研究》上的文章也已看了校样，很快可以出来。

十月份，中国语言学会第一次年会正式在成都举行。会前要交论文提纲。

已给何庆烈去信。

您近来身体如何？娘和叔父都好否？弟弟一家子都好否？

雨衣，还没买到。这次出去，再注意看看。

学期将结束，米米、昭昭都忙于应付期末考试，都没有回家。

向娘和叔父问安。要是给哥哥写信，把我的情况告诉他一下。

祝您康泰！

儿　福义　1981.6.28

已决定招硕士研究生三名。为华中师院招两名，为华中工学院语言研究所招一名。我兼任华中工学院语言研究所的副所长。为他们带研究生，是为了发展语言科学。我的工作岗位，还是在华中师院。

又及

最近被评为湖北省高等学校先进科研工作者。全省五十七人，华中师院有六人。此外，还有一些"先进集体"。二十号那天，曾开了"授奖大会"。

又及

【5】七月二十七日

父亲：

得的终会得，失的终必失，得失之间往往是人力不可强求的。不必懊恼。

今年的会议太多。十二月份不一定能去广州，因为那时课尚未上完。

不认识林毓豪。我的交往面极小。湖北美院就在我的附近，但我跟他们没有任何来往。再说，升学是靠关系能进的么？我好像还不知道这一点。

二十多年来，我形成了一个性格，就是恬淡、孤僻、清高，不愿跟人来往，更不愿拉拉扯扯。米米、昭昭的升学，我没为他们说过一句话，将来的毕业分配，我也不会为他们去说话。上次写信给何庆烈，我是完全违背自己的行为准则了。如果不是您来信，我是绝不会写这种求人的信的。

本月中旬由哈尔滨回武汉。去时，坐飞机到……

（此信丢了半页。后边，丢了几封信）

【6】十二月二十五日

（此信丢失。看父亲的摘要，可知基本内容）

附昭昭的信

爷爷：

您好！期中考试已经结束。一切又走上了正轨。成绩比上学期好些。有机得了 97 分，物理 92 分，生物考得还可以，只是分数没有下来，下次再向您汇报。

通过期中考试，我发现自己存在一个想克服却克服不了的毛病——粗心大意。拿有机考试来说吧，扣除的 3 分都是很容易得到的。几乎所有的同学在我错的地方没有错。虽然我的有机成绩在全班名列第二，但我很不满足。

听我妈妈说过，爸爸在读大学的时候，每一次考试都沉得住气，我总想学一学爸爸的榜样。但每临考场，我都几乎次次交卷取得前三名中的一名，然而很多小地方往往被忽视了。我常常想，爸爸现在的成功也许与大学时间打下的牢固基础有关。我很想像您、像爸爸那样干出一番成绩来，而急躁情绪老是克服不了！

为了尽快地提高英语水平，下一阶段我除了认真学好其他各门课外，打算大量阅读有关英语的普及读物，从而提高自己的阅读能力和分析能力。我听从您对我的教训，从大局着眼，目前我不再用英文写信了。不过，我想，明年此时，我也想就免修英文而转入第二外语的学习，就能用英文给您写第三封信，那时我在英文书写和语法的运用上将会有大的进步。

祝安康长寿！

Your Sincerely　孙女　昭昭　1981.12.6

【福义插说】本年发表以下文稿：

《词类辨难》，甘肃人民出版社1981年8月。

《现代汉语里的一种双主语句式》，《语言研究》1981年第1期。

《"继续"词性的考察》，《语文教学与研究》1981年第1期。

《评"暂拟汉语教学语法系统"》，《中国语文》1981年第2期。（署名：华萍）

《关于"暂拟系统"的几个问题》，《语文教学与研究》1981年第3期。（署名：华萍）

《关于概念、判断和推理》，《湖北教育》1981年第12期。

一九八二年（47岁）

父亲的摘要

【1】三月七日：①设想和严学宭教授建立和发展语言学的南方中心。严先生73岁，中南民族学院副院长、中国语言学会副会长、湖北语言学会会长、华中工学院语言研究所所长。②应湖北人民出版社之约，与他人合写《语文知识一千问》，定四月份交稿。③应黑龙江人民出版社之邀，写《关联词语与复句》，约十万字。④米米参加研究生考试，未录取。分配在武汉市土产公司教育科。昭昭今年暑假准备考研究生。⑤工资现在是八十多元，是连升三级后得的。离副教授工资还很远。这个问题，不是短期可以解决的。

【2】五月二日：①在华中工学院给进修班讲课，学员是来自全国各大学的讲师。②五月底，将赴安徽淮北参加现代汉语语法教学研究会。六月底去北京参加语法讨论会，我将提交一篇论文。③我如离开这里，国内的大学都会要的。三年前，广州暨南大学来要，去年海南大学也来要，院和省都不让走。④这两年里想回

海南一趟。

【3】六月四日（给哥哥和嫂嫂的信各一封）。

【4】七月七日：昭昭考上研究生，是在北京的中国医学科学院抗菌素研究所，特此报喜。

【5】十二月十日：①十月二十四日参加正教授考试，英语考试已过关。能否晋级正等教育部批示。(关于考试情形的一信已遗失)②《复句中的关联词语》原定今年写成，但工作太忙，没有写出。③昭昭去北京已三个月。米米正在用功，准备参加研究生考试。④孔鑑来访，我的情形，他回去会告诉您的。⑤教育部于十二月十四日在河南开封召开现代汉语教材审定会议，我是以专家名义被邀请的。

寄父家书

信　件

【1】三月七日

父亲：

让您久等回信，实在不安。

去年从广州回来后，身体一直不怎么好。首先是害肠胃炎，后来又咳嗽，害支气管炎，到现在还没有全好。身体不好，心情也不怎么好。各方面的压力有增无减，琐事山积，"债务"总还不清。真想什么都不干，什么也不想，安安静静过几天。

研究生都已到校。这些人是奋斗出来的，有锋芒，有如初生之犊，我很喜欢。但是指导研究生，要保证人家学有所成，担子实在不轻。因为带研究生，本科生的课怕不会上了。即使上，恐怕也只能讲选修课。因为没有时间。

为什么不让教授带研究生？教授很少。中文系一百多名教师，语言学科的教授只有三名，都是七十岁的老人了。副教授也是很少的。到目前为止，整个中文系也只有八个副教授。按教育部规定，副教授就可以带研究生。其实，许多副教授带研究生，比较受欢迎。一般报考研究生的，每位导师名下大都是七八位。如有二三十人报考，就算多的了。然而这次报考我的研究生的，光华师这边就多达七十三人。

为华中工学院带研究生，是义务劳动，目的是为发展语言学研究事业。我和严学宭教授（七十三岁，中南民院副院长、中国语言学会副会长、湖北语言学会会长、华工语言研究所的所长）有个雄心，要建立和发展语言学的南方中心。这一点，是得到国内许多语言学专家支持的。

今年的写作任务很重。应湖北人民出版社之约，跟几位同志合作，写一本《语文知识一千问》，四月份交稿，才开始动笔。六月份，出席北京语法讨论会得准备一篇论文，才开始收集资料。应黑龙江人民出版社之约，写一本十万字左右的《关联词语与复句》，要求年底交稿，恐怕很难完成。真需要好身体，真需要时间！

米米参加研究生考试，未录取。分配在武汉市土产公司教育科。分配的单位不理想，他不大高兴。有什么办法？要分配好单位，得靠活动。我不会活动，也不屑于活动，只能如此！过些时，等情绪稍稳定，他会写信给您。

昭昭今年暑假毕业。正在准备考研究生。如能考取，自然很好；如果考不取，又面临分配问题，那也只能看她的运气了！

我的工资，可能忘了告诉您，现在已是八十多元。已经连提三级，是华中师院两千多职工中连提三级的一个人。自然，离副教授的工资还是很远的。不过，这个问题恐怕这几年里是解决不了的。

漱谷很好，还在九中，天天上班。

您多次提到"合照"。近来实在没有时间或机会在一起照相。上个街，很方便。然而，星期天，不是昭昭不回来，就是米米不回来，再不就是有客人或有事，总没法一起上街去。以后再说吧!

娘和弟弟一家都好吗?叔父好吗?您近来身体怎么样?哥哥有信来没有?

不多写了。愿您康泰!

儿　福义　1982.3.7

附米米的信

爷爷:

您好!近来身体好吗?您年纪大了,要多保重身体。

四年的学习生活终于结束了。我被分配到武汉市土产公司教育科,搞职工业余教育。

从学校到社会,换了地方,变了环境,有许多东西都使我感到陌生,觉得很不习惯。我想,这也许是我身上的学生味太浓了吧。如果说我毕业时是四年级学生,那么对社会这所特殊而广博的大学来说,我却是一个刚跨门槛的新生,带着一脸的稚气,满眼的新奇,一脑门的疑问。一切都会慢慢地适应的,谁都有这样的过程,那就认真地去对待它吧。也许以后,我会满身都是"土产"味,这就是我为了适应环境,而给自己罩上的一层保护套套!

搞职工业余教育,时间不很紧张,跟分配到中学的比起来,我还是相对满足的。我现在正利用一切业余时间复习,准备明年报考研究生。分到土产公司,从这点来说,无疑是对我很有利的。今年本打算考一下的,可是公司领导不让报考,很遗憾。昭昭今年考过了，考得比较理想，还很有点希望。她正在静候佳音。这段时间她在做实验，写毕业论文，只是星期天才回来一下。

关于以后的路，我想还是不去说那些大话为好。抓紧时间，埋头读书都是我奉行的宗旨。希望来年在洒满自己汗水的土地上，收获自己的硕果，这便是我努力的方向。

祝您春日好！

您的孙儿　孔亮　1981.4.17

附照片一张。背后这幢楼是华师图书馆。

【2】五月二日

父亲：

忙。紧张万状。早该给您写信！可是，还是拖到了现在。

为了赶写《一千问》（我负责其中三百句，约十一万字），春节以来一直忙到四月二十二日。接着，又在华中工学院给语言进修班讲课，还得两天才能讲完。语言学进修班是由中国语言学会赞助，由湖北省语言学会和华工语言研究所主办的，学员来自全国各大学，一般是讲师；教员也来自各大学，主要是从北京请来的专家。因为讲课的都是有造诣的专家，听课的又是水平很高、要求很高的学员，所以备课很花时间。

在华工讲完课之后，我将赶写一篇论文，以便提交六月份召开的北京语法讨论会讨论。接着，大约五月下旬，将赶赴安徽淮北市参加现代汉语教学研究会，并应邀做学术报告。非常紧张，简直没有喘息的机会。

毁誉并生，自古皆然。但是，我用心血浇灌事业的花朵，用辛苦开拓学术的园地，不招谁，不惹谁，谁再嫉妒，也毫无办法。因此，我淡然处之。

我不会活动。对拉关系之类一窍不通，但是学术影响是有的。我如果离开这个单位，国内的大学，包括名牌大学，会要的。然而这里绝对不肯放。三年前，广州的暨南大学来要过，结果在院里和省里都碰了一鼻子灰；去年十二月在广州期间曾到暨大做报告，临走时有关领导还说，什么时候都为你保留着位子，你什么时候能来就来。去年，海南大学一位副校长到武汉来找我，动员我回海南，答应给一百二十平方米的房子，还有其他优厚的条件。去年十二月在广州开会期间，海南大学一位姓黄的副教授告诉我说："我看到名单上有你的名字，就对领导说别做这个打算，我们调不动这位教授！"

不过，"压力"之说，不是完全指被人毁妒。牌子越挂越重；要文章、要书稿的地方越来越多；每天收好几封信，有人问问题，有人要帮他看文章、开会、带研究生、讲课……总之，没有假日，没有星期天，弓箭是拉得满满的，有时候甚至觉得支撑不住了。

一口气写了这么多。明天还要上课，得准备一下。

已给哥哥寄去三十元。

这一两年里，我将设法回海南一趟。如果不能成行，只好请您来看看。这件事，再想想。

米米早就给您写了信，放在我这里，现在一起寄给您。

一九八二年（47岁）

向娘问安。向叔父问安。祝弟弟一家子好。

嫂嫂情况怎么样了？

寄上几张照片，都是最近照的。

把近况告诉我。

祝您康乐！

儿　福义　1982.5.2

【3】六月四日

哥哥：

又很久没给您写信了。因为有父亲在家乡，我总要他把我的情况告诉你，所以没单独给你写信。你是会原谅的。

嫂嫂害病，使你各方面增加了极大的压力。请你把嫂嫂的病情经常告诉我，或让父亲告诉我。

近一两年来，我可以说忙极了。身体觉得衰弱下去。不论如何，我明年找机会回家看望看望亲人。

祝你好。

祝侄儿侄女都好。

愿嫂嫂迅速恢复健康。

弟弟　福义　1982.6.4

嫂嫂：

知道你害了病，一直很着急，一直很惦念。

时间已经过去了近三十年，可是，在我的脑海里，你的形象总是那么清晰，那么鲜明。你对我好，我永远感激你。

你太劳累了。你这次害病，恐怕跟劳累过度是有关系的。对此，我能说什么呢！还是只能表示对你的感激！

今年春节以来，事情特多，加上身体也不怎么好，经常感到极度的疲倦。明年，我一定争取回家一趟，看看父亲和哥哥，看看你，看看一切亲人。

祝愿迅速恢复健康！

病中，要注意心平气和，切忌急躁生气。

弟弟　阿耀（福义插说：我乳名金耀）　1982.6.4

【4】七月七日

父亲：

向您，向叔父，向所有亲人，报喜！

昭昭已以405分的高分，考取了硕士研究生！单位：中国医学科学院抗菌素研究所。地点：北京。

我才从北京开会回来。今天收到了昭昭的录取通知书。昭昭会另外给您写信的。

嫂嫂病情如何，时在念中。

祝您，祝娘，祝叔父，祝所有亲人，安好！

儿　福义　1982.7.7晚

昭将于九月一日到北京报到。

一九八二年（47岁）

附昭昭的信

爷爷：

　　您好！

　　我以405分的成绩考上了中国医学科学院抗菌素研究所的研究生，攻读硕士学位。研究方向是微生物遗传。指导教师是该所副所长李焕娄副研究员，我高兴极了。

　　能否考上研究生，对于我所热衷的事业来说是很关键的一步。研究生的学习，可以使我在较广范围的基础知识的基础上进行某一方面的深入研究。我的目标是在研究生学习的三年中能有突破，做出成绩。

　　憧憬未来，我充满了信心。

　　7月底，我结束大学四年的学习生活，将离开珞珈山，我们这美丽熟悉的校园。大学生活是愉快的，丰富多彩的。我们毕业了，我们不仅得到了大学文凭及学士学位证书，更重要的是我们从生活中得到了许多启示，我们成熟多了。

　　9月初，我将离开武汉去首都了。独立生活对于我——一个从未离开家的南方姑娘来说一定是新鲜的。有人说，北方的雪景是十分迷人的，我可以饱尝眼福了。我真快乐。人的适应力是最强的。不过，就要离开家了，离开情同手足的朋友们，真是舍不得啊。

　　爷爷，有机会您一定去北京呀！

　　祝您安康！

祝全家长辈们及每个人好!

孙女　昭昭　1982.7.9

【5】十二月十日

父亲:

您给漱谷的信,已经收到。盼望您的信,已经盼望很久了。

真没想到,您竟然没收到我的信!我在十月二十四日参加外语考试之后,就给您写了信的,而且写得不短。您收不到那封信,不知是什么原因!

中文系有几位同志准备由副教授提升为正教授。我是其中之一。十月二十四日我参加了英语考试,比较顺利,算是过了一关。考试之前,由于本来事情就多,加上要准备参加考试,就显得更忙了。"文化大革命"前,正、副教授都要由省里批。从今年开始,权力部分收回:副教授由省里批,正教授由教育部批。我的提升正教授的问题,什么时候解决,这就很难说了。

《复句中的关系词语》一书,原定今年写出交稿,由黑龙江人民出版社出版,因为太忙,未能如期完成计划,恐怕要拖到明年二、三月间才能写出。

我的研究生,入学将近一年。他们进步很大,已开始发表文章了。但是在他们身上确实花去了不少时间和精力。

昭昭到北京已有三个月。一切都好。我将写信给她,要她把各方面的情况向您报告。

米米的目标,是明年考取研究生。他很努力,明年考取不是不可能的。他单位已同意他报考,他正在日夜摞功,准备参加明年二月份的考试。考试情况如何,以后再让他给您写信。

本月三号,孔鑑来了。我想他会把见到我的情况告诉您的。

教育部于本月十四日到二十四日在开封召开现代汉语教材审定会议,我被以专家名义邀请参加会议。马上要离汉赴会,匆匆给您写这封信,写得太草了!

祝您健康!

儿　福义　1982.12.10 晚

附昭昭的信(昭昭自北京寄来的第一封信)

爷爷:

您好!

今天是十二月二十六日。虽说离元旦还差几天,但北京已充满了节日的气氛。人们尽情的欢笑及美妙的轻音乐把我的注意力一下子从书本上吸了过去,我猛然地意识到新年就要到了。

时间飞逝着。离开亲爱的父母及哥哥,来到北京转眼已经四个月了。在北京,我愉快地学习、生活着。在我的周围,有许多人关心我,因而我从不感到孤独。这半年,我主要是学习基础课,课程不太紧。我常常看导师指定的一些东西,取得了一定的收获。明年一月份考试。估计一月底放假。

"每逢佳节倍思亲。"在人们欢度节日的时候,我想起了远方的亲人们。我把我的整个思念都献给了你们——我的父老先辈。捎去一封信,带上一颗真挚的心和我衷心的意愿及祝福。

亲爱的爷爷,您的孙女儿祝福您寿比南山,永远安康!

也祝福我的一切亲人们!

您的孙女　昭昭　1982.12.26 晚

【福义插说】 本年发表以下文稿:

《句子成分辨察》,《语文论坛》1982 年创刊号。

《从"灯火连篇"说到"亭亭玉立的小树"》,《汉语学习》1982 年第 2 期。

《关于同一律、矛盾律和排中律》,《湖北教育》1982 年第 2 期。

《论"不"字独说》,《华中师范学院学报》1982 年第 3 期。

《句子成分的配对性、分层性和连环套合现象》,《语文教学与研究》1982 年第 7 期。

《关于"诸位……们"之类的说法》,《湖北教育》1982 年第 7、8 期。

一九八三年（48岁）

父亲的摘要

（一月，嫂嫂病故。福义来一信。因福仁带回荔枝沟，未将列入）

【1】三月二十七日：①回家有三怕。一是旅行、应酬、讲课等太麻烦，怕会把身体搞坏；二是一下子拿不出这么多钱来；三是影响科研计划。想等正教授批下来后再回。②《"但"类词对几种复句的转化作用》将在《中国语文》第三期发表。③米米报考研究生情形，尚未知。昭昭的通讯地址是"北京天坛中国医学科学院抗菌素研究所"。④泰钦去北京开会回来，路过武汉来看我。家里情形，我已知道不少。

【2】五月二十日：①月初到合肥参加中国语言学会第二届年会。王力、吕叔湘都参加。会上，我报告的论文是《论"A"，否则"B"句式》。②回来后看到您给漱谷的信。③米米参加研究生考试，考的是华中工学院中国语言所语言信息专业，考得不错，已参加复试。能否录取，再给您写信。

【3】七月一日：回家探亲，我将抓住一切机会，尽早成行。

【4】七月十七日（米米的信）：孔亮已被录取华工语言研究所，学习语言信息处理。

【5】八月二十日：①赶写《复句与关系词语》。②米米考取研究生，总算又了却了一件心愿。③米米的研究生助学金每月50元，昭昭是51元。

【6】八月二十二日（米米的信）：①回答语言信息处理专业是学习人和机器对话的事前准备工作的。②研究生工资每月50元，书籍费每年40元。学习时间三年。

【7】十月十四日：①正式公布为正教授。②已给哥哥寄100元。

【8】十二月十日：①米米不能同归。他的寒假作业特重。②打算二十七日离武汉，三十日可到黄流，想不麻烦泰钦。

一九八三年（48岁）

信 件

【1】三月二十七日

父亲：

　　凡是久久没给您写信的时候，总是觉得很难写的时候。之所以觉得难写，是因为回家问题使我为难。可是，对自己的父亲，有什么不能说的呢？全都说吧！

　　对于回家，我有三怕。

　　一怕身体全部垮掉。我有失眠症，一出门，就无法入睡。参加国内各种学术活动，是为了事业，为了向全国水平冲击。再说，不致过多地影响身体。因为，第一，时间不长；第二，走时有人买票，到站有车子接，根本不用自己操心；第三，住的是好宾馆，生活条件很好。而回家，首先一项，旅途的买票、换车、换船、住旅馆。坐船过海，已经使我无法应付。第二一项，回家以后没完没了的应酬、接待，可能还要在这里那里做学术报告或讲课，这就使我可能还没有转回武汉就病倒了。关于我的身体，情况不怎么好。除了经常的失眠之外，还有其他一些毛病，今年年初，突然拉血，简直像女同志来月经一样，连拉四天，到医院急诊，医生作为菌痢来治，幸亏很快止血，身体逐渐好转，但为什么那么多血，至今尚未查明原因。关于应酬接待，可能由于性格，也可能由于职业习惯，我对迎来送往极度厌烦。有人要来看我，我老实告诉他，我的时间很紧，最好别来；有人找上门来，我希望快走，事情一谈定，我就站起来送客。我的研究生，我根本不准他们来找我，有事在学校里谈。我们现在的住址，离学校有十多里，领导要我搬到学校去住，我不愿意，问我为什么，我回答："怕人敲门！"（一住到学校，找的人就要多得多）总之，如果让我回去了以后没完没了地应酬，不管是身体上还是心理上，都简直要我的命。

二是怕经济上一下子拿不出那么多钱来。物价高，工资不够用，靠的是稿费补贴。前些年两个孩子读大学，负担不轻，积不起钱。现在米米工作了，可以基本自立，但往往还要回家"揩油"。去年送昭昭上北京，简直像把她嫁出去，买这买那，花了不少钱，今年春节她回家，还带来她的朋友（对象），又花了不少钱。此外，还不时寄出一些，比如一年多来，给哥哥就寄了二百元，收的人自然感到很少，集中到我身上，就不少了。目前，米米、昭昭都已长大，自然面临成家问题。按目前的社会风气，不为他们积点钱根本不成，可是，这方面需要的钱尚未有着落。要回家，连路费一起算，恐怕五百元还不够，而且回家以后该给谁谁送点什么，心中也完全无数。

三怕影响我的科研计划。回家，要在假期，而假期正是我集中写东西的时间。目前，在我国语法学界，中年里是算冒尖的。老专家们对我很器重，寄予很大的希望。举个例子，张志公先生，这是我国语言学家的大权威，他主编的《现代汉语》中册一出版，就来信要我写评论。全国那么多人，他只找我，这当然是不一般的。我下了决心，在学术道路上跟国内外两三个比较冒尖的中年学者赛跑，稍一停顿，就可能掉到别人的后边。

可是，心里实在矛盾。确实很想回家看看。特别是，您的年龄这么大了，不看看怎么行？

我曾想，来一个"突然性"的回家探亲。预先谁也不知道，突然回家，看了几位亲人之后很快地离开。但是，这种机会不容易找到，而且似乎也很难行得通。

最近我又想，我提正教授的材料已经上报，是不是等正教授批下来以后再回家。这样，一是名义上要好一点，二是经济上有点积累，三是事业上多争取了一年左右的时间，可以写一本书和几篇文章。可是，又想到您的身体。我的意思，如果您身体情况良好，就让我实现上面的说法；如果您健康情况下降，我当然要提前回家。您经历的事情很多，我所说的这一切您一定能理解，一定能谅解。您也帮我筹划筹划，好吗？

寒假期间，病了好几天，但还是写了三篇文章。一篇是张志公先生约写的，另外两篇是参加今年全国语言学会年会和全国修辞学会的论文。因为这几篇文章非写不可，所以除夕晚上，整个春节期间，都在伏案写作。至于黑龙江人民出版社约写的一本书，早就应该交稿了，可是实在太忙，至今尚未写成。

这几年，发表的文章还是不少的。因为太忙乱，没有整理出来寄给您。我已印了我出版和发表的全部书文目录，这封信怕超重，下一次一定寄给您看看。至于具体的文章，将来回家时，再带给您看看。

今年有几个重要的学术会议。五月间，在合肥开全国语言学会第二届年会，我的论文是《试论"A"，否则"B"句式》，我是全国语言学会的副秘书长，不能不去。从合肥回来以后，将召开湖北省语言学会第三届年会，我是副会长兼秘书长，担子主要由我挑。八月间，在昆明开全国修辞学会，在长春开现代汉语学术座谈会。这两个会时间相互冲突。我提交全国修辞学会年会的论文是《"要不是 p 就 q"句式及其修辞作用》，我是副会长，不能不去，但长春的那个会，一再来信要我不论如何得参加，所以目前我还在犹豫，不知是该去昆明还是去长春。说不定，矛盾的结果，我两个地方都不去，干脆坐下来写写书。黑龙江约我写的书尚未完成，而湖南教育出版社约我写的一本书还没有动笔呢。

我有一篇文章《"但"类词对几种复句的转化作用》将发表于《中国语文》第三期（五月出）。《中国语文》是权威刊物，所以特别说一说，其他的我就不说了。

米米考了研究生，但结果如何，还不知道。他目前的工作单位，有充足的学习时间，领导对他也好。即使考不取研究生，就在这个单位工作，看来也可以。

昭昭的地址，是：北京天坛中国医学科学院抗菌素研究所。只要这么写就可以了。这孩子聪明，上学期的考试成绩，在他们那个单位的研究生里，有两门课考第一，一门考第二，还不错的。她的英语，已经过关；又学了第二外语——日语；还开始学习第三门外语——德语。她的朋友（对象），是武汉大学的同学，现在北京中国植物研究所工作，人不错，昭昭在北京一切由他照顾，我们也放心。

漱谷很好。开了学，天天跑来跑去，回家来要搞家务。够忙的。

泰钦在北京开会以后到武汉来，我陪他玩了两天。情况，我想他会告诉您的。家里的情况，他也告诉我不少。

提起笔来，心情激动，一口气写下来，字很草，好些句子可能也不怎么通。请您原谅吧！

问娘，问叔父和一切亲人好！

祝您健康快乐！

儿　福义　1983.3.27 星期天上午

哥哥，我亲爱的哥哥，嫂嫂去世，对他是很大的打击。多安慰安慰他吧！

【2】五月二十日

父亲：

月初到合肥去参加中国语言学会第二届年会。前几天回到武汉。去时先坐轮船到芜湖，再坐火车到合肥；回时坐飞机。大会在会议结束后，有专车送代表到黄山去玩，我没去，因为实在太累。

这次年会开得很成功，王力、吕叔湘等老一辈著名语言学家都出席了会议。我在这次会议上报告的论文是《试论"A"，否则"B"句式》。

回汉后，看到您给漱谷的信。

一年内，我一定回家一趟，一定。不过，什么时候回，具体时日，现在很难定。我将想法抓住任何可能成行的时间。

湖北省语言学会年会过两天就要召开。我是副会长兼秘书长，所以从合肥回来以后就为这件事忙开了。

我有一个学生在香港中国新闻社当记者，春节期间回国路经武汉，来看我，给我照了几张相，先寄一张给您。

米米，今年参加研究生考试，考的是华中工学院中国语言研究所语言信息专业。考得不错，已参加复试，有录取的可能。最后是否能录取，一接到通知就给您写信。

漱谷向您请安。

愿您康泰！愿家中大小都安好！

福义　1983.5.20

【3】七月一日

父亲：

信收到。想等米米的关于研究生的通知来了之后再给您回信，不想等到现在通知还没来。据我了解，米米已被录取，但名单要报教育部以后才能发通知。大概七月十日前通知可以发出来。收到通知再给您写信。

回家探亲，我将抓住一切机会尽早成行。我事情太多，把回家的时间定在某一段时间很容易被冲击。按仁哥目前的状况，我也需要跟他谈谈。回家要了解哪些事，目前想不起来，回到了家再说。只是，乡音全改，不但不会说，连听也不怎么能听懂了。

回家后慢慢学吧。

我最近在赶写《复句与关系词语》一书,是黑龙江人民出版社约写的,本应去年交稿,拖到现在,今年十月份前不交稿是不行了。

昭昭最近一直在实验室进行试验,很紧张。看来题目很难,试验了很久还没得出结果。

问家里一切亲人好。

祝您安康!

儿 福义 1983.7.1

让漱谷给您寄了20元,想必收到了!

【4】七月十七日(米米的信)

爷爷:

您好!近来身体好吧?

我已被录取华中工学院语言研究所的研究生,学习的专业是现代汉语,研究的方向是语言信息处理。

如果把人生比作长跑的话,我现在就是来到了一个新的起点上。前途美好,可是道路曲折漫长,需要拼劲,需要耐力,更需要坚忍不拔的毅力。我喜欢长跑,因为奋斗会给人带来无穷的乐趣。

离开学的时间(九月三日)只有一个多月了,我得好好地加深巩固基础知识,特别是外语。

很想到海南来看望您老人家，可又担心基础知识不牢影响学习。看来今年是来不成了。今后有时间一定来海南。

祝健康长寿！

向叔爷及家中大小问安。

孙儿　孔亮　1983.7.17

【5】八月二十日

父亲：

两个月来，闭门写书，赶写《复句与关系词语》稿。这部书稿，系黑龙江人民出版社所约，本该去年交稿，但因实在太忙，以致拖了下来。六月间，出版社一位同志从哈尔滨来催稿，商定于十月完稿并寄出，因此，不得不排除其他一切事情，埋头写了起来。目前，已写了近十万字的初稿。全稿约十五万字，争取九月中旬完成初稿，十月中定稿寄出。

米米考取了研究生，又了却了一项心思。他搞的是语言信息处理，主要研究人机对话。就是说，把语言信息装到机器里，人和机可以对话，人向机器提问题，机器可以准确无误地回答出来。这是一门边缘科学，既需要语言学方面的知识，又需要数学物理方面的知识，招的都是懂得语言学的理科大学生。米米是数学系毕业，毕业一年多来，我辅导他学习语言学，所以考取这门专业并非偶然。

研究生都有助学金。各地区有差额。武汉是每个研究生每月

五十元。(昭昭在北京,是每月五十一元)

米米和昭昭都是硕士研究生。毕业时,毕业论文一通过,就可以取得硕士学位,工作一年后,一般都可以取得讲师或助理研究员、工程师的职称。(同样,博士研究生,毕业论文一通过,就可以取得博士学位,工作一年后,一般都可以取得副教授或副研究员的职称)

昭昭暑假没有回武汉。上月十四日,漱谷去北京,住在昭昭那里,因为漱谷没去过北京,借这个机会到北京看看,同时也避开武汉七、八月间的酷热。

昭昭已开始参加实验。课题很难,实验了好几个月尚未搞出结果。这孩子特别聪明,在学习上我不担心她。我估计,她将来有出国的可能。

米米九月三日到华工报到。华工很大,很美,条件很好,是重点学校,出国机会也很多。

上月底到本月初,中国修辞学会在昆明召开第二届年会。我原来打算参加了昆明会议后,转到湛江,然后回家。可是,因为要写书,昆明没去,回家的机会也撤销。春节,回家是一定的了。如果没有极其特殊的情况,这一决定不会再变动。不过,尽量不要对别人讲。我很怕麻烦。要是这里让我去讲点什么,那里让我去讲点什么,我实在受不了。

今年武汉极热。前些时,连下大雨,酿成水灾,接着又万分炎热,有几天夜晚简直无法入睡。不过,这几天已经慢慢凉起来了,秋天终于到来了。武汉的秋天,是特别宜人的。

想寄点钱给哥哥,但不知道"崖县三亚荔枝沟道班转"这一地址是否还有用,请告诉我。

收到阿勇一封信。抄了几本现代武侠小说的书名,要我给他买。这些书,我是见所未见,闻所未闻,不知他是从哪里抄来的,我很奇怪。他应该好好复习功课,应该自学一点有用的知识。总之应该有上进心,不要把可贵的青少年时光消耗在武侠小说上面。等您把确切的地址告诉我以后,我给他写信。

向叔父,向娘,问安。问弟弟、弟媳好。

您的近况,望告。

福安!

儿　福义　1983.8.20

又:(1)寄了几本杂志,不知收到没有?(2)邢谷源同志是什么人,经常麻烦他,请代致谢意。

【6】八月二十二日(米米的信)

爷爷:

您好!您给我的信收到了。

现在中国科学院向国务院等有关部门提出了"关于建立自然语言工程产业"的报告,旨在强化人工自然语言的研究,缩短自然语言和计算机语言——即程序语言间的差别,从而提高电子计算机的使用范围及其精确度。

电子计算机在诞生初期,仅用于数学计算、数值统计。随着人类的需求的增加，以及计算机本身的发展，计算机所需要解决的问题与日俱增。诸如：机器翻译、人机对话、人工智能，等等。这些问题解决得好坏，取决于对自然语言的研究。因为机器翻译是将两种自然语言的书面语互译：人机对话是人和机用自然语言一问一答。（所谓自然语言就是人们通常使用的语言）

总之，电子计算机是人类大脑的延长，因而由人的大脑担当的部分思维工作可以由计算机来完成。因为思维的物质依托是语言，所以人们的思维有其自然语言，而机器思维也必须要有机器语言。这两种语言间存在着差别，它妨碍人与机的交流。要想使计算机更好地担负起人类所赋予的使命，必须消除这种差别，前提就是对自然语言的深入研究。

"语言信息处理"涉及的范围大致如此。

研究生每月工资 50 元，每年书费 40 元。导师是中国科学院计算机研究所的欧阳文道先生。学习时间三年，以自学为主。

爷爷近来身体好吗？常活动活动，保持精神愉快，"夕阳无限好，就在黄昏时"。

祝健康、长寿！

孙儿　孔亮敬上　1983.8.22

【7】十月十四日

父亲：

向您报喜，并请转告所有亲人——我已晋升为正教授。正式文件已经下达,并已正式公布。

一九七八年我提副教授,米米和昭昭相继考上大学;一九八三年我提教授,昭昭和米米又相继考取研究生。这算是一种巧合吧。

这次,华中师院共提教授8人,共提副教授69人。其中中文系,共提教授2人,副教授9人。就湖北省来说,湖北省高等学校的中文系共提教授3人,其中华中师院中文系2人(一个是我;一个是一位六十多岁的老先生,搞写作理论的),武汉大学1人(六十出头,搞古典文学)。

华中师院原有正教授27人,其中相当一部分都是七十岁以上的老人了。这次提8人,大多数也是六十岁以上。在华中师院,目前我是最年轻的一个教授。而且据我所知,在全国语法学界的教授中,我也是最年轻的。——这意味着成功吗?恐怕是成功的!不过,这也意味着今后的压力更大——各方面的压力。

《复句与关系词语》一书马上完稿,过两天就可以寄出去。

昭昭功课紧,又贪玩,所以没法给您写信。下次我写信去说她。她的朋友,跟她一起在武汉大学毕业,分到北京的中国农业科学院植物保护研究所,人不错,昭昭在北京得到他多方面的照顾。"谈朋友"对出国没有影响。据我所知,出国学习的年轻人,领导上总是要求他们结婚以后再出去。

米米终于当上了研究生,看来精神状态很好。研究生不带薪学习。每月拿五十元,此外再没有别的收入了。他还没有女朋友。以前有个相好的,但早"吹"了。他现在的研究生地位,加上教授的"门第"，找爱人极易。我们劝他专心用功，研究生毕业以后再解决这个问题，他是同意的。

已给哥哥寄了一百元钱。

春节一定回家，这个计划不会改变。不知需要注意些什么事，您在来信中经常提提。

向家中一切亲人问好。

祝您安祺！

儿 福义 1983.10.14 晚

【8】十二月十日

父亲：

十一月二十六日信，收到好些时候了。

春节回家的事，将按照您的意见去做。还有什么值得注意的事，望继续告诉我。"毛笠"是什么东西？是不是毛线衣、尼龙衣之类的东西？

春节米米不和我一起回家。他的寒假作业特重，而且也没必要让他陪。武汉的中南民族学院，孙腾勋的儿子孙惠中在这里读书，惠中二十岁，常常到我这里来。他十分愿意跟我一起走。他熟悉各种情况，会给我旅途带来很多方便。

我打算元月二十七日离开武汉，最迟元月三十日就可以回到黄流。

泰钦曾经说过，我若回家，就打电报给他，他派个车子到海口接我。但是，我不想这么麻烦他。您以为如何？

博士学位，在我早已不在话下了。按规定，一个取得博士学位的人，要工作一年以后才可以定职为副教授，而要当正教授，还得爬很多年，有的说不定一辈子也爬不到呢。王力、吕叔湘先生，都是社会科学院学部委员，相当于苏联科学院的院士。他们是老祖师爷，不仅可以给学生授予博士学位，而且博士生的导师也要由他们来讨论决定。

这两天，忙得晕头转向。草草写这两句吧。

寄上书文目录一份。

祝您安好！祝家中大小安好！

儿　福义　1983.12.10

元旦将到。在这里预向您向叔父和家中大小祝贺新年快乐！

【福义插说】本年发表以下文稿：

《语文知识千问》，湖北人民出版社1983年3月。（与刘兴策等合作。撰写语、修、逻300问）

《有关词性的几个问题》，《湖北电大通讯》1983年第2期。

《"但"类词对几种复句的转化作用》，《中国语文》1983年第3期。

《建立教学语法的教材结构系统的探索》，《语文教学与研究》1983年第4期。

《电大教材〈现代汉语〉中册学习问答（一）》，《语文教学与研究》1983年第5期。

《试论"A，否则B"句式》，《中国语文》1983年第6期。

《概念、判断和推理》，①《小学语文教师之友》，湖北教育编辑部1983年6月；②《小学语文教师自修读本》，湖北教育出版社1984年1月。

《同一律、矛盾律、排中律和充足理由律》，《小学语文教师之友》，湖北教育编辑部1983年6月。

《电大教材〈现代汉语〉中册学习问答（二）》，《语文教学与研究》1983年第6期。

《电大教材〈现代汉语〉中册学习问答（三）》，《语文教学与研究》1983年第7期。

《论现代汉语句型系统》，《语法研究和探索》（一），北京大学出版社1983年12月。

《湖北省语言学会第二届年会以来学会工作报告》，《湖北省语言学会通讯》第2期，1983年11月。

一九八四年（49岁）

父亲的摘要

【1】一月十八日：二十六日中午搭火车离开武汉回黄流老家。

【2】二月十二日（由家乡回武汉行程）：①五日（旧正月初四）上午离开黄流，十二点到达乐东县城，县委书记符桂森盛宴招待。两点多离乐东，七点多到海口陈人栋家。②六日（旧正月初五）下午乘飞机离海口赴湛江，十一点多到达。七日白天都在湛江。曾到水产学院访李世珍（夫妇都是讲师）。③七日（旧正月初六）晚十一点乘火车离湛江。④八日（旧正月初七），在返汉途中。⑤九日（旧正月初八）早晨五点多到达武汉。（在火车上，三十一二个小时）

【3】二月十八日：①拟写寄《浪淘沙；春节还乡》给福增，先抄给您看看。②《语文知识千问》已脱销，重印后再寄。

【4】二月二十一日：约张志公先生赴海南讲学一事，已得张先生回信，现将影印件和抄件寄您，并转送乐东县城给泰钦（附

张志公先生信抄件)。

【5】三月二十二日：①关于张志公先生赴海南一事，曾给泰钦信商量。②词，改了一下，已送院刊发表，现剪寄给您。

【6】五月十二日：①四月底去北京，参加中国语言学会常务理事会。②明早就去安徽芜湖，是应安徽省之约参加现代汉语教学研究会，并做学术报告。

【7】六月二十六日：①五月去安徽，先到芜湖师大讲课，又到安庆师范学院讲课。②七月十日去吉林延吉，参加一个全国性的语法学术讨论会。③八、九月在家整理定名为《语法问题探讨集》(二十七八万字)的论文集，该书由湖北教育出版社出版。④十月下旬，去天津南开，给研究生讲课。⑤十一月中旬，去安徽芜湖，参加研究生论文答辩。

【8】九月十二日：①到延吉参加语法讨论会，并在延边大学讲课。七月十日离汉，十一号到北京，十三号离北京，十四日到沈阳，十五号早到延吉，会议到二十二日结束。二十三日晚延吉到北京，二十七日回到武汉。在延吉会议上宣读《"越X，越Y"句式》论文，并做了"语法研究的现状和展望"的发言。②《探讨集》编好了，已交给湖北教育出版社，吕叔湘先生写了"序"。

【9】十一月八日：①到南开讲学。十月二十二日离武汉，二十三日到北京，二十五日到天津。在南开讲了五次课。在南开，请了四位中年教师讲学，内容都是讲"语法研究方法"，真是"四仙过海"各显其能。十一月一日由天津到北京，三日离北京返武汉。②下月还要到荆门，参加他们的语言学会成立大会。下月下

旬要到安徽师大给研究生讲课。③《语法问题探讨集》一九八五年下半年才能出版。④北京语言学院，编一本《中国现代语言学家》，里面有一篇《邢福义》，由河北人民出版社出版，明年可以出书。⑤米米到北京，参加北京大学分校举办的关于文字信息处理的学习班，时间一个月，月底可返武汉。⑥昭昭在北京，实验工作进行不顺利，得不出结果，影响了她写论文。⑦漱谷很好，天天上班，早出晚归。

【10】十二月二十九日：①二十四日才从芜湖回来，去芜湖是参加研究生论文答辩。②应邀将在明年去香港，参加一个会议。③中国语言学会第三次年会，明年八月在昆明召开。

信 件

【1】一月十八日

父亲：

连续收到了您的信。

今天是十八号。十天后的今天，按原定计划，应该是回到汉口了。

从武昌到湛江的火车票，我的研究生们在为我奔走托人购票。只是，听说已全部取消卧铺，全部改为硬座。要是没有卧铺，在人挤人的情况下，连续坐三十个小时，简直难以想象。祈求老天保佑有卧铺！如果没有卧铺，只好祈求老天保佑别病倒了。

您要帮我清除这种印象：我是"衣锦还乡""衣锦荣归"。是"还乡"，也算是"荣归"，但不是"衣锦"。衣锦者，富人也。我是穷的。人们可能把"教授"和"阔佬"联系在一起。其实，据我所知，从来大多数教授都是穷教授。何况我这个教授，只提职称不提工资！这几年，提了几级工资，但工资的增长对付不了物价的增长。有点稿费，但每年都是东敲一下，西敲一下，左敲一下，右敲一下，往往敲得荡然无存。这次，花了不少力气，积下一点钱作为回家的费用，但算来算去，只能紧着点对付。我可以跟您一起到亲戚、朋友、熟人、师友家里去看看，但我无法送东西。一是我根本带不动;二是即使带得动,我也没有那么多钱。如果人们把我当作阔佬看待,因而对我的"无礼"有气,因而使我得罪人,那我是无能为力的。说真的,我的顾虑是多的。抛开别的顾虑不说,这个顾虑已使我心神不定起来了。回家后,请您帮我谋之。

昭昭二十二号中午回到武汉,我想二十六号中午离开。

一切面禀吧。

请转告叔父。

儿 福义 1984.1.18

【福义插说】一九八四年一月二十六日,我在三十二年后之后,第一次回家乡过春节。那一年的春节,是阳历的二月二日。我先乘火车到湛江,接着乘飞机到海口。非常感谢表妹夫陈泰钦的帮助。他当时是乐东县委常委兼县委办公室主任,全家住在乐东县城。他带着车子和表妹益香到海口去接我。他为我设计的路线,是从海口先到乐东县城,再从乐东县城回黄流。在乐东县城泰钦的家,我住了一晚。三十日,泰钦和益香陪我坐着车子向黄流行进。先到母校黄流中学,参观了一阵子。当时,父亲、叔父等人都已到了黄流中学。接着,回到了我的老家,会见了好些亲朋好友,以及不同年龄段的叫不出名字的同乡。家乡人,十分热情,我跟大家不停地交谈,两天下来,喉咙发炎,嗓子哑了!五号上午,还是泰钦陪我离开了黄流。

一九八四年（49岁）

【2】二月十二日

父亲：

又一次离开了家。想念您！想念娘和弟弟、弟媳以及他们的孩子们！想念哥哥和他的孩子们！想念叔父、叔母和弟妹们！

五号上午离开黄流，十二点多到乐东县城。县委书记符桂森同志盛宴招待。两点多离开乐东县城，七点多才到海口人栋家。人栋已从西线三点左右回到家里等候了。

由于天气不好，三、四、五号飞机都没起飞。运气不错！六号天气好转，飞机下午可以起飞。买到三、四、五号飞机票的人可以优先乘机，我这个买到六号飞机票的人就被排到后边去了。亏得飞机场陈站长的大力帮助，我幸运地拿到了登机牌，于六号下午飞离海口。

到了湛江，住进了华侨旅行社。七号晚十一点半乘火车离开湛江（卧铺票是家在湛江的郑工程师预先代买的），九号早晨五点多到达武昌。

这次回家，共花了十五天的时间，在家里却只住了五天，时间实在是太短了。

哥哥的事，铁丁的事，我都已跟有关人谈过。有什么情况，请及时告诉我。

七号那天，在湛江没什么事，曾到湛江水产学院拜访李世珍。夫妇俩都在。李世珍同志告诉我，他们夫妇都是讲师，他们想调回海南大学，但湛江水产学院不肯放。

在武汉，一切如常。我回来后，因为极度疲劳，加上有些急事要处理，所以拖到今天才写信。

昭昭和她的朋友今天晚上乘火车离开武昌返回北京。米米也将在今天晚上到学校去报到。

向福荣哥和孔星、孔鑑致意。感谢他们的关心和帮助。

请向所有的帮助过我和看望过我的亲戚朋友致意。我深深感激他们。

需要写的信很多。先写这么两句吧！

祝您和所有亲人都好！

儿　福义　1984.2.12 上午

附昭昭的信

爷爷：

我今天晚上就要乘火车到北京去了。以后再给您写信。

祝您健康、长寿！

祝家中所有的亲人都好！

孙女儿　昭昭　1984.2.12

【3】二月十八日

父亲：

收八日信，感慨万千。我给您的信，想必也已收到了吧？

向所有亲人们问好，我不再一一提到了。

一九八四年（49岁）

向所有亲戚朋友们致意，感谢他们的深情厚谊，我也不再一一提到了。

您的事，我以为是"水到渠成"的问题。水不到，写再多的申请也成不了；水若到，即使不写申请也可以成。最好的办法是，有机会就适当地跟有关人物接触接触，增加点影响。所谓适当，包括适量，也包括得体。不适量，不得体，都可能导致相反的结果。

五号早上在文化馆（招待所？）等车时，福增、福壮等同志要我写诗，我答应回汉后填一首词寄去。现在填了这首《浪淘沙》，先寄给您看看。我不搞这一行，不精于此道。当然在平仄格调上是没问题的。您先看看行不行吧。如果不行，就算了。如果觉得还可以，就告诉我，我再写到宣纸上，寄给他们。（或先寄给您，由您转给他们？）

《语文知识千问》我手头上没有了。书店也已脱销。好在已经重印，印出后就寄两本给您。另外，如果某个小书店还有卖的，也托人买两本寄给您。请先向谷源叔说一下，表示一下歉意。

返汉后，甚觉疲倦。几次拿笔，想还文债，但总写不下去。要恢复写作的最佳状态，恐怕还得过个把星期才行。真有点着急。

祝您，祝家中大小都好！

儿　福义　1984.2.18

浪淘沙·春节还乡

一路减衣衫,
一路观瞻,
岛南风暖海空蓝。
更有南天擎一柱,
点染江山。

关帝应开颜,
卅二年间,
青苗绿树掩园田。
撷得家乡红豆子,
情意绵绵。

【4】二月二十一日

父亲:

已经给您写了两封信,都已收到了吧?

我十四日给张志公先生写信。昨天已收到他十六日的回信。现把他回信的影印件和抄件寄给您先看看,然后请您立即送到乐东县城转交给泰钦。我昨天下午已给泰钦写了一信,请他考虑有关邀请张志公先生的几件事。

不多写了。匆匆。

一九八四年（49岁）

问家中大小好。祝您健康！

儿　福义　1984.2.21 上午

附张志公先生的信

福义：

收到二月十四日来信，即时作复。

海南岛留在我的脑子里的印象是十分美好的，很希望有机会故地重游。去年四月底就决定应邀前往，已经到了白云机场，飞机因临时有台风警报宣布停飞，只好快快回了广州，接下去已先有佛山、汕头之约，不便改期，只得取消了海南之行的计划。

今明年如有机会，很愿意去一趟。只是我的事情太杂，时常出现身不由己的情况，时间安排倒是件麻烦事。再者，虽不甚老，总是有了一把年纪，对于远行，单位里和家里往往不支持，甚至采取劝阻态度，去年只身赴美，单位里和家里都因担心而有所迟疑，只是事关国际文化交流，未加阻止而已。这些，都到时再说吧。海南夏秋多台风，也许冬春合适些，姑且先考虑今冬或明春，你看如何？——又，去年四月，湛江、茂名等地通过民进邀过我，都因时间不够没有去。任何时候我一到广州，一到海南，少不了还会出别的题目，所以，总得找个时间比较充裕的时候才敢行动。

刚刚小病过几天，昨天才上班。请恕草草，并祝教绥。

志公　1984.2.16

小蒋（福义插说：即蒋平）给我来过贺年片，远汉给我来过信，都没顾上复。还有别的朋友熟人，便中都请代我致意。

【5】三月二十二日

爸爸：

来信都收到了。弟弟和述评的信，也收到。

一个多月来，精神不怎么好，事情又多，总搞不完，实在感到透不过气来。

照片，小周已经洗好寄来。可惜，好些张没照好。都怪我技术不行。请代我解释解释。下一次回家时，再好好照照。

关于张志公先生赴海南之事，我上次给泰钦提了三个问题：一是什么规格接待？二是费用如何解决？三是活动如何安排？至今尚未收到泰钦的回信。因为志公先生是全国政协常委，是国内外都享有盛名的语言学家，所以我要他跟杨洪书记商量，并且跟海口方面联系。想来他还没有联系好，没有最后落实下来，所以没有回音。

词，改了一下。院刊发表出来了。这样也好，显得庄重一点。剪寄一份给您看看。另外，将分别给泰钦、福增、福壮剪寄。写到宣纸上之事，以后再说。

哥哥、三弟和述评之事，已分别向泰钦、福增、福壮说了。

祝您安乐！向娘和叔父请安！

问家中大小好。

漱谷向您、娘、叔父请安!

儿　福义　1984.3.22

照片中,有鸿干的,最好转寄给哥哥,让他亲自送给鸿干。

浪淘沙·春节还乡

一路减衣衫,
一路观瞻。
岛南风暖椰林欢。①
更有南天擎一柱,②
装点江山。

仙子应开颜,③
春住人间,
天涯儿女赛中原。
三十二年惊巨变,④
挥笔如椽。

注:①家乡海南乐东黄流,在海南岛西南部海边。
②"天涯海角"附近有"南天一柱",二者都是海南名胜。
③传说"南天一柱",是王母娘娘的仙女变的。
④1952年离开黄流,至今已三十二年了。

(写于1984年春节。载《华中师院(报)》1984年3月23日)

【6】五月十二日

父亲：

刚刚收到五月四日的来信。

四月底，我到北京去了一趟，是参加中国语言学会常务理事会。参加会议的有十多人，王力、吕叔湘等先生都参加了会议。不巧，张志公先生到南京去了，没见到他。

明天一早，我就乘船去安徽芜湖。安徽省召开现代汉语教学研究会，邀请我去做学术报告。好朋友邀请，我不能不去。可能要到月底才能回来。

忙得团团转。实在没法。

匆匆。问家中各位亲人好。

祝您

安康！

儿 福义 1984.5.12

又给述评寄了一本语文参考资料，不知收到没有？

【7】六月二十六日

父亲：

两次来信都收到了。五月下旬从安徽返回武汉之后，事情堆积如山，每天工作十几个小时，还是松不了气。因此，拖到现在才挤点时间给您写信。

一九八四年（49岁）

去安徽，先到芜湖市，在安徽师范大学讲了课，后到安庆市，在安庆师范学院讲了课。安庆有个有名的迎江寺，其中有个振风塔，都已参观，并且登上了塔顶。在芜湖和安庆，都受到了极好的接待。

七月十号，我将离开武汉去吉林省延吉市参加一个全国性的语法学术讨论会。会后将到长白山去看天池。我想先从武汉到北京，再到长春，然后到延吉。回来时，可能到沈阳去一下，然后由沈阳到北京，由北京到武汉。昭昭，可能要在我从吉林转回来以后，才跟我一起回武汉。（她是研究生，研究生是有暑假的）

十月下旬，还要到天津一趟，是在南开大学给研究生讲课；十一月中旬，可能还得去芜湖，是参加研究生论文答辩。总之，光是外出，次数就不会少。

《电大语法教材学习问答》小册子，湖北教育出版社出版，很快可以出来；《复句与关系词语》一书，黑龙江人民出版社出版，动作缓慢，可能明天春季才能出来。

湖北教育出版社已决定给我出一部论文集。我定名为《语法问题探讨集》，准备收进29篇论文，二十七八万字。要求十月份交稿。为此，我从香港回武汉后，就得一方面准备到南开大学讲的课，一方面整理这部论文集。看来，八、九两个月，同样又是极其紧张的两个月。

米米抓得紧，学习比较用功，不过，离搞出点名堂来还差得远。

《语文知识千问》的重印尚未出来。出来后一定给谷源叔寄一本。《语文教学与研究》4、5合期，是配合高考印的，但现在似乎已失去作用了。不过，如果需要，我还是想办法弄来寄给您。

一直没收到泰钦的信。我也不好再写信了。张志公先生七、八月间到香港开会，恐怕要他再抽时间外出，似乎也不大有可能。

家里的情况，包括您的，哥哥的，弟弟的，铁丁的，叔父的，都请告诉我。

家中一切亲人，所有的亲戚朋友，都在这里问好。我不一一提了。

祝您安康！

儿 福义 1984.6.26

又：

《海南日报》刊登了我的词，给我寄来了。说是泰钦转给他们的。他们把"天涯儿女赛中原"改成"天涯儿女谱新篇"。改得并不好！

武汉工学院，我一个熟人也没有。不过，我一定打听打听，尽力而为。

【8】九月十二日

父亲：

到现在才给您写信，实在太迟了。原因很简单，就是忙得只有喘气的工夫。

七月中旬到延吉参加语法讨论会，同时在延边大学讲课。我七月十号离开武汉，十一号到北京。十三号离开北京，十四号到沈阳。在沈阳,已有人预先买好卧铺车票,只待了几个小时就离开,于十五日早晨到延吉。延吉会议是二十二号结束,大多数人到长白山去看天池(会议之所以在延吉开,主要就是想让大家有机会去长白山玩玩),我没去。因为太劳累,受不了旅途的折腾,加上老是失眠,因此,只希望早点返回武汉。于是,二十二日早晨离开延吉,二十三日晚上到了北京。在北京休息了三天,二十七日回到了武汉。

延吉靠近朝鲜。从延吉市到图们市,坐一小时的火车就到。图们市和朝鲜就隔一条窄窄的图们江。我和几位朋友曾到图们市区玩了玩。

这次会议开得很成功。吕叔湘、朱德熙两位老先生没有出席,但都提交了论文。我在会上宣读了《"越X,越Y"句式》的论文,并且做了"语法研究的现状和展望"的发言。

一回到武汉,就碰到了大热天。今年武汉的温度并不特别高,但热的时间特别长,因而使人感到十分难受。然而,正像您所预料的,我一直在整理《探讨集》。先是写出了一篇近两万字的文章《复句问题论说》,接着修改了《"越X,越Y"句式》这篇文章(这两篇文章都要收进集子的),再接着是写"前言"和做一些必要的工作。一直到前天,《探讨集》终于搞完,并且交给了湖北教育出版社。全书有二十七八万字,收论文二十八篇,明年可以同读者见面。

值得高兴的是,吕叔湘先生为这个集子写了序。吕先生是我国语言学界的一代宗师,在八十一岁高龄的时候能为我写序,这是一件十分了不起的事。我们学院领导对这件事情十分重视。现在把吕先生所写的序的复印件寄给您看看。

《探讨集》一交，有三件事马上摆到我的面前：第一件，要帮快毕业的研究生定稿毕业论文；第二件，要准备给新入学的研究生上课；第三件，还有一些杂七杂八的事。这样，我所要做的事，实际上相当于别人的三至四倍。确实感到疲倦。有时真想干脆躺下不干。

昭昭没跟我一起回武汉。我回武汉十多天以后，她才回来，而且住了五天就走了。她每天都要做实验。不做实验就拿不到数据，拿不到数据就写不成毕业论文。看来，这孩子正在艰苦奋斗。

米米整个暑假住在家里，也在用功。他搞的是边缘科学，要取得成功并非易事。

漱谷很好。这学期教高中二年级的两个班，还是早出晚归。

《语文知识千问》已经重印出来了。可是我一直没有时间去寄。请您给谷源叔说一声。不久以后他就可以收到了。《语文教学与研究》也会同时寄出。

您身体不好，使我万分惦念。望多保重。

向娘和叔父问安。弟弟、月桂、铁丁等，都在这里问好。福荣哥和一切亲戚朋友，也在这里问好。

今天下午，有个把小时的空隙，匆匆地写这封信。写得实在太草，有些句子可能还不连贯，请原谅。

愿您健康快乐！

儿　福义　1984.9.12

一九八四年（49岁）

附吕叔湘先生的序

邢福义同志把他历年所写关于现代汉语语法的文章筛选出若干篇，编成一本《语法问题探讨集》，要我在前面写几句话。福义同志这本集子里的文章很多是我读过的，对于其中例子的详备、组织的细密，我有很深的印象。

我因而想到，从事现代汉语语法研究的人很多，而有成就的却并不多，为什么？有人说，跟象棋比起来，围棋易学而难精。研究现代汉语语法跟研究古代汉语语法比较，好像也有类似的情况。研究现代汉语语法无须通过文字训诂这一关，自然容易着手。可也正因为研究的对象是人人使用的现代汉语，许多语法现象已为人们所熟悉，要是没有一点敏锐的眼光，是不容易写出出色的文章来的。福义同志的长处就在于能在一般人认为没什么可注意的地方发掘出规律性的东西，并且巧做安排，写成文章，令人信服。我把我的感想写下来，作为对本书的介绍。

吕叔湘　1984.8.30

【9】十一月八日

父亲：

大约一个多月没给您写信了。

我到南开大学讲学，前几天才回来。

十月二十二日离开武汉，二十三日到北京。昭昭在车站接我。在北京，拜访了吕叔湘先生和张志公先生，会见了语言研究所和语言文字应用研究所的朋友们。

十月二十五日离开北京到天津。南开大学的朋友们随小车在车站迎接。

在南开大学中文系给研究生讲了五次课，听课的，还有一部分教师。另外，在天津市语言研究所做了一次学术报告。

在南开，受到了隆重的接待。系领导特来看望。同行的朋友们举行了五次宴会。著名语言学家、中国语言学会副会长邢公畹教授（七十岁）设家宴招待，家宴十分丰盛。

十一月一日由天津到北京。昭昭和米米在车站迎接。——米米是十月二十八日到北京的。他到北京，是参加北京大学分校举办的一个关于文字信息处理的学习班，时间一个月。他可能在本月底才能返回武汉。

在北京，看望了《中国语文》编辑部的朋友们。

十一月三日离开北京，四日回到武汉。

南开是全国著名重点大学，排在中山大学前边。这次共请了四个中年学者去讲学，两个是北京大学的，一个是中国社会科学院语言研究所的，再一个就是我。内容，都是讲"语法研究方法"。真是"四仙"过海，各显神通。

到南开之前，赶着给我的新入学的研究生上课，还要处理各种各样的事情，紧张至极。从南开回来以后，无比劳累，加上积压下来的事情很多，目前感到应付不过来了。

下月上旬，我还要到湖北省荆门市去参加他们的语言学会成立大会，并且做学术报告。推不掉，没办法！

下月下旬又要到安徽师大去参加研究生的论文答辩，并给他们的研究生讲两次课，这也是不能不去的。这样，今年又安排得满满的了。

《语法问题探讨集》明年年初发排，明年第四季度可以出书。吕先生的序，我尽量争取让他们按吕先生的手书制版。

相片和著作目录，不必在《探讨集》里附上。有这么一件事：北京语言学院《中国的语言学家》编写组，编写一本书，《中国现代语言学家》。这部书里，有一篇专门的评介，题目就是"邢福义"。初稿是该编辑组的李明同志写的，有四千多字，已寄来给我看过，很快就要送到河北人民出版社，明年就可以出书。在那篇专门的评介前，会印上我的相片；在那篇专门评介的后边，会附上我的关于语言学方面的著作和论文的目录。这篇评介开头这么写的："邢福义，笔名华萍，广东省乐东县人……"在简介小传之后，主要对我的代表著作和论文进行评述。这部书出来以后，一定弄一本给您看看。

昭昭在北京，身体很好，很能适应当地的气候。只是，她的实验工作进行得不很顺利，老得不出结果。得不出结果，就得不到数据，也就无法写论文。她目前正在十分紧张地工作。

漱谷很好，天天上班，早出晚归。

阿凤结婚，本应送点什么，但我精力实在照顾不过来，只好请您向哥哥转达我的歉意，并且转达我对阿凤的祝贺。

您作为特邀代表参加县政协会议，我很高兴。

凡是国家出版社出版的书籍，都是通过新华书店公开出售的。不过，想要我的书，也可以分别跟有关的出版社联系，如：

湖北人民出版社（《逻辑知识及其应用》《现代汉语语法知识》）、湖北教育出版社（《语文知识千问》《语法问题探讨集》《电大语法教材学习问答》）、甘肃人民出版社（《词类辨难》）、黑龙江人民出版社（《复句与关系词语》）。至于发表我的文章的杂志，由于比较分散，恐怕是很难要到的。

随想随写。写得潦草，也没有斟酌词句。

暂时想到这么一些，以后再写吧。

您的身体情况怎么样？很是挂念。

娘、叔父和家中一切亲人，都在这里一并问候。

祝您健康！

儿　福义　1984.11.8

【10】十二月二十九日

父亲：

昨天收到您十二月二十二日的来信。（我上次给您的信，似乎是从天津南开大学回来以后给您写的，是吧？）

我本月二十四日才从安徽芜湖回到武汉。在芜湖，参加了研究生的毕业论文答辩，并做了一次学术报告。受到极好的接待，但人十分劳累。回汉后，小病两天，今天才好一点。

我应邀将于明年四月去香港参加一个会议。目前，我得集中精力为这个会议准备论文。另外，我估计会在香港大学、香港中文大学做学术报告或讲课，也得有所准备。这次会议，是国际性的，将有美国、日本、东南亚各国、澳大利亚、新西兰和中国台湾、中国香港等国家或地区的几十位学者参加。中国语言学会第三次年会明年八月在昆明召开，我也得准备论文。反正什么时候都不会有空。

米米已参加中国共产党。他们的支部大会已通过，很快可以批下来。

新的一年即将到来了。向您和娘，向叔父一家，向哥哥一家，向弟弟一家，向福荣哥等亲人，祝贺新年！

儿　福义　1984.12.29

【福义插说】本年发表以下文稿：

《电大语法教材学习问答》，湖北教育出版社1984年6月。

《"要不是p就q"句式及其修辞作用》，《语言教学与研究》1984年第1期。

《"不过""只是"的语法意义》，《字词天地》1984年第1期。

《说"NP了"句式》，《语文研究》1984年第3期。

《"但"类词和"无论p，都q"句式》，《中国语文》1984年第4期。

《数量名结构的重叠连用格式》，《语法研究和探索》（二），北京大学出版社1984年4月。

《关于"给给"》，《中国语文》1984年第5期。

《"中学语法教学系统提要"的成分分析》，《语文教学与研究》1984年第6期。

《浪淘沙·春节返乡》，《华中师院（报）》1984年3月23日。

一九八五年（50岁）

父亲的摘要

【1】一月十九日：①昭昭可能在今年里结婚，已领结婚证。②正在赶写五月香港会议和七月昆明会议两篇文章。

【2】二月六日：①让惠中给家里带点糖和两个挂历。②香港会议将有150人参加，来自美国、东南亚、中国大陆和中国台湾与中国香港。大陆邀请的学者有十多人。北京七人（有吕叔湘与张志公），广州五人，上海和武汉各一人。③米米入党已被正式批准。

【3】四月五日：①今天离武汉去北京办理赴香港签证手续，签证办好。将于二十六日去广州，三十日赴香港。②提交香港会议的论文是《普通话语法、词汇和语音测试问题的探索》。

【4】四月十三日：①昨天从北京归来，办签证事很顺利。②给关书记的信，同时寄出。

【5】五月十七日：①已从香港回来了，是五月十日从香港直达广州的。十三日回到武昌。②四月三十日从广州去香港，五月

一、二、三日在香港大学开会；五月四、五日在香港中文大学开会。我在会议上的报告是成功的。

【6】七月八日：①参加高干体检，检查出有"毛细管水肿"。②米米和昭昭都在赶写论文。③七月去昆明参加全国语言学会第三届年会，八月去北京参加第一届国际汉语教学讨论会，九月份在武昌举行湖北语言学会，十月份去厦门参加动词与句型会议。④寄张在香港照的照片给您。⑤为昭昭婚事，漱谷去北京安排安排。⑥米米已找到朋友，是华中工学院外语系毕业生，现在校当外语系助教。

【7】八月四日：① 相片已放大，但得让惠中过年时才带回去。②复印材料，于夏龙《在探索中前进》，介绍三次会议：密云会议、香山会议和延吉会议。③写《反递句式》，提交昆明会议；又写《现代汉语的"即使"实言句》，提交北京国际会议。

【8】八月二十四日：①在北京参加第一届国际汉语教学讨论会。国家教育委员会曾在人民大会堂举行招待会。②经国家教育委员会批准："华中师院"改名为"华中师大"。③附给叔父的信。

【9】十一月一日：①本月四日赴北京，六日跟北京几位朋友赴上海讲学，十一号离上海赴厦门，大概月底才能返武汉。②述评考上大学是件好事，他最好在国庆节再到武汉来。③米米和昭昭都在准备写毕业论文。④《复句与关系词语》已印出。《语法问题探讨集》已看清样。《中国现代语言学家》共出五个分册，我被收入第五分册。

【10】十二月五日：①十一月四日赴北京，七日乘飞机赴上

海,十一日乘火车赴厦门。②十四日在厦大参加会议,宣读《复句的分类》,十八日下午乘飞机赴广州,二十二日回到武汉。

【11】十二月二十日(此信写在承德,到北京投邮):①十二月十二日,接到国家教委邀请赴承德参加由国家教委组织、由高教出版社主持召开的教材编委会议。②我应聘担任《现代汉语》主编。③十五日乘火车离武昌,十六日到北京,十六日晚十一时到承德,开了两天会,二十三日回到武昌。

【12】十二月二十六日:①阿辉不能到武昌就读,这里和乐东不同。②寄上《复句与关系词语》两册,《语法问题探讨集》最近可印出。

信　件

【1】一月十九日

父亲：

　　信都收到了。我也曾给您写了一信，想必也收到了。

　　提工资事，只听雷声，不见雨点。收您信后，本想等一等，看看是否有个结果，再告诉您，可是，一点动静也没有，看来，还不知是何时何日的事情呢。我和漱谷商量了一下，春节期间，给您寄40元，给哥哥寄20元，另外，她要到湖南去看她父母亲，昭昭和小周又要一起回武汉，都需准备一些钱。春节以后，每月给您寄20元，工资真正提高以后再说。（说来挺好玩，报上一宣传，漱谷的父亲就写信来要每月寄20元，我们没法达到这一要求，但总得寄一点）

　　昭昭可能今年内结婚。已领结婚证，但要到适当的时候才举行婚礼，可能要等到她取得硕士学位以后。她举行婚礼时已将近24岁，确实不算早了。只是，"教授的女儿"结婚，这个压力光经济上就不小。

　　我在紧张地准备两篇论文，一篇是提交五月初香港会议的，一篇是提交七月份昆明会议的。近来身体不怎么好，思想不怎么集中，写文章的速度不很理想。

　　《复句与关系词语》，据黑龙江人民出版社来信，四月份可以出来。《语法问题探讨集》，湖北教育出版社争取尽早印出，不过估计要到第四季度才行。

漱谷和米米的情况，和往常一样。

向娘和叔父请安。问弟弟一家子好。

问福荣哥和一切亲朋好友们好。

祝您康健！

儿 福义 1985.1.19

【2】二月六日

父亲：

惠中回家，让他带点糖和两个挂历。国画纸，是给铁丁的。

去年春节，我在家乡，和离别了三十多年的亲人相聚，至今回想起来，心里总抑制不住阵阵的激动。今后两三年内，我是一定争取回一次家的。

春节快到了。向您，向娘，向叔父拜年。问哥哥、弟弟和侄儿女们好。

福荣哥，孔星，孔鑑，还有一切至爱亲朋，都请代向他们问候，祝他们节日愉快，幸福安康。

很久没给泰钦写信了，春节期间若见到，请代我问候，表示歉意，并把我的近况告诉他。

正在紧张地准备香港会议的文章。因为还要准备一篇参加七月份在昆明召开的全国语言学会年会的文章，所以一点时间也没有。估计春节期间也休息不了。

香港会议是规模比较大的国际会议，与会者150人左右，来自美洲大陆、夏威夷、东南亚、中国大陆、中国台湾和中国香港。国内被邀请的学者有十多人，北京七人（其中有吕叔湘先生和张志公先生），广州五人，上海和武汉各一人。我有个学生在香港中国新闻社当记者，我到那里了以后，一切由他张罗，会比较顺利的。

寄来的剪报中，有程祥徽的谈话。我认识他。

漱谷、米米、昭昭都还没放假。米米入党，已被正式批准。昭昭可能在十七日回到武汉。

已给您邮寄50元，请查收。（另外给哥哥邮寄了30元）

敬祝春节安康！

儿　福义　1985.2.6

【3】四月五日

父亲：

我今天离开武汉赴北京。

一个多月没写信回家了。这一个多月里，我在很紧张的状态中度过。春节期间，赶写香港会议的论文，接着又写了两三篇小文章（杂志社要，推不掉），期间，又给北京大学、南开大学、武汉大学等学校准备提升教授、副教授的三位同志写著作评语，此外，还有一些杂七杂八的事情。这些事情一搞下来，我的身体累垮了。近十天来，高度失眠，感到极度疲倦。

提交香港会议的论文是《普通话语法、词汇和语音测试问题的探讨》，一万一千字。

参加这次会议，手续很麻烦。报教育部—教育部批—各级政审（系—院—教育厅）—办护照（省公安厅—省外事局）—教育部再批—英国大使馆办签证。

去年十一月上报教育部，今年四月二日才办好护照。护照，有效期五年，可以通往世界各国。我这次去北京，是为了办签证。先到教育部填表，然后持护照到英国大使馆，让他们在护照上面的"签证"部分写上可以入境的字样。听说办签证也很麻烦，不知十天半个月里能否办好。

惠中已带来虾米。您没有几个钱，其实是不必花钱买东西带来的。不多写了。

祝您和家中大小都好。

儿　福义　1985.4.5

我打算二十六日去广州，三十日赴香港。

【4】四月十三日

父亲：

昨天从北京回来，看到了您的信。

这次到北京，一切很顺利。教育部把我的护照当作急件送往英国大使馆办签证，大概二十几号就可以办好。我已托同去参加香港会议的北京的朋友到时帮我把护照、签证带到广州，我月底从武汉到广州跟他们会合后一道赴港。

给关的信跟这封信同时发出。是这么写的:

关书记:

去年春节回家乡,得到您的关照,一直感激。

我父亲邢诒河年纪较大,但身体很好。他知识面广,功底好,当教师或干类似的工作都比较合适。我想,如果给他安排一个有关的工作,他是能较好地为人民的教育事业干个十年八年的。不知有没有可能?请您鼎力相助。

下月将赴香港参加一个国际学术会议,前几天到北京办签证(护照),昨天才回来。忙乱中给您写这封信。以后有机会当面向您表示谢意。

×××

出一趟国,需要办的事情很多。以后再把情况告诉您。家中所有亲人都在这里问好。

祝您健康!

儿 福义 1985.4.13

【5】五月十七日

父亲:

我已从香港回来了。

四月三十日从广州乘直通火车到香港,住在华国酒店。五月

一、二、三日在香港大学开会；五月四、五日在香港中文大学开会。参加会议的有来自中国大陆、中国台湾地区、美国、新加坡、马来西亚、澳大利亚、新西兰和中国香港地区的学者一百余人。

我在会议上所做的学术报告是成功的。

香港很繁华，现代化水平很高。这次，算是开了眼界。

五月十日从香港乘直通火车回到广州，五月十三日回到武昌。

在香港，买东西要外汇（主要是港币）。人民币不能用。我们出去开会，只有一点点零用钱，因此，无法给家里购买诸如录音机之类的东西。

回来后，感到十分劳累，加上有很多事情要处理，只能先草草写这么两句。

祝您健康！

祝娘、哥哥、弟弟，祝叔父，祝一切亲人安乐！

儿　福义　1985.5.17

【6】七月八日

父亲：

一直盼您的信，终于盼到了。

您身体比往年好，这是极大的福音。叔父和娘的身体怎么样?

您的事，我是料想到了的，会在踢皮球中拖过去。到处都是这样，不奇怪的。

相片，让小周放大了，又托学生请人上彩色，尚未搞好，所以不能让惠中顺便带回家。

这一向，赶写论文和应付分内和分外的各种工作，简直不能喘息。前不久参加"高干体检"，结果尚未通知，但在检查时一位老医生检查出我有"毛细管水肿"，让我一定要休息，严禁吸烟。具体情况如何，以后再告诉您。

米米、昭昭都在赶写论文。他们所搞的，我不懂，加上他们都很有自觉性，我又忙，所以我是完全不管的。相信他们都能混出个样儿来。昭昭的志向是，两年内争取出国留学，我想，这不是不可能的。

今后，七、八、九、十这四个月，我都有会。七月下旬，去昆明参加全国语言学会第三届年会；八月份，去北京参加第一届国际汉语教学讨论会（二十几个国家的二百多位国际学者参加）；九月份，主持召开湖北省语言学会（原会长是严学宭先生，我是副会长兼秘书长；严先生已 76 岁，从今年起当顾问，我可能出任会长）；十月份，去厦门参加动词与句型讨论会。还有两个会，一个在桂林，一个在敦煌，我推掉了。

在香港照了一些照片。寄一张给您看看。

惠中回家，只让他带点黄花，心实不安。只是，我忙得团团转，没办法上街买这买那。只好如此。

漱谷昨天已上北京看昭昭去了。昭昭和小周准备结婚，漱谷得去安排安排。

米米已找到朋友。是华中工学院外语系毕业生，留在华工当外语系助教。不错。过些时，让米米把她的照片寄给您看看。

匆匆写这几句，马上得去武汉大学参加研究生论文答辩。祝您安康。祝一切亲人安康。

儿　福义　1985.7.8

【7】八月四日

父亲：

信收到了。

原来准备七月二十五日赴昆明参加全国语言学会第三届年会，但是，没有飞机票（武汉昆明不通航），又买不到火车卧铺票。四十多个小时的路程，路上要经过两个晚上，就这么坐着去，我实在受不了。所以，只好临时发个急电，说我不去了。

过几天，我就要去北京参加第一届国际汉语教学讨论会。这是一次大型的国际会议，有二十多个国家的二百多位学者参加。会址在北京香山。开完会后，恐怕得在北京待几天，因为有好些事情需要办理。

《复句与关系词语》（黑龙江人民出版社）已经印出来了。但他们只给我寄来30本样书，我要带到北京跟外国专家交流，所以只好以后再寄给您。

《语法问题探讨集》已看清样，不过，正式印出来可能要拖到年底去了。

《中国现代语言学家》由河北人民出版社出版。什么时候能出来，不知道。因为，不好问。

《短文精华》，我这里有一本。《古诗精华》，我一本也没有，可能还没有出来。除了《语文知识千问》，其他三本书我完全不管，只挂了个名，因此，到底是否已经完全印出，我不知道。

黄花，大概就是"金针"。小时候，总听见"金针""木耳"并提，而我们那里又很少见到"金针"这种东西，所以让惠中带一斤。想来已经带到了吧？

相片，先让小周放大了几张，不理想。又让我的一个学生（现在是湖北大学讲师）帮忙，他通过一个关系找了一级照相馆的一级师傅，结果，效果甚佳，我很满意。只是，太不好寄。我想，等到寒假让惠中带回家，不知可否？

随信寄上复印材料，请看看。几年来，中年语法学者的研究工作很活跃。于夏龙的《在探索中前进》就是介绍这部分学者的。一、二两部分是综合性的介绍，主要介绍三次会议：密云会议、香山会议和延吉会议。从第三部分起，介绍具体的人。于夏龙是于根元（中国社会科学院语言文字应用研究所）的笔名，全文共十二部分，在《汉语学习》上连载。《汉语学习》是向国外发行的刊物。

出国有制装费。西装是用制装费做的。在国内，我根本不穿，我不是个讲究的人；但是在国外，一定要穿，因为，不穿容易有危险。出去的人，起码得有两套西装：一套是浅色的，一般场合穿；一套是深色的，晚上参加宴会时穿。深色衣服庄重，所以晚礼服都是深色的。

从香港回来以后，除了一般性的工作，便是赶写论文。写了一篇《反递句式》，是提交昆明会议的论文，已寄出；又写了一篇《现代汉语的"即使"实言句》，是提交北京国际会议的论文，正在打印，准备过几天带上北京。

武汉已进入盛夏季节，热得十分难受。

写得太潦草了。

祝娘、祝叔父、祝家中一切人都好。

哥哥近况如何？

祝您安康！

儿 福义 1985.8.4

检查身体时，医生要我两个星期以后去复查一下，但是，我忙得透不过气，实在没时间去医院。我想，如果情况比较严重，他们会给我一个通知的。

又及

【8】八月二十四日

父亲：

"第一届国际汉语教学讨论会"结束了。我二十日回武汉。

这次会议，规模很大。外国学者来了一百多位，光美国就来了二三十人。会议规格很高。住在香山饭店。住房一间（两人）每晚130元。国家教育委员会曾在人民大会堂举行招待会。

在会上，我做了《现代汉语的"即使"实言句》的学术报告，很成功。

这几天，十分疲倦，所以到现在才写信。

放大加彩的照片，不容易寄。正在想办法。如果没有好的办法，就只能到寒假让惠中带回家。

向家中所有的亲人问好。祝您健康！

儿　福义　1985.8.24

经国家教育委员会批准，"华中师范学院"已改名为"华中师范大学"。您以后来信，都请写：武汉市武昌桂子山华中师范大学中文系。信直接寄到家里也行。地址是：武汉市武昌棋盘街华中村附41号。

1985.8.24

附给叔父的信

叔父：

来信收到，高兴万分。述评考取了学校，即使是大专，也是一件大好事。应该向您贺喜，向述评贺喜。

通过上学求出路，可以昂头挺胸地做人；而靠向人叩头求职业，却不但会受气，而且往往达不到目的。述评应该永远记住：必须"自强不息"！

寄上20元，帮补述评的路费。地址写了"黄流中学邢谷源同志转"，因为我不知写"黄流区黄中乡"能否收到。

很想在一两年内再回家看看。我在找机会。去年回家，实在是太匆忙了。

祝您康泰！

侄儿　福义　1985.8.24

【9】十一月一日

父亲：

在怀念中收到您的信。即使不收到您的信，这两天也会给您写信的。

我本月四日赴北京，六日跟北京的几位朋友一道赴上海讲学，十一日离上海赴厦门。大概月底才能返回武汉。从厦门转来时，是先到广州再到武汉，还是先到上海再到武汉，还没定。

述评终于上大学了，这使我很高兴。依靠自己的力量冲出一条路子，比向别人叩头找路子不知好多少倍，这是一条千真万确的哲理。请向叔父转达我的祝贺。

述评尚未给我来信。

关于述评春节到武汉的事，我的意见是：请他改变这一计划。春节期间，漱谷要回湖南，她的父母都已八十多岁，最近已从株洲她妹妹处搬回湘乡老家，她得回去看看。她一走，生活上就极不方便。我准备春节期间完成《形容词短语》一书的搭架工作。这本小书是人民教育出版社约写的，明年六月前要交稿，我不能不集中精力。春节前后，是我集中精力写东西的时间，我的好些书和文字都是这段时间写出来的。又，"香港国语学会"邀请我赴香港开会，原订会期是今年十二月，现已改到明年一月。如果再去香港，来回一折腾，我的时间就更紧。另外，到武汉来，暑期和春节都不合适。暑期，太热，几个电扇吹，人还是热得透不过气来；春节期间又太冷，武汉没有取暖设备，因而被子就需要多，每个人盖的、垫的起码得四床，而如果漱谷在汉，昭昭和小周、米米和芬芬都要来，一下子增加四个人，光被子就应付不了，如果再增加人，就更没办法了。——因此，述评来武汉的事，我打算这么办：国庆期间他可以来。十月的武汉，秋高气爽，不冷不热，比较方便；他可以来住两天，这样对我的影响不大，而又能对武汉有较全面的了解。

昭昭正在进行毕业论文的定稿工作。她的研究结果很理想，据说只有匈牙利一位学者的思路跟她相同，但结果还不如她的好。

米米也在写毕业论文。他的朋友叫李芬芬，是华中工学院外语系毕业生，现在华中工学院外语系当助教，比米米小一岁多，很不错，今年还获教学奖。

米米和芬芬，昭昭和小周，都在联系到美国去留学的事。美国方面都给他们回了信。

我的学生蒋平（女）已于今年九月到美国俄亥俄州立大学东语系去攻读博士学位。俄亥俄州在美国东北部，属于发达的工业区。她一到美国之后，就积极地帮米米、昭昭、芬芬、小周联系，据她来信说，昭昭明年去的希望特别大。另外，从美国方面的来信看，米米出去的可能性也不小。小周和芬芬的情况也是这样。芬芬还有个优越之处，就是她英语系毕业，英语特别好。

漱谷本学期教两个高中毕业班，很忙。

这一向，我的身体老觉得不怎么好。这次到北京、上海、厦门去转转，看能否散散心。

《复句与关系词语》已经印出。因为忙得喘不过气，没时间去寄。过两天,我尽量抽时间去寄给您。

《语法问题探讨集》已看清样,但要拖到什么时候才出书,还是一个未知数。

《中国现代语言学家》共出五个分册,介绍近二百人,我被收入第五分册。语法学界中年学者被介绍的共有三人:就是陆俭明(北京大学)、李临定(中国社科院语言研究所)和我。这本书年底可以印出来,先已预订。

哥哥情况如何,很是怀念。

下午还要赶到学校去开会。写得太潦草了。

祝您、祝家中一切亲人安好!

儿 福义 1985.11.1 中午

来信要写"武汉华中师范大学中文系"。学校很大,人很多,不写"中文系",怕收不到。

又及

【10】十二月五日

父亲:

来信收到了。理发用具,我想法买到,将来让惠中带回家。十一月的费用,已寄出,想来已收到了吧?

我十一月二十二日回到武汉。这次外出,大概情形是这样:十一月四日离汉赴京。五日到北京,看看昭昭,会会朋友。七日同几位北京的朋友一道乘飞机由北京到上海。飞机飞了一个多小时。住在华东师范大学。我做了一次学术报告,参加了两次座谈会。九日晚,上海很有权威的老一辈语言学家林裕文先生请了我们的客。〔"林裕文"是下面三位教授的笔名:华东师范大学中文系教授林祥楣,复旦大学中文系教授胡裕树,上海师范大学教授张斌(笔名"文炼")。最有权威的是胡裕树先生,他个人的笔名是"胡附"〕十一日中午,乘火车离开上海,十二日傍晚七时多到达厦门。会议在厦门大学召开,我们住在厦大招待所。会议十四日正式开始,十八日上午结束。我提交这次会议的论文是《复句的分类》,在这篇论文中我提出了"聚合点""点标志"和"标志群"等新概念。厦门大学就在海边。厦门市不大,可能只有四五十万人,但相当美,厦大也很美。参观了厦大附近的南普陀寺和植物园。乘船在海里观看了景物,并去了鼓浪屿。参观了"集美"——陈嘉庚出钱修建的一个风景区。十八日下午乘飞机离开厦门赴广州。飞机两点起飞,近三点到广州机场。同机的有北京的两位朋友。华南师范大学有校车接。在广州住了三天,住在华南师大招待所,给华南师大中文系语言专业的研究生和助教讲了一次课。二十一日下午一时乘火车离开广州,二十二日中午十一点半回到武昌。

　　回来后,好些事需要处理。最重要的是《语法问题探讨集》的二校样得赶紧看完。出版社说争取在12月底把书印出来,所以得首先看校样。一直到前天才看完,昨天上午才让我的研究生送到出版社去了

　　十二月里,主要的事情是还"文债"。按计划,应该写一篇

大文章，几篇小文章，不过，估计这个计划完成不了。

明年元月份起到六月，想集中精力写《形容词短语》一书，能否写起，信心不足。也许是毕竟已到五十，身体不如以前，以前的那种硬拼的"虎劲"现在大大减退了。

接到叔父的信，也接到述评的信。述评上师范专科学校，基本生活费有保证，以后我会支援他一些生活零用费的。不另给叔父写信了。

仁哥情况，望告。问娘和弟弟及家中大小的安好。

祝您健康！

儿　福义　1985.12.5

【11】十二月二十日

父亲：

现在，在给您写信的时候，我是在河北省承德市。

承德市是原热河省省会。这里有"避暑山庄"（"离宫"）和一个寺庙群。昨天看了一整天。真是好极了。可以看出，康熙，特别是乾隆，确是有作为、有魄力的皇帝。

这次来承德，是参加由国家教委（教育部）组织、由高等教育出版社主持召开的教材编写会议。他们聘请我任《现代汉语》教材主编。这套教材是为帮助在职中学教师提高到大学水平编写的，由高等教育出版社出版，全国通用，出版后将跟电视、广播配合起来，所以影响很大，国家教委很重视。按规定，《现代汉语》教材必须在明年五月交稿，因此，一回武汉就得紧张地工作。主编责任很大。今年春节期间，又别想有空闲了。

我十二月十二日才接到邀请。十五日乘火车离开武昌，十六日中午到北京，接着转乘火车于十六日晚十一时到承德。十七、十八日开了两天会，十九日参观避暑山庄和寺庙群，今天，二十日，乘上午九时的火车去北京。打算在北京待两三天，于二十三日返回武昌。

旅途劳累。匆匆写这几句。

问家中亲人安好。祝您康健！

儿　福义　1985.12.20 上午 8 时

【12】十二月二十六日

父亲：

我二十四日从北京回到武汉。十二日的信，今天才读到，因为太疲倦，在家休息了两天，今天才到系里去。

读了哥哥给您的信，感慨万分。他在苦斗，真不容易。

阿辉转学到这里就读的事，哥哥和您可能看得太简单了。武汉不是黄流和通什，无法解决的问题很多。首先是这里的中学不肯接受外地来就读的学生，特别是好一点的中学，根本不考虑这个问题。另外，具体的问题还有许许多多，将来如果您有机会到武汉来看看，就知道了。因此，这个主意请打消。

能否学好的关键，不取决于在什么地方学习。在武汉市，即使是大学教师的子女们，升不了学的有很大的数量。因此，要教育阿辉，第一要争气："别人能做到的，我一定也能做到！"第二要多动脑筋，学习中多问几个为什么。这样，他一定能冲得上来。

　　一从北京回来，事情多得很。《现代汉语》教材马上得开始编写，其他事情又搁不下来。身体感觉不怎么好，整天昏昏沉沉的。我很怀疑这两三年里能否支撑得住。

　　寄上《复句与关系词语》两册，不知收到没有。《语法问题探索集》据说最近可以印出来。

　　向家中一切亲人问候。祝您和娘康健！

　　　　　　　　　　　　　　儿　福义　1985.12.26下午

【福义插说】本年发表以下文稿：

《复句与关系词语》，黑龙江人民出版社1985年5月。

《关于"既然p，就q"句式》，《语文教学与研究》1985年第1期。

《复句问题论说》，《华中师范学院学报》1985年第1期。（署名：华萍）

《关于动宾配搭》，武汉《普通话》1985年第1期。

《死？喜？》，香港《普通话》1985年第1期。

《"越X，越Y"句式》，《中国语文》1985年第4期。

《现代汉语的"即使"实言句》，《语言教学与研究》1985年第4期。

《谈谈语法规范化的问题》,《文字改革》1985年第6期。

《从"原来"的词性看词的归类问题》,《汉语学习》1985年第6期。

《关于〈中学教学语法系统提要(试用)〉——祝顺有〈新订中学语法系统讲析〉代序》,华中师范大学出版社1985年9月。

一九八六年（51岁）

父亲的摘要

【1】一月二十八日：①主编《现代汉语》。为"全国师资培训教材"中的一种。②昭昭已结婚，住中国农业科学院植物保护研究所，她已留在抗菌素研究所工作。③米米和芬芬已登记结婚，今年七、八月间米米毕业后结婚。（结婚后，芬芬就到美国去，在美新墨西哥州立大学教育系一边教学一边学习）

【2】四月十八日：①《现代汉语》，四月底交稿，八月出书，十月一日起通过通信卫星向全国电视播讲。②芬芬八、九月份去美国。

【3】五月十九日：①六号去北京，把《现代汉语》稿送高教出版社，十五日返汉。②受19届国际汉藏语学会邀请，赴美国参加会议。③接到香港政府公函，邀请参加香港教育署语文教育学院主办的"第二届国际研讨会"。

【4】七月二十六日：①赴美事，教委已批准"赴外时间十四天"。②《现代汉语》是电视教学课本，正在拍电视。

【5】八月十七日：①今晚去北京办出国签证并落实外汇额度。②米米和芬芬五月份去上海，旅行结婚。③芬芬可能九月一

日启程赴美留学。

【6】九月三日：①八月十七日赴北京办签证，二十五日返武汉。②九月七日赴北京，九月十日上午九时飞美国。

【7】九月三十日：①从美国回来了，在美国待了12天。②在俄亥俄州哥伦布市开会。

【8】十月二十四日：①十月十二日赴北京，参加第四次全国语法讨论会。②十月二十八日赴北京参加全国哲学社会科学"七五"规划会议。③在美国召开的汉藏语学会，与会人数共199人。这次赴美花了一万多元。④芬芬明年元月赴美留学，是自费的。当助教，把助教的工资（每月500多美元）来维持生活。

【9】十一月十六日：①"七五"规划会议期间，胡耀邦等领导人接见全体代表，并合影留念。②会议上我被评为十七人语言学科组成员。③附孔昭一九八六年十一月五日信：论文《种间原生质体融合提高抗菌素产量的研究》得一等奖。

【10】十二月八日：①《语言学家》一书已寄出。《现代汉语》手边没有，后再补寄。②昭昭寄来剪报：荣获青年科学奖金的十三名同志，年龄最大的40岁，最小的是昭昭：25岁。③附寄《语·逻书文目录》一份。

【11】十二月二十六日：①《湖北社会科学》杂志明年出版创刊号，指定为编委。②中国社会科学院情报中心国内室通知已被收入《当代中国社会科学手册》。③收加拿大温哥华市不列颠克伦比亚大学来函，约于明年八月在加拿大召开20届汉藏语学会。④芬芬签证已办好，六号就赴美。

信 件

【1】一月二十八日

父亲：

这封信到家时，春节大概快要来临了。向您拜年！向娘拜年！向叔父拜年！向哥哥、弟弟和家中所有亲人祝贺新年！

福荣哥还硬朗吧？向他拜年。孔星、孔鑑都请代问好。

一切熟人，都请代问候。

见到泰钦，请代祝贺新春佳节。

我在想，明年春节能不能再回一趟家，看看亲人，看看家乡。

这一向，注意精力集中在《现代汉语》教材的编写上。

这部教材，是"全国师资培训教材"中的一种。全国师资培训班教材，由国家教委组织编写，由高等教育出版社出版，目的是把未取得大学文凭的在职中学教师提高到大学水平。他们学习了这套教材，通过考试，就可以取得大学学历。

目前，先编写中文和历史两个方面的教材，共二十多种。主编，由高等教育出版社向全国聘请。聘请的，主要是全国重点大学中文系和历史系的教授。

上次到承德去开会的，有来自北京师范大学（北京）、华东师范大学（上海）、东北师范大学（长春）、西南师范大学（重庆）、陕西师范大学（西安）等学校的教授和领导三十余人。会议之所以在承德开,是因为全国各地都有人参加,而那里是避暑山庄所在地,可以借这个机会让大家去看看。

华中师大只是主编二十多种教材中的两种。即我主编的《现代汉语》,朱伯石教授主编的《写作》。朱伯石先生,六十多岁。

《现代汉语》教材,大约45万字,今年五月底交稿。因为影响大,我得认真对付。因此,如果要喘一口气,恐怕是五月份交稿以后的事情了。

昭昭已经结婚。家安在小周单位:中国农业科学院植物保护研究所。昭昭的毕业论文去年年底已答辩通过,她已留在抗菌素所工作。她工作的地点离他们的家很远,每天跑来跑去,往往需要三个多小时,很辛苦。每天下班回去,累得什么事也干不了。她没给您写信,请您原谅她。按现在的规定,研究生毕业两年以后才能出国留学,因此,她出国的事看来要拖一段。前不久,她在杂志上发表了一篇译文,以后复印一份给您看看。

米米和芬芬已登记结婚,婚礼要到七、八月间米米毕业后才举行。米米正在撰写毕业论文。芬芬今年举行婚礼后就去美国。美国新墨西哥州立大学教育系已接受她的申请,并且寄来了各种文件、证件,要她今年七、八月间到那里去,一边教学一边学习。这件事,目前已成定局,估计不会有什么变化了。

漱谷很好,还是每天上下班,跑来跑去。

我感到很疲倦。因为太劳累。真想休息一下,但怎么也休息不了。有时,心情是十分不好的。

理发的推子已经买了。是让一位学生在汉口帮我买的。

惠中的父亲还没有来找我，不知他来武汉没有。我因为太忙，也没有跟惠中联系。

如果惠中父亲已来武汉，春节期间肯定会到我这里来。"推子"和放大相片，将来请他带回家。

写得太草了，请您原谅。

再一次向您和所有亲人祝贺新年！

儿　福义　1986.1.28

【2】四月十八日

父亲：

很久没给您写信，由此您可以想象这两个月来我是多么紧张。

我主编的这部《现代汉语》教材，是由国家教委组织编写的。四月底一定要交稿，八月一日一定要印出（这个速度，在我们国家是惊人的），从十月一日起通过通信卫星向全国电视播讲。现在，高等教育出版社有两位编辑住在这里，天天催稿。

初稿都已写出来了。语法部分十多万字，由我自己写，可以放心。其他部分，我得一段一段地改，很费时间，很花精力。现在看来，四月底交稿大概没有什么问题。

五月初，我可能去一趟北京，听听张志公先生的意见，对教材做最后的修改。

对昭昭，您误解了。现在年轻人的事，也许您很难理解。其实，昭昭是什么时候结婚的，我也不知道。情况是这样：北京住房很紧张。为了弄住房，去年上半年昭昭和小周就办理登记手续。这是通过我的。当然，她尚未毕业，我说，登记可以，但正式结婚最好在毕业以后。这样，他们登记以后在小周的单位弄到了一间房子。后来，他们就住在一起了。这是合法的，因为他们已经登记。我呢，去北京知道他们住在一起了，笑一笑就过去了。何必重这种形式呢？只要孩子感到幸福就行了。

米米和芬芬的情况看来也是这样。他们前两个月就已经拿了结婚证。我照样说了这样的话：最好在米米毕业以后再正式结婚。但是，究竟他们结婚了没有呢，这就很难说了。他们在华工已有自己的房子，他们都是大男大女了，住在一起是合法的，谁也说不了他们什么。从现在的情况看，他们也不会举行婚礼了。

米米正在写毕业论文。我因为太忙，还来不及看看到底写得怎么样。

芬芬出国的事，看来已经定了。八、九月份就去美国。

昭昭和小周五月十号参加英语考试（美国出的题），如果能通过，就可以出去了。米米准备十月份参加英语考试。不过，不管是否通过考试，米米都是可以出去的。因为芬芬出去半年之后，他就可以去探亲。美国对这种关系非常照顾。我有一位研究生叫朱红，他爱人在美国，他去年也到美国去了。

您给漱谷的信，她已收到了。

《语法问题探讨集》已经给您寄了一本，不知收到没有？

又得赶稿件。先草草写这么几句话吧。

祝所有亲人都好。祝您安康！

儿　福义　1986.4.18

【3】五月十九日

父亲：

我本月六日乘飞机去北京，十五日乘火车返回武汉。这次去北京，是把《现代汉语》书稿送给高等教育出版社，并听了张志公先生的意见。现在这部书已经发排，估计八月份就可以同广大读者见面。

这部教材，是"卫星电视教育中学师资培训教材"，从十月一日起就通过电视播讲，影响肯定是很大的。

我推荐了四位同志拍电视，通过电视播讲这部教材。他们是吴永德、李金元、萧国政、李宇明。（萧、李是我的研究生，已毕业，留在华中师大工作）我本想讲一点，但是，时间不允许我这么做，因为，我马上得写出一篇在第19届国际汉藏语学会上宣读的论文来。

第19届国际汉藏语学会今年九月在美国召开，我已接到邀请。学校各级领导支持我去参加这一国际会议，已向国家教委呈交报告。因为过去文科出国参加国际会议的人很少，所以，估计国家教委会批准。

前天，接到一份"香港政府公函"，邀请我参加香港教育署语文教育学院主办的"第二届国际研讨会"。此会于今年十二月十五—十七日于香港召开，主题是"语文教师延续教育的重新研究"。由于我九月份可能要去美国，因此对于是否争取参加这次会议还在犹豫。

《探讨集》收到没有？

弟弟做房子，我应该寄点钱才是。但是，昭昭、米米先后结婚，给了他们两笔我好不容易才积存起来的钱，因此，手头不宽裕了。我确实想给弟弟寄点钱，表示一点意思，但寄多了拿不出来，寄少了，拿不出手，因此十分为难。您给我出个主意吧，好不好？

本月十日，昭昭和小周参加"托福"（TOEFL）考试。"托福"成绩好，才能赴美留学。他们都考得不错，特别是昭昭，自我感觉很好。参加托福考试，每人要交美元26元。他们参加考试的美元，是在美国的蒋平（我的学生）给他们的。

米米正在写毕业论文。他和芬芬可能最近去上海一趟，算是旅行结婚。我同意他们这么办，因为这样省事。

祝您安康！

儿　福义　1986.5.19

【4】七月二十六日

父亲：

国家教委（原教育部）已下文，同意我赴美开会。全文如下：

> 国家教育委员会文件（83）教外出字 8358 号
> 关于邢福义教授赴美　出席汉藏语会议事
> 华中师范大学：
> 华师行字（93）138 号文悉。
> 我委同意邢福义教授今年九月赴美国出席第十九届国际汉藏语言学会议。在外时间十四天，一切费用由你校自筹。
> 中华人民共和国国家教育委员会　1986.7.13

目前，正在办手续。出国，手续十分麻烦。能否走得成，还没有百分之百的把握。

这次会议，在美国俄亥俄州哥伦布市举行，主持这次会议的两位教授（一位是美国人，一位是美籍华人），我都认识，都跟他们有交往。

美国夏威夷大学李英哲教授（原是中国台湾人）来函，邀请我开完会以后到夏威夷去做一次学术报告。我尚未回信。因为在国外的时间有限，而从哥伦布到夏威夷又很远，所以，可能去不了。

华盛顿大学杨福绵教授也邀请我到他们那里去参观访问。这到时看情况再说。

前些时，还收到西德柯彼德博士的邀请，邀请我去西德参加今年十月在北来因－威斯特法伦州立教育中心举行的"第四届德意志联邦共和国现代汉语教学讨论会"。我尚未回信。不过，我估计走不了。因为，出一次国，要花掉很多外汇。

一九八六年（51岁）

参加美国会议的论文，已经写好，并已铅印出来。过两天，我航空寄出。

《中国现代语言学家》已经出来了。过些时，给您寄一本看看。

我主编的《现代汉语》，已看清样，八月份就可以同读者见面。目前，正在主编一本辅导教材，交湖北教育出版社出版。

《现代汉语》的讲授，正在拍电视，分90次拍完，每次50分钟。我太忙，只讲第一讲，可能是10月1日播出。（具体时间和怎么收看，我都没过问。收音机，恐怕是收不到的，因为没有安排这方面的线路）其他89讲，都让另外四位同志去拍。

昭昭的托福成绩尚未到。"托福"是TOEFL的音译，是美国测试准备赴美留学者英语水平的一种试题。题目由美国出，试卷是美国评分，然后通知本人。昭昭的感觉，她的TOEFL成绩一定不错。她目前正准备参加GRE考试（美国科技部分的测试考试）。如果TOEFL和GRE成绩都好，她出去就没问题了。米米暑假期在华中工学院参加英语学习班，教师都是美国人。他准备参加今年十月的托福考试。参加TOEFL和GRE考试都是要交美元的。每次大概要交28美元。好在蒋平在美国，可以替他们交。不然，是弄不到这种东西的。芬芬出国的事，拖下来了，还没最后定。最近正在加紧联系。

已让漱谷寄了300元钱，算对弟弟的做房子表示一点心意吧。

《语法问题探讨集》后来又寄了一本，是挂号寄的，大概快收到了吧？

武汉已经很热。但事情太多,再热也得干。感到很疲倦,好像一个走长路的人,很想坐下来休息休息。

不另给叔父和哥哥写信了。这些内容,请转告他们吧。

很关心哥哥的孩子们的情况。

祝家中所有亲人都好。亲朋好友都代致意。

祝您康健!

儿　福义　1986.7.26

【5】八月十七日

父亲:

来信收到了。

我今天晚上乘火车去北京。此行是为了办出国签证和落实外汇额度。如果顺利,我九月十日就可以赴美国参加会议了。

米米和芬芬五月份到上海去了一趟,算是结婚了。

芬芬马上去美国留学。她的护照已经办好,昨天米米陪着她上北京办签证。签证办好以后,她就可以走了。估计她赴美国的时间是九月一日左右,比我早。

昭昭暑假没回来。好些事情需要她在北京帮着办。我明天到北京之后,跑签证,跑外汇,实际上主要是靠她。

向家中所有亲人问候。

祝您安康!

儿　福义　1986.8.17

【6】九月三日

父亲:

来信收到了。

我八月十七日去北京办赴美签证,二十五日返回武汉。现在外汇费用全已解决,各种手续已办好。我将于九月七日由武汉乘飞机赴北京,然后于九月十日上午九时由北京飞往美国。往返的路线,初步确定为:北京—旧金山—纽约—哥伦布—华盛顿—纽约—北京。会不会到夏威夷去,等开会期间同李英哲教授会面之后再说。

九月一日至五日,全国首届青年语法学术讨论会在我们学校召开。来了好些著名人物。九月一日上午开幕,我致了开幕词。这几天忙得团团转。

卫星电视教材《现代汉语》已印出。以后再给您寄。此书印数多,各地书店都能见到。

芬芬赴美,已办好护照,尚未办好签证。什么时候能成行,尚未确定。

祝您和一切亲人都好。

儿 福义 1986.9.3

【7】九月三十日

父亲:

我从美国回来了。在美国待了十二天。路线是:武汉—北京—上海—旧金山—纽约—哥伦布—华盛顿—纽约—旧金山—上海—北京—武汉。

在哥伦布六天，开会，做学术讲演，参观，结交了不少朋友。参加会议的各国学者数十人。大陆去了十一人，台湾去了六人。

在华盛顿三天。访问了两所大学，参观了白宫、国务大厦、华盛顿纪念塔、林肯纪念堂等。

在纽约三天。参观了联合国会议室、美国纽约图书总馆，参观了自由女神像所在地和纽约市容。在纽约图书总馆，通过电脑，一分钟就查出该馆存有我的著作四本。

从上海飞纽约，或从纽约飞上海，都要二十五小时左右。由于时差关系（纽约早晨七时，是北京晚上八时），在飞机上二十多个小时全是白天。

旅途劳累，加上不适应时差，回来后好像害了一场病。恐怕得休息几天才能恢复过来。

在美国，有蒋平照顾，一切感到方便。在哥伦布，她为我照了不少相。后来，她又到纽约来送我，也照了不少相。相片，以后寄几张给您看看。

十月十四—十八日，语法学术讨论会在北京举行，我又得去参加。这几天，得赶写一篇论文提要。

夏威夷大学，这次去不成了。原因是，我定的是中国民航的机票，要改变路线，得改乘美国民航，而这涉及外汇问题，这事不好解决。我已和该大学的一位教授商议，以后由他们邀请我去做一年研究工作。

一切亲人,都在这里一并问候。

祝您安康!

儿　福义　1986.9.30

【8】十月二十四日

父亲:

今天收到您十月十六日的信。

我十月十二日赴北京参加第四次全国语法学术讨论会,十月二十日返回武汉。

十月二十八日,我又要去北京。飞机票已经购买。这次赴北京,是要参加一次重要会议,全国哲学社会科学"七五"规划会议。我已被聘任"在'七五'期间任全国哲学社会科学规划小组成员",参与本学科国家重点科研项目的制定和落实等工作。参加这项工作的学者,为数极少,张志公、严学宭等先生都没有参加过。据说,成员的决定,是在征求语言学研究部门意见的基础上由国务院做出的。根据规划会议的通知,这次赴京开会的内容有两个:(1)根据国家第七个五年计划第二十七章的要求,确定哲学社会科学"七五"期间国家重点研究课题;(2)讨论《国家社会科学基金暂行条例》。会议于十月二十九日开始,十一月四日结束。我将于十一月六日乘飞机返回武汉。

第14届国家汉藏语言学会议是在美国俄亥俄州哥伦布市举

行的。这是一次在全世界语言学界有很大影响的大型国际学术会议。列入会议名单并向会议提交论文的学者共199人，宣读论文的学者共72人。学者们来自中国大陆、中国台湾、中国香港、美国、英国、西德、法国、加拿大、意大利、瑞典、荷兰、日本、印度、泰国、尼泊尔、澳大利亚等国家和地区。不管来自哪一个国家和地区的学者都能讲汉语。我在会上宣读的论文是《论"一X，就Y"句式》，反应很好。好些学者主动同我联系。我交了不少学术界的朋友。

这次赴美，我自己不花钱。自己花钱，是花不起的。光是飞机票，就花了近八千元；加上别的费用，我花了一万多元（换成美元，是三千多元）。这么多钱，对于一个穷教授来说，是半辈子也积蓄不起来的。

书和照片都还没寄。太忙了，没办法去办寄书这种事。我从北京开会回来再说。

芬芬明年元月赴美留学。这个时间不会改变了。孩子们出国留学，都是"自费"，是他们到美国去了以后，一边当助教，一边攻读学位。他们拿当助教的钱，来维持自己的生活。一般来说，当助教每月可拿500多美元，除了各种开支，每月大概可以有一、二百美元的积蓄。蒋平现在的情况就是这样。——按比值，每月拿500美元，比我一年工资的总和还要多。他们每月能剩下一二百美元，也是够不错的。在那里，小汽车，千把美元就可以买到一辆；彩电，二百多美元就可以买到一台。

这次赴美，接触到很多新事物，有很多观感。特别是蒋平在那里，我对情况的了解就比别人更多，更细。可惜太忙，不能详细地写。如果明年有机会回一趟家，就可以详细地给您和亲人们谈了。（原来打算争取明年春节回家，现在看来，可能不行，因为明年元月要去香港，从香港回来后又可能有别的事，倒是明年下半年全国语言学会在广州召开，到时我可能抽点时间回家几天）

照片，怕丢失，因此，一张一张地寄。挂号，得到邮局去办理手续，太麻烦了。

祝您和所有亲人安好！

儿　福义　1986.10.24 下午

【9】十一月十六日

父亲：

来信收到了。

我十一月七日由北京回到武汉。"七五"规划会议期间，胡耀邦等领导人会见全体代表并合影留念。《人民日报》《光明日报》等都有报道。会议开幕、闭幕的情况，各报也有报道。这是我国哲学社会科学界最高层次的会议，自然会引起各方面的注意和重视。语言学学科组，由十七人组成：李荣、刘坚、侯精一、熊正辉（中国社会科学院语言研究所研究员）、陈绍康（中国社会科学院科研局负责人）、朱德熙、裘锡圭、马希文（北大教授）、王均、陈章太（国家语委副主任）、俞敏（北京师范大学教授）、吕必松（北京语言学院院长）、邢公畹（南开大学教授）、胡裕树

（复旦大学教授）、吕冀平（黑龙江大学教授）、曾宪通（中山大学教授）和我。组长是刘坚（语言所所长），副组长是朱德熙（北京大学教授、副校长）。吕叔湘先生是特邀组长，出席会议并参加课题评议，但没有投票权。

这几个月，连续外出开会，积压的事情太多。只好慢慢处理。

昭昭获得全国青年药学科研成果一等奖。这很不简单。我不懂她那行，但仔细听了她的介绍，我感到她在菌种的培养与合成上，提出了新的理论和方法。她的同学、同事们都开玩笑，说将来可能得诺贝尔奖奖金。最近收到她的来信，协和医学科学院已拨给她一万元，作为她的研究基金。这孩子很聪明，又能体贴人，我很喜欢。

一切亲人都在此问安。

祝您健康！

儿　福义　1986.11.16

附昭昭的信

爷爷：

提起笔来给您写信，感到很不好意思。因为，这么久没有给您写信了。之所以老没给您写信，一来是因为忙于做实验，二来是因为实在太懒，还有呢，是因为想做出一些成绩之后再向您汇报。

现在，总算有了一点可以向您汇报的小小成绩了。

前不久，也就是今年十月二十日至二十二日，中国药学会召开了一九八六年青年药学工作者学术交流会。会议在北京香山召开，目的是奖励一批最新研究成果。参加会议的论文一共一百零二篇，是由全国各地推荐的八百篇论文中挑选出来的。一百零二篇中，五篇获一等奖，十篇获二等奖，十五篇得三等奖，其余的全部获进步奖。我的论文《种间原生质体融合提高抗菌素产量的研究》获一等奖。

爷爷，获一等奖，这是前一段研究的小结，也是未来研究的新起点。我一定要更加勇敢地探索，使自己的生命更富有光彩。

问所有家里的人好！

祝您健康愉快！

孙女儿　昭昭　1986.11.5

【10】十二月八日

父亲：

十一月二十六日的信收到了。

所要的材料，已经挂号寄出。《语言学家》一书也已挂号寄出。请查收。《现代汉语》一书，手边已没有，以后再寄。

昭昭寄来了剪报，上面登有"十三名同志荣获青年科学基金"的消息。十三人中，年龄最大的40岁，昭昭最年轻，25岁。

述评有大进步，我感到十分欣慰。

年底了，事情太多。匆匆写这两句。

向家中所有亲人问安。

祝您健康！

儿　福义　1986.12.8

【11】十二月二十六日

父亲：

收到了您十二月十六日的信。

"稿子"略加改动。

最近特别忙。《湖北社会科学》杂志明年起出创刊号，我被省里指定为编委，明天得去开会，真烦人！

前两天收到中国社会科学院文献情报中心国内室来函，我已被收入《当代中国社会科学手册》。《手册》中收录全国社会科学方面的著名专家，每位介绍二百字左右。

上星期，收到加拿大温哥华不列颠哥伦比亚大学来函，要我参加明年八月在加拿大召开的第20届国际汉藏语言学会议。校长要我去参加，但我在犹豫。这两年，我太疲倦了，真想休息休息。

米米和芬芬去上海办签证，尚未回来。如果签证办好，芬芬元月六日就要赴美了。

新的一年快要到来了。祝您和一切亲人都好。

儿　福义　1986.12.26

【福义插说】本年发表以下文稿：

《语法问题探讨集》，湖北教育出版社 1986 年 1 月。

《现代汉语》(全国卫星电视教材，主编)，高等教育出版社 1986 年 7 月。

《〈现代汉语〉问题解答》(主编)，湖北教育出版社 1986 年 11 月。

《反递句式》，《中国语文》1986 年第 1 期。

《让步句的考察》，《汉语研究》1986 年第 1 期。

《转折词和"如果说 p，那么 q"句式》，《语文建设》1986 年第 3 期。

《让学生永远站在问号的起跑点上》，《高教与人才》1986 年第 3 期。

《"比"字句中的"的"和"得"》，《语文建设》1986 年第 5 期。

《〈选美前后〉中的一些语法现象》，香港《普通话》1986 年第 5 期。

《奇巧的问答》，香港《普通话》1986 年第 5 期。

《从一个实例看标点符号的表意作用》，《语文教学与研究》1986 年第 6 期。

《首届青年现代汉语（语法）学术讨论会开幕词》，《华中师范大学学报》1986 年第 6 期。

一九八七年（52岁）

父亲的摘要

【1】一月十九日：①参加湖北省高级职称评定工作会议，才回来。②身体不好，事情又多，希望不会"积劳成疾"。③昭昭和希明，正月初三由北京返武汉。④米米和芬芬去北京办芬芬赴美手续，才回来。

【2】四月四日：①身体不佳，失眠现象依然，前一段腰疼、脊椎疼，上星期尿急、尿痛，视力明显下降。②必办事情有：给《中国语文》创刊200期专号写文章；八月到加拿大温哥华参加20届汉藏语学会，没钱不能去，但要写文章；八月在北京参加第二届国际汉语教学讨论会，也要写文章；十一月在荆州举行湖北省第四届语言学会，我是会长，得要参加，也得写论文；十二月在广州举行中国语言学会第四届年会，我得参加，并交论文。③想在广州会议后回家一趟。④芬芬赴美学习已两个多月了，一切很顺利。⑤昭昭经过严格挑选，参加国际卫生组织基金赴美留学考试，15日考过了，成绩怎样，还不知道。

【3】四月二十七日：①仍在吃药治疗，如果有段清静的日子，什么都不想，会好起来的。②五月份在长沙有一个研究生培养工作会议，但不想去了。③八月份北京的国际汉藏语教学讨论会，准备去，因身体不佳，论文尚未写出。④高教出版社来信，托主编全国全日制师专《现代汉语》教材，我已开始组织写作班子，打算八月底交稿。⑤美国夏威夷大学来信由他们出钱要我去进行2—3个月的研究工作和讲学，我决定答应他们。

【4】六月二十七日：①体检发现前列腺肥大，已做了B超体检。②夏威夷大学去不了，已去信婉拒。③接待一位美国教授和一位挪威汉学家，都是研究汉语复句的。④年底广州不去，也不能回家了。

【5】七月七日：①述评来武汉，很好。希望他七月份来。②美国夏威夷大学又来函，还是希望我去，十分诚恳。

【6】七月三十一日：①医院通知了体检结果。②经人介绍，我找到了湖北中医学院一位老中医——年近七十的熊魁梧教授。这是一位名医。③背上长了一个粉瘤，已化脓，不得不在本月二十三日开刀。④第二届国际汉语教学讨论会于八月十日至十五日在北京西三旗饭店召开。⑤参加湖北省高级职称（教授、副教授）评审会议。⑥已给述评去信，如果他八月十八日到，十八、十九两天我们可以见面。⑦族谱事，我一直在嘀咕。好还是不好，我拿不准。

【7】九月二十二日：①在北京第二届国际汉语教学讨论会上遇着由夏威夷来参加的李英哲教授，跟他商量了去夏威

夷的事。②国家教委分来一位高级进修生,保加利亚人(女,一九三四年生,在苏联获得副博士学位),进修时间一年。③人民教育出版社约写一本《形容词短语》。④抓七五研究项目,开展复句研究。⑤漱谷已退休,但学校没人顶替,还在原校教两班高三语文。⑥美国一所大学通知米米,愿意接受他,他可能明年出国。⑦昭昭还在学英语,为出国做准备。⑧明(二十三)日一早飞往北京,开中国语言学会常委理事会,为十二月广州会议做准备。

【8】十一月二十八日:①赶写《形容词短语》,是张志公先生任总编的,人民教育出版社约写的。②上月底去北京参加全国七五规划语言学科组会议,开会完第二天赶回武汉,为的是赶写《形容词短语》,二十七号已写好寄出。③下月底,去广州顺道赴深圳开个会。④全国语言学会十二月二十五—三十一日在广州召开。⑤去美国,大概是明年三至五月,正等教育部的批文。

【9】十二月十七日:①二十一日或二十二日,去深圳参加深港语言研究所第一次所务会议。②二十四日回广州参加中国语言学会第四次年会。③《语法问题探讨集》,校管科研的邓副校长说,已被国家教委定为重大成果。④武汉或传我回海南大学任副校长。

信 件

【1】一月十九日

父亲：

这封信寄到您手里的时候，大概春节已经到来了。向您和娘拜年。向叔父叔母拜年。向哥哥拜年。祝家中大小都好。

我参加湖北省高校职称（教授、副教授）评定工作会议，前几天才结束。

事情很多，但近来身体不怎么好。失眠加剧，精神不振，脑子里总是昏昏沉沉的。看来，得好好休息一下，不然，真的会"积劳成疾"了。

昭昭和希明正月初三才由北京返回武汉。

芬芬本月十六日由北京乘机赴美国，米米已陪她去北京。是否已经走了，还不知道。

收到贵州寄来的这封信。请看看。多年来，我潜心学术研究，不愿跟人交往。社会上的事太复杂。这封信，我不打算回复。您以为怎么办理好？

所有亲戚朋友，春节期间都代问候。我在这里给他们拜年。

儿 福义 1987.1.19 上午

代向福荣和孔星、孔鑑问候。

代向泰钦问候。见到人栋、世勇，也代问候。

米米已从北京回来。芬芬十六日已赴美留学。她是去美国新墨西哥州立大学，读教育系。

又及　1.19下午

【2】四月四日

父亲：

没想到，已有两个多月没给您写信了。这说明，这一向日子是在缺乏严格时间观念的状态下打发掉的。

这一向，两个方面的事把我的时间观念削弱了。

一方面是身体不怎么好。失眠现象依旧。身体疲软。前一段腰痛脊椎痛。上星期尿急尿痛。视力明显下降。毕竟是五十二岁的人了！

另一方面是必须撑起精神完成一些非完成不可的事情。教学工作，比如给研究生上课，这当然非搞不可。最头疼的是各方面需要文章和书，有的可以推掉，有的却不能不写。比如：（1）《中国语文》创刊200期专号要出，特约我写文章。这种文章不是一般的文章，而是有分量的学术论文。从某种意义上说，我是《中国语文》培养出来的，要我写特约稿，是一种荣誉，我不能不下功夫。（2）今年八月在加拿人温哥华开第20届国际汉藏语言学会议，我接了邀请，但因经费关系今年不能再出国。不过，论文得寄，不然，就会中断跟国际汉藏语言学会议的联系。（3）今年八月在北京举行第二届国际汉语教学讨论会，我是特邀代表，该会议给了我很大的荣誉,我必须赴会,并且必须提交论文。(4)今年十二月在北京举行中国语言学第四届年会,这是我国语言学界最高权威性的集会,我作为常务理事必须赴会,并且必须提交论文。(5)今年十一月在荆州市举行湖北省语言学会第四届年会。我是会长,更要赴会,并提交论文。(6)《修辞学习》(上海)开展语法修辞关系的讨论,主编春节前来信,一定要我写稿,我客气地回了一封信,说有可能就写,后来把这件事给忘了。最近主编来信要稿。说忘了,实在不礼貌,只好硬着头皮写。以上说的只是文章,在这三四个月里成文或写出提要,实在压力太大,何况,还有未列举出来的。

一方面,身体不好;另一方面,动脑筋的事情又这么多。是实在感到有点撑不住了。国内的朋友们纷纷来信,劝我多保重身体。今后,我的战线,不能不有所收缩。

族谱事,叫我为难。实在不想增加这样的负担。再说,这类东西涉及历史观点,而历史观点又涉及政治。因此,我历来是避得远远的。中文系,包括语言和文学。我搞语言,跟政治没什么关系。文学则不然,所以我从来不讨论文学问题。不过,话说回来,如果您觉得需要写,那么,等我考虑考虑以后再答应下来。最好是,您先写个提纲之类给我看看,我或者在您的提纲的基础上写,或者换个写法。

福增说要来武汉看我,最好别来。一年里,我往往有一半的时间在外地,不一定能碰得着的。今年我外出的时间,已能确定的是:五月份长沙,研究生工作会议;六月份接待美国华盛顿大学的一位教授;八月份北京,第二届国际汉语教学会议;十一月份荆州，湖北省语言学年会；十二月份广州，中国语言学年会。

我在考虑，能不能十二月份广州会议开完之后，回黄流看看亲人。我可以要会议给我买广州—海口之间的飞机往返票。不过，我到海口之后，需要有人接。您帮我想想看，怎么办好。上一次是泰钦开车子接送。我很久没跟泰钦联系了，不知他现在用车子还行不行。福增他们能不能弄到车子？另外，陈人栋，我也很久没联系了，不知情况如何。您把有可能解决这个问题的人都想一想，并且把他们的通讯地址告诉我，必要时我给他们写信。（弄车子，是为了方便，我到哪里去都是有人接的。至于用车子的花费，我可以自己出）

芬芬赴美已有两个多月，一切顺利。

昭昭被选（是经过严格挑选的）参加国际卫生组织基金赴美留学的考试，本月十五日已考过了。结果如何，还不知道。如果昭昭考取了，她就可以利用国际卫生组织的资助专心学习，不要工作（芬芬是一边工作，一边学习；蒋平也是这样）。不过，这条路特别难走，因为竞争非常激烈。昭昭的考试结果，大概半个月以后可以知道。

不多写了。把哥哥的情况告诉我。他的地址，现在该怎么写？弟弟做房子，愿他一切顺利。

问一切亲人安。

见到福荣哥等一切至爱亲朋，都代问好。

安康！

儿　福义　1987.4.4

一九八七年（52岁）

【3】四月二十七日

父亲：

漱谷已收到您的信。

大约是一星期之前吧，我已给了您一信，谅必也收到了。

这些天，我仍在吃药治疗，大概没什么大问题。主要是太劳累了。如果有段清静的日子，脑子里什么都不想，肯定会好起来。可惜，目前只能尽量减少一些事，不能做到完全"无事"。

五月份，在长沙，本来有一个研究生培养工作会议，我是指导小组成员。但我不想去了。"君子有所不为。"我不能把精力都全部耗尽，何况目前身体上还有些小毛病。医生也劝我别出去。近来，我这个年龄的人，在知识界，发病率和死亡率都相当高。医生要我注意这件事。

八月份的第二届国际汉语教学讨论会，是规模很大的国际会议，我非参加不可，但因近来精神不行，论文尚未写出。

前几天，收到高等教育出版社的信，要我主编全国全日制师专《现代汉语》教材。并说这一重任非我莫属。院系领导帮我接受这一任务，因为编写的是全国性教材，影响很大。我只好开始组织班子，并着手拟订编写计划。此书打算八月底或九月中交出。高教社说，年底就要发排。（卫星电视教材，华中师大有两位教授分别担任《现代汉语》和《写作与作文评论》的主编。《写作与作文评论》的主编是朱伯石教授，60多岁。这部教材，高等教育出版社不满意；所以，这次编写全日制师专教材，朱和原编

写班子都不被聘请了)

　　前两天,收到美国夏威夷大学的一封信。信中告诉我,美国有一个基金会,已同意给我一笔基金,由夏威夷大学邀请我去进行2—3个月的研究工作和讲学。如果我同意,那边马上发出邀请函。学校领导很重视这件事。因为,由美方的基金会资助赴美进行研究工作,这样的规格是比较高的。美方基金会肯出钱,这跟夏威夷大学的李英哲、郑良伟二位教授的推荐和活动有直接的关系。李、郑二位教授都是中国台湾籍美国人,前年认识,认识之前都彼此慕名了。在夏威夷大学东亚语学系,李、郑二位教授轮流担任系主任,一人任一年,所以在那里他们都很有影响。我打算九月份完成《现代汉语》教材的编写工作。十月初赴美;十二月底,回国。这次,可能要在美国待三个月的时间。上信对您说,十二月份在广州参加全国语言学会年会之后,我想回一趟家。现在看来,这一计划可能又实现不了了。据说,夏威夷风景优美,气候很好,在那里待几个月对我的身体可能有好处。当然,如果我在那里生活不习惯,我可能提前在十一月底或十二月中旬回国。

　　您近来身体怎么样?

　　一切亲人,都在这里问安。见到福荣哥等亲戚朋友,请代问候。

　　祝您安康!

儿　福义　1987.4.27下午

【4】六月二十七日

父亲：

　　来信收到好些天了。叔父来过一封信，也收到了。

　　最近体检，发现了"前列腺肥大"。医生说又大又硬。怪不得这几个月来人感到特别累，特别不舒服。已做了B超检查，结果尚未通知。是否需要开刀，等通知后再做决定。患这种病，一般在60岁之后，我似乎提前了十年。这种病发展的结果，肿大部分会堵塞尿道，致使小便解不出来，非常痛苦。十年前，高庆赐先生因这个病住院开刀，住了几个月。后来，他因肺癌去世了。半年前，严学宭先生也患这个病，在医院开刀住了几个月，现在发现有直肠癌，还住在医院里。B超检查，目的是确定肿大的程度和部位，以便对症治疗，采取措施。这种病，我去年体检未发现，因此没有什么思想准备。几位研究生为我找来了几本有关的书，我正在看。我想我会很快战胜病魔。武汉是大城市，医疗条件好，这种病算是老年病，没什么了不起的。

　　美国夏威夷大学，我已决定不去了。已去信辞谢。目前的身体情况，不允许我出远门。

　　这些时，接待了一位美国教授和一位挪威汉学家。那位挪威汉学家研究汉语复句，是专程来武汉访问我的。此外，还有一些日常事务，需要处理。科研工作基本上停下来了。我要强制自己休息休息。

　　十天前，泰钦到武汉来出差。他说他那里用车子十分方便，需要时给他拍个电报就行了。不过,也许我不一定去广州参加会议;即使去了,为了避免过分劳累,我也不一定今年回家了。

向所有亲人问安。祝您健康!

儿 福义 1987.6.27

【5】七月七日

父亲:

六月二十九日信收到了。

述评来武汉,很好。我将立即给他去信。由于我八月份要去北京参加第二届国际汉语教学讨论会,希望他七月份来。记得您曾说过,孔星要来。不知是什么时候?我的住处,画个图(福义插说:因排版不便,此图省略)。

到武昌火车站后,乘43路汽车,坐两站,到小东门站下车。再往前走五百步左右,向左拐进"华中村",找57号。请转告孔星。

B超检查结果尚未到。目前在吃中药。主要在休息,不能像以前那样猛干了。

美国夏威夷大学又来函,还是希望我去,十分诚恳。我已去信,表示如果没有什么特殊情况,争取明年春季去。(如果病情没有什么好转,甚至需要手术,自然是去不成了)

刘涌泉是个相当著名的语言学家。他所搞的,米米是懂的。米米目前从事的研究项目,跟刘所搞的相近。

芬芬经常给米米写信，并通电话。昭昭赴美事尚未有结果。米米每星期回来一下，帮买煤气，或者谈谈情况。漱谷，我打算要她下学期退休。

问家中所有亲人好。祝您康健。

儿　福义　1987.7.7

【6】七月三十一日

父亲：

收到了您的来信。前几天收到了叔父的信。请转告叔父，谢谢叔父的关心。您健康，我万分高兴。叔父情况如何？

医院通知了体检结果：前列腺增原症、高胆固醇血症、肥大性脊椎炎、神经衰弱、慢性咽炎。建议：多做户外活动、定期复查血脂、各科室对症治疗。经人介绍，我找到了湖北中医学院一位老中医——年近七十的熊魁梧教授。这是一位名医，他已不给一般人看病，但对我极其热情，说："像你这样的人，我不给你看，给谁看？"他摸过我的脉之后，对我的身体情况说得头头是道。他说我的身体已经阴阳失调，阳不能使我活跃起来，阴不能使我抑制下去。但他要我一定得有信心，表示他一定能把我的病治好。他还送了我一个对子：福深似海，义重如山。近来一直吃他开的药。中药的疗效不会很快。为了降低胆固醇，避免血管硬化，还在吃一些西药。

背上长了一个粉瘤，已化脓，不得不在本月二十三日开刀。现在，每天换药，并吃些消炎片。不过，尽管已过去了七八天，伤口仍未愈合。医生说这跟体质弱有关。估计我上北京前好不了。到北京后，还得找医生继续换药。

第二届国际汉语教学讨论会于八月十日至十五日在北京西三旗饭店召开。我打算八月九日乘飞机赴京，十七号乘飞机返回武汉。大半年没见到昭昭了，很想当面跟她聊聊。不过，也不能在京多待。我得赶回武汉，参加湖北省高级职称（教授、副教授）评审会议。这个会议八月二十日至月底举行。我是省评审委员。

述评来信，他说七月份要实习，八月份才能来。我已给他去信，告诉他我八月九日赴京，十七或十八日回武汉，二十日至月底要开会。如果他八月十八日到，十八、十九两天我们可以见面。

族谱事，我一直在嘀咕。好还是不好，我拿不准。一方面，修族谱自然有好处，可以帮助了解社会变迁、历史演变、文化发展等好些方面的现象，但是，另一方面，这类东西极易被人把它跟封建家族观念、跟阶级斗争动向等挂钩起来，这就涉及政治了。三十多年来，我以语法研究为核心，涉及逻辑学、修辞学、心理学等领域，但都跟政治无关，因此我感到保险。现在，您被推总修家谱，似乎必要考虑有关的一些事情。我想，至少得这样：修成以后，您交给有关的负责人。如何处理，由他们决定。寄上剪报，请看看。

下次再写吧。我得换药去了。

向所有亲人问候。

祝您安康！

儿　福义　1987.7.31

一九八七年（52岁）

附报刊文摘（有些农村兴起了"续家谱"歪风）

……这种利用封建宗族观念大捞不义之财的行为应引起各级领导的重视，为防止宗法观念、愚昧落后的旧习惯势力抬头，印刷部门和个体户打印者不要为造家谱者提供方便。

（《解放日报》1987.7.7）

【7】九月二十二日

父亲：

大概一个多月没给您写信了吧。

上月去北京参加了第二届国际汉语教学讨论会，返回武汉以后又接着参加省高级职称评定会。

夏威夷大学李英哲教授也来北京参加第二届国际汉语教学讨论会，我们一起长谈了两次。我明年二月赴美。除了做几次学术讲演，主要任务是和李英哲教授一起讨论有关"汉语语法发展史"的写作问题。这个工作很有意义，李先生提出之后我欣然同意。我的往返机票和一切生活费用，将由美方负担。我准备在那里待两个月。书，两个多月里自然写不起来。可以拟一个详细写作提纲。

我一直在吃老中医熊魁梧教授的中药。感觉尚好。近来尽管放慢工作的运转速度，但因事情头绪多，仍然感到压力过重。目前，同时进行的几项事情：（1）听英语录音，（2）准备语法史的写作材料，(3)抓七五研究项目——复句研究的开展工作，(4)准备写一本《形容词短语》，(5)指导研究生和处理其他事务。

《形容词短语》一书，是人民教育出版社约写的，年底交稿，因前几个月身体太差，拖了下来，今后两三个月里得赶一赶。

国家教委分来一个高级进修生，保加利亚学者（女，1934年生，曾在苏联获副博士学位），由我当指导教师。指导外国学者，在我是第一次。这位学者大概过几天就会来到武汉。她进修的时间是一年。

漱谷已办了退休手续。但九中缺有经验的教师，仍然安排她的课，所以她还是每天上班。她还是教两个班的语文。

米米最近一直攻读英语，效果良好。最近收到美国一所大学的函件，表示愿意接受他。看来，最迟是明年，一定能赴美同芬芬相会。

昭昭也在继续搞外语。她的英语水平是不错的，只是近来她的身体不怎么好，他们的实验工作又紧张辛苦，我真有点担心她。

孔星来武汉时，我背上开刀，伤口未愈，没能陪她到处看看。上月十九日述评和他的一个同学来武汉，当时我天天在省里开职称评定会，只有一个晚上跟他见了面，谈了谈。在我看来，画画，什么地方都可以画。多跑些地方，当然是有必要的，但应该在经济能自给的情况下才合适。据我所知，读美术系的人，在自己还没挣钱之前，大多数还是就近绘画的。

孔星、述评都是亲人，他们来找我自然是要接待的。别的人，我就没有精力接待了。因此，如有机会请转告孔星他们，别把我的住址告诉别人。在这里，一般人都知道，到家里来找我，是要尽量把时间控制在"刻把钟"之内的。

海南建省，家乡不知道有什么变化？

我明天一早，乘飞机赴北京参加中国语言学会常委理事会，可能月底回来，这个会，是为十二月的广州年会做准备的。

向娘、叔父和哥哥请安。一切亲人都在这里问候。

祝您健康！

儿　福义　1987.9.22 下午

【8】十一月二十八日

父亲：

没有给您写信，大概近两个月了吧！

最近，我一直在赶写《形容词短语》。这本小书，因为事情多、身体不怎么好，拖了下来。这一向，他们催得很急，不能再拖了，只好下决心写。

上月底到本月初，我又去了一趟北京。是参加全国七五规划语言学科组会议。这是层次很高的会议，会址在国务院第二招待所。我不能不去。但是，去也匆匆，回也匆匆。坐飞机去，会议开完的第二天又坐飞机回来了。因为，得把书赶写起来。

前天，书已写起，昨天已挂号寄出（人民教育出版社在北京，张志公先生是该出版社的副总编）。书很小，大概只有五万字，但在个把月的时间里赶出来，人感到十分劳累。

下月二十四日，我将去广州参加全国语言学会年会。年会期间，可能到深圳去看看，他们那边邀请我去开个会，但我必须很快赶回武汉，所以不能参加他们的会，只能去看看。

全国语言学会是十二月二十五—三十一日召开。我可能元月一日，最迟是元月二日赶回武汉。因为，湖北省语言学年会元月五日在荆州召开，四日报到。我是会长，非到会不可的。

去美国，大概是明年三月初到五月底。现在，在等教育部的批文。批文下来之后，就可以开始办各种手续了。

我一直在吃中药。最近，学着打打太极拳。

您的身体情况怎么样了？很是惦念。望来信。

代问候一切亲人吧。这两天，我要处理完积压下来的各种事情，特别是要写一批信。过两天，我又得忙起来了。

祝您安康！

儿　福义　1987.11.28

【9】十二月十七日

父亲：

来信收到了。很挂念您的身体。年纪大了，身上容易发干、发痒。我经常有这种情况。这两年，身上一痒，我就用护肤霜之类擦一擦，效果还好。您也可以试试。

《形容词短语》已寄给人民教育出版社。他们来信，表示十分满意,大概本月底发排,明年下半年出书。

过几天,可能是二十一日或二十二日,我去深圳参加深港语言研究所第一次所务会议。该所所长陈恩泉(一九五七年毕业于北京大学)是我的好朋友,他请我担任他们的顾问兼研究员,我要支持他的事业。该所副所长是香港中文语文学会会长缪锦安博士,我同他很熟。

大概二十四日离开深圳转回广州,参加中国语言学会第四届年会。大概是元月二日,乘飞机返回武汉。

元月四日,又得赶赴荆州主持召开湖北省语言学会第五届年会。我是会长,许多事情都要我拍板,这个会我自然不能不去。

"谱"上关于我的介绍,就这个样子吧。这样写平实一点。夏威夷大学的邀请信,寄给校长章开沅先生,称我是:Eminent scholars such as Professor Xing(像邢教授这样的著名学者。Eminent 可译为著名,也可译为杰出);在给我的邀请信上,称我是:An internationally prominent scholar of Chinese linguistics(国际著名的中国语言学学者,prominent 可译为杰出,也可译为著名)。我的《语法问题探讨集》,管科研的邓副校长告诉我,已被国家教委定为重大成果,不久以后将向世界宣布。(全国各大学上报社会科学方面的成果几千项,国家教委选了一百二十多种评为重大成果,将出一本书介绍这一百二十多项成果)

米米、昭昭的爱人,我的意见是族谱上不必介绍。时代变了,从一而终的现象不一定不会起变化。他们都还年轻,如果将来有什么变化,写到谱上后就不怎么好了。——我这么考虑,是

寄父家书

因为看到一般的社会现象确已如此，并不是说他们的夫妻关系已有了什么不愉快的东西。

还有很多事情要处理。暂时写到这里吧。

祝您迅速康复。

儿　福义　1987.12.17

海南即将建省，将来肯定会有大的发展。很多人纷纷要求去海南。

近来，武汉盛传我将回海南任海南大学副校长。我们系有一位副教授，最近从广州开会回来，也带回来这个消息（他同海南大学中文系主任一起开会）。真奇怪。

又　1987.12.17

【福义插说】本年发表以下文稿：

《关于"帮忙我"之类的说法》，香港《普通话季刊》1987年第1期。

《香港人爱用的一个特别的叹词》，香港《普通话季刊》1987年第1期。

《现代汉语的"要么p，要么q"句式》，《世界汉语教学》1987年第2期。

《"像·(名·似的)"还是"(像·名)·似的"？》，《汉语学习》1987年第3期。

《复句的分类》，见《句型和动词》，语文出版社1987年4月。

《普通话语法、词汇、语音测试问题的探讨》，《华中师范大学学报》1987年第5期。

《关于现代汉语的学习（一）》,《语文教学与研究》1987年第9期。

《关于现代汉语的学习（二）》,《语文教学与研究》1987年第10期。

《现代汉语的特指性是非问》,《语言教学与研究》1987年第4期。

《语修沟通管见》,《修辞学习》1987年第5期。

《前加特定形式词的"一X，就Y"句式》,《中国语文》1987年第6期。

一九八八年（53岁）

父亲的摘要

【1】一月十五日：①十二月二十二日晚到深圳，去那里就深港语言研究所的成立和深港片语言研究活动的开展做了发言。②十二月二十四—三十一日去广州参加中国语言学会第四届年会。③元月三日接待来汉的著名语言学家李荣先生，后赴荆州，主持召开湖北省语言学会。④"谱"事最好勿搞。

【2】一月二十六日：①赴美事国家教委尚未批下。②"谱"事最好勿搞（附剪报）。

【3】三月十一日：①二月十日—十七日，去北京在国家教委办好赴美"护照"。二月二十六日—三月五日去北京美国大使馆办"签证"。收到美国寄来的飞机票后，就起程。②黑白电视机米米和芬芬结婚时，已拿到华工他们宿舍中去了。③昭昭二月十三日生个女孩。

【4】三月二十四日：①赴美走北京—东京—夏威夷线。二十三日上午十时由北京起飞，十二点到上海，将近四点到东京，北京时间凌晨一时半到夏威夷檀香山机场降落（当时是夏威夷二十三日早上七点半）。李英哲教授和徐杰（我的研究生，现

在是夏威夷大学的研究生）到机场接我。②在李教授家晚餐，赠李教授一个条幅（写上"天涯若比邻"）。

【5】四月十三日：①住在夏威夷靠西的市区，离珍珠港很近。②我在这里有"系列讲演"。③五月十二日做最后一次讲演，五月十六离开夏威夷回国。

【6】五月三十一日：①五月十六上午十时二十五分（夏威夷时间）飞离夏威夷。八个小时到达东京。在东京待了三个小时飞上海，办入境手续，到北京已是十七日晚九时四十分。国家语委副主任陈章太先生和昭昭、希明来接。二十二日返武汉。②去医院做了身体全面检查。

【7】六月十日：①米米已被亚利桑那大学录取。手续办得顺利，今年就可出国。②八月份将去深圳参加一个国际会议。

【8】七月二十二日：①述评要回三亚事，吉承宇代向负责分配工作的省教厅长说说，已答应。②米米赴美事，已可办护照了。③明年可能往新加坡一趟。

【9】八月二十日：二十一日去深圳参加"深港片语言问题国际讨论会"。

【10】九月六日：①请取消来武汉计划。②米米赴美，需要在美国有个经济担保人（美籍）。由于这个问题尚未解决，他今年肯定走不了了。

【11】十二月五日：①明年年底完成现代汉语复句研究。②正式出任全国师范大学教材《现代汉语》主编，并开始组织写作班子。③得李英哲教授的帮助，米米赴美的签证已办妥。

信 件

【1】一月十五日

父亲：

　　来信及剪报都收到了。这些天，您的瘙痒是否有所好转，很是惦念。

　　我十二月二十二日晚到深圳。在那里就深港语言研究所的成立和深港片语言研究活动的开展做了发言。深圳电视台、报纸都有报道。二十四日下午由深圳到广州。二十四—三十一日是中国语言学会第四届年会举行的日子，又要开会，又要发言，又要应酬，紧张得很，中山大学中文系请我去讲课，我只好婉言谢绝。元月二日回到武汉。元月三日接待来汉的我国著名语言学家李荣先生。元月三日，赶赴荆州，主持召开湖北省语言学会第五届年会。致辞、做报告、应酬、参加宴会和接待来访者，累坏了。元月八日，返回武汉。

　　案头上，已积压了很多急待处理的表格、文稿、信件等，然而，离赴美的时间已不远，各种准备工作还没做好，真急人。身体状况，跟原来差不多。现在，天天都吃药，另外还吃一些补品。

　　回海南大学之事，大概只是出于人们的推断。如果真有其事，就一定会有人找我谈。到底如何决定，要等有人谈话之后才能做出。

这封信，我想直截了当地跟您谈谈修族谱的事。这件事我考虑很久了，过去跟您委婉谈过，也给您寄过剪报。我一直以为，这种事是一种容易惹是非之事。从历史演变，社会发展的角度看，应该说有它的好的一面，但它也容易助长封建意识、宗族观念，消极因素是很多的。因此，总的说来，修谱是弊多于利。最近又看到报纸上的一些评论，更加强了我的这一想法。我想，您最好退出这件事；或者，适可而止，修到一定阶段之后交出去，怎么处理，由负责人定夺。至于写序，我反复考虑，觉得还是不参与这件事为好。请有机会给有关同志说说。

米米给您写过信，在信中还附了一些外国邮票，不知收到了没有？

昭昭好久没来信了，很挂念她。她大概是三月份生孩子，也许二月份就要回武汉。这几天一直在等她的信。

漱谷已办了退休手续，本学期还上课。下学期，我要她别再去上课了。

娘和叔父，哥哥和弟弟，家中的一切亲人，还有一切亲朋好友，都在这里一并问候。

在广州会议期间，没约述评来广州。因为，他曾给我写过信，说他要外出参观学习。

不多写了。

祝您迅速康复！

儿　福义　1988.1.15

每封信都破，真奇怪。我经常给国外学者们写信，用的也是那种信封！

1988.1.15

【2】一月二十六日

父亲：

前几天给您寄了一信，想必收到了。

这些天，我一直在处理积压下来的事情。事情老做不完，真急人。

赴美事，国家教委尚未批复。一批复，我就去北京办签证。

弄到一份剪报，特寄给您，请您看看。有关的人，当然也可以给他们看看。我以为，"谱"事还是别搞下去为好。再搞下去，怕会出问题。

您身体好了一点没有？很挂念。

问所有亲人好。

儿 福义 1988.1.26

附剪报（要坚决抵制续家谱）

中共中央宣传部宣传局农村处在回答"怎样对待家谱"这个问题时指出，当前农村一些地方兴起的续家谱风，有的名曰"爱家乡""写村史"，其实这不过是旧社会遗留下来的一种封建宗教活动，危害极大。

续家谱影响了农村安定团结的社会秩序和新型人际关系。它强化人们的宗族意识和宗族感情，灌输以家庭为中心、按血统区别亲疏的封建宗法观念。一些矛盾一旦渗入这种情绪，就会升为家庭矛盾，甚至械斗，还将祸及子孙。

续家谱会助长农村中的不正之风。农村基层干部大多数是土生土长的，一旦参与其中，就会以宗族感情作为衡量是非的标准，甚至以权谋私；一些地方一旦被宗族势力所控制，就会以所谓家法、族规取代党和国家的政策、法令。

（《农村工作通讯》1987年第12期扬帆摘，见《文摘报》1988年1月17日）

【3】三月十一日

父亲：

两次来信都已收到。

我二月十日至十七日（初一），去了一趟北京；二月二十六至三月五日，又一次去了北京。往返折腾，疲惫万分，不过，总算把赴美签证办好了。

第一次去北京，在国家教委办好了一个"护照"，第二次去北京，是去美国大使馆跟美国领事面谈，由美国领事给"签证"。（按规定，凡是由美方提供经费的赴美学者，都必须去美国使馆面谈）我二月二十九日去"面谈"，三月四日拿到"签证"，五号就乘机返汉。

原定三月初赴美，因办护照、签证拖了时间，可能要推到二十号以后才能成行。

我原准备走"武汉—香港—夏威夷"这条线路，但是，途经香港，必须得到英国使馆的"签证"，办起来十分麻烦。我已跟美方联系，决定走"北京—东京—夏威夷"这条路线。一收到美国寄来的机票，就起程。这几天，忙于准备行装和讲学提纲。

我已给述评写信。信中，附上了给华南工学院吉冬梅的一封信，请她给他父亲写信帮忙。（她父亲的名字，我忘记了）

黑白电视机，米米和芬芬结婚时拿走了。现放在华中工学院他们自己家里。只要米米有机会出去，这个机子就托人带给您。

昭昭二月十三日早晨于北京生下了一个女孩，很顺利。孩子长得很漂亮。当时我还在北京。这孩子，我给取名为周颖潇。

因为太忙，我去美国前可能不给您写信了。到美国后，当然会写信的。

家中所有亲人，都在这里请安问好。一切亲戚朋友，也在这里致意问候。

祝您安康！

儿　福义　1988.3.11

【4】三月二十四日

父亲：

我已到了美国。我现在是在美国给您写信。祝叔父、娘、哥哥、弟弟以及家中所有亲人都安好。

这次来美，我走的是"北京—东京—夏威夷"这条路线。

二十号，我由武汉乘飞机上北京。因为一直忙得团团转，需要在北京休整两天。

二十三日晨，昭昭和希明送我到北京飞机场。我于北京时间二十三日上午十时乘美国联合航空公司的890号飞机起飞，十二点到上海，下机办离境手续。下午一点二十分乘同一架飞机离开上海，将近四点到达东京，当时东京的时间大概是下午五点。在东京待了三个钟头左右。北京时间下午七点左右，转乘美国联合航空公司826号飞机起飞（东京时间八点），于北京时间二十四日凌晨一点半在美国夏威夷檀香山（Honolulu）机场降落（当时是夏威夷时间二十三日早上七点半）。路上一切顺利。入境时，填了表。因我到过美国，手续是熟悉的。

我的学生徐杰（跟蒋平同时当我的研究生）现在夏威夷大学攻读学位。他的导师是夏威夷大学的李英哲教授。李教授是国际著名语言学家，原籍中国台湾，一九六二年来美国。我这次来美国讲学，就是他邀请的。我到达夏威夷时，李教授和徐杰在机场迎接。徐杰还按本地风俗，给我挂上了一个大花环。

李英哲教授开车把我送到住处之后，请我吃便餐。晚上，又请我吃晚餐。晚餐特别丰盛，据徐杰估计，起码花200美元。（可以买到一部彩色电视的钱）

晚餐后，到李教授家里看了看。他家的宽敞、豪华、舒服，真是令人惊讶，难以想象。我送了他一个条幅（请了一个书法家写了"天涯若比邻"五字），还有茶叶和桌布。这礼物还算能拿出手。

今天上午，跟徐杰谈了几个小时。他的住处离我的住处较远。他是骑摩托车来的。他前年来美，现在已有一辆汽车，一辆摩托车，还有自行车。

今天晚上，美国伊利诺大学的一位教授请我吃晚餐。昨晚李教授请客时，他作陪。我送了他一本书。他明天离开夏威夷去芝加哥，今晚请我吃饭，有送别之意。

我将在夏威夷大学做一个系列讲演。另外，将会见各国来的学者。昨晚已会见美国的几位教授，还会见了台湾师范大学的一位女教授。

夏威夷很美。确实名不虚传。珍珠港离我住的地方不太远，我准备过些天抽时间去看看。

您不必回信了。如果没有特别重要的事，我也不再从美国给您写信了。

向所有亲人问安。

向所有亲戚朋友问安。

儿　福义　1988.3.24 晚 10 时（夏威夷时间）

【5】四月十三日

父亲：

这是从美国给您写的第二封信了。请转达我对娘、叔父、哥

一九八八年（53岁）

哥、弟弟和家中一切亲人的祝福。请代我问候福荣哥等等您能见到的所有亲朋好友，伯叔兄妹。

美国的夏威夷，是一个群岛。人口的百分之七十集居在第三大岛——欧胡岛（Oahu）上。欧胡岛上有一个美丽的城市，这就是火奴鲁鲁（Honululu），也就是中国人说的"檀香山"。州政府设在这里，夏威夷大学也在这里。

我住在檀香山的靠西的市区，离珍珠港很近，坐车去只要三十分钟。珍珠港实际上就是欧胡岛的一个港，就像榆林港是海南岛的一个港一样。一九四一年日本偷袭珍珠港，使美国遭受了巨大的损失。现在在那里有一个纪念堂，叫作"亚利山号纪念堂"，它建在被击沉的亚利山号军舰上面，坐车到珍珠港岸边之后，可以坐船到港中的纪念堂去参观。夏威夷是世界公园，游客极多，而到珍珠港去看的人自然就更多了。来到夏威夷不久，我就由两个朋友陪同去了珍珠港。

上星期，由一位朋友陪同，还在欧胡岛做了一次环岛旅行。美国交通发达，不仅是在檀香山，就是在整个欧胡岛，乘车也是十分方便的。在这里看到的很多植物，近似海南岛。我以为，就自然景色说，海南岛也是近似夏威夷的。

到这里之后，我已结识了不少美国教授，另外还结识了一些别的国家或地区的教授。夏威夷大学的李英哲教授等人对我很好，常常请我吃饭，给了我很多时间让我得到一个很好游览和休息的机会。

我在这里的"系统讲演"，有五个题目：(1) 汉语汉字运用中的歧解现象；(2)汉语词类的判别；(3)中国语法研究中的几个热点；(4)现代汉语复句的研究；(5)现代汉语的特殊句式。五月十二日，我做最后一个讲演。五月十六日，我乘飞机离开夏威夷，然后经东京回国。美国领事馆给我的签证是五月底，入境时美方又给我延长到了六月底。但是，我还是早点回去算了。生活在一个高度现代化、电气化的国度，一切都很方便，只是，不管怎样，总是一个人在国外"做客"，常常感到寂寞。在这里待两个月，该看的也可以看到了。

您收到这封信的时候，也许已经是五月初了。我回国以后再给您写信。

祝您和所有亲人，全都安好。

儿　福义　1988.4.13 下午 4 时半于夏威夷

（这个时候，大概是北京时间 4.14 上午 10 时半）

【6】五月三十一日

父亲：

我已于五月二十二日五时回到了武汉。

五月十六日上午十点二十五分（夏威夷时间）乘 UA827（UA=United Airlines，美国联合航空公司）离开夏威夷，飞行八小时，到达日本东京，当时是夏威夷时间下午六点二十五分，日本时间下午一点二十五分。在东京待了三个小时，改乘 UA897 飞离东京，三小时候到达上海，当时是夏威夷时间十六日深夜十二点，北京时间十七日傍晚七点。在上海办入境手续近一个小时，继续乘 UA897 飞往北京。到北京机场时是夏威夷时间十七日凌晨两点四十分，北京时间十七日晚九点四十分。国家教委派车子到机场接我。国家语委原副主任陈章太教授和昭昭、希明把我接回城里。

在北京住了几天，二十二日返回武汉（乘中国民航）。

此次赴美，收获甚丰。办了好几件事。（1）做系列学术讲演。好几个国家的学者听讲，很成功；（2）跟夏威夷大学中文部主任李英哲教授签订了友好合作协议（以华中师大语言研究所所长的名义——华中师大在我出国时，成立语言研究所，我被任命为所长）；（3）跟李英哲教授反复讨论，拟订了我们合作研究"现代汉语法史稿"的提纲；（4）了解了美国语言学的现状，结合汉语思考了不少问题；（5）结识了好些新朋友。此外，了解了美国社会，欣赏了天堂般的景色，等等，自不待说。

只是，我这个人很"贱"。在美国，有好吃的，我吃不下；有好住的，我睡不着。回国后，加上旅途劳累，又受时差影响，简直像害了一场病。

前两天，去医院去做了全面体检。体检的结果尚未得到。但已经知道：我的前列腺增生症状有所发展。医生说，是否需要开刀，等三个月后再做一个检查，然后决定。

回来后，因为累，因为检查身体，因为要写"出国汇报"，还因为要处理积压下来的急需处理的函件和接待客人，所以拖到现在才给您写信。

不多写了。向家中一切亲人请安问好。

祝您安康！

儿　福义　1988.5.31

【7】六月十日

（此信丢失。基本内容，见父亲的摘要）

【8】七月二十二日

父亲：

这一向，赶写了两篇文章。一家杂志催稿，赶写了一篇；八月下旬要去深圳参加一个国际会议，又赶写了一篇。武汉天气酷热，高温下写东西，真够苦的。

述评分配怎样？收到您的信，我就给何庆烈写信；收到叔父的信，我就给吉承宇写信。吉曾回信，说已找了负责分配工作的教育厅副厅长，副厅长说一定大力帮忙。估计述评分个比较好的地方没什么问题吧！

美国已给米米寄来 I–20 表。凭这个表，就可以办护照了。但中国的事情很难办，关卡很多，究竟什么时候能办好，要看他的运气了。看来，今年里是走不成了。

我的身体，这一向感觉尚好。一位在美国念书的学生送了我一盒花旗参，老医生说每天吃一点很有好处。我已吃了个把月。至于前列腺增生，不知最近是否有发展，反正没有什么特

一九八八年（53岁）

殊的感觉。

收到泰钦的一封信，他跟我谈回海南之事。其实，我回海南之事，过去只听到传闻，没任何人跟我正式谈过。既然只是传闻，我就不必多加考虑了。

漱谷前天去北京，大约两个星期后回来。昭昭生了孩子之后，身体比以前差多了。

最近，新加坡约我主编一套华语课本，一九九〇年完成，将来在新加坡和马来西亚两个国家使用。为这件事，我明年可能要去新加坡一趟。

向娘和叔父，哥哥和弟弟，还有家中一切亲人问候！
您的身体怎么样？祝安好！

儿　福义　1988.7.22

【9】八月二十日

父亲：

刚刚收到十一日的信。

我明天一早就乘飞机去深圳参加"深港片语言问题国际讨论会"。飞机七点五十起飞，可能九点三十到广州。到广州后乘火车去深圳，需三个小时。

美国夏威夷大学还没办过赠送荣誉博士之事。不过，在美国，教授一定是博士的。因此，在关于我的学术讲演的有关材料上，他们有时称我为教授，有时称我博士。这套衣服，是朋友们让我穿起来拍照，做个纪念，仅此而已。

述评弟未能在海口或三亚工作，错过了机会，很遗憾。

前几天寄了三十元。再寄二十元，请收。

匆匆。

向家中所有亲人请安问好。

祝您康泰！

儿　福义　1988.8.20

【10】九月六日

父亲：

八月二十六日的信收到了。

请取消来武汉的计划。目前这个时候，有好些不凑巧的事。（1）国家社会科学基金会来函，要我九月下旬去北京开会。（2）已答应湖南师范大学，在北京会议开完之后转去长沙，去该校讲学。（3）漱谷好几年没回湖南。她父亲今年85，母亲今年88，他们来信要漱谷无论如何回去看看，漱谷已给她妹妹去信，约好十月份去湖南。（4）高等教育出版社来函，要我出任全国师范大学《现代汉语》教材主编。这件事校系很重视，要我无论如何得答应下来。估计近两个月里会召开各门教材主编工作会议。（5）学校盖好了新教授楼，要我搬去住，我不愿意搬。因此，学校决定给我整修现在的住房，包括修个阳台。目前砖头都已运来，很快就要动工。一动工，房子里会弄得乱七八糟

一九八八年（53岁）

的。（6）目前物价飞涨。其速度数倍于人们工资增长的速度。人人都在为一日三餐而奋斗，什么事都离不开一个"钱"字。你们这个时候出门，举手投足都会遇到困难。拿火车票来说，正儿八经买不到，在黑市上都得花比原价高一倍的价钱。

米米赴美，需要在美国有个经济担保人（美籍）。由于这个问题尚未解决，他今年肯定走不了了。他已给美方去信，寄去旧表，要求美方寄来新表，希望明年春季前能走成。

昭昭、希明他们不能来武汉。一是他们都有研究任务，忙得很，二是车票买不到。如果去北京看他们，这更不合适。他们的住房比我们小得多，一家三代住在一起很挤。不是出公差，在北京住宿、吃饭都是问题。

我想，等明年开春之后，也许可以找到合适的机会。

请转告哥哥。

家中一切亲人，都在这里请安问好。

述评的工作，安排好了没有？

祝您康健！

儿　福义　1988.9.6

【11】十二月五日

父亲：

时间，对我来说，实在过得太快。不知不觉中，没想到已过去了两个多月了。不过，即使没收到您的信，这两天也会给您写信的。

　　十月里，好几件事情使我推迟了去湖南讲学的时间。(1) 华中师大语言学研究所所务活动。四月份建所，任命我为所长，当时我在夏威夷。五月下旬回国后，没时间立即开展所务活动。接下来是暑期，再接下来是九月份——开学的第一个月，也不好开展活动。这就决定了十月里一定要把所务活动开展起来。开了几次会。决定开展一个大型科研活动，即编写《汉语史教程》。(2)"七五"研究项目的中期总结。现代汉语复句研究是国家教委七五规划重点研究项目，由我负责，按计划，明年年底要完成，今年十二月必须上报一个中期总结。我因为出国和其他事情，耽误了这项研究，看来明年年底完成不了，但无论如何，中期"总结"还是要做的。(3) 接待了几起学术来访者。有的陪半天，有的陪一二天，有的陪个把星期。

　　十一月里，主要干了两件事情。(1) 去湖南师大讲学。听课的是研究生和青年教师。(2) 正式出任全国师范大学本科教材《现代汉语》的主编。高等教育出版社派来两个人，商谈了好些问题。全国各高校要求当主编的教授很多，竞争激烈，但高教社还是选中了我。目前正在组"阁"，组织一个全国性的写作班子。这几天，都在给一些被我选中的教授写信，请他们入"阁"。编写班子将来要由国家教委批准。如果"组阁"顺利，明年四月可以召开第一次编写工作会议。

　　新加坡的教材，我已推掉。任务太多，担子太重，现在很多事情已经力不从心了。

一九八八年（53岁）

　　由于得到美国李英哲教授的帮助，米米赴美的签证办得十分顺利。这样，他就大大提前了赴美的时间。如果机票不出问题，他本月下旬就到美国去了。我已嘱咐他，要他动身前和到美国之后都给您写信。

　　十五日从长沙回到武汉，十七日开始感冒、咳嗽，一直咳到现在，已经二十天了！正在吃药。

　　请原谅我写得太草。

　　问候一切亲人。

　　祝您康健！

儿　福义　1988.12.5

　　学校为我的住处修了一个阳台。已拖了一个多月。到现在栏杆尚未做好！

【福义插说】本年发表以下文稿：

《关于形容词短语》，《荆州师专学报》1988年第1期。

《"高三尺"之类说法中"高、重"等词的词性判别》，《语言学通讯》1988年第3期。

《"NN地V"结构》，《语法研究和探索》（四），北京大学出版社1988年9月。

《湖北省语言学会第五届年会开幕词》，《湖北省语言学会通讯》1988年第4期。

一九八九年（54岁）

父亲的摘要

【1】①一月七日：米米已走，十二月二十三日乘飞机赴美亚利桑那大学。②组织《现代汉语》教材编写班子。③《海南日报》登载我被收入《国际名人传记词典》一事。④附钟淼发《武汉之行看教育问题》剪报一份。

【2】二月三日：①昭昭希明带潇潇回武汉过春节。②《现代汉语》编写班子成员有八所师大的11位学者。聘请张志公（人民教育出版社）、俞敏（北京师大）、张斌（上海师大）3人任顾问。

【3】三月六日：黑白电视有机会就托人带给您。

【4】三月二十七日：①您的事情，我找人事部门的人问过，他们认为不好办。②我想做些努力，给海南省教委主任写封信。③附《进入世界名人录的邢福义教授》（《研究生报》剪报）。

【5】五月四日：①印度没去成，原因是没钱。②今年十月要去美国参加22届国际汉藏语学会，他们给我出机票和生活费。

【6】八月十八日：①10月份去美国参加国际学术会议。②已寄来由香港飞夏威夷的韩国航空的机票。

【7】八月三十日：①赴美开会事，尚未批下来。目前，正在赶写参加会议论文。②给亚孔的信，请代交。③《语法问题探讨集》入选《全国高等学校社会科学研究成果选编》（北京大学出版社1988年8月），获湖北省社会科学优秀成果二等奖。

【8】十月一日：①出国手续已办妥。②同机赴美的有北京的几位朋友。

【9】十月十六日（发自美国夏威夷）：①到夏威夷，是当地时间十月四日中午十二点左右。(可能是中国时间十月五日早晨六点左右)②会议开了三天（六—八日）。八日宣读了论文《汉语复句格式对复句语义关系的反制约》。③十号晚上，与米米芬芬通电话。十四号晚上，又与米米通电话，长谈一个小时。④十六日下午，在夏威夷大学东亚语言学系做题为"汉语语法现象的深入发掘"的学术讲演。⑤二十二日离夏威夷回国。二十六日可回到武汉。

【10】十一月九日：①米米和芬芬在美留学的费用，全部由美国支付。②米米已买了小汽车。③一直到年底，有三个会得参加。④Chair可为主席解。Who's who是习惯用语，可译为"名人录"。

【11】十一月二十三日：①已给陈汉平写了一信。②电视机已托汪国胜带到海口，放在熟人家里。③小汪是中文系讲师，这次去海南参加中国修辞学年会。

【12】十二月七日：①小汪从海南回来，说电视机已放在海南师院柴春华教授家里。可写信告诉柴我们家详细地址，他会设法转给您的。②附柴教授给福义一信。③附给春华教授说让三弟去他家取电视机的信。

信 件

【1】一月七日

父亲：

　　来信收到。

　　米米赴美手续办得很顺利。他已于十二月二十三日乘飞机离开北京，于美国时间十二月二十三日到达美国亚利桑那大学。他开始了新的人生了！这并不意味着前进的路上净是鲜花，而是意味着必须付出艰苦的努力。临走时，我送他两句话，作为临别赠言：处事多虑，治学多悟。要他：进时想到退，醉时不忘醒；无中悟出有，小中悟到大。我要他一定给您写信。他会写的。

　　这些天，我忙得喘息的时间也没有了。一个是评职称。教学系列的，出版社系列的，开会多，上门求情的人多。过几天，还要到省里去开评审会。另一个是组织《现代汉语》教材编写班子。这是个包括东西南北中的全国性班子，基本骨干已挑好，全班人马尚未找齐，以后还得报国家教委审批。此外，就是没完没了的表格，没完没了的杂务。有时，几乎觉得快要断气了。

　　侄女儿结婚，请转达我的祝贺。这算是一种心意。钱，寄一点点拿不出手，稍多一点，我拿不出来。像我这样的教授，算是名教授了，可是，却越来越穷。首先是物价飞涨；其次是近两年因身体不好，不敢多写文章，没有什么稿费收入；其三是交游广了，应酬费也多花了。有人统计，鲁迅当年每月的薪水，可以买五百斤猪肉；而我们的收入，却买不到五十斤！寄往国外的信，每封1.60元，不得超过10克，超过了就要加钱。那天我往美国发两封信，每封四元多。我回到华中村，碰到我的老师石声淮教授。我说："石老师，我寄了两封信，去了八元多。要是这么寄上几次，我这个月就没饭吃了。"香港中新社记者钟森发，是我60年代的学生，前两月回国来参加校庆活动，回香港后写了篇文章，里面提到我，也谈到了当前中国教育问题。附寄您看看。

"字"债，我过些时再还。您下次来信时最好再提此事。我现在事情太多，有些事没人提醒，过后就忘了。

祝家中亲人都好。

儿　福义　1989.1.7

【2】二月三日

父亲：

信和剪报都已收到了。

大后天就是大年初一了。我率您的武汉儿孙们，向您拜年，向娘和叔父、向所有亲人拜年！

昭昭跟希明带着他们的潇潇于除夕那天回武汉。近一年来，昭昭忙得团团转，两三个月才给我们写一封信。这次见面，要好好了解她的近况。米米远在大洋彼岸，倒是很记挂着国内的亲人，已来过三封信了。不过，在异国他乡，并不那么容易混，他会面

一九八九年（54岁）

临着许许多多的考验。

近来我的主要精力放在《现代汉语》编写班子的组建上面。经过频繁的通信联络，经过频繁的上报请示，班子总算搭起来了。班子的成员包括华中师大、华东师大、东北师大、湖南师大、陕西师大、四川师大、云南师大、广西师大等8所师大的11位学者，全国东西南北中的人都有了。此外，聘请张志公（人民教育出版社）、俞敏（北京师大）、张斌（上海师大）3人任顾问。这个班子，得到国家教委批准之后即开展工作。打算四月份在武汉召开第一次编写工作会议。

请原谅我，"字"没写。事情太多，太杂，近来心没有一刻是宁静的。以后再说吧，好不好？述评的信，我一直没收到。

最近收到英国剑桥一封信，邀请我（全世界共邀请65人）去参加印度文化大观光，四月十日在新德里开始，十四日后结束。信中说："我们会在宽松的情况下，开始我们的快乐的旅行。乘飞机和马车，通过富于异国情调的亚拉斯坦州，印度土邦主的住宅，了解电视系列片《王冠的宝石》中的世界。世界最大的窗口之一，壮丽的印度灵庙，会使我们的文化观光达到最理想的高潮。"这当然是要自己出一部分钱的。对于外国教授，这部分钱不算什么，而在我这个中国教授，却是比登天还难了。不过，自己把信翻译出来看看，倒也觉得挺有意思。（寄来的信，全是英文。米米出国之前，我偷懒，让米米代译。现在，只好自己动手了）

米米走后，黑白电视机已经留下。以后一有机会就托人带回去给您。这台电视机是日本产的，效果还好。

敬祝安康！

儿　福义　1989.2.3

春节期间，见到一切亲朋好友，都代问候。

【3】三月六日

父亲：

　　来信都已收到。电视机，是黑白的，只有十四寸。这样的东西，似乎不值得请人绕道来武汉代带。而且，包装托运，沿途摔撞，恐怕也容易损坏。我想，如果有机会，托一个在武汉读书的学生提回去（并不重），这是再好不过的了。

　　新的学期已经开始，新的繁忙也跟着开始了。这一向，一面赶写杂志社催要的文章，一面组织召开几次学术性小型会议，够忙的了。

　　不多写了。问候所有亲人。

　　祝您健康！

儿　福义　1989.3.6

米米已有一个多月没来信。也许是太忙。

【4】三月二十七日

父亲：

　　我只读了两年大学。大学期间，没有一个同学是姓梁的。在海南岛的同学，更不会有一个姓梁的现在当了省长。我的研究生，

一九八九年（54岁）

有的在我身边工作，有的去了美国深造，哪有当了省长秘书的？这类传说，只能让我哭笑不得。

现在，我确实算是出了名了。然而，有关方面宣传我，是为了某种需要。我，并没有因为出了名，比别人多提半级工资。特别奇怪的是，我有病，买药的钱无处报销，往往得掏自己的腰包！中国的"名教授"，其实都是可怜人。由于没有权力——没有可以跟别人"交换"的权力，"名教授"所能起的作用往往不如一个小小的什么"长"。我有一个同学叫何庆烈，过去我为了谁的事给他写了信，他没回，前些时为述评的事又给他写了信，他也没回！我的作用，就只这么大！

您的事情，我找人事部的人问过，他们认为不好办。他们说，如果您长期和我生活在一起，自然可以办"农转非"，有口粮，但现在隔了一个省，可能性也极小。不过，我想做些努力。具体办法是：直接给海南省教委主任写信，请他解决您的"农转非"的口粮问题。现在，请您了解两个情况，回信告诉我：（1）海南省教委主任叫什么名字？是哪里人？（2）吉冬梅的父亲是不是叫作吉承平？现在在什么部门工作？（我想给他写封信，请他帮忙，但他的名字我记得不准确了）

米米春节前寄来了一张贺年片，写了几句话，后来一直没收到他的信，不知是怎么一回事。我们都很关心，已去信询问。

向家中一切亲人问好。

祝您健康！

儿　福义　1989.3.27

【5】五月四日

父亲：

　　信收。

　　抽空给述评写了几个字（有出息的人　是敢走自己的道路的人　书赠述评弟　二哥），请转寄给他。字幅的大小要求，我记不得了。大概这个样子，还可以吧？

　　书的封面，不能由我决定。马上编写的《现代汉语》教材，是全国统编教材，要由高等教育出版社统一考虑封面。

　　印度没去成。一来，旅费要自己出，这笔外汇，对于一个中国穷教授说来，只能望"钱"兴叹。二来，今年十月，我可能还要去美国一趟。第22届国际汉藏语言学会议在美国召开，他们希望我去，给我出国际机票和生活费。这样，国家教委很容易批。我想，如果没有特殊情况，我是会去的。今年八月，在香港还有一个会，尽管香港校友会为我出钱，但我不想去。事情太多，不能老在外面跑。

　　今后几个月，大概是最忙的几个月。五月，开文化语言学会，在武汉；六月，开现代汉语编写工作会，在武汉；六月起，接待美国李英哲教授的来访；八月，赴杭州参加中国语言学会年会；九月，赴英山搞方言语法调查；十月去美国，回国后召开湖北省语言学会年会……事情可真多！

　　向家中一切亲人问候！

　　祝您康泰！

儿　福义　1989.5.4

【6】八月十八日

父亲：

我去北京，不久前才回来。6月上旬，我主持召开了《现代汉语》编写工作会议（这是国家教委组织编写的全国师大统编教材）。后来，为了教材编写工作之事，还为了方言语法的研究课题，东奔西跑了相当长的一段时间。

您上次的信，还有世金为他儿子升学之事写来的信，都是我回来之后才看到的。如有机会，望把这情况给世金说一下。

您八月六日的信，昨天才收到。我已立即让我的学生萧国政副教授去找招生办，请他们考虑诒占君的女儿的录取问题。对于高考之事，我全然不知。现在，录取工作是否已经完结，派到海南去录取学生的人是否已经动身，我一点也不知道。只能让萧国政去帮忙碰一碰运气。也望把这情况转告诒占君。

前些时的事件，我们全不受影响。请放心。我只管做学问，而我的专业是远离政治的。漱谷也不管这种事。昭昭虽然在北京，但她有父风，不会介入。米米在美国，更不会受影响。米米极少来信。我想，儿女大了，让他们自己展开翅膀飞，只要知道他们安好，这就够了。

美国夏威夷十月初有个国际学术会议，他们邀请我去参加，而且负担我的全部经费。最近他们来信，已为我预订了十月四日十二点四十五分由香港飞往夏威夷的飞机（韩国的）票。我在等国家教委的批准。国家教委一批准我就去北京办签证。估计批准问题不大。一来，各种费用由美方出；二来，我在前些时的事件中完全清白。不过，最后能否成行，还是很难说的。

匆匆。请代问候所有亲人。祝您安好。望保重。

儿　福义　1989.8.18

【7】八月三十日

父亲：

收到了十九日的信。

给亚孔哥的信请代转。

赴美开会之事，尚未批下来。美国那边已为我订了飞机票。是韩国的飞机，十月四日由香港飞夏威夷，十月二十六日由夏威夷飞香港。目前正在赶写参加会议的论文。国家教委一批下来，就去北京办签证。

前几天给了您一信，想必收到了？

向家中所有亲人问候。

祝您康泰！

儿　福义　1989.8.30

《语法问题探讨集》，1988年被国家教委作为优秀成果选入《全国高等学校社会科学研究成果选编》（北京大学出版社1988年8月）。1989年1月获湖北省社会科学优秀成果二等奖。（述评见到的资料，可能是出版系统的，我不知道）

一九八九年（54岁）

【8】十月一日

父亲：

来信已收。

出国手续全部办妥。明天乘机赴穗，四日经港赴美。月底返回。

今年出国，不仅要护照、签证，还要"出境卡"。所有手续，都需要在北京办妥。好在昭昭在北京，可以为我奔跑。直到昨晚九点多，才接到昭昭的长途电话，得悉"出境卡"已经办好。

这次同机赴美的，有北京几位朋友：北京大学的一位，中国社科院一位，北京语言学院二位。昭昭已把我的护照、签证、出境卡托他们带去广州，我明天跟他们在广州相会。

问候家中所有亲人。

祝您康泰！

儿 福义 1989.10.1

来信别写邮电编码。您写的"430200"我不知道对不对。

【9】十月十六日

父亲：

来到美国夏威夷，已有十多天了。

我十月二日乘飞机离开武昌到广州。三日购买由广州去香港的机票，并到广州中山大学会见几位朋友。四日一早，大约是八点半钟,乘中国民航离开广州,半小时后达到香港。将近下午一点,乘韩国飞机离开香港,经过三个小时飞行,到达汉城。傍晚七点左右(中国时间),改乘另一架韩国飞机离开汉城,经过八个小时的飞行,来到夏威夷。到达夏威夷的时间为十月四日中午十二点左右。我想,大概是中国时间十月五日早晨六点左右。

这是我第二次来夏威夷了。旧地重游,别有一番滋味。

第22届国际汉藏语言学会议六日开始,八日结束。每天会议分段进行。每段会议都有一个主席。七日上午的第二段会议,我被安排为主席(chair)。我于八日宣读了论文。论文为《汉语复句格式对复句语义关系的反制约》。

十号晚上,米米打来了电话。我和米米芬芬都通了话。十四号晚上,米米又打来电话,我们长谈了一个多小时。这里和米米那里的时差近三个小时。比如,这里是晚上八点,他们那里是晚上十一点。他们在奋斗,生活相当紧张,但也很愉快。我没法去看他们,因为距离太远,往返需要花近四百美元,我没有这笔钱,他们也出不起这笔钱。他们都要我向您和家中大小问安。

这里有几位教授,同我已是老朋友了。特别是东亚系中国部主任李英哲教授,对我十分好。

今天下午,我将在东亚语言学系做一个学术讲演,题目是"汉语语法现象的深入发掘"。他们正式印发了广告式的东西,相当郑重。

我二十二号离开夏威夷回国。如果顺利,我二十六日(中国时间)将回到武汉。

您要一个收音机,我回国以后再购买。在这里买了带回去,实在太不方便。

向家中的一切亲人请安问好。

祝您康健!

    儿　福义　1989.10.16 中午 12 时(夏威夷时间)
            于美国夏威夷大学

您收到这封信的时候,我大概已经回到武汉了。

【10】十一月九日

父亲:

来信收到。

我说过,给我来信不要写"430200"之类,没必要。我怀疑这个数字是错的。因为有两次信都投错了。

我十月二十二日凌晨一时半离开夏威夷,经汉城,到香港,抵广州,于二十五日中午回到武汉。旅途十分劳累,一回来就病了,直到昨天才止咳。

米米和芬芬在美国留学的费用,全部由美国支付。条件是,帮一位美国教授干点助教的工作。工作不重,主要是学习。这是美国学校对中国大陆学生所给予的一种优惠。"公费生",是由中国政府给钱的学生。一般留美学生,却不愿意当"公费生"。为什么?第一,公费生每月只有 400 美元左右(中国穷,能给 400 美元左右,已很了不起了);而自费生,一般每月都有 700 美元左右（美国富，人家给钱自然要多）。第二，公费生是拿 J 签证，时间一到一定得回国；米米他们拿 F 签证，只要他们愿意，他们可以在美国长期待下去。

在美国，电话是耳朵，汽车是脚。米米住处，不仅有电话，而且他已买了小汽车 —— 他当然已会开小汽车。这在美国是太普通了。米米的小汽车，是日本造的，只花了 700 美元。

那个小电视机，我本来想让一个学生带到海南。因为中南修辞学会本月里在海口开，他可能要去。后来，他有事，不能去了，所以只好另想办法。您来信中提到了三个学生，如果他们愿意带，我看让哪一个带回黄流都行。请您或述评给他们来信，要他们在寒假回家前来华中村 57 号找我。洪山离我们学校很近，但我很少去学校（一星期才去一两次），因此，他们要到家里来才能找到我。

收音机，我建议您在本地买，买个比较好的国产的就行了。我现在用的是国产的"春雷"，已用了近二十年，没坏。这类东西，不能寄；托人带，也实在麻烦。请您在本地商店看看，比较好的需要多少钱，然后给我来信，我再寄钱给您。好吧？

过几天，我去杭州参加中国语言学会第五届年会。大约二十六日前回武汉。十二月初，将去孝感主持召开湖北省语言学第六届年会。接着，十二月下旬，又要去长沙主持召开《现代汉语》教材编写工作会议。今年里，要在会议上忙过去了。

Chair，可以译为"主席"；

Chair：（1）椅子；（2）（大学的）讲座；【转义】大学教授的职位；（3）主席、议长、会长的席位；主席；议长，会长……

（郑易里等编《英华大词典》[修订编印本] 192页，时代出版社1965）

Who's Who。是习惯用语，属固定词组，可译为"名人录"：Who's Who 谁是谁；现代名人录。（同上书，1489页）

向家中亲人问安问好！

祝您康健！

儿　福义　1989.11.9

【11】十一月二十三日

父亲：

已按来信的意思给陈汉平写了一信。

我的学生汪国胜，最近决定去海南参加中国修辞学会年会。这是一个好机会。我已让他把电视机带回海口。他将把机子寄存在某个熟人家里，然后给您写信。望收小汪的信后，托人到海口去把机子取回家。

小汪现在是我们中文系的讲师。原来说要去海南的那位，叫卢卓群，是湖北大学的副教授。卢因故未能成行。汪、卢都是我的"嫡系部队"的成员。

太忙。前些时曾寄一信，想必已经收到。

向家中亲人问候。

祝您快乐！祝您健康！

儿　福义　1989.11.23

小汪今天下午乘火车离开武昌赴湛江。

【12】十二月七日

父亲：

汪国胜已从海口回武汉。

电视机，小汪放在海南师院柴春华教授那里。您可给柴教授写封信，告诉他我们家的详细地址。柴教授是我的熟人，他会想办法把机子转给您的。

把柴教授给我的信附上让您看看。信纸上有他的详细地址。

才从孝感开会回来。过两天又要去长沙。有很多事情要处理。匆匆。

祝您和家中亲人都好。

儿　福义　1989.12.7

附1：柴春华教授的信

福义兄：

小汪带来了您的大札，高兴之极。

没有想到，为湖北教育做奉献数十载之后，我这个湖北公民竟到您的故乡来略补对海南人民之情了。

年初本想请阁下担任海南学会顾问的，但正值学生闹事之中，未能如愿。以后这边有事，定请您光临指导。

乐东我校常有人去，我也听您县的"县太爷"讲过您的家址。请将具体地点来函告知，我当派人或有机会近期专程送上。"有事弟子服其劳"，此事我当办好勿念。

一九八九年（54岁）

　　小汪同志很不错，您的手下无弱兵。只是对他的照顾不够，有些歉意。

　　顺致

　　敬礼！

　　　　　弟　柴春华　1989.12.1 于海口海南师院 8-501

附2：父亲给柴春华教授的信

春华教授：

　　您好！我是邢福义的父亲。来访的，一个是福义的弟弟述礼，另一个是福义的亲戚邢明维。

　　福义给我来信，说小汪把他托寄回的电视机，放在您那里。叫我把家的地址告诉您，您会把机子妥善寄回来的。我考虑了一下，再不能让您麻烦了。特让述礼和名维专程拜谒，请将电视机交他们带回。非常感谢！至于原谅等就在您和福义"熟人"的友谊中弥补了。请恕我的唐突！

　　顺询

教祺

　　　　　　　　　　　　　　邢诒河启　1989.12.21

【福义插说】本年发表以下文稿：

《词类问题的思考》，《语言研究》1989 年第 1 期。

《词类判别四要点》，《语言教学与研究》1989 年第 3 期。

《章震欧〈实用现代汉语〉序》,海南人民出版社1989年5月。

《务实求新 继往开来》,《语法求索》,华中师范大学出版社1989年6月。

《三点希望》,《语法求索》,华中师范大学出版社1989年6月。

《"有没有ＶＰ"疑问句式》,《双语双方言》,中山大学出版社1989年7月。

《深港片语言问题研讨会闭幕词》,《双语双方言》,中山大学出版社1989年7月。

《纪洪志〈普通话口语训练手册〉序》,武汉大学出版社1989年11月。

一九九〇年（55岁）

父亲的摘要

【1】一月八日：①电视机收到了，总算办好了一件事。②12月21日由长沙返武汉，跟着又开《文化语言学》定稿会。③昭昭的工作和家庭生活都遇到了问题。米米和芬芬在美都好。

【2】二月十二日：①花钱手头紧。②漱谷父亲去世。③给月桂寄100元做医药费。

【3】四月十七日：①寄工资清单（一九九〇年四月份）给你们看看。②米米已几个月没来信了。这孩儿，还争气。他已31岁了，很想抱个孩儿。③昭昭已调生物研究所。

【4】七月一日：①四月下旬，去桂林开《现代汉语》定稿会。②漱谷去北京看昭昭。

【5】八月三日：①《现代汉语》已定稿。②款待美李英哲教授。③给述评寄100元当贺礼。④据说国务院学位委员会批准我为博士生导师。⑤本月中旬将去北京参加第三届国际汉语教学讨论会，月底返汉。

【6】八月十二四日：①二十三日晚六点由京返汉。②第三届国际汉语教学讨论会开得很好，李鹏总理接见全体代表，并照了相。③昭昭被骗。只好给人家赔款。

【7】十一月二日（写在北京，返汉后才寄出）：①为审批课题，十月二十九日到北京，住国务院招待所。②昭昭天天来看我。③博士生导师资格，已获国务院学位委员会批准。

【8】十一月十日：①《现代汉语》春节前看校样，六月才能出书。②昭昭的事，已经了结。③李英哲先生专程来访，是为共同著书的事。

【9】十二月十六日：①寄上《文化语言学》及《形容词短语》各一本。②博士导师，已正式下文。

一九九〇年（55岁）

信 件

【1】一月八日

父亲：

电视机取到了，总算办好了一件事。老柴曾来信，说准备于十二月二十三日亲自把电视机送到我们家，为此，我曾去信感谢。三弟去取，当然再好不过。如果由老柴送到黄流，领他的情就太大了。

这个机子，在武汉放，影像是很不错的。要多放几个位置试试。影像的清晰程度，跟安放的位置、角度往往有比较大的关系。另外，每次看完之后，别忘了把电源拔掉。

我十二月二十一日由长沙返回武汉。接着，又开了《文化语言学》一书的定稿会。这两三个月里，要写出十万字左右的东西，够紧张的了。

我跟柴教授没有深交。大概只见过两次面。

昭昭，她的工作和家庭生活都碰到问题。我很担心。以后有可能，再告诉您。我在想法让她明年到美国去。但是，国家目前对出国严格控制，不知她能否走成。

米米和芬芬在美国，情况极好。

您收到这封信的时候，春节即将来临。祝您和家中所有亲人春节快乐，康健吉祥！

儿 福义 1990.1.8

我问了邮局,我住处的邮政编码是:430061。

【2】二月十二日

父亲:

来信收到。为月桂患病深感不安。

去年里,赴美花了一千多元(机票和在美国的费用由美方出,但礼品和各种杂费得自己掏腰包);漱谷父亲去世,花了大几百元。因此,手头紧。

收信后,只好到学校借用科研经费。现寄上 140 元。其中 100 元,作为月桂医药费的补助吧!

盼月桂早日康复。

祝您和所有亲人健康!

儿　福义　1990.2.12

【3】四月十七日

父亲:

这些时忙极。为了赶写《现代汉语》教材,又忙又累。过两天,在桂林召开此书的定稿会。开会回来以后,还要修改。估计六月可交高教社,八月可发排,明年可见书。

关于我的工资,寄上本月(一九九〇年四月)的工资单子,可看看。第四格是基本工资,最后一格是"实发"钱数。我每个

一九九〇年（55岁）

月最基本的开支是：给漱谷 80 元，做我的伙食和生活费用；20 元钱订牛奶，40 元钱寄给您。这已花去 140 元。剩下三十多元，买点烟，必要的应酬，加上一些杂费，基本上总要花完。

关于稿费：这两三年，没写什么文章，因为出国花时间，编书花时间，身体也不大好。编书，我现在是两部书的主编，但可以说，只有名，没有什么利。比如《文化语言学》，我只写了一个序，正文在我主持下由别人编写，将来分稿费，我只能拿主编费。又如《现代汉语》，我这个主编极为辛苦，但实际上是为人做嫁衣，将来稿费由十多个人分，得不到多少钱。

"名"教授，并不等于大富翁。人家并不因为我出了"名"给我多提一级工资。到目前为止，吃大锅饭，一刀切，还是跟过去一样。有讽刺意义的是，我的名气越来越大，应酬因而越来越多。应酬总要花钱，这样一来，就意味着经济状况反而不如以前了。在武汉市，我这个"名"教授的收入不如一个小贩的小零头。——当然，我感到满足，我得到安慰，因为我达到了我所追求的目标。只是，争得了光荣，却挣不来金钱！现在流行一个说法："穷教授，傻博士！"的确如此。

米米已几个月未来信。大概很忙。这孩子，还算争气，这一点使我这个做父亲的得到安慰和满足。但是，他尽管在美国，绝不会给我一个美元。跟国内的情况比，他的收入自然比较多；但在美国，这点收入是很少的。他已三十一岁，他准备要一个孩子。如果有了一个孩子，他在经济上就相当紧张了。因此，我并不指望他给我什么钱。

昭昭最近已调到生物研究所。

月桂的身体，不知近来怎么样了，时在念中。

哥哥怎么样？时时想着他。

叔叔怎么样？时时想着他。

漱谷的母亲，上星期去世。她双亲相继辞世，相隔才几个月。

马上要去桂林。许多事情得安排。回来后再给您写信吧。

向娘问安。祝您康泰！

儿　福义　1990.4.17

【4】七月一日

父亲：

来信收到。收到信后才猛然想起，很久没给您写信了。

这些时，为了那本全国师范院校教材《现代汉语》，忙得晕头转向。四月下旬，去桂林开了定稿会。回武汉后，我立即统改全书。改别人的东西，比自己写新的还要辛苦。忙了一个多月，最近书稿才交出。因为搞这部书稿，其他事情积压下来了。书稿交出之后，立即处理积压下来的事情，直到今天，事情还多如牛毛。

漱谷去了一趟北京，看看昭昭。漱谷说，五月份的汇款单是她填的，她问我，是否忘了寄出？又，六月份的钱是否忘了去寄？现在，我一点也想不起来了。最大的可能是忘了寄。已经

一九九〇年（55岁）

五十多岁了，精力衰退，忙起一件事来，往往把其他事情都忘了。今天是星期天，附近邮局不开门。明天给您汇上80元。七月份的，一领到工资就寄。

稿费标准提高，表面上看，是好事。实际上，写稿的人有很多心酸。首先，现在找出版社出书，有的固然由出版社给稿费，有的却要由作者给出版社一两万元钱，出版社才肯出书。特别是学术著作，出版社怕赔钱，写学术著作的人不给出版社钱是出不了书的。我认识的好几位教授，都为了出一本书，把积蓄掏了一空。其次，近年杂志纷纷下马，不下马的杂志，有的根本不给稿费（它规定不给稿费，既然如此，给多给少的问题就不存在），有的按官方规定的标准给，但要在这样的刊物上发文章，谈何容易！一般人发不了，像我这样的人，在《中国语文》上发文章，平均两年有一篇就算了不起了。有的书，像我最近主编的教材，出版社是要给稿费的，但十多个人，实际上分不到多少。再说，如果稿费超过800元，还要纳很重的税呢！中国的知识分子，"清高+清贫"。出本书，发表点文章，图个名，得到精神上的满足，但一般都是两袖清风的。人常说，中国的知识分子"物美价廉"，的确如此。

过些时再给您写信吧。事情实在太多！

问候家中大小。

祝您康健！

儿　福义　1990.7.1

【5】八月三日

父亲：

　　这两天，稍有空，可以写写信。

　　《现代汉语》教材已定稿，高教社八月份发排。这部书的编写，有遍布全国东西南北中的8所师范大学的12名学者参加。编写过程中，先后在武汉、长沙、桂林开过3次会，华中师大、湖南师大和广西师大都花了不少钱。高教社也出了4000元，但他们将来可以赚到不少钱。至于编写者，只是图个好影响而已。中国的高级知识分子，"物美价廉"，知足常乐，但确是可敬可爱的。

　　书稿交出去后，为还文债，写了两篇文章。

　　接着，从上月二十四日起，美国李英哲教授专程由美国来访。在我们的条件下接待一个美国教授，可真不容易。我的好几个学生都参加了接待工作。二十七日，陪李先生去黄州参观东坡赤壁，黄冈地委宣传部长和教委主任盛情接待和宴请。三十一日，李先生乘飞机离开武汉去香港。送走了客人，才能喘一口气。我去夏威夷时，得到他的多方面关照，他这次来访我必须殷勤接待。这么接待客人，在我说来，是破例的。

　　写这封信，除了要讲讲上面所说的情况，还想特别讲两个意思。

　　第一，述评结婚，请您代我转达我的祝贺。

　　前些时收到叔父的信，我汇去了100元钱。100元钱，在现在，特别是在海南岛，大概人们感到很少，但是，在我说来，只

一九九〇年（55岁）

能如此尽心。请转告述评：希望他不要看到这是100元钱，而要看到我的心意。

第二，据可靠消息，我已由国务院学位委员会批准为博士导师。

博士导师，指导博士研究生，在博士研究生的毕业论文通过之后，授予研究生博士学位。前两年，您和叔父都提到"博士"问题。现在，我已成了指导"博士"的导师了。虽然现在尚未公布，但各方面的消息都已证实。大概正式公布的时间是本月底或下月初。

被批准为博士导师，极难。因为要求很高。这几年，我国的大学的学术水平，人们往往根据博士导师的数量来排队。许多大学没有博士导师。华中师大是部属重点大学，才有8个（包括今年即将批准的）。我们中文系150个导师，我是唯一的博士导师了。我的老师们，没有取得这一资格。就我国语言学来说，博士导师只有几人，而像我这样年龄的为数极少。

当了博士导师，意味着学术地位的升高。当然，这也意味着开始了一个更高要求的阶段。只是，毕竟已有56岁，身体状况不如以往，今后做学问，不能不放慢步伐了。

本月中旬，将去北京参加第三届国际汉语教学讨论会，月底返回武汉。

向家中大小问候。

祝您康泰！

儿　福义　1990.8.3

【6】八月二十四日

父亲：

回到武汉，读到了您的信。

我是昨天傍晚六点多回来的。本来该上午十点多到，可是不知什么原因，火车晚点八小时。

第三届国际汉语教学研讨会开得很隆重。二十日下午，李鹏总理在中南海紫光阁接见全体代表，并照了相。在电视里，您大概看到了当时的景象。按会议领导组的安排，我和陆俭明等先生站在第一排（共五排）。

昭昭这孩子，命运捉弄了她。目前，又出了一个问题：前些时，她在一个公司工作。她涉世不深，钻进了别人的圈套。现在，只好给人家赔款。这次在北京，我实际没多少心思参加开会，许多时间都在为她借钱。昨晚一回家，我马上给我的学生打电话，他们今天立即给我送来了一些钱。过两天，准备让漱谷去一次北京，并把借到的钱带去。

刚回来，不知博士导师之事是否已正式通知，但已收到了一些朋友寄来的贺信。这本是一件十分高兴的事，但因昭昭的事，心情极度不好。明年回家，看来不大可能了。因为没有钱。借人家的钱，即使是自己的得意学生的钱，也不能不还。

您的身体情况怎么样了？万分惦念。

问候家中大小。

一九九〇年（55岁）

愿您迅速康复！

儿　福义　1990.8.24

【7】十一月二日

父亲：

好些时没给您写信了。不知您和各位亲人近况如何，甚念。

我十月二十九日来到北京，参加国家科学基金学科组会，主要是审批各学校和各科研单位申报课题。会址在国务院招待所。昨天会议结束，今天中午我将乘火车离京返汉。

昭昭天天来看我。我要她加紧搞外语。外语考好了，出去就容易了。

我的博士导师资格已获国务院学位委员会正式批准。国家教委的人告诉我，正式文件不久之后就会下达。正式文件下达之后我再告诉您一些比较具体的情况。十月中旬，《人民日报》登载一条有关的消息，不知其他报纸如《海南日报》登了没有。那条消息说，这次批准的博士导师平均年龄是55岁，我刚好是这个年龄，真巧。（报上说的年龄，按实际岁计算，一九三五年出生的就是55岁）

返汉后要开湖北省语言学会常务理事会，另外还有好些杂事要处理，所以抽空在这里给您写这封信。

祝您和所有亲人全都安好！

儿　福义　1990.11.2 早晨北京国务院第二招待所

我今天早晨回到武汉。此信由家里寄出。

【8】十一月十日

父亲：

一给您发了一信，就收到您 10 月 29 日的信。照片也已收到。愿您健康长寿！

博士导师，已获批准。这已成定局。不久之后国务院学位委员会就正式下文。由于下文时要付印许多东西，所以从批准到下文需要一段时间。

我从一九八一年开始指导硕士研究生。现在，有好几位学生已有较高的成就，在学术界已有一些名气了。我以后要指导博士研究生了。希望从我的门下能走出几名有作为的博士，为我们国家语言研究事业做些贡献。

保加利亚那个进修生，早已回国。开始，国家教委的函件里让我指导；但后来，我看到这位进修生要求很低，就让一位姓朱的副教授去指导，我就不管了。

述评所说的《现代汉语》，肯定是那本卫星电视教材。那部教材，一印再印，封面也改了多次，现在全国很多专业和教育学院都采用。我手边有一本，是留作样本的。新编的本科教材《现代汉语》，春节前后才能看校样，明年六月前后才能同读者见面。

昭昭那个不如意的事已经了结。家里尽最大的能力来帮她，米米也帮了很大的忙。但愿这孩子以后能慢慢好起来。

今年七月，李英哲教授是专程来访，主要是讨论合作著书之事。八月在北京开国际会议，我们又见了面。

一九九〇年（55岁）

向家中各位亲人问好。

祝您健康！

儿　福义　1990.11.10

寄华中村57号的信，邮政编码写：430061。

【9】十二月十六日

父亲：

收到十日的来信。

我没有收到关于孙飞鹏先生的征文函。如果收到了这个征文函，我就作难了。问题在于，我对孙先生没什么印象。我初小读过一年（黄流二初），高小读过两年（黄流中心小学），怎么也回忆不起来孙先生在什么时候上过我的课。我记得有个孙浩先生，孙浩先生和孙鹏飞先生该不是一个人吧？哥哥和我从初小到高小都同班，您是不是让他回忆一下，看看孙鹏飞先生有没有上过我们的课。如果没有上过我们的课，我恐怕不好写什么东西。

前几天给您寄了两本书，是挂号寄的，想必收到了。《现代汉语》春节期间就可看清样，现在新华书店已向全国征订。附寄一个"通知"给您看看。这个通知是寄给参编单位的。通知上有对这部《现代汉语》的简单的介绍。

国务院学位委员会办公室已于十一月二十日向各单位正式下文，在给华中师范大学的通知中，列出了华中师大获准成为博士导师的名单,即:现代汉语,邢福义;有机化学,张景龄;昆虫学,陈曲候。到此,华中师大共有7名博士导师:历史系,2个;政治系,2个;物理系,1个;化学系,1个;中文系,1个。还有六七个系,如地理系、教育系、图书馆系等,没有博士导师。

寄上《人民日报》一条报道,请看看。看后,给我寄回。如您需要,我复印后再寄给您。

有关情况,以后还会了解得更具体一点,到时再告诉您。

述评要写这方面的消息,这是可以的,不过最好先给我看看。

向家中亲人问候。

祝您安康快乐!

儿　福义　1990.12.16

【福义插说】本年发表以下文稿:

《形容词短语》,人民教育出版社1990年6月。

《文化语言学》(主编),湖北教育出版社1990年10月。

《时间词"刚刚"的多角度考察》,《中国语文》1990年第1期。(与丁力、汪国胜、张邱林合作)

《现代汉语语法研究的两个"三角"》,①《云梦学刊》1990年第1期;②中国人民大学复印资料《语言文字学》1990年第9期;③《高等学校文科学报文摘》1990年第6期。

《高等师范院校本科系列教材〈现代汉语〉叙》,《语言学通讯》

1990年1、2期。

《良师与益友》,《汉语学习》1990年第5期。

《实中求新　新而不怪》,《语文建设》1990年第6期。

《关于方言语法》,《语言文学论集》,广东教育出版社1990年12月。(与吴振国合作)

一九九一年（56岁）

父亲的摘要

【1】一月五日：①一九九〇年算是我的丰收年。②芬芬来信，知道米米患糖尿病。③昭昭擂英语，准备"托福"考试。④哥哥两个孩子好了没有？⑤拟一九九二年回黄流一趟。

【2】二月六日：①给所有亲人拜年。②需要处理的事情极多。

【3】三月二十六日：①本月里两次外出。去广州，接受暨南大学兼职博士导师聘书；去北京，参加"语法研究座谈会"。②今年，我招博士生两名。我以暨大兼职博士导师身份，通过暨大招生，入学后，到华中师大培养。③目前全国现代汉语博士点只有五个：北京、上海各两个，广州一个。华中师大现代汉语专业暂时未设博士导师授予点。④《现代汉语》一书，已出清样。⑤米米成绩不错，一直是A。

【4】七月一日：①家事烦恼。米米身体不佳。②事业劳忙。去广州接受暨大兼职博士导师的聘书；去北京参加"语法研究座谈会"；去长沙主持湖南师范大学几位硕士研究生论文答辩。此外，还得外出参加会议多次。③在不外出的时间里：整理出版第

二个论文集《语法问题发掘集》,主持博士生入学考试,给硕士生上课,给本科生做报告。

【5】七月九日:①述评孩儿的病,令叔父面临困境,我又不能代他分忧,实感不安。②昭昭六月七日至十四日曾回来几天。

【6】八月三日:①昭昭被电子技术开发公司聘请为信息开发部主任。②四日去深圳参加国际双语双方言研讨会。③十一月下旬至十二月中旬去美国参加美国中文教师协会学术年会,已接到通知。④十二月底至明年年初去台北参加第三届世界华语文教学研讨会,已接到邀请,但入境手续难办,不知能否成行。

【7】九月二十一日:①二十日写完给台北世界华语文会议的论文,名为"现代汉语转折句式之研究",已送交打印。②后天二十三日赴京,参加国家基金项目审评会。我已被正式聘任为八五期间语言学科规划组成员。③给您寄一本《文化语言学》及两本《现代汉语》。④附上材料《邢福义》,是将刊登于《中国当代社会科学家传》的传略材料。由中国社会科学院前院长马洪主编。入传范围是:学部委员、学位委员、博士导师、国家级专家、"文革"前一、二级教授。这书规格很高,定价150元。

【8】十月二十九日:①给您寄《华中师范大学》画册和《语言教学与研究》。②双语双方言现象指的是同一个地方,人们同时说两种语言或两种方言的现象。③台湾可能不会去,美国也可能不去。④学校明年八月想办一个语法研讨班。他们让我挂帅。我提议地点在海口,如能成功,明年八月我可回家一趟。⑤昭昭目前干得很好。

【9】十二月六日：①在看第二本语法论文集《语法问题发掘集》清样。②希望在60岁时（一九九五年）出版第三本语法论文集《语法问题思索集》。③我国语法学界共有6位博士导师。老一辈有四位：吕叔湘、朱德熙、胡裕树、张斌；中年的有两位：陆俭明和我。④左额骨长个疙瘩。美国去不成了。准备开刀，去掉它。

一九九一年（56岁）

信 件

【1】一月五日

父亲：

　　信收。

　　一晃，又已跨进了一九九一年。对我来说，一九九〇年算是丰收年，因此，尽管孩子们有这样那样的问题，但心里还是感到充实。

　　米米大半年没来信。最近收到芬芬一信，才知道他病了。是糖尿病，曾住过院。这种病很难治。信上说现在好多了，但还是为他担心。只能远隔重洋为他祝福。昭昭最近在播英语，准备参加本月的"托福"考试。"托福"题目由美国出，很深，但按昭昭的水平，如果发挥得好，应该可以考得比较理想。如果能得600分，美国任何学校都愿意接受。她曾来电话，说有一位加拿大学者找她谈过，表示四月份介绍她去加拿大，但这种情况恐怕很难成功。

　　哥哥的两个孩子，不知都好了没有？

　　寄上几份材料，请看看。一份是《华中师大报》上的消息。所说的"四名"，其中科学社会主义专业原来已有一名博士导师，这次又增补了李会滨教授。一份是关于博士导师的审核标准，看看可以知道要求是相当高的。再一份是《文化语言学》一书的征稿启事，这上面有对《文化语言学》一书的简单介绍，估计这部书将产生比较大的影响。

今年的事情较多，很想回海南看看，但可惜安排不过来。不过，最迟在明年，我一定回家乡一趟。

关于孙鹏飞先生之事，我一直没有收到函信。我想收到函信之后再说。

向家中各位亲人问安！

祝您康健！

儿　福义　1991.1.5

【福义插说】在此信末尾的空白处，父亲写了以下语句：

据爱华侄告知，福义已寄来题字，为"不忮不求 深藏若虚"。

【2】二月六日

父亲：

您收到这封信的时候，大概已经是春节了。

给您、给娘、给叔父、给哥哥、给所有亲人，拜年！

福荣哥近来身体如何？向他请安。

见到所有亲友，都请代问候，我不一一写上名字了。

近来特别忙乱，需要处理的事情极多。

敬祝康泰快乐！

儿　福义　1991.2.6

【3】三月二十六日

父亲：

　　来信收到。

　　本月里，两次外出。三月七日去广州，接受暨南大学兼职博士导师聘书，三月二十一日回到武汉。十八日乘飞机到北京，参加"语法研究座谈会"。会议人数很少，都是有较好成绩的人物，目的是总结八十年代的研究，展望九十年代的研究。前天，乘飞机回武汉。去广州之前十天左右，由于走路不小心，上台阶时一脚踩空，跌了一跤，右脚大拇指错位。现在，伤处还有些痛。不过，没有扭腰，算是大幸。

　　今年我招博士研究生两名，《光明日报》三月十七日登有招生广告。我以暨南大学兼职博士导师的身份通过暨南大学招生，博士生入学后在华中师大培养。目前，全国现代汉语博士授予点共有五个：北京两个，上海两个，广州一个。广州的一个在暨南大学。中山大学还没有。华中师大现代汉语专业，也暂时未设博士授予点。

　　《现代汉语》一书已出清样，按计划，六月份出书，下学期在全国范围内投入使用。

　　在学术上，我正处于上升期。但是，身体不怎么好，失眠现象加剧。生活上有些事不顺心，也影响了情绪。

　　米米来信不多，三四个月来一次信。他在异国他乡奋斗，又要工作挣钱，又要学习研究，生活节奏极为紧张。好在他尚能应付一切，考试成绩一直是 A，令人欣慰。只是，前些时患了糖尿病，又使我们感到忧虑。

今年春节，昭昭未能回武汉。好在我的学生们（有的已是副教授）全都非常重感情，春节过得比较热闹。

向娘，向叔父，向哥哥，向家中所有亲人请安问好。

您要多加保重。祝您康泰！

儿　福义　1991.3.26

【4】七月一日

父亲：

大概两三个月没给您写信了。时时挂念。

这些时的情况，可以归结为两点：事业的劳忙，家事的烦恼。

家事，还是儿女的事。米米的情况比较好。尽管身体上出点问题，但他已找到了自己的天地。在美国，他读完博士之后再读两三年"博士后"，相信他能找到一份工作。昭昭，她的事情到四月三十日总算基本了结。但是，由于她的事情，弄得我们背了债。当然，只要人安好，其他一切都是身外之物。有一位气功大师判断她 42 岁成名。是否可靠，尚待证实。不过，无论如何，我总预感这孩子会有出头之日。

事业上，确是极为繁忙劳累。三月上旬去了一趟广州，接受暨南大学兼职博士导师的聘书；三月下旬，去了一趟北京，参加"语法研究座谈会"。五月中旬，去了一趟长沙，主持湖南师范大学几位硕士研究生毕业论文答辩。在不外出的日子里,主要做了这些事:(1)整理出第二个论文集《语法问题发掘集》,30多万字,交出版社,大概明年可以印出;(2)写了一篇论文;(3)为别人的书写了几篇序;(4)六月中旬主持了博士生的入学考试;(5)给现在的硕士生上课;给本科生做了两次报告;(6)参加省里、系里、校里的各种各样的会议。成了"名人",工资没增多,会议却大大增多了!

我今年招了三名博士生。他们九月一日入学。其中一个对"算命"很有研究。他会看"手相",能说出许多科学道理,很有意思。今后,我不会再招硕士生了。

从下月开始,外出的活动有这么几个:

(1)八月初,去深圳,参加"汉语双方言会议(国际)"。

(2)八月中旬,去十堰,主持湖北省语言学年会。

(3)十月中旬,去厦门,参加中国语言学会年会。

(4)十月下旬,去北京,参加国家社科基金学科组会议。

(5)十一月下旬至十二月中旬,去美国,先参加美国中文教师协会学术年会,然后到美国一些大学访问。这次访美,由国家对外办组团。访问团由6人组成。国际机票和在美国的一切费用由国家负担。由于这次要跑美国的好些地方,估计洛杉矶我一定会去,这样就可以见到米米了。(洛杉矶离米米那里不很远,他可以开自己的车来看我)

那么多的活动,差不多每个活动都要报告学术论文,这就够我紧张的了。

我和漱谷的身体都还不错。我二月间扭伤了脚，至今还在痛，不过没有多大影响。我最感伤脑筋的还是失眠。这是没办法的事！

述评的事现在怎么样了？很惦念。

问候家中的所有亲人。请原谅写得这么草。

祝您安康！

儿　福义　1991.7.1

【5】七月九日

父亲：

给您寄了一封信之后两天，收到了您的信。

生活磨人。读了您的信，我心情沉重。述评还在生病，使叔父面临困境，我尤为不安。我，一个"大"教授，在这个时候实在应该对叔父有所支援，叔父是有恩于我的。可是，目前我没有一点办法。我觉得，还是把事实告诉您和叔父，让你们知道我半年来的情况为好。

昭昭的"经济问题"，我们花了钱，米米倾囊相助。这孩子，不晓人情险恶，陷进了别人的圈套。前些时，她回来了几天（六月七—十四日）。我没有说她一句重话。相信一切都会好起来的。

我的情况，可以告诉叔父。请他原谅。

您要多加保重。

祝快乐！

儿　福义　1991.7.9

【6】八月三日

父亲：

　　信收。

　　昭昭目前情况良好。人们实际上知道她受了委屈。由跟公安部有关系的一些人组办的电子技术开发公司，已聘请昭昭为他们的信息开发部主任。这孩子，有技术，人聪明，很快能挺起来的。她很相信这一点，说这是"血缘"。请您放心。

　　明天乘飞机去深圳参加国际双语双方言研讨会，回来后又得去十堰主持湖北省语言学会第七次年会。记得前信曾告诉过您，我下半年的会议特别多。十一月下旬—十二月中旬去美国，早已接到通知。十二月底至明年年初去台北参加第三届世界华语文教学研讨会，最近已接到正式的与会邀请。一切费用由会议支付。李英哲教授曾来电话，希望我提前几天去，他可以陪我到台中等地看看。只是，据说去台湾的手续很难办，还不知能否成行。

　　《现代汉语》样书刚到。手边只有一本。过些时再寄给您。

　　匆匆。

　　问候家中各位亲人。

　　祝您安康快乐！

　　　　　　　　　　　　　　　儿　福义　1991.8.3

【7】九月二十一日

父亲：

　　这些时，一直忙。昨天写完《现代汉语转折句式之研究》，是提交台北世界华语文会议的论文。已送去打印，算是松了一口气。

　　后天赴京，参加国家基金项目审评会。今年是"八五"规划开始第一年，我已被正式聘任为"八五"期间语言学科规划组成员。这次会，会址在国务院第一招待所——国谊宾馆。昭昭知道我赴京时间。昨天她还来过电话。开会期间，她会经常来看我。我大概十月一日返汉。

　　昨天给您寄了一本《文化语言学》和两本《现代汉语》。《现代汉语》，封面把"邢"印成"刑"。责任编辑来信"请罪"，我回信说，没什么，姓名不过是人的符号，用什么符号都没什么关系，再版时改过来就是了。

　　漱谷身体不错。她在职业高中上课，每周六节。

　　附寄的材料，是将刊登于《中国当代社会科学家传》的传略材料。此书由中国社会科学院前院长马洪主编。入传范围是：学部委员，学位委员，博士导师，国家级专家，"文革"前一、二级教授。这是一部规格很高的书，定价是每本 150 元。

　　匆匆。

　　向家中所有亲人请安问好。

　　祝您康泰！

　　　　　　　　　　　　　　　　儿　福义　1991.9.21

【8】十月二十九日

父亲：

来信都已收到。

前几天连续给您寄了两样东西。一是画册《华中师范大学》，二是杂志《语言教学与研究》。没挂号，但愿不会丢失。

寄《华中师范大学》画册，是想让您和亲人们了解了解我们学校的一些情况。寄《语言教学与研究》杂志，是想让您了解80年代以来我的语法研究的一些情况。

双语双方言现象，指的是一个地方人们同时说两种语言或两种方言的现象。怎样正确对待这种现象，怎样正确解释这种现象，都有很多问题需要研究。

"叙"跟"序"同义。但近年来"序"给人的印象过于"严肃"，写作分工之类的意思不大好写在"序"里。因此我换用"叙"字，一方面让它代表"序"，另一方面又带上点"叙述"的意思。词义是发展的。这么使用"叙"字，有特殊的作用。

台北的世界汉语会议，肯定不能去了。目前"台独"闹得厉害，领导部门不同意去参加在台湾召开的会议。美国也不一定去得成。据说美国的那个会也有一点"两个中国"的嫌疑，我们国家不会派代表团去。大概还得等两个星期才能知道最后的结果。

我们学校有关部门要在明年八月举办一个语法研讨班，面向全国接收学员，时间半个月左右。他们要我"挂帅"。我说可以，但地点要定在海口市。他们已表示同意。如果能办成，我明年八

月份一定可以回家看看。(武汉—海口之间的机票由公家包,这就方便多了)

米米又几个月没来信了。可能是很忙。

昭昭目前的情况还比较好。有工作,而且干得很起劲。但愿她能平平稳稳地走下去,顺顺当当地好起来。

漱谷还在职业高中上课。每周6节。

我总是忙。多了一个博士导师的头衔,钱没有增加一角,事情却增加不少。——不过,人生知足常乐。我感到活得很充实。

向家中大小请安问好!

祝您康泰!

儿　福义　1991.10.29

【9】十二月六日

父亲:

来信都已收到。

柴春华教授跟我没有深交。所提之事,我这两天里就写信问问他。只是,我想,哥哥复职的事还有可能吗?对于可能性不大的事,何必老要抓住它呢?

十来天了,一直在看《语法问题发掘集》的清样。这本论文集,收入我一九八六至一九九一年间所写的大部分论文,是《语法问题探讨集》之后的第二个论文集。《发掘集》篇幅稍稍大一点,印出来是381页,而《探讨集》是354页。《发掘集》将印

一九九一年（56岁）

精装版，国家汉办已决定购买600本，向国内外世界汉语教学学会会员赠送。为了避免错字，我看得很仔细。我还希望出版社再给我看一次清样。

《发掘集》明年二月出书。这是我在学术途中的一个较大脚印。语言学界特别重视论文。一个语言学者在语言学界的地位，人们是根据论文的质量来衡量的。我的计划是，60岁时（一九九五年）出第三个论文集：《语法问题思索集》。

我国语法学界目前共有6位博士导师。4位是老一辈语法学家：吕叔湘、朱德熙、胡裕树（胡附）、张斌（文炼）。另外两位是中年语法学家：陆俭明和我。李临定还不是博士导师。当然，凭他的学问和成果，下次批准他为博士导师应该是没什么问题的吧！

张志公先生在教学语法学界有很高的声誉，但是，由于八十年代以来，他在科学语法界没发表什么重要论文，影响不大，因而学术地位不仅不如吕叔湘、朱德熙，跟胡裕树、张斌相比也稍有逊色。张先生是语法学家，也许是社会活动过多（他是全国政协常委），发表的东西少了。其实张先生是绝顶聪明的人。

我脸上左额骨处长了一个疙瘩，原来没当回事，近来慢慢大了起来。上月医生要我开刀。我因要去美国，所以决定暂时不开。现在不去美国了，我打算下星期再去医院。

米米一直未来信。昭昭有时打来电话。漱谷很好。

向家中大小问好。

祝您康泰！

儿　福义　1991.12.6

黄流和"天涯海角"的位置，我弄错了。我已告诉学校科研处有关同志，请他们帮改过来。

【福义插说】 本年发表以下文稿：

《现代汉语》（高等师范学校教学用书）（主编），高等教育出版社1991年5月。

《汉语复句格式对复句语义关系的反制约》，《中国语文》1991年第1期。

《现代汉语的特殊格式"V地V"》，《语言研究》1991年第1期。

《序文两篇》（《序〈汉语辞格大全〉》，《序〈汉族儿童问句系统习得探微〉》），《语言学通讯》1991年1、2期。

《汉语里宾语代入现象之观察》，《世界汉语教学》1991年第2期。

《关键在于怎么讲语法》，《语文学习》1991年第2期。

《现代汉语语法问题的两个"三角"的研究——80年以来中国大陆现代汉语语研究的发展》，《语言教学与研究》1991年第3期。（署名：华萍）

《关于辞格》，《中文自学指导》1991年第5期。

《从句法组织看现代汉语的丰富、优美与精炼》，《语文建设》1991年第6期。

《现代汉语语法研究的三个"充分"》，《湖北大学学报》1991年第6期。

一九九一年（56岁）

《南片话语中述谓项前移的现象》(选摘)，《深圳教育学院深圳师范专科学校学报》1991年第2期。

《萧国政等〈新订教学语法精讲〉序》，武汉测绘科技大学出版社1991年7月。

《湖北省语言学会第六届年会开幕词》，《语言学通讯》1991年3、4期。

《湖北省语言学会第七届年会开幕词》，《语言学通讯》1991年3、4期。

【链接】

我的"寄父家书"，父亲做了整理的，只到1991年12月为止。

我回家乡黄流，到现在为止，共有5次。第一次，在1984年，时父亲虚岁73。（本书"一九八四年"这一部分已有记录）第二次，在1995年，时父亲虚岁84；第三次，在2000年，时父亲虚岁89；第四次，在2001年，时虚岁90的父亲已去世21天；第五次，在2013年，时父亲已去世13年。（第二至第五次，后面的末尾部分略有记录）

一九九二—二〇一七年记事（57—82 岁）

一九九二年，我 57 岁；二〇一七年，我 82 岁。从一九九二年到二〇一七年，我又穿越了 26 年的时空。现将这 26 年里的情况，作为"记事"，罗列如下。

（1）一九九二年：湖北教育出版社出版《语法问题发掘集》。先后发表《从基本流向综观现代汉语语法研究四十年》(《中国语文》1992 年第 6 期)、《现代汉语转折句式》(《世界汉语教学》1992 年第 2 期)、《南片话语中述谓项前移的现象》(《双语双方言》第二集，香港彩虹出版社 1992)、《毛泽东语言运用的理论和实践》(《语言文字规范化文集》，香港彩虹出版社 1992) 等文章。

（2）一九九三年：任中国第八届全国政协委员。河南教育出版社出版《邢福义自选集》；高等教育出版社出版《现代汉语》(主编)；湖北教育出版社出版《毛泽东著作语言论析》(主编)。先后发表《形容词的 AABB 反义叠结》(《中国语文》1993 年第 5 期，与李向农、丁力、储泽祥合作)、《汉语复句与单句的对立和纠结》(《世界汉语教学》1993 年第 1 期)、《治学之道　学风先导》，

(《世界汉语教学》1993年第4期)、《现代汉语数量词系统中的"半"和"双"》(《语言教学与研究》1993年第4期)等文章。6月，去新加坡参加国际会议，宣读论文。

（3）一九九四年：发表《现代汉语语法研究的"小三角"和"三平面"》(《华中师范大学学报》1994年第2期)、《尊重事实 讲究文品——文章写作反思》(《语言文字应用》1994年第3期)等文章。

（4）一九九五年：被评为全国教育系统劳动模范。《语法问题发掘集》获首届中国高校人文社会科学研究优秀成果一等奖。北京语言学院出版社出版《语法问题思索集》。发表《"更"字复句》(《中国语言学报》第五期)、《小句中枢说》(《中国语文》1995年第6期)、《从海南黄流话的"一、二、三"看现代汉语数词系统》(《方言》1995年第3期)、《选择问句群与前引特指问的同指性双层加合》(日本《中国语研究》第37期)、《从语言不是数字说起》(《语言文字应用》1995年第3期)、《汉语语法研究之走向成熟》,(《汉语学习》1995年第1期)等文章。十一月，去日本大阪、东京等地讲学和做学术访问。一九九五年十一月八日，住处由华中村搬到桂子山。

特别说明：一九九五年四月，我到海口参加在海南大学举行的第四届国际闽方言学术研讨会。当时，海南已建省，泰钦已调到省里，担任了厅级领导职务。他的家，也搬到了海口。闽方言学术会后，泰钦陪我二回黄流，再度见到父亲。父亲已经虚岁84，尽管瘦弱了一些，但脑子还挺灵活。

（5）一九九六年：东北师范大学出版社出版《汉语语法学》。发表《说"您们"》(《方言》1996年第2期)、《方位结构"X里"和"X中"》(《世界汉语教学》1996年第4期)、《"却"字和"既然"句》(《汉语学习》1996年第6期)、《文品问题三关系》(《语言文字应用》1996年第3期)、《亦师亦友"导"字当先》(《华中师范大学学报》1996年第5期)等文章。

（6）一九九七年：任教育部人文社会科学研究专家咨询委员会委员，任教育部高等学校文科教学指导委员会委员。发表《"很淑女"之类说法语言文化背景的思考》(《语言研究》1997年第2期)、《汉语语法结构的兼容性和趋简性》(《世界汉语教学》1997年第3期)、《V为双音节的"V在了N"格式——一种曾经被语法学家怀疑的格式》(《语言文字应用》1997年第4期)等文章。四月，应邀赴香港大学访问，并在香港（回归前）参加国际会议，宣读论文。

（7）一九九八年：连任第九届全国政协委员。《汉语语法学》一书获中国高校第二届人文社会科学研究成果一等奖，并获第十一届中国图书奖。发表《汉语小句中枢语法系统论略》(《华中师范大学学报》1998年第1期)、《关系词"一边"的配对与单用》(《世界汉语教学》1998年第4期)、《说名词赋格》(《李新魁教授纪念文集》，中华书局1998)等文章。三月，去澳门（回归前）参加国际会议和讲学，后发表《汉语语法教学与测试的若干问题》(澳门理工学院《理工学报》1998年第1、2期)。

（8）一九九九年：在华中师范大学创建语言学系，任系主任。在中国对外汉语教学学会第六届理事会第一次会议上，当选会长。发表《说"兄弟"和"弟兄"》(《方言》1999年第4期)、《中国语言学的发展——读许嘉璐先生的信》(《语言文字应用》1999年第3期)、《汉语语法研究的展望》(《语法研究入门》，商务印书馆1999)、《语言学系建立与发展的三点认识》(《华中师范大学学报》1999年第3期)等文章。八月，去德国汉诺威参加国际会议和讲学。

（9）二〇〇〇年：任国家语委咨询委员会委员。任教育部百所人文社科重点研究基地之一华中师范大学语言与语言教育研究中心主任。湖北教育出版社出版《文化语言学》(增订本)(主编)。发表《"最"义级层的多个体涵量》(《中国语文》2000年第1期)、《说"V一V"》(《中国语文》2000年第5期)、《小句中枢说的方言实证》(《方言》2000年第4期)、《语法研究中"两个三角"的验证》(《华中师范大学学报》2000年第5期)等文章。七月，去英国牛津大学参加国际会议并讲学。

特别说明：二〇〇〇年一月，我到海口参加在海南师范大学举行的全国第二届语言教育问题研讨会，会后泰钦陪我三回黄流；父亲已经虚岁89，脑子还很清楚，就是耳聋得厉害。他总是静静地坐在我的身旁，听着我跟亲人和朋友们的谈话。

（10）二〇〇一年：商务印书馆出版《汉语复句研究》；东北师范大学出版社出版《邢福义选集》。《文化语言学》(增订本)获第五届国家图书奖提名奖。发表《小句中枢说的方言续证》(《语言研究》2001年第1期)、《说"句管控"》(《方言》2001年第 2 期)、《表述正误与三性原则》(《湖北大学学报》2001 年第 2 期) 等文章。一月, 去香港参加国际会议和讲学。应聘担任新加坡教育部华文教材海外顾问, 任期 5 年, 五月去新加坡履行海外顾问职责。七月, 去澳门参加国际会议和讲学。八月, 去新加坡参加国际会议并讲学。九月, 论文《汉语语法教学与测试的若干问题》获澳门理工学院优秀论文一等奖。

【福义插说 1】特别说明: 2001 年 6 月 28 日, 我父亲去世。父亲去世之日, 我正在新加坡参加国际会议并讲学。7 月 8 日, 父亲的"三七"之日, 我从武汉乘飞机到达海口, 泰钦陪我第四次回了黄流。我写了一篇小文, "寄托情思, 权当薄酒, 洒向天庭"。

含笑芙蓉城

您走了。您无憾。您目睹了国家民族的强大兴盛!

您走了。您无憾。您品味了五世同堂的七彩人生!

您走了。您无憾。您耄耋之年尚有轻淡霞蔚云蒸!

一九一二——二〇〇一, 这不是单纯的数字, 而是时代的见证。它绘制了九十个春夏秋冬的山水长卷, 刻写着穿越世纪的步履途程。对于您来说, 它还显示出您看到了孙子的孙子, 更记录下您晚年参与文化公益活动的诸多热诚。《黄流村志》载有您的小诗《致意》, 您开头就这么写道:"临老还能入花丛, 嫣红姹紫美情浓。"这正是您夕阳光谱中感悟人世真谛的心声。

没有值得夸耀的, 却有可以让您自慰的。您的后代, 无论何时何地, 不管做事做人, 都会踏踏实实, 都会堂堂正正。

您走了,您无憾。今日"三七",您应是含笑天国芙蓉城!

【链接1】《黄流村志》编纂委员会编、邢福壮主编的《黄流村志》,于一九九九年十月由三亚慕容印刷厂印出。在第五章诗文摘录中,收入"邢诒河诗二首"。

致意

临老还能入花丛,嫣红姹紫美情浓。
秀川新物加深赏,璞玉浑金赖天工。
细蕙幼兰勤扶植,弯枝拗茎附其从。
卒子已经过河了,只有相机向前冲。

中秋遥寄

余友陈君,乃黄埔同期同学。抗战前后相遇,今都已是八十多岁老人,风烛残年,亟盼早日重逢,庶能解渴望于鱼雁耳!

卢沟残月卷狼烟,　　投笔从戎得识荆。
日话琢磨羞遵义,　　夜谈人鬼笑金陵。
"日月逝矣"君东渡,　"归去来兮"我南行。
一衣带水情缱绻,　　"尚能饭否"故人心。

【链接2】一九九二年七月二十九日,在黄流文化名人邢福壮先生的倡导下,海南文化名镇黄流镇成立了海南诗社黄流分社,德高望重的邢诒河老先生当选社长兼社刊《流韵》文学报主编。历经千年的文化古镇,其文化源远流长地凝聚成一个耀眼的词——流韵。"黄流自古流流韵"成为宣传黄流文化的流行语。见于http://

bbs.tianya.cn/post-202-550682-1.shtml。

（11）二〇〇二年：被华中师大评聘为文科资深教授，终身任职。湖北省政府授予"湖北省杰出专业技术人才"称号，全省共十人。商务印书馆出版《汉语语法三百问》。高等教育出版社出版《现代汉语语法修辞专题》(主编)。发表《"由于"句的语义偏向辨》(《中国语文》2002年第4期)、《误用与误判的鉴别四原则》(《语言文字应用》2002年第1期)、《"起去"的普方古检视》(《方言》2002年第2期)、《社会公益对学风文品的规约》(《语言文字应用》2002年第4期)。九月，应香港理工大学校长潘宗光教授的邀请，以"中国杰出访问学人"的身份赴香港，于二十六日出席"杰出学人成就表扬典礼"，接受表彰，之后在香港做了3场学术讲演。

【福义插说2】特别说明：1918年出生的三叔父邢诒江，在父亲去世的第二年，即2002年，也离开了。我写了一篇短文，怀念他老人家。

三叔没有远去

最亲最亲的亲人中，三叔在我的心里占据突出的地位。

三叔是我成为学人的第一个引路者。抗日战争胜利后，大约是1945年下半年吧，黄流乡筹办起了小学。由于特殊的历史原因，学生只考作文，按成绩分年级。考前，三叔为我和哥哥猜题，并且写了稿子，让我们背熟；考试时，我和哥哥把背熟的稿子往作文上套，居然得到老师的赏识，二人都被录取为黄流第二初级小学四年级的学生。10岁的我，于是正式上学，开始了一个学者漫长的征程。我常想，要不是三叔的牵引，我今天会是什么样子呢？

三叔为人厚道，待人真诚，是个能文善武的多面手。他当过教师；放下粉笔，他又可以拿起斧头锯子当木匠。家乡黄流有个风习，元宵之夜不仅要游灯，各大坊还要"装灯"。在连续几辆的牛车上搭起高高的架子，配上彩布和花枝，点亮数百盏小油灯，还让男女小童坐上去，扮演出这样那样古代或现代的故事，然后沿着乡里的大道缓缓游动。一到元宵夜，黄流人、黄流周边各村的人，都拥挤在路边观灯说笑，热闹非凡。各大坊的"装灯"有点比赛性质。各大坊的能人各显神通，都希望自己这个坊得到更多人的赞赏和惊叹。记得有一年，为了出奇制胜，我们正中南坊扮出了《荡寇志》里的故事，让人看了不知故事来历。三叔是主要谋士。当时，我好佩服三叔！

三叔对我有解囊之恩。1952年，我17岁。那一年，我和哥哥到三亚附近的一个小村寨去当小学教师。才当了半个月，还没有拿到半点薪水，便听说我已被海口的广东琼台师范学校专师班所录取。当时三叔在三亚帮人干木匠活。哥哥连忙送我走了几十里的山路，到三亚找到了三叔，筹措去海口的路费。找了不少熟人，有的还是母亲生前的"生死之交"，可是，一无所获。三叔把他所有的钱拿出来，说："阿耀，拿着吧，我就有这么多。"十元钱！就是这十元钱，三叔的解囊把我送上了学者之路。写到这里，我抑制不住自己，眼泪夺眶而出，滚滚而下。亲人啊，就是亲人！

我每次回黄流，三叔都是那么高兴。乡亲朋友们来看我，他和父亲总是坐在人圈里深情地看着我，偶尔插一两句话。每次每次，我都因为往返匆匆，为没能跟他多说几句话而自责。2001年8月父亲去世，当时我正在新加坡参加国际会议及讲学。父亲"三七"之日，我飞回黄流。第二天，天下着雨。看了父亲的坟墓之后，立即去看三叔。可他在打着吊针，已经认不出我了。我知道，三叔也要走了。这位80多岁的老人，留下的是他一生的善良。应该说，跟父亲一样，他是没有任何遗憾地走的。

这两天，常常梦见三叔。

三叔没有远去。今后，他总会在梦中和我见面的！

（原载《语文教学与研究》2014年第2期）

（12）二〇〇三年：连任第十届全国政协委员。商务印书馆出版《词类辨难》（修订本）；华中师范大学出版社出版《邢福义学术论著选》。《汉语复句研究》获武汉市第八届社会科学优秀成果一等奖。发表《说"生、死"与"前"的组合》(《中国语文》2003年第3期)、《"起去"的语法化与相关问题》(《方言》2003年第3期)、《双语教育与民族精神》(《中国教育报》2003年3月11日)、《语法知识在语言问题思辨中的应用》(《华中师范大学学报》2003年第5期)。

（13）二〇〇四年：任教育部社会科学委员会委员。任《汉语学报》主编。三联书店出版《汉语句法机制验察》(与刘培玉、曾常年、朱斌合著)。《汉语复句研究》获湖北省第四届社会科学优秀成果一等奖;"面向21世纪的高校语言教材编写与语言教育研究"项目(与汪国胜、卢卓群合作)获湖北省高等学校教学成果一等奖。发表《拟音词内部的一致性》(《中国语文》2004第5期)、《承赐型"被"字句》(《语言研究》2004第1期)、《研究观测点的一种选择——写在"小句中枢"问题讨论之前》(《汉语学报》2004年第1期)等文章。

(14)二〇〇五年:语文出版社出版《语言运用漫说》。"面向21世纪的高校语言教材编写与语言教育研究"项目(与汪国胜、卢卓群合作)获国家级教学成果二等奖。发表《语言学科发展三互补》(《汉语学报》2005年第2期)、《新加坡华语使用中源方言的潜性影响》(《方言》2005年第2期)、《在广阔时空背景下观察"先生"与女性学人》(《世界汉语教学》2005年第3期)、《〈西游记〉中的"起去"与相关问题思辨》(《古汉语研究》2005年第3期)。

(15)二〇〇六年:《汉语复句研究》获中国高校第四届人文社会科学研究优秀成果一等奖。发表《处理好词典编撰中结论与事实的关系》(《语言文字应用》2006年第1期)、《语言研究的"向"和"根"》(《光明日报》2006年3月21日)、《国学精魂与现代语学》(《光明日报》2006年8月8日)、《归总性数量框架与双宾语》(《语言研究》2006年第3期)。九月,去新加坡出席"华语论坛暨桃李聚会"。与会期间,于九月五日,同来自中国广州市、中国台湾地区、中国香港地区和美国的五位学者一道,由新加坡著名语言学家、李光耀内阁资政的华语教师周清海教授陪引，在总统府会见李显龙总理，并进行座谈。九月十七日傍晚（中秋前夕），由桂子山北区34栋2门502号搬到35栋402号，时漱谷已病倒10年。十月十四日上午，在家里接待省委俞正声书记。

（16）二〇〇七年：参与《光明日报》国学版牵头的《三字经》修订活动，任《三字经》修订工程编审委员会副主任。《汉语句法机制验察》一书获湖北省第五届社会科学优秀成果一等奖。发表《"救火"一词说古道今》(《光明日报》2007年2月1日)、《"人定胜天"一语话今古》(《光明日报》2007年7月19日)、《新词语的监测与搜获——一个汉语本体研究者的思考》(《语文研究》2007年第2期)、《讲实据 求实证》(《世界汉语教学》2007年第3期)等文章。

（17）二〇〇八年：中国社会科学出版社出版《语法问题追踪集》；高等教育出版社出版《现代汉语语法修辞》(与汪国胜共同主编)；广西师范大学出版社出版《中国高校哲学社会科学发展报告1978—2008·语言学》(与汪国胜共同主编)。发表《漫话"有所不为"》(《光明日报》2008年1月14日)、《"X以上"纵横谈》(《光明日报》2008年9月1日)、《"人定胜天"的古代原本用法与现代通常用法》(《山西大学学报》2008年第1期)、《从研究成果看方言学者笔下双宾语的描写》(《语言研究》2008年第3期)、《理论的改善和事实的支撑——关于领属性偏正结构充当远宾语》(与沈威合作，《汉语学报》2008年第3期)。

（18）二〇〇九年：商务印书馆出版《语法问题献疑集》。发表《测估词语+反义AA》(《世界汉语教学》2009年第1期)、《说"广数"》(《光明日报》2009年5月18日)、《两次指点》(《光明日报》2009年8月8日)、《桂山魂》(《光明日报》2009年12月24日)等文章。十二月,去台北出席"第九届世界华语文教学研讨会",会议开幕式于二十六日上午举行,上台就座,开幕式之后做了75分钟的主题讲演。

(19)二〇一〇年:任华中师范大学学术委员会主任。中共湖北省委授予首批"荆楚社科名家"荣誉称号。高等教育出版社出版《现代汉语》(高等院校小学教育专业教材,与汪国胜共同主编)。俄国莫斯科《语言科学问题》2010年第2期(Вопросы филологическихнаук No.2 [42] 2010г)刊登《汉语复句格式对复句语义关系的反制约》的俄译。发表《以单线递进句为论柄点评事实发掘与研究深化》(《汉语学报》2010年第1期)、《"X以上"格式在现代汉语中的演进》(《语言研究》2010年第1期)、《"广数"论略》(《华中师范大学学报》2010年第2期)、《"十来年"义辨》(《光明日报》2010年6月21日)、《我的治学经历与心迹》(《湖北师范学院学报》2010年第3期)等文章。

(20)二〇一一年:《语法问题献疑集》获武汉市第十二次社会科学优秀成果一等奖。国家社科基金重大招标项目《全球华语语法研究》通过答辩,正式立项,任首席专家。《汉语语法三百问》韩文译本,由延世大学金铉哲教授翻译,在韩国出版。发表《事实终判:"来"字概数结构形义辨证》(《语言研究》2011年第1期)、《"复制"与"抄袭"》(《光明日报》2011年3月25

日)、《大器晚成和厚积薄发》(《光明日报》2011年7月4日)、《"国学"和"新国学"》(梁枢主编《国学精华编》,商务印书馆2011)等文章。

(21)二〇一二年:五月五日晚九点半,漱谷去世。"中国英汉语比较研究会第十次全国学术研讨会暨2012英汉语比较与翻译研究国际学术研讨会"9月在武汉大学举行,作为特邀嘉宾,以"语言研究能否放宽到人类之外"为题做了学术讲演。发表《光明之路越走越宽敞》(《光明日报》2012年2月25日)、《"诞辰"古今演化辨察》(《光明日报》2012年4月16日)、《俚俗化北味说法"一+名"》(《光明日报》2012年8月27日)、《邢梦璜与文化黄流》(《光明日报》2012年12月31日)、《说"数量名结构+形容词"》(《汉语学报》2012年第2期)、《我的为学轨迹与领悟》(《当代外语研究》2012年第4期)、《全球华语语法研究的基本构想》(与汪国胜合作,《云南师范大学学报》2012年第5期)等文章。

(22)二〇一三年:《语法问题献疑集》获第六届高等学校人文社会科学研究优秀成果一等奖。十月二日,在华中师范大学一百一十周年校庆大会上获"华大卓越教授奖"。十月二十七—二十八日,"全球华语语法研究"课题组负责人会议在新加坡南洋理工大学孔子学院举行,期间和汪国胜教授应邀访问了"新加坡华文教研中心"。发表《辞达而已矣——论汉语汉字与英文字母词》(《光明日报》2013年4月22日,又《新华文摘》2013年第13期)、《说"永远":从孔子到老舍》(《光明日报》2013年

11月18日)、《词典的词类标注:"各"字词性辨》(《语言研究》2013年第1期)、《现代汉语语法研究中理论与事实互动》(与谢晓明合作,《汉语学报》2013年第3期)、《全球华语语法研究的总体框架和基本内容》(与汪国胜合作,《高等学校文科学术文摘》2013年第1期)等文章。

【福义插说3】二〇一三年一月十二日,因哥哥福仁病重,在国胜和昭昭、李自珍的陪同下,从武汉乘飞机到三亚,先到医院里看望了哥哥。哥哥此时已经昏迷。接着,到侄子们在三亚的居住楼房去观看和交谈。第二天,一月十三日,侄子阿勇开车送我们到黄流。在黄流,看了亲人们的墓地,又到了旧居会见亲戚和朋友,然后,到母校黄流中学做了一次座谈。这次回黄流,怕惊动在海口的泰钦,没有告知他。

我看过哥哥,回了武汉之后不久,这位孩童时代伴着我玩耍的亲人也离去了!享年80岁。

(23)二〇一四年:三月,应澳门大学和澳门理工学院的邀请,和汪国胜教授到澳门访问并讲学;四月,应山西大学语言科学研究所的邀请,和汪国胜教授赴该校访问讲学。发表《语言哲学与文化土壤》(《光明日报》2014年5月6日)、《汉语方言现象与华人文化风情》(《华中师范大学学报》2014年第1期)、《汉语事实在论证中的有效描述》(《语文研究》2014年第4期)等文章。

（24）二〇一五年：十月，再任华中师范大学学术委员会主任。九月十六—十八日，国家社科基金重大项目"全球华语语法研究"课题结项会在美国夏威夷大学召开，请汪国胜教授课题作为首席专家的代表与会。《汉语语法学》入选"国家社科基金中华学术外译项目2015年推荐选题目录"。高等教育出版社出版面向21世纪课程教材《现代汉语》（主编）。发表《学术研究不妨多点"小题大做"》（《光明日报》2015年4月2日）、《三国演义之"关公"》（《光明日报》2015年6月22日）、《"起去"：双音趋向动词语法系统的一个成员》（《汉语学报》2015年第1期）、《〈现代汉语词典〉的词性标注与现代汉语语法研究》（《中国辞书学报》第一辑，商务印书馆2015）等文章。

（25）二〇一六年：五月二十八日至二十九日赴南京大学出席国务院学位委员会中文学科评议组扩大会议。系列人文纪录片《荆楚社科名家》，由湖北省社会科学界联合会和湖北广播电视台制作，共十四集，从十二月二十四日至二十五日，在湖北教育频道连续播出，其中第一集为《翘楚》，第四集为《邢福义》。商务印书馆出版《汉语语法学》（修订本）。发表《莫写"新型"错别字》（《光明日报》2016年2月21日）、《自信有为 构建特色——学习习近平总书记在哲学社会科学工作座谈会上的重要讲话》（《光明日报》2016年6月13日）、《自我出新 据实立新》（《人民日报》2016年7月25日）、《关注华语词句的文化蕴含》（《汉语学报》2016年第1期）、《卷首语"语言事实"的从众观》（商务印书馆《语言战略研究》2016年第4期）等文章。

（26）二〇一七年：《汉语语法学》（修订本）由英国著名出版社卢德里奇出版英译本 Modern Chinese Grammar: A Clause-Pivot Approach，在世界范围内发行，《光明日报》发表评论文章《世界语言学界的中国声音》（2017年4月9日）。海南出版社出版《邢福义语言学文选》（上、下集）。发表《关于"不亦乐乎"》（《光明日报》2017年2月11日）、《说"S‖V〈得〉有｜NP"句式》（商务印书馆《语言战略研究》2017年第1期）、《国学的学科化与一流追求》（《光明日报》2017年11月4日）、《看得懂，信得过，用得上——谈谈学风和文风的"九字诀"》（《光明日报》2017年11月5日）等文章。二月，应国家语言文字工作委员会之聘，担任"中国语言资源保护过程"专家咨询委员会委员。

【福义插说4】2017年，我在《光明日报》（2月11日）上发表一篇《关于"不亦乐乎"》，将近四千字。其中指出："不亦X乎"，通常不说"无亦X乎"。但是，并非绝对如此。有实例证明。比较："且冢卿无路，介卿以葬，不亦左乎？"（《春秋左氏传》）"幸福而祸，无亦左乎！"（《新唐书》）以上两例中，一个用"不"，一个用"无"。

"无亦X乎"中的"X"，也有双音节的或者多音节的。例如："儒者家法，无亦取此乎？"（《续资治通鉴》）"无亦神夺其明，厚韦氏毒，以兴先天之业乎？"（《新唐书》）——前例的谓语是"取此"，两个音节；后例的谓语为"神夺其明，厚韦氏毒，以兴先天之业"，十四个音节。

这个问题，我于1957年受到父亲的批评，一直放在心上。从1957年至2017年，时间足足过了60年，我发表《关于"不亦乐乎"》一文，算是对这个问题做了回答。此时，父亲已经去世了16年，然而，却好像还在跟他当面对话！

后　记

（一）本书的编排

本书原稿，父亲用针线分别装订成了十六个部分。第一部分，1955年至1960年；第二部分，1961年至1965年；第三部分，1966年至1968年；第四部分，1969年至1971年；第五部分，1972年至1973年；第六部分，1974年至1975年；第七部分，1976年；第八部分，1977年；第九部分，1978年；第十部分，1979年；第十一部分，1980年；第十二部分，1981年至1983年；第十三部分，1984年至1985年；第十四部分，1986年至1987年；第十五部分，1988年至1989年；第十六部分，1990年至1991年。——每一部分的前头，父亲都写明时段，并且分别写出各部分信件的内容摘要。各部分的时间长短互不相同。有的，长达五六年，有的，只有一年。这说明，父亲的整理装订是不同时间累积起来的，并不按照同一标准。他的目的，是不让其失散，需要了解什么事情时，查找方便。

为了头绪清楚明晰，本书除了最后的"一九九二——二〇一七年记事"，前边全是以一年为一个部分，一年一年地编排父亲的摘要和家书的内容。

顺带交代：父亲的摘要，有的过长，我做了一些简省。当年他写摘要,是为了便于他的记忆。现在,即使有所简省,也可以保留摘要的基本面貌,能够反映其"资料性的事实"。

(二)家书的文字表述

家书中的文字表述,不大像写论文或其他文件那样讲究。比如,时间紧迫时,顺笔写下,话语可能啰唆一点;又比如,前后所写的信件,由于记忆不那么详细清楚,有时可能出现重复的字句。为了保持家书的"历史记录面貌",本书不做改动。

一些字,在特定范围内,是等同的。比如汉语语法著作中的"重迭"和"重叠",有的书用"重迭",有的书用"重叠"。本书保持其原来面貌。又如姓名中的"萧"和"肖",是同一个姓。我的学生、武汉大学教授"萧国政",他既写成"萧国政",但很多时候也写成"肖国政"。这种写法,本书也保持原来面貌。

但是,家书里如果出现错字或别字,是要改掉的。

(三)书文名称的认定

做研究,写文稿,必须给出书文名称。但是,有的书稿或文稿不能一蹴而就,由于认识上的变化,往往开始写作时命名为A,后来又改名为B,到最后才定名为C。

比如,现代汉语里存在不少难于定性归类的词。开始想到的,是写一本《难归类词》,后来,又题为"词的归类",定稿时才改成了"词类辨难"。

又如,中文系里给学生讲点逻辑知识是有必要的。但是,要写成一本书稿,怎么命名?家书里,曾出现了"逻辑知识""形式逻辑基本知识""逻辑知识和语言运用"等名称。后来,到定稿时,才决定书名为"逻辑知识及其应用"。

再如，关于副词和名词的组合，开始使用"关于副＋名""试论名词同副词的结合规则"等，在《中国语文》上发表时才改为"关于副词修饰名词"；关于定名结构与非定名结构组成复句的问题，先采用"试论复句中定名分句与非定名分句的组合"等，在《中国语文》上发表时才改为"论定名结构充当分句"。

书文题目的最后认定，表明了思维活动的演变。这一点，家书中是有所反映的。

（四）书中的表数用字

现在的书报上，常见表数汉字和阿拉伯数字并用的现象。例如：

①第十三届全国运动会在天津闭幕（《光明日报》2017年9月9日标题）

②张高丽将出席第14届中国－东盟博览会（《光明日报》2017年9月9日标题）

前例用汉字"十三"，后例用阿拉伯数字"14"。它们都表示序数，前头出现"第"字。又如：

③八项规定，激浊扬清之剑（《湖北日报》2017年9月29日标题）

④3条有轨电车环绕公园（《湖北日报》2017年9月29日标题）

前例用汉字"八"，后例用阿拉伯数字"3"。它们都表示基数，后面分别出现了物量词"项"和"条"。

由于表数汉字和阿拉伯数字二者的分工并未形成明显的规范，它们在本书里的使用，也不要求有明确的分工。不同的人怎么写，或者相同的人在不同时间里有不同写法,本书里都保持原来的写法。

当然,也应注意到:有些数字用来表示某个节日,具有定型性。比如"十一"是国庆节,"八一"是建军节,"五一"是劳动节。在这种情况下,写出来的数字,应该用汉字,不要写成"11""81"和"51"。

(五)本书的出版

本书的出版,得到商务印书馆周洪波总编辑的慷慨支持,得到我的学生李宇明教授的鼎力相助。

我的学生汪国胜教授,十分关心此书的出版;我的学生罗进军博士和沈威博士,一个通读全书,一个负责拍照复制及其他技术问题;而我的女儿邢孔昭,在电脑上敲打下了多处模糊旧破的全稿,都花了不少时间和精力。

本书的责任编辑朱俊玄君,是个知识广博、视线精细的学者。他提出了几十条意见,帮我纠正错字、别字和有问题的句子。可以说,他是本书的第二作者。

商务印书馆的其他同志,为了排印、校对、加工等工作,付出了大量的劳动,让我感佩。

本书的出版,无疑靠的是大家的共同努力!

谢谢大家!

邢福义

2017 年 11 月 30 日